DE VOORPROEVER

Ugo DiFonte

De voorproever

VERTAALD DOOR MARCELLA HOUWELING

Uitgeverij Luitingh ~ Sijthoff

Voor meer informatie: kijk op **www.boekenwereld.com**

© 2002 Peter Elbling
All rights reserved
© 2002 Nederlandse vertaling
Uitgeverij Luitingh ~ Sijthoff B.V., Amsterdam
Alle rechten voorbehouden
Oorspronkelijke titel: *The Food Taster*
Vertaling: Marcella Houweling
Omslagontwerp: Nico Richter
Omslagillustratie: Portret van Oswolt Krel, 1499 door Albrecht Dürer
(1471-1528) Alte Pinakothek, München, Duitsland/
Bridgeman Art Library

CIP/ISBN 90 245 4191 3
NUR 302

DE VOORPROEVER

HET VERHAAL VAN MIJN ONGELOOFLIJKE LEVEN
DOOR

UGO DIFONTE

VERTAALD UIT HET OUD-ITALIAANS DOOR PETER ELBLING

Voor Dimitri en Simon

Voorwoord

Vijf jaar geleden werd ik, terwijl ik op bezoek was bij een vriend in Barga, een dorp in het noorden van Toscane, voorgesteld aan een buurman van hem, een zekere Giancarlo Tula (niet zijn echte naam). Hij was een korte, stevige kerel, iets te dik, met een enorme bos onhandelbaar grijs haar en een mond vol gouden tanden en kiezen. Giancarlo vertelde me dat hij uit een familie van zigeuners en koorddansers stamde en in Bulgarije was geboren. Hij ging er prat op dat ze de hele wereld over hadden gereisd, twee keer in de Ed Sullivan Show waren opgetreden, en één keer was hij, om reclame te maken voor een voorstelling, geblinddoekt Wall Street overgestoken, dertig verdiepingen boven de grond. Niet lang daarna viel hij – afgeleid door een pijnlijke kies – en brak op drie plaatsen zijn rechterbeen.

Subiet begon hij pornofilms te maken, ontmoette een actrice uit de kringen van Andy Warhol/Studio 54, trouwde met haar en samen kregen ze een kind. Aan het einde van de jaren zeventig keerde hij terug, of liever gezegd, hij werd op de keien gezet en ging naar Parijs, alwaar hij niet meer bij de eurotrashscene was weg te slaan. In die tijd trouwde hij voor de tweede keer, en door deze vrouw – van wie hij later ook weer scheidde – raakte hij geïnteresseerd in zeldzame voorwerpen.

Hij leed toen aan emfyseem en werd verzorgd door Berta, een mooie Oostenrijkse blondine. (Hoe krijgen die kerels het toch altijd voor elkaar om mooie blondines aan de haak te slaan om voor hen te zorgen?) Onder het genot van vele glazen grappa trakteerde hij me op het ene buitenissige verhaal na het andere; in Cuba had hij de bloemetjes buiten gezet met de voormalige Canadese premier Pierre Trudeau, hij had in het zuiden van Frankrijk met Mick Jagger in de zon liggen bakken, en samen met Saoedische prinsen in de hoerenkasten van Bangkok met de vrouwtjes gestoeid.

Mijn vriend vertelde Giancarlo dat ik ook belangstelling voor zeldzame voorwerpen had, waarop hij antwoordde dat hij iets bezat dat ik misschien wel interessant zou vinden. Ik zei dat ik het graag wilde zien. Hij aarzelde; het was het enige van werkelijke waarde dat hij nog bezat, hij moest eerst met zijn juridisch adviseur overleggen, enzovoort. Ik dacht dat ik dit ook onder de categorie gewichtigdoenerij kon rangschikken en dacht er dus verder niet meer aan. Bovendien begonnen zijn sterke verhalen me de keel uit te hangen en ik was niet van plan hem nog een keer op te zoeken.

De ochtend voor mijn terugkeer naar de Verenigde Staten maakte Berta ons wakker om ons te vertellen dat Giancarlo 's nachts was overleden. We gingen onmiddellijk met haar mee terug. Het huis bleek doorzocht; Berta was op zoek geweest naar het geld dat Giancarlo haar beloofd had en dat ze niet had kunnen vinden. Ze wilde mij het 'interessante iets' geven waar Giancarlo met ons over gesproken had. Het was een oud, beduimeld handschrift. Giancarlo kennende, vermoedde Berta dat het een vervalsing was, maar ik nam het toch maar mee.

Ik liet het handschrift in New York aan experts op het gebied van zeldzame boeken zien, en aan het Getty Museum in Los Angeles, en tot mijn verbazing verzekerden ze me allemaal dat het authentiek was en wilden ze het zelfs van me kopen. Ik sloeg hun aanbod beleefd af omdat ik had besloten het zelf te vertalen – ik heb Italiaans gestudeerd en nogal wat tijd in Italië doorgebracht – en dat is wat ik van tijd tot tijd de daaropvolgende vier jaar deed.

Omdat het grootste deel van het verhaal zich afspeelt in de stad Corsoli, op de grens van de provincies Toscane, Umbrië en Marche, reisde ik daar diverse keren heen in de hoop nog een spoor van de stad terug te vinden. Uit archieven bleek dat de stad aan het einde van de zeventiende eeuw door een reeks aardbevingen was vernietigd. En wat er nog van restte, was kennelijk door de inwoners van de omliggende dorpen tot op de laatste steen weggegapt. Een jaar geleden was mijn vertaling van het document klaar. Ik heb geprobeerd zo dicht mogelijk bij de geest van het origineel te blijven. Ondanks de voor de moderne lezer noodzakelijke aanpassingen van sommige formuleringen en van de syntaxis, en ondanks het ontbreken van enige pagina's en de beschadiging van andere, geloof ik dat mij dat vrij aardig is gelukt. Voor zover ik weet, is dit handschrift het enige nagelaten document over de stad Corsoli uit die tijd en van die schrijver, Ugo DiFonte.

PETER ELBLING

Hoofdstuk 1

April 1534

Nog jarenlang nadat mijn moeder zich had opgehangen, wenste ik dat ik ouder en sterker was geweest zodat ik haar ervan had kunnen weerhouden. Maar omdat ik toen nog een kind was en nog niet eens tot haar middel reikte, moest ik hulpeloos toezien tot het voorbij was.

De dag daarvoor hadden we het feest van San Antonio gevierd en onszelf volgepropt met geroosterd zwijn, kool, bonen, polenta en gedroogde kastanjes. We propten ons vol omdat de pest al wekenlang in het dal rondspookte en om het even wie om zeep hielp, waardoor geen mens wist of hij de volgende morgen nog in leven was om de zon te kunnen zien opkomen.

Die avond staarden mama en ik naar de heuveltoppen waar mijn vader en mijn oudere broer, Vittore, bezig waren vreugdevuren te ontsteken. Ik bleef liever bij mijn moeder. Ik vond het fijn als ze op mijn hoofd krabde, haar armen om me heen sloeg en me 'mijn kleine prins' noemde. Bovendien had die schoft van een Vittore die middag mijn hoofd tegen een boom geramd en dat deed nog steeds pijn.

Het was donker, er was geen maan, maar ik hoorde mijn vaders gebulder boven alle andere stemmen uitstijgen. De wind tergde het vuur en zwiepte het dan weer de ene en dan weer de andere kant op, zoals een man een hond treitert door hem aan een stok in zijn bek alle kanten op te trekken. Toen schoten de vlammen recht de lucht in en heel eventjes zag ik de mannen als mieren boven op de heuvels staan. Plotseling kieperde een van de vuren om en stuiterde de heuvel af, als een enorme brandende bal die steeds sneller voortrolde, soms opsprong, struiken plette en tegen bomen knalde alsof de duivel in hoogsteigen persoon dat ding de weg wees.

'Heilige Moeder van God,' riep mijn moeder. 'Dat kreng zal ons nog met huid en haar verslinden.' Ze greep mijn arm en trok me ons huis in. Vlak daarna denderde het brandende wiel precies over de plek waar we net hadden gestaan, en midden in het vuur zag ik het gezicht van de Dood dat ons recht aanstaarde. Toen verdween het verder de heuvel af en liet een spoor van brandende bladeren en gras na.

'Maria? Ugo? Alles goed?' brulde mijn vader van boven. 'Zijn jullie gewond? Zeg iets!'

'*Stupido!*' schreeuwde mijn moeder terwijl ze het huis uit rende. 'We hadden door jou wel dood kunnen zijn. *C'è un bambino qui.* Moge de duivel op je graf schijten!'

'Ik heb mijn doel gemist!' gilde mijn vader brullend van het lachen. Mijn moeder bleef tegen hem schreeuwen totdat ze door haar voorraad vloeken heen was. Ze zeggen dat ik op haar lijk omdat ik mijn tong gebruik zoals anderen het zwaard. Toen draaide mijn moeder zich naar mij om en zei: 'Ik ben moe, ik ga liggen.'

Toen mijn vader strompelend thuiskwam en het puntje van zijn grote gekromde neus door de schaapachtige uitdrukking op zijn gezicht zelfs nog dichter bij zijn spitse kin zat dan anders, had mijn moeder builen zo groot als eieren onder haar oksels. Haar ogen lagen diep in hun kassen weggezonken en haar tanden zaten los. Alles aan haar waar ik van hield, glipte voor mijn ogen weg. Ik pakte haar hand stevig vast zodat ze niet geheel en al zou verdwijnen.

Toen de zon opkwam, stond de Dood in de deuropening te wachten. Mijn vader zat op de grond bij het bed met zijn grote gezicht in zijn handen stilletjes te huilen.

'Vicente, leg me buiten neer,' fluisterde mijn moeder. 'Ga weg. Neem de jongens met je mee.'

Ik klom in de kastanjeboom voor ons huis en ging met gespreide benen op een van de takken zitten. Mijn vader legde mijn arme moeder op de grond en zette een kom polenta en water naast haar neer. Mijn broer Vittore zei tegen me dat ik naar beneden moest komen om samen met hem de schapen te hoeden.

Ik schudde mijn hoofd.

'Kom naar beneden!' schreeuwde mijn vader.

'Ugo, mijn engeltje, ga met hem mee,' smeekte mijn moeder.

Maar ik wilde niet. Ik wist dat als ik weg zou gaan, ik haar nooit meer levend terug zou zien. Mijn vader probeerde de boom in te klimmen om me te halen, maar dat lukte hem niet, en omdat Vittore hoogtevrees had, gooide hij met stenen naar me. Die raakten mijn rug en sloegen een gat in mijn kop, maar hoewel ik vreselijk huilde, bleef ik waar ik was.

'Ga zonder hem,' zei mijn moeder.

Dus beklommen mijn vader en Vittore de heuvel, zo nu en dan stoppend om tegen me te kunnen schreeuwen, maar de wind vervormde hun woorden zo dat het uiteindelijk alleen nog maar klonk als het gejank van een dier in de verte. Mijn moeder hoestte bloed op. Ik zei tegen haar dat ik voor haar bad en dat ze snel beter zou worden.

'*Mio piccolo principe*,' fluisterde ze. Ze knipoogde naar me en zei dat ze een geheime manier kende om te genezen. Ze deed haar hemd uit, scheurde het doormidden, knoopte de twee stukken aan elkaar, gooide het ene uiteinde naar mij en zei tegen me dat ik dat om de tak vast moest binden. Ik was blij dat ik haar kon helpen. Maar pas toen ze het andere uiteinde om haar nek vastsnoerde, begreep ik dat er iets niet in de haak was. '*Mamma, mi dispiace!*' riep ik. '*Mi dispiace!*' Ik probeerde de knoop om de tak los te maken, maar mijn handen waren te klein en bovendien werd de knoop aangetrokken doordat mijn moeder met hoog opgetrokken knieën opsprong. Ik brulde om mijn vader, maar de wind smeet mijn kreten terug in mijn gezicht.

De derde keer dat mijn moeder sprong, klonk er een krak alsof er een stuk hout knapte. Haar tong schoot uit haar mond en ik rook ineens een misselijkmakende strontlucht.

Ik weet niet hoelang ik schreeuwde. Ik weet alleen dat ik me niet kon bewegen en de hele nacht op de tak bleef zitten, gegeseld door de wind, genegeerd door de sterren en overweldigd door de stank van mijn moeders langzaam wegrottende lichaam, totdat mijn vader en Vittore de volgende morgen terugkeerden.

Hoofdstuk 2

Tot de dood van mijn moeder had ik slechts één soort honger gekend, maar nu was mijn hart leger dan mijn maag en alleen de nacht maakte goddank een einde aan mijn tranen. Dan bad ik om bij haar in de hemel te mogen zijn, omdat mijn vader, nadat ze was gestorven, nog bitterder dan alsem was geworden. Ik kon niets goed doen. Hij zei dat ik de polenta had laten aanbranden. Hij zei dat ik de vogels uit zijn strikken liet ontsnappen. Alles wat ik deed of zei maakte hem boos. 'Je hebt je moeders tong!' schreeuwde hij tegen me, 'het zal nog slecht met je aflopen!'

Om zijn driftbuien te ontlopen, bracht ik mijn dagen door met het hoeden van onze kudde en nam soms ook Vittores beurt over. Vittore was vijf jaar ouder dan ik en zag er nog ouder uit omdat hij lang en mager was. Hij had net als mijn vader een lange neus, en zijn kleine afgeplatte kin die onder het gewicht van zijn gezicht dreigde te bezwijken, had hij van mijn moeder geërfd. Als hij zat op te scheppen dat hij met kaartspelen had gewonnen of een meisje had genaaid, sloeg mijn vader hem van plezier op de rug. Als ze gingen vissen, moest ik de nacht alleen met de schapen doorbrengen. Het kon me niets schelen. Ik kende ze allemaal bij naam. Ik praatte tegen ze. Ik zong voor ze. Christus, later neukte ik er zelfs een. Ik ben er niet trots op, maar het is de waarheid, en wat heeft het voor zin om dit allemaal op te schrijven als ik de waarheid niet opschrijf? Bovendien hebben álle herders schapen genaaid en als ze zeggen dat ze dat nooit hebben gedaan, neem dan maar van mij aan dat ze liegen en in de hel zullen branden. Hoe het ook zij, vergeleken bij Vittore was ik een heilige. Wanneer de schapen hem aan zagen komen, renden ze de andere kant op.

Ik maakte vuur om mezelf 's nachts aan te warmen en al praatten de schapen niet tegen me, ze sloegen me ook niet; hoewel ze me een keer bijna in m'n been beten omdat een wolf een lammetje bij ze had weggegrist. Daar kreeg ik van mijn vader ook de schuld van.

Vijf jaar nadat mijn moeder was gestorven, werd ons dal getroffen door een hongersnood. Onze oogsten gingen verloren, onze kippen waren te mager om eieren te leggen, en omdat onze schapen eigendom waren van de heer van het dal, was het zelfs verboden om hun keutels te eten. Ik had eerder vaak om slaap gebeden om mijn honger te vergeten, maar nu deed mijn maag de hele tijd pijn en waren mijn knieën zo slap dat ik niet op m'n benen kon blijven staan. Mijn vader maakte een pastei van kastanjemeel en gras en bakte die op de stenen bij het vuur. Hij zong een lied dat als volgt ging:

Snijd een snee brood in tweeën,
De ene helft om op te eten,
De andere om mijn hol dicht te stoppen,
Zodat mijn eten er niet meteen uitkomt.

Ik droomde over mijn moeder, die mijn lievelingspastei maakte, gevuld met vijgen en appels. Van de geur van de warme appels liep het water me in de mond en ik vroeg haar of ik een klein stukje mocht hebben. Ze glimlachte en brak een stuk van de korst voor me af. Maar toen ik mijn hand ernaar uitstak, werd ik wakker en zag dat mijn vader en Vittore al zaten te eten. 'Waar is míjn stuk?' vroeg ik.

Mijn vader wees naar een kleine, zwarte kwak pastei op een van de stenen.

'Is dat alles?'

'Je sliep.'

De tranen sprongen in mijn ogen.

'Wil je het nou of niet?' schreeuwde Vittore tegen me. Ik pakte het snel. Zijn hand sloot zich om de mijne.

'Het is van mij!' schreeuwde ik. De pastei verbrandde mijn hand-palm, maar ik liet niet los. Mijn vader brulde: '*Basta!*' en opende mijn vuist. Het stuk pastei was samengeperst tot een bal die half zo groot was als het oorspronkelijke stuk. Hij scheurde het in tweeën en gaf de helft aan Vittore. 'Hij is groter dan jij,' zei hij. 'En nu eten, anders geef ik het helemaal aan hem.'

'Op een dag zal ik net zoveel te eten hebben als ik maar wil!' schreeuwde ik. 'U zult sterven van de honger en ik geef u geen krum-mel!'

'Je bent mijn zoon niet meer,' zei mijn vader en toen gaf hij me een harde klap tegen mijn wang. De pastei vloog uit mijn mond. Vittore lachte en mijn vader deed met hem mee. Mijn vaders woor-den kerfden zich in mijn hart, zoals het beeld van hen beiden ter-wijl ze zitten te lachen zich in mijn geheugen grifte. Ondanks al-les wat er daarna met me is gebeurd, ben ik dat moment nooit vergeten. Mijn moeder zei altijd: 'Zij die wrok koesteren, zullen er-onder bedolven worden.' Maar ik dank God dat Hij me wrok heeft gegeven! Ik heb er elke dag aan gedacht en gebeden voor het mo-ment dat ik wraak kon nemen. God heeft in Zijn genade mijn ge-duld nu beloond.

Hoofdstuk 3

Nadat mijn moeder was gestorven, droeg mijn vader het gewicht van zijn verdriet op zijn rug mee. Ten slotte zou hij daardoor zo krom als een hoepel worden. Toen hij niet meer naar de weiden kon lopen, kreeg Vittore de kudde. Omdat ik zo vaak de schapen had gehoed vroeg ik Vittore of ik er een paar kon krijgen om ergens anders mijn eigen boerenbedrijfje te beginnen. Hij weigerde. Die vervloekte, ellendige *fallo* (lul)! Ik keek wel mooi uit om het hem nog een keer te vragen, dus maakte ik de volgende morgen, voordat het licht was, een bundeltje van mijn kleren en vertrok zonder een woord tegen Vittore of mijn vader te zeggen. Ik was een jaar of veertien, hoewel ik dat niet helemaal zeker weet. Ik herinner me dat ik boven op de heuvels naar de wolken stond te kijken die langs de hemel joegen alsof ze te laat voor de mis waren. Ik zei: 'Ze blazen mijn oude leven weg' en voelde me meteen een stuk beter.

De zon scheen en in de heuvels werd je duizelig van de geuren van rozemarijn en venkel. God had me Zijn zegen gegeven! Ik begon te zingen en ik zou de hele weg tot aan Gubbio hebben gezongen, waar ik werk hoopte te vinden, als ik niet voor me op het pad een meisje had zien lopen.

Het eerste dat me aan haar opviel, waren haar haren. Ze waren zo zwart als aarde en samengebonden in een vlecht die als een prachtige staart van een paard op haar rug heen en weer zwierde. Ik weet niet waarom, maar ik wilde die met mijn handen vastpakken. Ik wilde erin bijten en de zijdezachte warmte langs mijn gezicht wrijven. Dat kun je me toch niet kwalijk nemen? Ik was veertien. Ik had mijn hele leven tussen de schapen doorgebracht.

Ik wist niet wat ik tegen het meisje moest zeggen dus kroop ik achter een moerbeibomenbosje om haar beter te kunnen bekijken. Ze was ongeveer van mijn leeftijd en had grote donkere wenkbrauwen in dezelfde kleur als haar haren. Haar lippen waren rood en vol, haar neus recht en haar wangen als appeltjes zo rond. Ze droeg een wijde blouse, waardoor ik haar borsten niet kon zien, als ze die al had. Haar handen, die tamelijk klein waren, plukten venkel en blauwe ooievaarsbek, en nadat ze even aan de bloemen geroken had, legde ze die in haar mand. Ik had mensen horen praten en zingen over de liefde, maar tot dat moment wist ik niet wat dat was. Nu, alsof ik ineens behekst was, verlangde ik er met heel mijn lichaam heftig naar om dicht bij haar te zijn.

Het meisje zong een lied over een vrouw die op haar vrijer wachtte totdat deze uit de oorlog zou terugkeren. Eerst zonk de moed me in de schoenen omdat ik dacht dat ze over een bestaand manspersoon zong. Toen herinnerde ik me dat mijn moeder ook vaak had gezongen over een vrouw die op haar geliefde wachtte tot deze van zee zou terugkeren; ze was opgegroeid in Bari en ik wist dat mijn vader nog nooit van zijn leven de zee had gezien.

Hoewel ik daardoor ietsje ruimer kon ademhalen, zei ik nog steeds niets, omdat het meisje er zo tevreden uitzag en ik haar niet wilde laten schrikken. Eerlijk gezegd was ik bang dat ze misschien boos zou worden als ze wist dat ik haar had bespied, dus bleef ik heel stilletjes zitten terwijl de bijen om mijn hoofd zoemden en stenen zich in mijn dijen boorden. Er kroop zelfs een schorpioen over mijn benen, maar ik hield mijn adem in.

Ik volgde haar terug naar haar huis en de hele middag hield ik me verscholen op een open plek in een eikenbos in de buurt, enerzijds om te bedenken wat ik tegen haar zou zeggen en anderzijds vechtend tegen mijn voeten die wilden wegrennen. Maar toen de zon achter de heuvels zonk, was ik bang dat als ik niet snel mijn mond tegen haar open zou doen, ik nooit meer iets zou zeggen. Dus bonsde ik op de deur van haar huis en toen ze die opendeed, vroeg ik haar om met me te trouwen.

'Als je me dat op de heuvel had gevraagd,' zei ze schalks, 'had ik misschien ja gezegd. Maar je hebt te lang gewacht.' En toen gooide ze de deur voor mijn neus dicht!

Potta! Ik kon mezelf wel vermoorden! Maar Elisabetta, want zo heette ze, had geglimlacht voordat ze de deur dichtsmeet. Dus toen haar vader, een kleine man met handen zo groot als kolen, die avond terugkeerde, vertelde ik hem dat ik werk zocht. Hij vroeg me of ik hout kon hakken en ik zei dat ik de beste houthakker was die hij ooit had ontmoet. Hij spuugde op de grond en zei dat als ik net zo goed kon houthakken als ik kon liegen, hij nooit meer hoefde te werken.

Alle dagen werkte ik hard en lang, maar Elisabetta's vader had altijd al een zoon willen hebben en hij behandelde me vriendelijk. Ook al had ik niet genoeg te eten, ik hoefde het ten minste niet aan Vittore of mijn vader te geven. En 's zomers, als we geen hout hakten en naar de vlaktes ten noorden van Assisi trokken om met de tarweoogst te helpen, at ik als een varken. We kregen niet één keer maar zeven keer per dag te eten! Er was zoveel pasta als we maar wilden, brood in de vorm van *falli* en *bocche sdentate* (monden zonder tanden), gebakken kalfslever, geroosterde kip bij de vleet en, uiteraard, polenta. We dronken en dansten tot we niet meer op onze benen konden staan. Een paar vrouwen tilden hun rokken op en pronkten met hun *culi. Jesus in sancto!* Dat was niet mis! De mannen besprongen de vrouwen en naaiden ze waar iedereen bij was.

De derde zomer pakte ik Elisabetta's hand en samen liepen we naar de bomen aan de rand van het veld waar je duizelig werd van de geuren van salie en tijm en daar vroeg ik haar ten huwelijk.

Een tijdlang waren we gelukkig. Maar toen liep Elisabetta's vader door een slag met zijn eigen bijl een verwonding aan zijn dij op. De wond genas niet goed en zijn been werd door koudvuur aangetast. Elisabetta raakte zwanger. Haar vader wist dat hij dood zou gaan en wilde lang genoeg leven om zijn kleinkind nog te kunnen zien, maar die goeie kerel stierf voor die tijd.

Toen ik op een avond thuiskwam, lag Elisabetta te schreeuwen van de pijn. Haar mooie haren waren bezweet en zaten in de klit. Haar lippen waren zwart van het opgedroogde bloed waar ze erop gebeten had. De bevalling duurde een hele dag en een hele nacht. De vroedvrouw, een kribbig, oud wijf, zei: 'Ze is te smal gebouwd. Ik kan maar een van beiden redden.' 'Red Elisabetta,' zei ik. 'Kinderen kunnen we altijd nog krijgen.' Toen Elisabetta dat hoorde, schoot ze overeind en greep mijn arm beet. 'Beloof me dat je altijd voor het kind zult zorgen,' riep ze. 'Beloof het me!' Toen ik haar smekend op andere gedachten probeerde te brengen, schudde ze aan mijn arm en gilde ze zo hard: 'Beloof het me!' dat ik deed wat ze vroeg. Nauwelijks had ik dat gedaan of Elisabetta bracht de baby ter wereld en haar eigen ziel naar de hemel. Mijn Elisabetta in ruil voor een homp bloederig, huilend vlees.

Twee dagen lang keek ik niet naar de zuigeling om. Ik gaf het kind de schuld van Elisabetta's dood en omdat ik het voor de wolven in het bos wilde achterlaten, verborg de vroedvrouw het voor me. Op de derde dag in de middag legde ze Miranda – dat was de naam die Elisabetta vlak voor haar dood had gefluisterd – in mijn armen. O, *miracolo!* Wat een mirakel! Dat kleine wezentje toverde mijn smart om in een vreugde waarvan ik het bestaan niet eens kende! Ze was het evenbeeld van Elisabetta. Ze had dezelfde grote, donkere ogen, dezelfde kuiltjes in haar wangen, dezelfde rechte neus. Ze beet zelfs ook al op haar onderlip zoals haar moeder altijd had gedaan! Nog maanden daarna bad ik tot God om vergiffenis voor wat ik had gezegd.

Miranda was een jaar oud toen ik hoorde dat alle schapen van de kudde van Vittore waren doodgegaan en dat hij het dal had verlaten om soldaat te worden. Ik dacht: mijn vader zal nu wel eenzaam zijn, dit is een goed moment om met Miranda naar hem toe te gaan, ze is zijn eerste kleinkind, hij zal blij zijn haar te zien.

Ik kreeg de ene blaar na de andere terwijl ik naar mijn vaders huis liep en onderweg vervloekte ik mezelf regelmatig omdat ik aan deze reis was begonnen. Maar toen ik eindelijk zijn gekromde gedaante in de zon zag zitten – hij was een stuk kleiner geworden

– werd mijn pijn overspoeld door een zee van genegenheid. Terwijl ik Miranda in mijn armen hield, rende ik op hem af en riep: '*Babbo!* Ik ben het, Ugo!'

Hij herkende me niet onmiddellijk, zijn ogen waren slecht geworden, maar toen ik dicht bij hem stond en hij wist wie ik was, begon hij te schreeuwen dat ik eerder bij hem langs had moeten komen! Ik had het alweer verkeerd gedaan!

Hij leed honger en kou en had maar weinig geld. 'Waar is Vittore?' vroeg ik, alsof ik dat niet wist.

'Hij vecht voor de Venetianen,' vertelde hij trots. 'Hij voert honderden soldaten aan.'

'Iedereen die Vittore ergens de verantwoordelijkheid voor geeft, is niet goed bij zijn hoofd,' antwoordde ik.

'Je bent jaloers!' schreeuwde mijn vader. 'Hij heeft onderscheidingen gekregen. Hij zal een *condottiere* worden.'

Ik stond op het punt om te zeggen: 'Stomme klootzak! Het is je eigen schuld dat je leven zo'n puinhoop is. Vittore heeft je naar de verdommenis geholpen en dat weet je. Maar in plaats daarvan doe je net alsof hij kapitein in het leger is. Val dood!' Maar dat was niet wat ik wilde zeggen.

Eigenlijk wilde ik helemaal niets zeggen. Ik wilde dat hij iets zei waaruit bleek dat hij blij was om me te zien. Ik wilde dat hij zijn eigen kleinkind in zijn armen wiegde, haar gezicht kuste en in haar wangetjes kneep zoals andere grootouders dat deden. Ik wilde dat hij Miranda trots aan de buren liet zien en verkondigde dat ze het mooiste kind van de hele wereld was. Maar dat deed hij niet. Het enige dat hij deed, was zijn neus voor haar ophalen en sneren: 'Een meisje.'

Hoofdstuk 4

Daarna hield ik op met houthakken en ging groenten verbouwen in het dal van Corsoli. Het grootste deel daarvan ging naar het paleis, zoals van bijna alle andere producten in het dal. Maar er bleef nog genoeg over om zelf van te eten en een deel op de markt te verkopen. Ik had ook een geit, een schaap, een paar kippen, Gods zegen, en Miranda, van wie ik meer hield dan van het leven zelf.

Mijn Miranda! *Che bella ragazza!* Mijn verrukkelijke engeltje. Haar lippen hadden de kleur van dieprode druiven en ze had blozende appelwangen, net als haar moeder. Haar huid was zacht en ze had lichtbruine amandelvormige ogen die de wereld in keken vanonder haar dikke, donkere wenkbrauwen. Ook toen al was haar voorhoofd vaak gefronst, maar daardoor nam ze me zelfs nog meer voor zich in. Haar haar was net zo dik als het mijne, maar lichter van kleur. Ze vond het heerlijk om te lachen en te zingen. En waarom ook niet? Als kind had ze al een prachtige stem. Zuiver en klaar als een vogel in de lente. Het was een mysterie voor me dat ze zoveel liederen kende! Sommige had ze uiteraard van mij geleerd, maar andere moesten zijn gedragen op de wind vanuit kerken in Assisi of van feesten in Urbino. Ze hoefde een melodie maar één keer te horen en ik zweer je dat ze die maanden later nog perfect kon nazingen.

Men zegt wel: 'Hij die zichzelf kan laten lachen, is nooit eenzaam,' en dus was ze nooit eenzaam. De beesten waren dol op haar en duwden haar soms omver, zo gretig waren ze om bij haar in de buurt te zijn. En dan likten ze haar tranen weg en maakten haar weer aan het lachen. Toen ze nog maar drie jaar oud was, zag ik dat ze net deed alsof ze viel, alleen maar daarom. Ze kon alle vogels nadoen en zelfs zó goed als onze geit blaten dat die haar dan rond de boerderij achternakwam. Als dat laatste gebeurde, pakte ik haar op, kneep in haar wangen en zei: 'Dit zijn de mooiste appeltjes in heel Corsoli,' en kietelde haar dan tot ze me smeekte om ermee op te houden.

Toen Miranda elf jaar was, ontloken haar borstjes als jonge knoppen en begonnen haar maandstonden. Ik nam haar regelmatig mee naar de markt, maar de jongens lieten haar niet met rust, en daarom ging ze liever vaak dagen achtereen naar het benedictijner klooster waar de nonnen haar haren gladstreken en erom vochten wie haar mocht leren lezen, schrijven en wol spinnen.

Op een avond, toen de zon achter de berg verdween, was ik met mijn vrienden Jacopo en Toro van de markt op weg naar huis, toen we door bandieten werden overvallen. Jacopo vluchtte, maar Toro en mij lukte dat niet omdat we samen op een paard zaten. Hard vloekend sprong Toro van ons paard en stak zijn zwaard in de buik van een van de paarden van de bandieten, waardoor dat steigerde en boven op zijn berijder viel. Omdat mijn mes te klein was om ermee tegen hun zwaarden te vechten, gooide ik mijn beurs een eind weg en schreeuwde: 'Hier is het geld!' Ik had een andere beurs met het grootste deel van mijn dukaten voor de veiligheid onder de buik van het paard vastgebonden. Twee bandieten gingen er achteraan en ik draaide me om om Toro te helpen. Maar precies op dat moment was de vierde bandiet bezig zijn bloedige zwaard uit Toro's buik te trekken. Deze krachtsinspanning maakte dat de kap op het hoofd van de bandiet naar achteren schoot en ik een mager, grimmig gezicht zag, dat ik, ook al had ik het meer dan tien jaar niet gezien, onmiddellijk herkende. Vittore!

Ik schreeuwde zijn naam en hij sprong op me af, maar God stuurde een engel om me te beschermen, omdat ik aan zijn zwaard ontsnapte en op mijn paard het bos in kon vluchten, rouwend om Toro. Ineens was ik bang dat ik Miranda nooit meer zou zien, net zoals ik indertijd bang was dat ik mijn moeder nooit meer zou zien op de dag dat ze ziek was geworden.

De nonnen waren met de vespers bezig. De abt, die Tottorini heette, zei dat ik een zonde zou begaan als ik Miranda uit het klooster zou halen, maar ik duwde hem omver en rende door het klooster, opende elke deur tot ik Miranda had gevonden... in zíjn kamer! Die vette klootzak mocht van geluk spreken dat hij was verdwenen voordat ik hem te grazen had kunnen nemen.

'U hebt me alleen maar mee naar huis genomen om me van de honger om te laten komen,' jammerde Miranda een paar weken later. God weet dat dat echt niet mijn bedoeling was geweest, maar mijn strikken waren leeg, onze gewassen verlept, en onze beesten konden we ook niet opeten omdat ze te ziek of te mager waren. We hadden zelfs niet een paar armzalige kastanjes om brood van te bakken! 'Treurig is degene die arm en ongelukkig geboren is,' zei mijn moeder altijd, 'want hij moet in zijn handen spugen om iets te eten te hebben en God weet hoe vaak hij zal vasten zonder dat plechtig te hoeven beloven.'

Bij het ochtendgloren nam ik Miranda mee naar het bos en zei tegen haar dat ze een vogel moest nadoen. Toen een vink vlakbij neerstreek in een boom, doodde ik die. Ik zei tegen haar dat ze het nog een keer moest doen, maar ze schudde haar hoofd.

Ik zei: 'Wat maakt het uit hoe we ze vangen?'

Ze gaf geen antwoord.

'Als we niet eten, gaan we dood!' schreeuwde ik tegen haar.

Ze zong om mij een plezier te doen, maar de vogels hoorden de tranen in haar stem en vlogen weg.

Ik maakte de vink met wat groenten klaar en zei tegen Miranda dat ze het mocht opeten als ze dat wilde, maar dat als ze zou gaan huilen, ze voor straf naar buiten moest. Ze liep weg. Ik werd door wanhoop overmand. Ik dacht erover om naar Corsoli te gaan om werk te zoeken, maar ik was geen handwerksman en was ook niet aangesloten bij een gilde. Ik had geen enkel vak geleerd. Ik riep Miranda bij me. Ze keek me angstig vanonder haar donkerbruine wenkbrauwen aan. Ik omhelsde haar – ze was zo mager dat ik met mijn handen haar borst kon omspannen – en vertelde haar, tot ze in slaap viel, het verhaal over hoe ik haar moeder had ontmoet.

Ik werd wakker toen de eerste stralen van de zon over de heuvels heen schenen. Ik liep naar onze verdorde groenten, viel op mijn knieën en zei: 'Heilige Moeder, ik vraag uw hulp, niet voor mijzelf maar voor mijn Miranda, die zeker dood zal gaan als ze niet snel iets te eten krijgt.'

Voordat die woorden uit mijn mond waren, begon de grond onder me te trillen. Ik zag niets, maar ik hoorde takken breken en het gejank van jachthonden. Ineens schoot er een prachtig hert het bos uit, zijn ogen waanzinnig van angst en met zijn zwarte tong uit zijn mond. Hij kwam zo snel op me af dat hij, voordat ik in beweging kon komen, over me heen was gesprongen en tussen de eiken aan de andere kant van mijn erfje was verdwenen. Onmiddellijk daarna klonken er een heleboel bloeddorstige strijdkreten en een geblaf waar ik het koud van kreeg. Ik rende terug naar onze hut op het moment dat er wel honderd jachthonden het bos uit stormden, blaffend en grommend en jankend, gevolgd door een gigantische man op een zwart paard: Federico Basillione DiVincelli, hertog van Corsoli.

Ik had hertog Federico slechts een paar keer in Corsoli gezien en alleen maar van een afstand, wat ook de veiligste manier was om naar hem te kijken. Iedereen wist dat hij, om hertog te kunnen worden, zijn vader had vermoord en zijn broer Paolo had vergiftigd. Voor die tijd was hij een *condottiere* geweest – hij had ooit tijdens een veldslag in z'n eentje dertig man afgemaakt – en had vele heren in heel Italië en in Duitsland gediend. Hij stond erom bekend dat hij tegenover iedereen die hij had gediend, verraad had gepleegd. Om die reden was hij ook uit Italië weggegaan en was vijf jaar in Turkije in dienst van een sultan geweest. Geruchten deden de ronde dat hij altijd zijden kleren droeg, dat hij bang was voor het getal zeven omdat hij op die dag van de maand zijn broer had vermoord, en dat hij ooit een vijand had gedwongen om zijn eigen kind op te eten. Ik wist niet of hier iets van waar was of niet, maar *potta*, toen ik hem van zo dichtbij zag, geloofde ik alles wat ik had gehoord.

Om te beginnen pasten sommige delen van zijn lichaam totaal niet bij elkaar. Zijn gezicht was zo bol als een pastei, maar zijn neus, die zijn gezicht in tweeën sneed, was zo dun en spits als een zwaard. Zijn ogen waren klein en fel als die van een havik, maar zijn onderlip hing omlaag als een dode vis. Hij had een dikke stierennek, maar kleine handen.

Het was niet alleen de manier waarop hij eruitzag die me bang maakte. Ik heb mannen gezien die er vreemder uitzagen. Er is een molenaar niet ver van Gubbio die een derde oor heeft dat onder zijn rechteroor zit en een vrouw in Corsoli die geen neus heeft. Nee, het was de arrogante manier waarop hertog Federico over mijn erf reed, alsof niet alleen het land maar zelfs de lucht zijn eigendom was.

Vraag me niet hoe, maar het paard van de hertog spietste zichzelf bijna aan een van mijn bonenstaken en steigerde zo woest dat het niet veel scheelde of Federico was eraf gevallen. Hij trok zijn zwaard, vloekend en tierend, en hakte de paar verschrompelde bonen die ik nog overhad in duizend stukjes. Toen keek hij op en zag mij in de deuropening van onze hut staan.

'*Avanzarsi!*' schreeuwde hij, waarbij zijn stem klonk als twee messen die langs elkaar schraapten.

Sono fottuto, dacht ik, ik ben zo goed als dood. Ik fluisterde tegen Miranda: 'Kom niet naar buiten voordat ze weer weg zijn,' en toen liep ik over mijn stoffige, vertrapte lapje grond naar de hertog. Tegen die tijd waren de andere jagers ook opgedoken – het waren er zeker tien – en die zaten me nu in hun donkergroene jagersjasjes en met grote zwarte, in de zon glimmende laarzen op hun steigerende paarden aan te staren. De honden ontblootten hun tanden en blaften toen ik langs ze liep. Een enorme mastiff met een met robijnen versierde halsband sprong op en zou me hebben gebeten als hertog Federico niet 'Nero!' had geschreeuwd.

Ik knielde voor de hertog, maar omdat hij zijn zwaard in zijn hand had, leek het me beter om mijn hoofd maar niet te buigen.

'Wie heeft tegen je gezegd dat je je boerderij midden in mijn jachtveld mocht zetten?' vroeg hertog Federico op dwingende toon.

'Niemand, Uwe Hoogheid. Ik vraag u duizendmaal om vergiffenis...'

'Door jou heb ik een hert verspeeld,' zei Federico, en hij hief het zwaard boven zijn hoofd. Ik hoorde een schreeuw en toen kwam Miranda onze hut uit gerend en wierp zich om mijn nek. Omdat de hertog in dienst van de Turken was geweest, wist ik dat hij geen moment zou aarzelen om een kind te doden, dus rukte ik haar armen los en schreeuwde: 'Ga weg! Ga weg!'

Een jager met een lange grijze baard en een droevig gezicht zei: 'We zouden hem wel kunnen gebruiken.'

'Kunnen gebruiken?' vroeg Federico. 'Hoe?'

'Hij kan Lucca's plaats innemen, Uwe Doorluchtigheid.'

'Ja,' zei ik, en ik ging staan. 'Ik zal Lucca's plaats innemen.'

Federico zette grote ogen op en lachte met een hoge, schrille stem. De jagers begonnen onmiddellijk met hem mee te lachen terwijl ik daar maar stond, Federico's zwaard zwevend boven mijn hoofd, Miranda's armen om mijn middel. Ik dacht: dat moet God hebben gezegd... want ik had zelf geen flauw idee waarover ik het had gehad!

'Neem hem mee,' zei Federico, en terwijl hij naar Miranda keek, voegde hij eraan toe: 'En neem haar ook mee.'

Hoofdstuk 5

De jager met de lange grijze baard zette Miranda voor zich op zijn paard, dus kon het me niet schelen dat ik enige uren met een touw om mijn nek heuvel opwaarts zou moeten rennen. Iedere tel die ik in leven bleef, was een geschenk van God, en wie was ik om Hem in twijfel te trekken? Hij had een wonder verricht. Ik ging Lucca's plaats innemen. Zoals ik al heb geschreven, was ik vaak naar de markt in Corsoli geweest, maar deze keer zag ik dingen die me eerder nooit waren opgevallen of die ik me niet meer kon herinneren: de enorme muur van grijze steen van de Westpoort, de huizen die op een kluitje langs de straten stonden die omhoog naar het centrum van de stad leidden, het geluid van klakkende paardenhoeven op de keien. We reden over het Piazza Vedura met zijn klaterende fontein, over het Piazza San Giulio en door nog meer kronkelende straten, en toen over de Trap der Tranen naar het Palazzo Fizzi. Het paleis stond rechts van ons en tegenover ons, aan de andere kant van het piazza, lag de Duomo Santa Caterina met zijn mooie gouden madonnabeeld boven de deur, tot wie ik stilletjes om Miranda's veiligheid bad.

Van buitenaf zag het Palazzo Fizzi er als een burcht uit, maar het binnenplein had aan drie zijden galerijen met zuilen en bogen. Althans, dat was het weinige wat ik ervan kon zien. Christus aan een kruis! Het was alsof de gewone markt nu naar het paleis was verplaatst. Overal zag je voedsel! Meer voedsel dan ik ooit in mijn hele leven had gezien. Vlak bij me stonden vrouwen achter borrelende ketels en spitten waaraan vlees werd geroosterd; verderop rangschikten jonge meisjes manden met fruit en groenten. En in het midden was een groep mannen bezig gevilde beesten in stukken te hakken.

'Welke heiligendag valt hier te vieren?' vroeg ik aan een jager. Hij antwoordde dat het San Michele was én de verjaardag van de hertog, en toen gaf hij me een draai om mijn oren omdat ik dat niet wist. *Potta!* Hoe had ik dat moeten weten? Er waren de afgelopen paar jaar zoveel nieuwe heiligen bij gekomen dat ik niet eens wist dat er een San Michele bestond.

We waren net bij de stallen aangekomen toen twee soldaten een man die ze met zich meezeulden voor hertog Federico neerpootten.

'Heeft hij bekend?' brulde de hertog.

De soldaten knikten. Maar de man zei snikkend: 'Uwe Doorluchtigheid, het is niet waar.'

De hertog sprong van zijn paard en zei tegen de man dat hij zijn tong uit moest steken. Het was stil geworden op het binnenplein en toen ik vluchtig om me heen keek, zag ik in alle ramen gezichten. De man stak langzaam, angstig zijn tong uit. Hertog Federico greep die met zijn linkerhand vast, trok zijn dolk met zijn rechterhand, sneed de tong af en gooide hem naar Nero.

Het bloed spoot uit de mond van de man en op hertog Federico's laarzen. De hertog draaide zich naar de andere jagers om. 'Eerst liegt hij tegen me en dan bevlekt hij met zijn bloed ook nog eens mijn laarzen.'

De man jammerde deerniswekkend, zijn handen naar Nero uitgestoken die de tong al had verorberd en nu druk bezig was zijn bloed op te likken. Federico gaf de man een trap. 'Hou je waffel!' gilde hij en toen liep hij weg.

Maar de man kon zijn mond niet houden. Alsof ze met zijn smart meevoelden, verstomden de ketels, de braadspitten, de steigerende paarden en de blaffende honden, waardoor zijn gekerm, weergalmend tussen de muren van het paleis, nog harder leek te klinken. Federico bleef ineens met zijn rug naar de man staan.

Ik mompelde: 'Alstublieft, God, laat hem stil zijn.'

Maar in zijn paniek had de man zijn verstand verloren. Tranen stroomden over zijn gezicht, bloed gulpte uit zijn mond, en een hartverscheurend gesnik ontsnapte aan zijn lippen. Federico trok zijn zwaard en zonder eerst naar de man te kijken, draaide hij zich vliegensvlug om en stak hem door zijn rug zodat de punt van zijn zwaard dwars door zijn hart ging en er aan de andere kant weer bloedrood uitkwam. Alle jagers klapten. Ik voelde Miranda's lichaam verstijven en ik drukte haar gezicht tegen me aan zodat ze niet zou gaan schreeuwen. Een jongeling met krullend haar – van wie ik gezien had dat hij steeds naar Miranda staarde – knikte alsof hij wilde zeggen dat ik daar verstandig aan had gedaan.

Hertog Federico trok het zwaard uit de rug van de man, veegde het aan diens lichaam af, en liep met grote passen het paleis in. De soldaten die de man naar buiten hadden gebracht, sleepten zijn lichaam nu naar de muur aan de achterkant van het binnenplein en gooiden het naar beneden, het dal in. Ik voelde het gewoon stuiteren op de steile rotsen, hoorde de botten breken op zijn weg naar de voet van de berg. Binnen de kortste keren waren de bedienden echter weer aan het werk alsof er niets was voorgevallen, maar toen we het paleis binnenliepen, voelde ik in mijn nek de hete adem van een heleboel lieden die hun haat lieten ontsnappen.

Miranda en ik werden onder in de toren aan de andere kant van het paleis opgesloten. De cel had ijzeren deuren met grote sloten, een piepklein raampje vlak bij het plafond, en op de grond lag wat smerig stro.

'Waar zijn we, *babbo*?' fluisterde Miranda. Ze trilde nog van wat ze had gezien.

'In het paleis van hertog Federico.'

'Maar dit is niet het paleis.'

'Ze maken voor ons allebei een mooie, grote kamer klaar met bedden en bedienden,' zei ik zo opgewekt mogelijk.

'Maar waarom?'

'Waarom? Omdat ik Lucca's plaats ga innemen. Heb je die man niet gehoord?'

Ze dacht even na en zei toen: 'Maar wie is Lucca?'

Ik wist het niet, en toen ik haar geen antwoord gaf, was ik bang dat ze zou gaan huilen. Ik trok haar tegen me aan en terwijl ik in die lieve, donkere ogen keek, beloofde ik haar dat God ons niet op de wereld had gezet om ons aan ons lot over te laten. Ik zei tegen haar dat ze alle gebeden moest opzeggen die ze had geleerd en terwijl ze dat deed, vroeg ik God of Hij ons misschien per ongeluk voor andere mensen had aangezien en of als dat zo was, Hij dan Zijn fout niet kon herstellen voordat het te laat was.

Uiteindelijk waren we door alle gebeden heen en kropen we bij elkaar in een hoek van de cel. We werden zo stil dat het enige dat ik hoorde het kloppen van onze harten was, en ik zweer je dat die op een bepaald moment ook stopten.

'Alstublieft,' smeekte ik de schildwachten toen ze me kwamen halen, 'laat mijn dochter hier niet alleen achter.'

Een van de schildwachten zei: 'We doen wat we willen.' Maar de kapitein, die een goed hart had, zei: 'Ik heb ook een dochter. Ik zal haar mee naar boven nemen.'

Ik werd naar een kamer gebracht waar een grote kuip vol zoetgeurend water stond en toen zeiden ze dat ik mezelf moest schoonschrobben en mijn haren wassen. Andere bedienden renden langs, voorbereidingen treffend voor het banket. De jongeman met krullend haar kwam voorbij met een mand vol appels. 'Hé!' riep ik. 'Waar is Lucca?' Maar hij negeerde me. De jager met de grijze baard keek naar binnen en zei tegen de bedienden: 'Zorg dat zijn handen goed schoon worden.' Die stomme idioten schrobden mijn handen tot ze ontveld waren en ze zouden zijn doorgegaan tot het bloed eruit spoot als ik niet gedreigd had die sufferds bij me in de tobbe te trekken. Ik werd afgedroogd en mijn haren werden geborsteld. Toen werd ik geschoren en kreeg een rode broek, een wit hemd, een wambuis en een stel schoenen. Toen ik me had aangekleed, hielden ze me een spiegel voor. De bedienden lachten en zeiden: 'Hij herkent zichzelf niet.'

Ze hadden bijna gelijk. Ik herkende mezelf wel, alleen kwam dat niet omdat ik wist hoe ik er zelf uitzag, maar omdat ik zoveel op mijn moeder leek. Mijn haar was net zo stijl als dat van haar, ik had haar amandelvormige ogen en mijn linkeroog was ook iets groter dan het rechter. Ik herinner me nu niet meer hoe mijn neusvleugels er toen uitzagen. Miranda zegt dat ze nu vlezig zijn, maar alleen mijn moeder had kunnen weten of ze al zo waren toen ik net geboren was, of dat ze zo zijn geworden door wat ik doe. En toch verschilde ik niet zoveel van de mannen om me heen. Ik was wel magerder, maar niet veel langer of korter. En dus kon ik uit mijn uiterlijk alleen niet opmaken waarom ik was verkozen om Lucca's plaats in te nemen. 'Van wie zijn deze kleren?' vroeg ik.

'Van Lucca,' antwoordde een van de bedienden.

Ik wilde nog meer vragen, maar iedereen was druk bezig en zei boos dat ik niet het recht had om vragen te stellen. Aan mijn kleren moest nu de laatste hand worden gelegd. De schoenen pasten me perfect, maar verder was Lucca in alle opzichten groter dan ik. Ik verdronk in zijn wambuis, de mouwen van het hemd waren te lang en de broek ook. Desondanks was ik blij. Het was nog altijd beter dan mijn eigen lange hemd. Een schildwacht bracht me naar Miranda, die nu in een prettige kamer was die op een tuin met bloemen uitkeek.

'*Babbo*,' zei ze naar lucht happend. 'U ziet eruit als een prins!'

'Die Lucca moet een hele piet zijn,' zei ik. 'Wie weet, misschien heeft hij ook wel een dochter. Dan krijg jij vast ook nieuwe kleren.'

De zon scheen allang niet meer toen de schildwachten me weer kwamen halen. Ik kuste Miranda en zei dat ik van haar hield en dat ze op God moest vertrouwen. Ik werd naar boven gebracht door stille stenen gangen die door brandende blakers werden verlicht. Eerst hoorde ik allerlei geluiden en toen rook ik de geuren van eten, en beide werden sterker en sterker tot we een hoek omgingen en toen, o, gezegend zij de heiligen! Wat een aanblik! Een gang vol bedienden, allemaal mooi gekleed in rood en wit, en met schotels vol met de etenswaren die ik eerder had gezien maar die nu op honderd verschillende manieren hadden gesudderd en waren geroosterd en gekookt en gestoofd en gebakken.

Vóór me hielden bedienden nog meer schotels vast en op elk daarvan lag een zwaan met een zilveren kroontje op zijn kop, de ogen zo helder, het verenkleed zo springlevend dat ik bij mezelf zei: 'Dit zijn de best afgerichte vogels van heel Italië.' Heilige Moeder van God! Wat een naïeveling was ik! Ze leefden helemaal niet meer, maar zoals ik later ontdekte, waren ze allemaal zo voorzichtig gevild dat de veren aan de huid waren blijven zitten. Daarna waren de vogels, nadat de ingewanden waren verwijderd en de buik was gevuld met eiwit en fijngehakt vlees, perfect geroosterd. Daarna waren de huid met veren, de poten en de snavel behendig terug op hun plaats gebracht met een meelpapje gekleurd met saffraan. Een mirakel op zich!

Andere bedienden droegen hoog boven hun hoofden aan het spit geroosterde geitenbouten, malse plakken kalfsvlees, kwartels met aubergine, en nog meer schotels met vissen die bestrooid waren met peterselie en dille. *Ohi me!* Ik werd er duizelig van. De geuren drongen mijn neus binnen, maakten zich meester van mijn hersens, brachten mijn maag in verzoeking. Jaren honger lijden was een deel van mijn wezen geworden, maar de knagende pijnen van de honger die zich in mijn lichaam hadden gegrift, ontwaakten nu met zo'n enorme schreeuw dat ik de muur moest vastgrijpen, anders had ik mezelf op een bediende gestort die net met een schapenbout langskwam.

Een klein, woest kereltje met borstelige wenkbrauwen en een kropgezwel bij zijn linkeroor wrong zich geïrriteerd langs me en rende snuivend, proevend en roerend van de ene schaal naar de andere. Dat was Cristoforo, de chef-kok op dat moment. Toen klonken er panfluiten en tromgeroffel, gevolgd door gelach en geblaf en het uitzinnige geblaat van een schaap! Het geblaat hield op, en toen steeg er een bulderend gelach op dat tot in de gangen te horen was.

De jongeman met de krullenkop kwam langs met een kom vol sla. 'Je hebt Lucca zelf gezien,' zei hij. 'Hij was degene van wie de tong werd afgesneden.'

Ik dacht dat ik in mijn broek zou schijten. Mijn mirakel was ineens omgeslagen in een ramp. Toen de jongen met de krullenkop weer langskwam, greep ik zijn arm beet. 'Maar waarom?'

'Omdat hij geprobeerd heeft Federico te vergiftigen. Hij was de voorproever.'

'De voorproever!' En ik nam zijn plaats in! Ik wilde mijn kleren wel van mijn lijf rukken, door een raam springen en rennen tot ik weer bij mijn boerderijtje was. Maar overal stonden schildwachten en iemand schreeuwde: '*Adesso!* Kom mee. Nu!' Trompetten schalden en toen marcheerden we naar de Grote Hal en ik was de vierde in de rij!

O, heiligen zij geprezen! Diezelfde ochtend dacht ik nog dat ik de dood nabij was en nu stapte ik het paradijs binnen. Overal rook het naar iriswortel en rozemarijn. Aan de muren hingen kleurige banieren en prachtige wandkleden. Er stonden lange tafels bedekt met witte lakens, en bloemen waren zo kunstig in vazen geschikt alsof ze moeder Natuur zelve jaloers wilden maken. Aan de tafels zaten gasten gekleed in de fijnste zijden, linnen en fluwelen kleren, alle afgewerkt met goudblaadjes. Allerlei soorten juwelen hingen om halzen en polsen, en fonkelden op sneeuwwitte boezems. Muzikanten speelden een vrolijke melodie. Honden kwamen onder de tafels vandaan om naar ons te loeren. Een dwerg, nat van het zweet, zat boven op een dood schaap. We staarden recht voor ons uit, onze hoofden geheven, hoewel ik mijn *culo* samenkneep vanwege wat ik net had gehoord.

Tegen die tijd hadden we de tafel van hertog Federico bereikt aan het andere eind van de zaal. Gekleed in een tabbaard met pofmouwen van rode hermelijn, leunde de hertog achterover in een enorme stoel terwijl hij ons met zijn kraaloogjes in de gaten hield. Een gouden medaillon met zijn beeltenis erin gegraveerd lag op zijn borst. Een bediende zette de schotel met de grootste zwaan voor hem neer. De gasten staakten hun gekwebbel. Nero lag aan de voeten van de hertog te gapen. Cristoforo, de kok, stapte naar voren met een lang mes in zijn rechterhand en een korte spies met twee tanden in zijn linkerhand. Terwijl hij zijn ogen samenkneep, bestudeerde hij de zwaan, haalde diep adem, stak zijn spies erin en tilde de zwaan tot borsthoogte op. Toen zocht hij met zijn mes de juiste plek om aan te leggen en sneed zes perfecte plakken van de rechterborst, zoef, zoef, zoef, en dat allemaal terwijl hij de zwaan met de spies omhooghield. En hij deed het zo handig dat de stukken keurig naast elkaar op het bord van de hertog vielen, alsof ze daar met de hand waren neergelegd. '*Stupendo! Meraviglioso!*' schreeuwde iedereen. Cristoforo boog.

Iemand duwde me naar voren zodat ik recht tegenover Federico kwam te staan, met tussen ons in de zes plakken roodbruin vlees die in hun eigen sappen dreven. Toen pakte Cristoforo het bord, gaf me een mes en zei: 'Proeven.'

Hoofdstuk 6

'*Che brutta sorpresa*,' zou mijn moeder hebben gezegd. 'Wat een onaangename verrassing.' Onaangenaam? *Ohi me!* De plakken zwaan dijden zo erg uit dat ik niets anders meer zag. Ik dacht maden te zien die zich eraan te goed deden, wormen die erdoorheen glibberden, groene pus die er aan de zijkanten uitsijpelde. Ik keek naar Federico. Een sliert speeksel hing aan zijn dikke onderlip. Ik voelde alle ogen op mij gericht: die van de edelen, van de ridders, hun vrouwen, courtisanes, bedienden. Ik dacht terug aan de haat die ik eerder die dag op het binnenplein op de gezichten van de bedienden had gezien. Zou een van hen het eten hebben vergiftigd? Miranda was haar moeder al kwijtgeraakt en zonder mij zou er niets van haar terechtkomen. Hoewel ik Federico niet wilde irriteren (God weet dat ik alles wilde doen om Hem tevreden te stellen), legde ik het mes neer en zei: 'Dank u, Uwe Doorluchtigheid, maar ik heb al gegeten.'

Het gezicht van de hertog trilde van razernij. Zijn tanden knarsten, zijn onderlip zakte tot op zijn kin.

'Proef het in godsnaam!' schreeuwde Cristoforo.

Federico duwde zijn stoel naar achteren, leunde over de tafel en greep het mes. Overal om me heen riepen mensen: 'Proef het! Proef het!'

Ik twijfelde er geen moment aan dat Federico net zo behendig met een mes was als met zijn zwaard, dus pakte ik snel een plak van de zwanenborst en beet erin.

Ik had slechts een paar keer in mijn leven vlees gegeten: varkensvlees op het feest van San Antonio, een paar kippen, en één keer vlees van een schaap dat kreupel was geworden toen we de kudde bijeendreven. Telkens wanneer mijn vader vlees at, zei hij: 'Zo hoort vlees te smaken,' alleen maar omdát het vlees was. Maar het kwam zo sporadisch voor dat ik het at, dat ik me nooit kon herinneren hoe het de vorige keer had gesmaakt. Maar deze borst, deze zwanenborst, ben ik nooit meer vergeten. Goeie genade! Toen mijn tanden in het vlees wegzonken, viel het in mijn mond uit elkaar. De sappen liepen over mijn tong als beekjes in de lente. Iemand kreunde van genot. En dat was ik!

Hertog Federico sloeg met zijn vuist op tafel. 'Slik door!' brulde hij. Dat hoefde hij me geen twee keer te zeggen! Ik zou die hele vogel hebben opgegeten als ik de kans had gehad. Mijn keel ging open, mijn maag kwam omhoog om het eten naar beneden te trekken, en toch kwam er geen beweging in het borststuk. Hoe intens een deel van mij er ook naar smachtte om het door te slikken, een andere deel wilde het niet. Dat andere deel van mij zei: 'Stel nou dat het stuk vlees is vergiftigd? Hoe snel zal ik dat dan voelen? Hoe zal dat dan voelen? Is het al te laat?' Er kriebelde iets in mijn keel. Misschien was het verbeelding, maar toen ik dat voelde, probeerde ik het vlees uit mijn keel te trekken. Borden knalden op de grond, honden blaften, de gasten stonden in paniek op. Toen werden mijn handen op mijn rug vastgegrepen en het vlees door mijn strot geduwd alsof ik een beest was.

Ik heb ooit een molenaar dood zien gaan omdat hij smerig water had gedronken. Hij bleef maar over de grond rollen en probeerde zijn maag met zijn handen uit zijn lijf te rukken. Zijn ogen puilden uit, zijn tong zwol op. Hij schreeuwde dat hij zijn molen zou nalaten aan de man die hem een mes bracht om een einde aan de brand in zijn buik te maken, maar dat vervloekte wijf van hem verbood het ons. Zijn geschreeuw duurde tot de ochtend en toen bleef hij doodstil liggen, zijn lippen weggebeten door zijn van de duivel bezeten tanden.

Maar mijn mond werd niet verbrand door dit vlees, noch ging mijn keel eraan kapot. Mijn maag voelde niet aan alsof hij verscheurd werd door de klauwen van een griffioen. Ik voelde niets anders dan een wonderbaarlijke sensatie. Ieder vezeltje van mijn lichaam zuchtte van tevredenheid. Blakers flakkerden, laaiden op en doofden. Ogen schoten van mij naar de hertog en weer terug. Toen enige tellen waren verstreken en er nog steeds niets was gebeurd, bromde de hertog iets, trok het bord naar zich toe, pakte de andere plakken met zijn handen en at ze op. Dat was het teken voor de gasten dat ze mochten gaan eten. Het ene moment waren alle ogen in de zaal op mij gericht geweest en het volgende moment was ik onzichtbaar geworden.

'Wil je soms dat ik vermoord word?' schreeuwde Cristoforo toen we naar de keuken terugliepen. Hij was zo boos dat zijn kropgezwel net zo rood als zijn gezicht was geworden. 'Doe gewoon wat je gezegd wordt, of ik zweer je dat als Federico je niet vermoordt, ík dat zal doen.'

Later ontdekte ik dat een positie als kok van Federico even hachelijk was als die van voorproever, want wat voedsel betrof was Federico nog wantrouwiger dan een ouwe gek met een jonge bruid, en hij sloeg je eerst verrot en stelde daarna pas vragen. Cristoforo had geen tijd meer om met zijn getier door te gaan, want de keukenknechten waren druk bezig nog meer schotels voor te bereiden. Zo nu en dan rommelde mijn maag en dacht ik: nu ben ik er geweest! Dit is het vergif! Maar toen ik niet ziek werd, drong het tot me door dat het gerommel alleen maar kwam omdat mijn maag aan eten moest wennen. De jongen met de krullenkop, die Tommaso heette, zei: 'Blijf in de buurt. Federico heeft je zo weer nodig.'

Ik liep terug en ging bij de opdientafel staan waar de laatste hand aan het vlees en andere gerechten werd gelegd en keek naar de gasten terwijl ze kleine hapjes namen van worstjes, op kippenpoten kauwden, plakken kalfsvlees opslokten en merg uit botten zogen. De kleur van hun mouwen veranderde van rood in mosterdgeel in bruin terwijl ze het eten door een vijftal verschillende sauzen haalden. Ze spraken over politiek en kunst en oorlog. Toen iemand nieste, begon een gebochelde man met een groot hoofd, grote oren, een zwarte baard en ogen die uitpuilden achter de glazen van zijn beugelbrilletje, een discussie over tafelmanieren.

Hij zei: 'In Venetië ontdoen ze zich op deze manier van hun snot,' en toen pakte dat misbakseltje zijn neus tussen zijn duim en wijsvinger, draaide zich half om en blies, precies op het moment dat ik achter hem langs liep, een enorme kledder snot recht tegen mijn been. Iedereen lachte. Ik was woedend omdat ik die broek net had gekregen en ik wist niet wanneer ze me een andere zouden geven. Ik werd nog vijf keer geroepen om het eten van de hertog te proeven. Ik herinner me gezouten varkenstong gekookt in bloedrode wijn, galantine van vis, groenteravioli, licht bestrooid met kaas, een *farinata*, een dikke pap van tarwe en amandelmelk, en saffraan voor het wildbraad. Er waren ook kapoenen. Kapoenen met beignets, kapoenen met citroen, kapoenen met aubergines, kapoenen gebraden in hun eigen vet. Ze vonden het allemaal heerlijk! God in de hemel! Hoe hadden ze het níét heerlijk kunnen vinden? Wat mezelf betreft, elke keer als ik iets moest proeven, was ik bang dat ik dood zou gaan. Mijn maag gromde als een woedende beer, maar er gebeurde niets.

Dus nadat ik zonder kwalijke gevolgen de ene na de andere schotel had geproefd, zei ik tegen mezelf: Ugo, misschien is het eten niet vergiftigd. En daar dit misschien de enige keer is dat je zulk lekker eten zult proeven, waarom zou je er dan niet van genieten!

Op dat moment diende Cristoforo Federico een schotel op met geel gebak dik in de room en bestrooid met suiker, zogenaamde Napolitaanse kruidenkoeken, en met het lekkerste van alles, perentaartjes met een omhulsel van marsepein. Mijn mond was gevuld met zoveel speeksel dat er een os in kon verdrinken. Ik bad dat Federico eerst een perentaartje zou kiezen. Dat deed hij. Mezelf kalmerend om niets van mijn opwinding te laten merken, bracht ik het taartje naar mijn mond en nam een hap.

O, heiligen zij geprezen! Tot degenen die zeggen dat koken niet zo'n verheven kunst is als schilderen en beeldhouwen, zeg ik dat ze zaagsel in hun kop hebben. De kookkunst is veel, veel verhevener! Het werk van een beeldhouwer blijft eeuwig bestaan, maar de grootsheid van een kok wordt afgemeten aan hoe snel zijn creaties verdwijnen! Een ware meester moet elke dag grootse werken verrichten. En die snuivende gluiperd van een Cristoforo was waarlijk een meester. Stel je een warme zachte bodem voor die aan beide zijden van je gehemelte uit elkaar valt, de suikerige wekigheid van een zachte bruine peer die als een bevredigde vrouw op je tong ligt, de succulente, paradijselijke sappen die de ruimtes tussen je tanden en kiezen vullen, en dan nog zou je niet in de buurt komen! Je zou in zo'n geval toch denken dat ik, die nog nooit zo'n lekkernij had geproefd, mezelf met alle plezier aan dit genot zou hebben overgeven, misschien zelfs de dood geriskeerd zou hebben en nog een hap hebben genomen. Maar dat deed ik niet. En geloof me, niet omdat ik het niet wilde, maar omdat ik het niet kón! Er was iets in me veranderd. Het taartje bracht geen enkel genot bij me teweeg. Niets. *Niente!* Mijn smaakpapillen waren beroofd van alle vermogens om te genieten. Ik liep zo teleurgesteld bij de tafel weg terwijl ik naar de perentaartjes en kruidenkoeken keek, dat de tranen me in de ogen sprongen.

Tot op de dag van vandaag is dat zo gebleven. Maaltijden die mannen tot poëzie hebben geïnspireerd, vrouwen tot het spreiden van hun benen en ministers tot het onthullen van staatsgeheimen, laten mij onberoerd. Zelfs als ik niet voor de hertog proef, als ik hier alleen op mijn kamer zit met een enkele kaars die licht op mijn eenzaamheid werpt, met alleen brood en kaas als voedsel, voel ik niets. Maar het is een kleine prijs die ik moet betalen. Want als ik al die jaren had mogen genieten van eten, zou ik na verloop van tijd veel minder waakzaam zijn geworden, en de vijanden van de hertog zitten op dat soort momenten te wachten. Nee, hoe graag ik ook van eten zou willen genieten, ik houd toch meer van het leven.

Het was nu al bijna ochtend en de vogels ontwaakten, maar het banket was nog steeds niet ten einde. Een magere man met gele tanden, enorme wenkbrauwen en een loopneus stond op om een speech te houden, en het viel me op dat de bedienden stilletjes de zaal verlieten. Ik probeerde achter ze aan te gaan, maar toen ze me zagen, gooiden ze de deur voor mijn neus dicht en hoorde ik ze aan de andere kant giechelen.

De magere man schraapte zijn keel en zei: 'Ik, Septivus, de minste van alle redenaren, wil u, hertog Federico Basillione DiVincelli, de grootste van alle beschermheren, bijzonder hartelijk bedanken.'

Ik herinner me niet precies meer wat Septivus daarna zei, maar sinds die tijd heb ik zoveel speeches van hem gehoord dat ik ze wel kan dromen. Ten eerste prees hij hertog Federico alsof hij Jezus Christus en Julius Caesar in één persoon verenigd was. Daarna zei hij dat als Cicero hier geweest was, hij niet zou hebben gezegd: 'We moeten eten om te leven,' maar 'Laten we leven om te eten,' omdat dit het verrukkelijkste banket was dat hij ooit voor zich had gezien. 'Het heeft onze zintuigen bevrijd, en door het eten van de vruchten die God aan het hof van Corsoli heeft geschonken, hebben we het paradijs zelf tot ons genomen.'

Alsof het al niet erg genoeg was dat ik niet van het eten kon genieten, moest ik nu ook nog luisteren naar die idioot die het de hemel in prees! 'Deze verrukkelijke feestmaaltijd,' riep Septivus, 'brengt ons niet alleen in harmonie met de natuur, maar verenigt ook onze harten met degenen die naast ons zitten. Vandaag zijn wonden geheeld, ruzies vergeten, want voedsel is de grootste genezer der mensheid.'

Ik kon mijn vader horen schreeuwen: 'Waar heeft die idioot het in godsnaam over?'

Daarna ging Septivus verder met het prijzen van de mond, omdat deze in ruil voor voedsel, voeding aan woorden gaf. 'Deze woorden, gekruid door het voedsel, loven de vereniging tussen mens en natuur, tussen mens en maatschappij, en tussen het lichaam en de geest. Zei Christus niet: "Dit is mijn lichaam, dit is mijn bloed?" Deze vereniging van lichaam en geest leidt voor ons tot een ander soort honger, die alleen door God kan worden gestild.'

Hij zweeg even om een slok wijn te nemen. 'Bij een waarlijk succesvol banket zijn de gesprekken noch te dom, noch te intelligent, maar verlopen dusdanig dat iedereen mee kan doen.' Hij bewoog zijn wijsvinger dreigend heen en weer. 'Want er is niets erger dan iemand die met een lange, saaie monoloog de dis domineert en daardoor alle genoegens van de maag tenietdoet die...'

'Inderdaad, niets is erger,' zei hertog Federico. 'Ik ga naar bed.' Zwaaiend op zijn benen stond hij op en liep stampend als een dronken os weg. Binnen de kortste keren was de zaal leeg.

De eerste roze stralen van het ochtendgloren verschenen boven de heuvels toen Tommaso zei: 'Nu gaan wij eten,' en toen bracht hij me naar de bediendenzaal.

Hoofdstuk 7

Ik vraag me af wat Septivus over de maaltijd voor de bedienden zou hebben gezegd. Maaltijd? Dit was geen maaltijd. Maaltijden worden in een keuken bereid. Deze was op een begraafplaats bereid! Voor elke kwartel- of kapoenborst die op het banket werd opgediend, kregen wij een snavel of een klauw. Voor elke geitenbout kregen wij een hoef. Voor elke worst een hoorn of een staart. Niemand zei iets. Niemand stak een speech af of tapte een mop. We zaten ons alleen maar vol te proppen rond de tafel. Het bleke gele licht van onze kaars van varkensvet verlichtte onze vermoeide gezichten en we wendden dat kleine beetje kracht dat nog in ons zat aan om te doen alsof dat wat we aten even verrukkelijk was als dat wat we hadden opgediend. Ineens dacht ik aan Miranda. 'Mijn dochter, ik moet haar zoeken...'

'Ze heeft al gegeten,' zei Tommaso terwijl hij een zwartgeblakerd kippenklauwtje zat uit te zuigen alsof het het smakelijkste hapje ter wereld was. 'Neem wat van het toetje.' Hij kwakte een schaal met vijgen, druiven en pruimen op tafel, allemaal zo bruin en verrot dat je nauwelijks de een van de ander kon onderscheiden. Toen pakte hij een stelletje beurse plekken in de vorm van een appel en zei: 'Kom mee, ik zal je naar haar toe brengen.'

Met grote passen leidde hij me door een doolhof van gangen en trappen, terwijl hij in zijn appel beet en de pitten uitspoog, totdat we bij een kleine kamer kwamen, tegenover de stallen, waarin ook drie jongens diep in slaap op hun strozakken lagen. Miranda lag opgerold onder een haveloze deken op een andere strozak.

Ik greep Tommaso's arm beet. 'Bedankt, heel aardig van je.'
Hij keek naar Miranda's gezicht, dat er zelfs in het nadelige groene licht van de blakers nog zacht en mooi uitzag. 'Buona notte,' antwoordde hij en toen vertrok hij, met zijn hoofd enigszins schuin en zachtjes fluitend.

Ik ging naast Miranda liggen en trok haar tegen me aan. Haar frisse, doordringende geur omwikkelde me en ik drukte mijn gezicht tegen het hare terwijl ik God dankte dat Hij haar tegen het kwaad had behoed. Maar hoewel ik bekaf was, kon ik niet slapen. *Ohi me!* Ik heb met schapen, geiten, varkens geslapen, maar die stonken met z'n allen nog niet zo erg als het in die kamer stonk. En het was niet alleen de stank, maar ook het gegil en het gepraat en gejank van de jongens terwijl ze wild om zich heen sloegen, lagen te woelen en met hun benen trapten in een poging om aan hun nachtmerries te ontsnappen.

Maar ook al zou alles daar rustig zijn geweest en zou dat pishol als een Turkse harem hebben geroken, mijn hersens weigerden te zwijgen. Ik wilde weten hoe Lucca had geprobeerd Federico te vergiftigen. Ik wilde weten, als ik dan toch eten moest proeven, waarom ik er van God niet van mocht genieten. Ik wilde weten hoe ik erachter kon komen of iemand gif over het vlees had gestrooid of gif in de korst van een pastei had gedaan. *Potta!* Hoe kon ik zulke lieden tegenhouden?

Hoeveel honger ik ook op mijn boerderijtje had geleden, ik was tenminste vrij geweest. Nu was ik een in een net gevangen vogel die op de Dood wachtte, op de eeuwige jager die mij kwam halen. En morgen kon het al zover zijn! Of de dag daarna. Of die daarna. Elke maaltijd kon mijn laatste zijn. Mijn hart bonkte zo luid dat mijn oren ervan tuitten. Ik ging in de deuropening naar het binnenplein staan om helder in mijn hoofd te worden. Het was doodstil in het paleis. De maan stond bleek aan de hemel en het gezicht erin was nauwelijks zichtbaar. Maar toen zag ik met mijn eigen ogen dat het gezicht veranderde in dat van mijn vader en toen in dat van mijn vervloekte broer Vittore. Vittore lachte. 'Ugo is omringd door al dat eten en hij kan er niet eens van genieten!'

Het voedsel dat ik had gegeten steeg op naar mijn keel. Nadat ik had overgegeven, nam ik Miranda in mijn armen en droeg haar de kamer uit. Overal lagen mensen te slapen, opgerold tegen elkaar in de gangen, in nissen en onder banken. Elke kamer lag propvol met opeengepakte gedaantes, sommige onder dekens, sommige zonder. Miranda opende haar ogen en toen ik haar vertelde dat we terug naar ons boerderijtje gingen, trok ze aan mijn arm en zei: 'Nee, ik vind het hier fijn, *babbo*. Ik heb vlees gegeten...'

'Maar, Miranda,' fluisterde ik, 'ze hebben me benoemd tot voorproever van hertog Federico. Zijn vorige, Lucca, was die man van wie hij de tong afsneed.'

De slaap verdween onmiddellijk uit haar ogen. Ik zette haar rechtop. '*Babbo*, ik wil niet dat je vergiftigd wordt.'

'Nee, ik ook niet. Daarom moeten we...'

Plotseling klonk er gegrom en in het licht van de blakers zag ik Federico's hond, Nero, zijn tanden ontbloot, zijn oren gespitst, terwijl hij log op ons af sjokte. Miranda, die dol op dieren was, was net zo bang voor hem als ik en kroop achter me weg.

'Nero!' zei een stem in de schaduw. Mijn hart stond stil. Hertog Federico kwam trekkebenend op ons af.

'*Scusi*, Uwe Hoogheid.' Ik boog diep. 'Mijn dochter had naar gedroomd en...'

'Jij bent de voorproever,' zei de hertog.

'*Si*, Uwe Doorluchtigheid.'

'Kom hier.' Ik aarzelde en hij herhaalde: 'Kom hier! Maak je niet ongerust, ik probeer niet meer dan één mens per dag te doden.' Terwijl hij met zijn volle gewicht op mijn schouder leunde, grijnsde hij en liet zichzelf op een bank zakken.

'Til mijn voet op de bank.' Maar zijn voet was helemaal in zwachtels verpakt en gezwollen van de jicht en ik wist niet waar en hoe ik hem moest vastpakken. 'Aan de onderkant!' snauwde hij. 'Aan de onderkant!'

Ik bad dat ik zijn voet niet zou laten vallen (dat Nero's bek een paar centimeter van mijn gezicht was verwijderd, maakte het er ook niet beter op), pakte zijn voet zoals hij mij geïnstrueerd had en tilde hem omhoog naar de bank.

'Voorzichtig!' snauwde Federico en Nero blafte hard.

Ik zweette zo erg dat ik amper iets kon zien en legde zijn voet heel voorzichtig neer, alsof het een pasgeboren baby was. Federico leunde achterover met zijn hoofd tegen de muur en zuchtte diep. Ik wist niet of ik moest vertrekken of blijven waar ik was. Toen zei hij: 'Wat doe je nou?!'

Het drong tot me door dat hij het niet tegen mij had, maar tegen Miranda, die Nero's enorme kop aaide. Ze trok onmiddellijk haar hand terug.

'Hou je van honden?' vroeg de hertog.

Ze knikte. 'Ik hou van alle dieren,' en toen stak ze haar hand weer uit naar Nero's snuit. O, gezegende heiligen! Heb je ooit een dapperder kind meegemaakt?

'Had ik ook maar een dochter gehad,' bromde Federico. 'Mijn oudste zoon zal me binnen niet al te lange tijd willen vermoorden.'

Ik wilde hem vragen of hij dacht dat zijn zoon hem misschien wilde vergiftigen, maar precies op dat moment krabde Federico aan zijn grote teen en vloekte met zoveel woede dat ik besloot dat het maar beter was om mijn mond te houden. Toen zei hij streng en afstandelijk: 'Ga weer slapen!'

We haastten ons naar onze kamer.

Miranda haalde al snel weer rustig adem, maar ik kon niet in slaap komen omdat ik maar bleef nadenken. Hoewel het waar was dat Federico gemeen en wreed was, had hij goede redenen om zo te zijn als er mensen waren die hem probeerden te vergiftigen. Maar het gezegde luidt niet voor niets: 'Aan iedere medaille zitten twee kanten,' en ik had een glimp van de andere kant gezien. Hij hield van kinderen, misschien niet van zijn eigen kinderen, maar wel van kleine meisjes. Of althans, hij had geen hekel aan ze. Dat was beslist een goed voorteken. Hij had ook gezegd dat hij probeerde om niet meer dan één mens per dag te doden. Het was uiteraard een kwinkslag geweest, maar in iedere kwinkslag zit een kern van waarheid. *Potta!* Dat moest wel, want anders zou Corsoli allang opgehouden zijn te bestaan.

Ik verwonderde me over het pad waarover God me die dag geleid had. Hij had me de gelegenheid gegeven om een groot hertog te dienen; om een betere positie te krijgen dan waarvan mijn vader of mijn broer ooit had kunnen dromen. Dat was vast en zeker de reden geweest waarom Federico Lucca had gedood. Waarom het hert over mijn erf was gerend en waarom de man met de grijze baard had gesproken zoals hij op dat moment had gedaan. God had mijn gebed verhoord en Miranda gered van de hongerdood.

Ik beloofde plechtig dat ik als dank voor Zijn liefde de beste voorproever zou worden die Federico ooit had gehad.

Hoofdstuk 8

Uiteindelijk moet ik toch zijn ingeslapen, want toen Tommaso me wakker maakte, was de zon al op en bereidden de gasten zich voor op hun vertrek. 'Ik heb iets voor je,' zei hij. Ik liet Miranda slapen en volgde hem door de gangen vol mensen. Hij liep met dezelfde arrogante houding als de avond daarvoor, iedereen met een luide stem begroetend, of het nu livreiknechten, hovelingen of dienstmeiden waren. Maar omdat hij de baard nog in zijn keel had, leek zijn verwaandheid des te belachelijker. Als we iemand waren gepasseerd, zei hij: 'Die wasvrouw is een lijfeigene uit Bosnië,' of: 'Hij is een dief,' of: 'Zij is een roddeltante.' Volgens Tommaso was iedereen een dief of een roddeltante, behalve hijzelf.

Tommaso bracht me naar de keuken waar de knechten heen en weer renden om de rijen ovens en ketels in de gaten te houden. Tegen de achterwand stonden spitten voor klein gevogelte en een andere voor grotere beesten. Messen en lepels staken uit een baal stro in de hoek en op een tafel lagen werktuigen om te hakken, te snijden en te spietsen. Er waren ook rijen potten om te stoven en te bakken, raviolisnijders, zeven in allerlei maten, deegrollers, vijzels en stampers, persen, bakken, kloppers, raspen, lepels, soeplepels en een tiental verschillende gereedschappen die ik absoluut niet kon thuisbrengen.

Tommaso klom op een kast en gooide een leren zakje naar me. Ik maakte het touwtje los en drie stenen en een soort botje rolden op tafel. De stenen waren klein, donker en rond en zagen eruit als duizenden andere die ik elke dag zag, behalve dan dat deze glad waren. 'Wat zijn dat?' vroeg ik.

'Amuletten. Ze zijn van Lucca geweest.'

Een keukenjongen pakte de kleinste steen op, die zwart was, en zei: 'Dit is geen amulet. Het is een schapenkeutel.'

De andere jongens lachten. Op ieder ander moment zou ik dat ook hebben gedaan, maar omdat Tommaso gezegd had dat ze van Lucca waren geweest, kon ik zelfs niet glimlachen.

'Dat ding brengt geluk!' zei Tommaso, die het uit de hand van de jongen griste. 'En dit,' zei hij terwijl hij het botachtige geval opraapte, 'is een stukje van de hoorn van een eenhoorn. Als je dat in wijn doopt en de wijn is vergiftigd, verandert het van kleur.'

'In welke kleur dan?'

Hij haalde zijn schouders op. 'Het enige dat ik weet, is dat de eenhoorn alleen door een maagd kan worden gedood, dus dat het lastig is om ze te pakken te krijgen.'

'Nee hoor, niet waar!' zei een jongen terwijl hij naar Tommaso wees, en toen barstten de andere jongens weer in lachen uit.

Tommaso liep knalrood aan. 'Hou je bek!' schreeuwde hij, maar de jongens bleven roepen: '*Vergine! Vergine!*'

Ik legde mijn hand op zijn arm. 'Ach, lach er toch om.'

Hij draaide zich naar mij om terwijl zijn ogen vuur schoten, maar hij probeerde te kalmeren. 'Federico's drinkbeker is van goud en zilver. Als iemand er vergif in doet, verandert-ie van kleur en gaat de wijn borrelen als kokende pasta.'

'Wie kookt er pasta?' Die vervloekte kok, Cristoforo, was teruggekeerd, woest zwaaiend met een lange houten lepel. De jongens probeerden zijn klappen te ontwijken, maar hij was sneller dan hij eruitzag en sloeg er verschillende op hun hoofd en armen. Tommaso greep de amuletten. 'Kom mee, ik moet pissen.' We glipten naar buiten, langs een jongen die huilend op de grond zat en over zijn hoofd wreef. 'Ik zou je nog erger op je lazer hebben gegeven!' zei Tommaso en hij stapte boven op zijn been.

Terwijl we door de gangen liepen, begroette Tommaso weer iedereen die we tegenkwamen alsof het oude vrienden waren.

'Jij kent iedereen,' zei ik.

'Logisch toch? Ik ben hier geboren.'

Ik greep zijn arm beet. 'Weet je of Lucca echt heeft geprobeerd Federico te vergiftigen?'

Hij haalde zijn schouders op en rukte zich los. We kwamen nu bij een gedeelte van de borstwering dat uitstak boven de berghelling. Mannen pisten en scheten hier in een goot die door een muur het dal in liep. Sommigen hadden het over het banket, en schepten op over wat ze hadden gezegd of gedaan; anderen liepen stilletjes rond, nog gevangen in het web van de slaap.

We werden aan drie zijden omgeven door heuvels en boven op elke heuvel glinsterden gehuchten in het ochtendzonlicht. Beneden ons lag het stadje Corsoli, waarvan de straten zich tussen de torens door slingerden en zo nu en dan weer opdoken als beken in de lente, en achter de stadsmuren bewoog zich als een opgejaagde mier hier en daar een reiziger in de richting van de stad. Gisteren had ik net zo klein en onbelangrijk geleken, maar vandaag had God me in Zijn genade op het dak van de wereld gezet.

'Hé, *contadino*,' zei Tommaso, 'als je wilt schijten, het stro ligt daar.'

'Ik heet Ugo, hoor!' zei ik hard. Ik was mijn hele leven 'boer' genoemd, door de schildwachten als ik naar de stad kwam, door de koopmannen die me bedrogen, door belastinginners, zelfs door priesters. Nu ik in het paleis zat, wilde ik met mijn eigen naam worden aangesproken.

'Goed dan, Ugo.' Tommaso wees naar de bovenste verdieping van het paleis. 'Daar zijn de privévertrekken van hertog Federico. Giovanni de gebochelde, Federico's zwager, woont onder hem.'

'Die man die tegen mijn been spuugde?' vroeg ik. Tommaso knikte. Hij vertelde me dat Giovanni de afgezant van Corsoli voor de wolhandel was en zonder zijn contacten zou iedereen in het dal van honger omkomen. 'Hij wil kardinaal worden,' ging Tommaso verder. 'Maar Federico wil er niet voor betalen omdat elke *scudo* die hij aan de paus geeft, door de paus zal worden gebruikt om

Corsoli aan te vallen. Dus haat Federico de paus en haat iedereen Federico.'

'Misschien hebben Lucca en Giovanni...'

'Je neus is om te ruiken, niet om in andermans zaken te snuffelen,' waarschuwde hij me. 'Het gaat je niks aan.'

'Maar het gaat me wel aan. *Potta!* Als een of andere halve gare verdomme besluit...'

'Op vloeken staat een boete van tien *scudi*,' onderbrak Tommaso me terwijl hij zijn hand uitstak. 'Geef me tien *scudi.*'

'Tien *scudi!* Ik heb zelfs niet één *scudo.*'

Tommaso knabbelde op de nagel van zijn pink (al zijn nagels waren tot op het leven afgebeten), en zijn bruine ogen staarden me vanonder zijn bos zwarte krullen aan. Zijn ogen stonden iets te dicht bij elkaar en zijn twee voortanden waren te groot voor zijn mond. Zijn gezicht was enigszins pokdalig. Mijn moeder had me ooit gewaarschuwd dat ieder litteken gelijkstond aan een leugen die die persoon had verteld. 'Dan hou ik dat nog van je te goed,' zei hij. 'Kom mee deze kant op.'

Vroeger droomde ik soms na de regentijd, wanneer het gras uit de aarde ontspruit en de bloemen in bloei schieten, over een enorme groentetuin vol bloemkolen, knoflookbolletjes, kolen, rijen worteltjes als marcherende soldaten en zo. Tommaso bracht me nu naar een tuin die vol stond met alle soorten groenten die ik weleens in mijn leven was tegengekomen en vele waar ik alleen maar van gehoord had. Bonen, knoflook, kolen, worteltjes, uien, krulsla, aubergines, venkel, munt, anijs, allemaal keurig in rijen met smalle paadjes ertussen. 'Hier werk ik,' zei Tommaso opschepperig. 'En het is allemaal voor Federico en zijn familie.'

'Ben jij hier helemaal alleen verantwoordelijk voor?'

'Ik en een oude vrouw. Maar ik doe al het vuile werk. Zelfs de paus heeft nog niet zo'n groentetuin als deze. Zoiets heb je nog nooit gezien, hè?'

Ik zei dat dat klopte. Hij wauwelde door over hoe belangrijk zijn baantje was, en hij zou uren zijn doorgegaan als ik hem niet had onderbroken. 'Tommaso, jij woont al je hele leven in dit paleis. Je kent iedereen. Het kan me niks schelen wat mij overkomt – ik vertrouw erop dat God me zal beschermen – maar mijn dochter, Miranda. Ze is jong. Ze...'

'Heb je mijn hulp nodig?'

'Jij werkt met het voedsel dat hier gegeten wordt. Ik vroeg me af...'

'Heb je mijn hulp nodig?' herhaalde hij terwijl hij zijn armen over elkaar vouwde.

'Ja, maar ik kan je niet betalen, wat we ook afspreken...'

'Hoe oud is Miranda?'

'Elf jaar, geloof ik.'

Tommaso hield zijn hoofd scheef. 'Laat haar met me trouwen als ze dertien is, dan zal ik in de keuken mijn ogen en oren voor je openhouden.'

'Haar met je laten trouwen?' zei ik lachend.

Zijn gezicht werd rood. 'Ben ik soms niet goed genoeg voor haar?'

'Nee, dat is het niet. Het gaat me erom dat ze nog maar een kind is.'

'Mijn moeder trouwde toen ze veertien was.'

'Als Miranda vijftien is dan,' zei ik.

'Klootzak!' zei hij en hij spuugde op de grond. 'Ik heb je amuletten gegeven! Ik ben zo aardig geweest om je dochter te eten te geven. Je snapt dat ik heel veel over het paleis weet. Je vraagt mij om hulp, en dat is wat je ertegenover stelt?'

In een oogwenk had hij een enorme woede bij zichzelf opgewekt. Hij zwaaide met zijn armen en werd zo rood als een biet, zodat ik hem nauwelijks meer herkende. Andere mensen keken naar ons. Ik herinnerde me een uitspraak van mijn moeder: 'Heethoofden wacht een koud graf.' Ik dacht: in vier jaar tijd kan er heel wat gebeuren – mijn hele leven was binnen vier minuten veranderd – dus waarom niet met hem akkoord gaan, en toen zei ik tegen hem: 'Met veertien dan. Als ze veertien is.'

Tommaso stak zijn hand uit en ik pakte die om onze afspraak te bezegelen. 'We vertellen het voorlopig aan niemand.'

Hij haalde zijn schouders op. 'Mij best.'

Hij begon zijn hand terug te trekken, maar ik hield hem vast. 'Je moet goed voor haar zijn, want als je haar kwaad doet, vermoord ik je.'

'Ik zal haar als een prinses behandelen,' zei hij, 'zolang ze zich ook zo gedraagt.'

Precies op dat moment riepen twee jonge bediendes ons. Ze zeiden dat Tommaso in de keuken nodig was en dat ik het ontbijt van de hertog moest proeven.

'Wat heeft Tommaso je verteld?' vroeg een van de jongens terwijl we de trap naar Federico's kamers op liepen.

'Van alles over het palazzo en de mensen die hier wonen.'

'En wat heb jij hem verteld?' vroeg de andere.

'Niets. Ik heb niets te vertellen.'

'Dat is maar goed ook,' zei hij, en de andere jongen knikte instemmend.

Mijn maag kromp ineen. 'Hoezo?'

'*Niente*,' zeiden ze schouder ophalend. 'Niets.'

Ik wilde er meer van weten, maar schildwachten begeleidden ons door Federico's privévertrekken naar zijn slaapkamer.

Hoofdstuk 9

Nadat we op wapens waren gefouilleerd, klopte een van de jongens op de deur van hertog Federico's slaapkamer. Zijn dokter, Piero, deed open. Hij was een korte, dikke jood, en kaal op een paar verdwaalde haren boven op zijn hoofd na. Hij rook naar het vet dat hij vermengde met aardnoten en op zijn hoofdhuid smeerde om diezelfde paar haren tegen uitvallen te behoeden.

'Uw ontbijt, Hoogheid,' zei Piero lachend. Hij lachte bij alles wat hij zei, of het nu grappig was of niet.

'Eten?' bulderde de hertog. 'Ik heb al drie dagen niet gekakt en jij wil dat ik nog meer eet?'

Piero's rechterwang begon te trekken. Een andere stem, lager en rustiger, zei iets wat ik niet kon verstaan.

'Goed, breng het dan maar binnen,' klonk de stem van de hertog weer.

We gingen de slaapkamer van de hertog binnen. Zo'n kamer had ik van mijn leven nog niet gezien! Op de vloer lagen dikke tapijten in vele kleuren en aan de muren hingen wandkleden met voorstellingen van mannen en vrouwen die de liefde bedreven. In het midden van de kamer stond een bed dat zo groot was dat mijn hele familie er wel in had kunnen slapen en met zijden kussens en lakens die glansden in het zonlicht. Rondom het bed hingen dieprode fluwelen gordijnen en het bed zelf stond op een verhoging, waardoor de hertog, als hij rechtop zat, zoals nu, niet op hoefde te kijken naar iedereen die naast het bed stond. Zijn haar hing als dunne, natte spaghetti in slierten om zijn hoofd, zijn ogen traanden en zijn gezicht was vlekkerig, en uit zijn nachthemd stak een dikke bos haar. Hij zag er helemaal niet als een hertog uit, maar veel meer als een visboer die ik van de markt kende.

De hertog luisterde naar een plechtstatige man met een grijze baard, Cecchi, zijn raadsheer en belangrijkste adviseur, die zei: 'Ik heb tegen hem gezegd dat, omdat het uw verjaardag was, u aannam dat het paard een geschenk was en dat het uw vriendschap zou schaden als hij het terug zou vragen.'

'Mooi zo,' zei Federico. 'Ik zal er later vandaag een ritje op maken. Bernardo!' Bernardo had een smoezelig gezicht, slordig haar en schichtige, lichtblauwe ogen. Hij spuugde een mondvol venkelzaadjes in zijn handen terwijl hij zich naar het bed haastte en toen spreidde hij een aantal sterrenkaarten voor de hertog uit. 'Uwe Hoogheid, Mars staat in vuur en vlam terwijl Mercurius en Saturnus koud zijn. Daar Mars nu...'

'Maar is dat goed?' vroeg de hertog op dwingende toon terwijl hij met zijn hand een harde klap op een van de kaarten gaf.

'Het is gunstig voor oorlogvoering,' zei Bernardo langzaam. 'Anders is het beter om helemaal niets te doen.'

De hertog zonk achterover in zijn kussens. 'Als het aan jou lag, zou ik beter de hele dag in bed kunnen blijven liggen, nietwaar?'

Bernardo fronste zijn voorhoofd en stopte nog een paar venkelzaadjes in zijn mond alsof hij er daardoor van verschoond bleef een antwoord te moeten geven.

'Uwe Hoogheid,' zei Piero terwijl hij op zijn tenen lopend naar voren kwam. 'Ik denk...'

'Jij denken?' zei de hertog. 'Jij denkt niet. Jij weet niet eens hoe je moet denken. Verdwijn! Allemaal. Verdwijn!'

'Jij niet,' mompelde een van de jonge bediendes tegen me. Hij gaf me een kom en liep achter alle anderen de kamer uit waardoor ik alleen met hertog Federico achterbleef.

Omdat we de afgelopen nacht in de gang met elkaar hadden gesproken, dacht ik dat de hertog me wel zou herkennen, dus boog ik en zei: 'Goedemorgen, Uwe Doorluchtigheid. Ik hoop dat u goed geslapen hebt en dat God u vele zegeningen mag brengen.'

Hij staarde me aan alsof hij me nog nooit had gezien. 'Je bent hier niet om tegen mij te spreken!' schreeuwde hij. 'Je bent hier om mijn eten te proeven. Heb je dat gedaan?'

'Nee, ik...'

'Waar wacht je dan nog op?'

Ik tilde de deksel op en zag een kom borrelende polenta waarop wat rozijnen lagen. De stoom die eraf kwam, verbrandde mijn gezicht. Er was maar één lepel. Toen ik mijn hand optilde, schreeuwde de hertog: 'Was ze!' en hij wees daarbij naar een aarden kruik met een handvat in de vorm van een naakte vrouw.

Christus aan het kruis! Tot gisteravond had ik mijn handen niet eens één keer per maand gewassen en nu waste ik ze twee keer op een dag. Ik ontdekte al snel dat Federico zo bang was om vergiftigd te worden, dat hij erop stond dat alles schoon was. Hij trok verschillende keren per dag schone kleren aan en als hij ook maar de schijn van een vlekje op zijn kleren, op een tafellaken of op een gordijn zag, moesten die opnieuw worden gewassen. Ik begreep volstrekt niet wat dat met vergiften te maken had, maar mij vroeg niemand wat, en als hij dat nou wilde, wie was ik dan om tegen hem te zeggen dat hij ongelijk had?

Ik schonk water in de daarvoor bestemde kom en waste mijn handen. In een ooghoek zag ik dat de hertog uit zijn bed klauterde en een met kralen versierd gordijn opzij trok. Hij tilde zijn nachthemd op en ging op een stoel met een pispot eronder zitten. Hij kreunde en gromde en liet winden als kanonskogels. Ik haalde het amuletje van eenhoornhoorn uit mijn buidel om het in de pap te dopen en te kijken of het van kleur zou veranderen. Maar ik wist niet hoelang ik het erin moest houden en of ik toestemming aan de hertog moest vragen voordat ik het deed. Stel nou dat hij nee zou zeggen, wat dan? Hij liet weer een wind, een enorme, stinkende wind die alle parfums uit Arabië nog niet hadden kunnen camoufleren. Ik doopte het stukje hoorn in de polenta.

De hertog kreunde. Hij zat met zijn rug naar mij toe, met zijn nachthemd tot boven zijn middel opgetrokken. Hij had zich naar voren gebogen en staarde tussen zijn benen door in de pispot. Ik schrok zo van zijn enorme, witte *culo* dat ik het stukje hoorn in de pap liet vallen. Ik moest het er onmiddellijk uit halen, maar de polenta was zo heet dat ik bijna schreeuwde van de pijn.

'Wat doe je?' vroeg de hertog.

Ik had mijn vingers in mijn mond gestopt. 'Proeven, Uwe Hoogheid.'

De hertog klom weer op zijn bed. In die ene seconde dat zijn rug naar mij was toegekeerd, doopte ik mijn handen in het water. 'Geef hier,' zei hij. Ik gaf hem de kom met polenta. De hertog bracht een lepel naar zijn mond en slikte het door. Ik hoopte maar dat hij het stukje hoorn niet zou oplepelen.

'De vorige voorproever gebruikte amuletten en steentjes en hoorns,' zei hij. 'Gebruik die niet. Ik wil dat jij alles, maar dan ook alles proeft.' Hij slikte nog een mondvol pap door. Zijn gezicht vertrok. 'Ga nu. Neem die mee.' Hij wees naar de pispot. Mijn gedachten schoten alle kanten op als een bij daglicht gevangen vleermuis in een kooitje. Als de hertog het stukje hoorn zou vinden, zou ik zeggen dat Cristoforo het erin had gestopt. Ik pakte de pispot. 'Neem dit ook maar mee,' zei hij en hij gaf me de kom met pap. Door een godswonder had hij het stukje hoorn niet ontdekt.

Zodra ik de kamer uit was, haalde ik het stukje hoorn uit de kom. Het was niet van kleur veranderd, dus was de pap niet vergiftigd. Maar welke kleur zou het hebben gekregen als de pap wel was vergiftigd? En als het stukje hoorn van kleur was veranderd, wat had ik dan moeten doen? Zou Federico me de pap toch hebben laten proeven? Elke vraag riep nog meer vragen op en op geen enkele vraag kwam een antwoord.

Hoofdstuk 10

In de maanden die volgden, werd het duidelijk dat niemand dapper genoeg was om Federico te vermoorden, hoewel heel veel mensen bang voor hem waren en hem haatten. Iedere seconde van zijn leven werd hij beschermd door een voorproever zoals ik of door schildwachten die altijd bij hem in de buurt waren. Ze stonden opgesteld voor zijn privévertrekken en onder de ramen daarvan. Ze luisterden of ze verraderlijke achterklap hoorden en trokken door de stad op zoek naar huurmoordenaars. Ze keken onder zijn bed voordat hij ging slapen. *Potta!* Ze zouden nog in zijn kont hebben gekeken als hij vermoedde dat iemand zich daar had verstopt. Hij had ook spionnen in dienst. Iedereen kon een spion worden, als je maar bruikbare informatie had, en zo onveranderlijk als het ene seizoen in het andere overgaat, zo onveranderlijk was het klimaat van angst altijd in het paleis aanwezig.

De enige mensen zonder angst voor Federico waren Giovanni de gebochelde en diens zus Emilia, de vrouw van Federico. Over Giovanni heb ik het al gehad, dus zal ik iets over Emilia vertellen, maar echt maar een klein beetje, omdat ze niet meer was dan een miezerige bol vet met een stem als van een kraai en borsten die als varkensblazen uit haar *camora* puilden. Ze bracht haar tijd door met het verzamelen van schilderijen en beeldhouwwerken, het plannen maken voor haar bloementuin en het schrijven van brieven aan haar verwanten in Venetië en Duitsland waarin ze klaagde over Federico's omgang met de hoeren uit de stad. De hoeren beweerden dat Emilia hen probeerde te vergiftigen. Of dat waar was weet ik niet, maar ik was blij dat ik háár eten niet hoefde te proeven.

Ook al hield Tommaso in de keuken oren en ogen voor mij open, ik was nog steeds bang om kapoenen te proeven of geitjes of kalfs- vlees, asperges, aubergines, geschilde komkommers bereid met zout en azijn, tuinbonen, zwezeriken, pasta's, amandelen in melk, pasteien, taarten en de duizenden andere gerechten die Federico at.

Iedereen die dit leest, denkt misschien dat ik binnen de kortste keren zo rond als een ton was, maar omdat ik van alle schotels maar een beetje at en veel eten, zoals appels en kersen, alleen maar de ingewanden zuivert, en ik bovendien niet genoot van wat ik proefde, is het een wonder dat ik niet van de honger ben omge- komen. Ik ben nu nog net zo mager als toen ik vijf jaar geleden in het paleis aankwam. Maar als over twee maanden de bruiloft ach- ter de rug is, zal ik aan tafel gaan zitten en naar hartenlust eten. En niet één kleine portie van alles, maar zoveel als ik kan. Maar nu te- rug naar mijn verhaal.

Wat mijn zenuwen tijdens de maaltijden kalmeerde, was luiste- ren naar de lezingen van Septivus. Dankzij Septivus hoorde ik voor het eerst over Julius Caesar, van wie Federico beweerde af te stam- men, maar ook over Socrates, Homerus, Cicero, Horatius, evenals over delen uit de bijbel. Of liever gezegd, over het begin van al de- ze verhalen, want als het Federico begon te vervelen, gaf hij Septi- vus het bevel aan een nieuw verhaal te beginnen. Dus pas toen Mi- randa me leerde lezen, ontdekte ik dat Odysseus veilig naar huis was teruggekeerd en dat Julius Caesar was vermoord!

Maar zelfs als het Federico niet begon te vervelen, veranderde hij zo vaak van gedachten, dat niemand kon zeggen in wat voor stemming hij het volgende moment zou zijn, behalve natuurlijk als hij niet kon kakken of als zijn jicht hem plotseling parten ging spelen. Dan was hij gevaarlijker dan een hongerige wolf. Een knecht uit de keuken werd afgeranseld, omdat hij zeven rozijnen in zijn polenta had gestopt. Omdat een opziener van de troep honden het een keer niet met hem eens was, werd deze de berg af gegooid. Het was het beste om hem uit de weg te gaan, maar hij eiste dat we dicht bij hem in de buurt bleven, dus hupten we van het ene been op het andere in een poging te raden welke kant je op moest springen voor het geval je het slachtoffer van een van Federico's woede-uitbarstingen mocht worden.

Niet dat het anders was als hij in een goede bui was. Dan vermaakte hij zich door gouden munten vanuit het paleis in de straten van Corsoli te gooien om te zien hoe de boeren er in de modder om vochten, of hij daagde de hovelingen uit om naar zijn gunsten te dingen. Ik herinner me een avond waarop Federico klaar was met het eten van een nieuw gerecht van gebakken artisjokkenbodems – ik haatte nieuwe recepten omdat ik niet wist hoe ze hoorden te smaken – toen hij, in plaats van Septivus te vragen om een lezing te houden, zijn houten bord van zich af schoof en zei: 'Ik heb bedacht dat de wereld de vorm van een driehoek heeft. Wat vinden jullie daarvan?'

Lieve hemel! Ik kon de hersenen van de hovelingen in hun hoofden horen galmen alsof een krankzinnige was losgelaten in de klokkentoren van de Santa Caterina! Hun gezichten verwrongen en ze staarden naar hun half opgegeten artisjokken alsof het antwoord tussen de blaadjes lag. Piero's tic was niet meer te stuiten.

Septivus zei: 'Volgens de onsterfelijke Dante is drie het hoogste getal, omdat het staat voor God de Vader, Christus Zijn zoon en de Heilige Geest. Dus is het zonder meer juist dat de Heilige Drieeenheid in onze aarde wordt weerspiegeld en dat deze een driehoek is.'

Federico knikte en zette zijn tanden in een sinaasappel.

Cecchi krabde zijn baard en fronste zijn voorhoofd. (Hij zag er altijd uit alsof hij getuige was geweest van de een of andere tragedie die zich telkens opnieuw voor zijn ogen afspeelde.) 'Dat kan ik alleen maar bevestigen,' zei hij. 'Onze levens zijn in drieën verdeeld: verleden, heden en toekomst. Daar wij een afspiegeling van het universum zijn, is het niet meer dan normaal dat het universum ook in drieën is verdeeld. Ik bedoel dat het drie zijden heeft, zoals een driehoek.'

Dat was ook slim om te zeggen, want omdat Federico geen bezwaar had gemaakt tegen het antwoord van Septivus, was het verstandig van Cecchi om in diens kielzog mee te varen.

'Ik ben het er ook mee eens,' zei Bernardo, terwijl hij een paar venkelzaadjes over zijn schouder wegspuugde, 'maar om gegrondere redenen. In de numerologie, waarmee de astrologie nauw verweven is, is drie de hoogste macht. Het is algemeen bekend dat de sterren, de maan en de zon de aarde regeren; daarom wordt in de aarde de wijsheid van de hemelen weerspiegeld en aldus is de aarde onbetwistbaar een driehoek.'

'Niet alleen een driehoek,' zei Piero giechelend, doodsbang dat hij zou worden overgeslagen, 'maar een bijzondere driehoek die twee lange zijden en één korte zijde heeft. En Corsoli,' zei hij toen het zo stil was geworden dat we konden horen hoe Federico's sinaasappel verteerd werd, 'is daarvan het hoogste punt.'

Federico staarde hem aan alsof hij Grieks had gesproken. Toen keek hij de tafel rond, schrokte nog een stuk sinaasappel naar binnen en zei: 'Het was een stomme gedachte.'

Weer was het doodstil. Maar toen barstte iedereen in lachen uit, sloeg zich op de dijen en wreef de ogen uit alsof dat het grappigste was dat ze ooit hadden gehoord. Federico bracht het tafellaken naar zijn kin om die af te vegen, en ik, die iets opzij achter hem stond, zag hem glimlachen.

Piero zei: 'Als mijn goede vrienden mij willen toestaan namens hen te spreken, laat me dan zeggen dat de hertog ons allemaal heeft laten voelen hoe dwaas we zijn. Maar we nemen hem dat niet kwalijk: sterker nog, wij verwelkomen dit gevoel van voor schut gezet te zijn vanwege de bekwaamheid waarmee deze grap werd gepresenteerd.'

De anderen knikten. Federico slikte het stuk sinaasappel door. Hij snoof hard, begon heftig te hoesten en zijn ogen puilden uit. Zijn gezicht liep paars aan en hij maakte een rauw schrapend geluid achter in zijn keel. Met een ruk stond hij op, met zijn armen zwaaiend. Bernardo rende op hem af, maar Federico's elleboog raakte zijn gezicht waardoor hij tegen de grond werd geslagen. Snot droop uit Federico's neus; zijn ogen zagen er glazig uit. Hij wierp zich eerst de ene kant op en toen de andere kant, terwijl de hovelingen verlamd van angst toekeken.

Ik had gewacht op een moment waarop ik mijn loyaliteit kon bewijzen en dus stapte ik, terwijl hij zich van mij afdraaide, naar voren en hamerde met mijn beide vuisten midden op zijn rug zoals ik mijn moeder had zien doen toen mijn vader bijna in een kippenbotje was gestikt.

Een kledderig, bijna onherkenbaar stuk sinaasappel vloog uit Federico's mond en toen viel hij voorover op de tafel. Iedereen keek naar me; sommigen angstig, anderen verbaasd. Federico richtte zich weer op, draaide zich om, ogen en mond wijd open. Ik dacht dat hij me wel zou bedanken, maar Piero en Bernardo (die een flinke bloedneus had) schoten op hem af, gingen voor me staan en riepen: 'Het was echt nodig, Uwe Doorluchtigheid, om uw leven te redden. Gaat u alstublieft zitten. Drink dit. Rust, ga liggen,' enzovoort, alsof zij degenen waren geweest die hem hadden gered!

Federico duwde hen opzij en liep wankelend de zaal uit, terwijl Piero, Bernardo en andere hovelingen hem op de voet volgden. Alleen Septivus en Cecchi bleven achter. Septivus keek mij aan terwijl een lachje om zijn mond zijn frettentandjes blootlegde. Toen zuchtte hij en schudde zijn hoofd.

Ik zei: 'Had ik dan niet...'

'Ja, ja,' zei Cecchi snel en toen liep hij de anderen achterna.

'Maar omdat ik degene ben geweest die hem gered heeft,' zei ik later tegen Tommaso toen we een spelletje kaart speelden, 'zou ik beloond moeten worden. Ik zal dat bij het ontbijt tegen hem zeggen.'

'Ik zou mijn mond maar houden,' zei Tommaso schouderophalend terwijl hij uitdeelde voor het volgende rondje piket.

Ik gooide mijn kaarten neer. 'Waarom zouden Piero en Bernardo moeten worden geprezen voor iets wat ik heb gedaan?'

'Behoren tot de vertrouwelingen van Federico is eerder een vloek dan een zegen.'

'Hoe weet jij dat nou?' Het irriteerde me dat mijn welvaart hem geen barst interesseerde.

Hij staarde me aan, en zijn ogen flitsten heen en weer. 'Nou, doe dan maar wat je niet laten kunt,' zei hij, terwijl hij zijn kaarten in de lucht gooide en de tafel omverschopte.

Hoofdstuk 11

Het was niet de eerste keer geweest dat Tommaso en ik ruzie hadden. Christus! Je kon hem niet vragen of de zon nog scheen of het was vechten geblazen. Niet lang nadat ik Miranda aan hem had beloofd, had hij tegen Cristoforo geklaagd dat hij hulp in de tuin nodig had. Cristoforo, die maar al te blij was om mij een hak te kunnen zetten, was het ermee eens dat Miranda een goed hulpje zou zijn. De dagen werden korter en de zon, die zijn zomerse krachten had uitgeput, verborg zijn verzwakte gezicht achter een deken van sombere wolken. Miranda keerde vaak koud en onder het vuil naar onze kamer terug. Ze klaagde niet, maar 's nachts, wanneer ik haar rillende lichaam dicht tegen me aan hield, huilde ze in haar slaap. Ik zei tegen Tommaso dat ze ziek zou worden als ze niet binnen in het paleis kon werken.

'Waar zou ze dan moeten werken? In de wasserij soms?' schreeuwde hij. 'Zodat ze blind wordt van de loog?'

Zijn geschreeuw had geen enkel effect meer op me, en bovendien vermoedde ik dat de werkelijke reden waarom hij wilde dat Miranda in de tuin werkte, was dat hij bang was dat iemand anders in het palazzo stiekem haar genegenheid zou verwerven. Ik denk dat hij, die net zomin een geheim kon bewaren als ik een mier kon laten koorddansen, om dezelfde reden geen mens over hun verloving vertelde. Ik smeekte God: 'Ontneem mij alles wat U mij hebt gegeven als dat Miranda's ellende kan verminderen.'

God verhoorde in Zijn goedheid mijn gebed.

Op een avond was Septivus bezig gedichten van Catullus voor

te lezen, toen Federico hem onderbrak met de woorden: 'Ik zou nog liever op de pijnbank worden gelegd dan hier nog langer naar te moeten luisteren.'

'Een kind zou deze gedichten nog eerder begrijpen,' mompelde Septivus toen we de zaal verlieten, waarop ik zei: 'Ik ken zo'n kind,' en ik vertelde hem dat Miranda in het klooster had leren lezen en schrijven en dat ze ook kon zingen en wol spinnen.

Ondanks zijn enorme wenkbrauwen die hem een woeste uitdrukking gaven, was Septivus van nature vriendelijk, want hij zei: 'Ik geef alleen les aan de kinderen van hovelingen. Maar als ze is zoals je zegt, kan ik misschien een uitzondering maken. Stuur haar naar me toe.'

Ik rende naar de tuin en zonder iets tegen Tommaso te zeggen, rukte ik Miranda bij haar werk weg en nam haar mee naar de bibliotheek. Voordat ze de kamer van Septivus binnenging, zei ik tegen haar dat als ze zich alles wat ze van de nonnen had geleerd weer herinnerde, er niets mis kon gaan, en toen duwde ik haar naar binnen. Ik drukte mijn oor tegen de deur. Ik hoorde haar zachtjes praten, iets voorlezen misschien, en toen begon ze ineens met haar heldere stemmetje te zingen. Even later vloog de deur open en verscheen Septivus, die Miranda bij haar schouder vooruitduwde. 'Ik zal met Cecchi praten,' zei hij. 'Ze kan morgen beginnen.'

In mijn haast had ik Miranda niet verteld waarom ik zo had gehandeld en nu riep ze: 'Wat beginnen? Wat moet ik doen?'

Septivus vertelde haar dat ze samen met de andere kinderen lessen mocht volgen.

'En hoef ik dan niet meer in de tuin te werken?' vroeg ze terwijl haar gezicht als een kaars in het donker oplichtte.

'Iedere dag even,' antwoordde Septivus. 'Ik zal het regelen.'

'Je ziet wel dat God degenen beschermt die Hem dienen,' zei ik terwijl ik haar terug naar de tuin bracht. 'Je moet Hem nu eren door hard te leren. Het is ook goed dat je de andere kinderen leert kennen. Op een dag zul je kamenier worden. Je zult rijke, edele mannen ontmoeten.' Ik had haar niet verteld over mijn belofte aan Tommaso dat hij haar mocht trouwen en als Tommaso er iets over zou zeggen, zou ik het ontkennen. Als Miranda haar positie kon verbeteren, waarom zou ze dat dan niet doen? Zoals ik al had voorspeld, kon er in vier jaar tijd een heleboel gebeuren.

Maar Miranda kon haar opwinding niet bedwingen en toen ik vertrok, hoorde ik haar tegen Tommaso zeggen dat hij niet meer de baas over haar kon spelen omdat ze binnen niet al te lange tijd een prinses zou zijn.

Maar de volgende dag zat Miranda in een hoek van de kamer aan de korsten op haar knieën te pulken en weigerde om naar het leslokaal te gaan.

'Wat is er aan de hand? Gisteren was je zo opgetogen.'

Ze wilde geen antwoord geven. Ik zei dat als ze niet van gedachte was veranderd nadat ik gepist had, ik haar persoonlijk naar de klas zou slepen. Op de terugweg kwam ik langs de tuin, waar Tommaso bezig was worteltjes en kolen uit de grond te trekken. Ik vertelde hem over Miranda's weigering om naar de klas te gaan en vroeg hem of hij wist waarom dat was.

Hij haalde zijn schouders op en zette grote ogen op om te laten zien dat hij van niets wist. En toen zei hij: 'Maar ze heeft gelijk dat ze niet gaat. Ze zal ijdel worden en degenen vergeten die haar hebben geholpen.'

Ik nam een sprong over het pad en rukte zijn hoofd aan zijn nek omhoog. 'Zeg me wat je tegen haar hebt gezegd, anders zal ik je een klap verkopen die je kinderen zich nog zullen herinneren.'

'Ik heb tegen haar gezegd dat ze haar uit zullen lachen vanwege haar kleren,' stamelde hij.

Ik gaf hem een draai om zijn oren en daarop rende hij weg, zwerend dat hij wraak zou nemen. Vervolgens ging ik terug naar Miranda, trok haar jurk van haar schouders en bracht die naar de wasserij.

Toen mijn ogen gewend waren aan het brandende gevoel van de loog en de deinende wolken stoom, zag ik dat de wazige figuren die boven de kokende ketels stonden te zwoegen, vooral jonge meisjes van Miranda's leeftijd waren. Er was ook een halfblind oud wijf en een lange blonde vrouw, over wie Tommaso me had verteld dat ze een lijfeigene uit Bosnië was. Hun gezichten waren rood en bezweet, hun armen en handen rozerood, ruw en gerimpeld. Ik vroeg of een van hen zo vriendelijk wilde zijn om Miranda's jurk te wassen.

De lange blonde, Agnese, die een breed gezicht en een brede mond had, maar een neus niet groter dan een knoop, tilde haar armen op en streek haar haren voor haar droevige grijze ogen weg op een manier die iets in me losmaakte. Zonder een woord te zeggen, nam ze de jurk van me over en waste hem. Toen ze klaar was, zag ik er kleuren in die ik nog nooit had gezien. Ik bedankte haar en gaf de jurk terug aan Miranda. Van blijdschap kuste en kuste ze me telkens weer, danste door de kamer en hield de jurk voor zich alsof ze een prinses was. Ik ging op het bed liggen terwijl de tranen me in de ogen sprongen, en ik was vastbesloten om alles te doen wat ik kon om haar gelukkig te maken, ook al zou het me mijn leven kosten.

De volgende dag ging Miranda naar de klas. Behalve Giulia, de dochter van Cecchi, die een verlamd been had, negeerden de andere kinderen haar. Dat stoorde Miranda in het geheel niet, omdat ze van haar lessen genoot en haar oefeningen in onze kamer deed, vooral die op de lier, waar ze het meest van hield. Ze werkte nog iedere dag in de groentetuin – Tommaso bewaarde de smerigste klusjes voor haar – maar omdat hij er regelmatig tussenuit kneep om naar zijn vrienden in de keuken te gaan, deed Miranda dat ook en bracht haar tijd door in de privévertrekken waar Giulia met haar ouders woonde en waar ze met z'n tweeën met Giulia's poppen speelden.

Inderdaad leek Tommaso Miranda helemaal uit zijn hoofd gezet te hebben. De wind had het perzikdons van zijn gezicht weggeblazen, op zijn bovenlip verschenen ineens haartjes en zijn stem sloeg niet meer over. Hij paradeerde door het palazzo in een nieuw, blauwfluwelen jasje met bijpassende blauwe broek, en pochte dat hij weldra een hoveling zou zijn. Uiteraard pestten de jongens uit de keuken hem en dreigden zijn jasje in stukken te snijden, dus had hij het voortdurend aan en sliep er zelfs in. Binnen de kortste keren zag het er sjofel uit. Hij was bang het te bederven, maar ook bang om het uit te trekken. Uiteindelijk moest hij het wassen en verborg het toen zodat het kon drogen. Iemand moet dat toch hebben gezien, omdat het jasje, toen hij terugkwam, in duizend stukken was gesneden. Hij werd razend, huilde en dreigde degene te vermoorden die het kapot had gemaakt, wat de jongens uit de keuken, van wie ik zeker weet dat zij het in stukken hadden gesneden, ertoe aanzette om hem nog meer te pesten.

Ik trof hem aan bij de stallen. Zijn gezicht was opgezwollen en rood en hij hield de restanten van zijn geliefde jasje in zijn armen alsof het een dood kind was. Ik probeerde hem gerust te stellen door te zeggen dat hij snel een ander zou krijgen, maar hij barstte in tranen uit en ging er halsoverkop vandoor.

De hele paleisbevolking lachte hem uit, zelfs Miranda, hoewel ik ervan versteld stond dat ze, toen we alleen waren, zei: 'Ik wilde dat ik een andere voor hem kon kopen omdat ik het niet kan aanzien dat iemand zo ongelukkig is.'

Ik had haar nog steeds niets over haar verloving verteld en hoe langer ik wachtte, des te moeilijker het werd. Maar nu ze zoveel genegenheid voor hem toonde, geloofde ik dat dit het goede moment was en ik stond op het punt om het haar te vertellen toen zij ineens zei: 'Als hij maar niet altijd zo zat op te scheppen. Ik haat dat.' En het goede moment was voorbij. Ik moest iemand om advies vragen en dus zocht ik Agnese, de wasvrouw, op.

In werkelijkheid wilde ik eigenlijk alleen maar een praatje met haar maken. Ik had haar voor het wassen van Miranda's jurk een lint gegeven, maar een van de andere wasmeiden had het me teruggegeven en gezegd: 'Ze is nog steeds in de rouw vanwege haar man en haar kind.'

'Zeg tegen haar dat ik haar rouw zal veranderen in een dansfeest,' antwoordde ik, maar de oren van Agnese waren doof voor mijn woorden.

Haar onderarmen en haar fletse, droevige ogen zweefden naar

me toe in mijn dromen en soms, wanneer ik langs de wasserij liep om door de stomende witte mist een glimp van haar op te vangen, werd mijn *fallo* zo hard dat ik mijn hemd uit mijn broek moest trekken om hem daarachter te verbergen. Ik bracht uren door met het bedenken van manieren om haar te benaderen, maar op een avond, terwijl ik de restanten van een maaltijd van Federico wegbracht, stopte ik een overgebleven stuk kalfsvlees onder mijn hemd, nam het mee naar de wasserij en bood het haar aan.

'*Non è velenoso,*' zei ik en ik nam een hapje om haar te tonen dat het vlees niet vergiftigd was. De andere meiden spoorden haar aan om het op te eten. Agnese stak haar hand uit – haar vingers en pols bezaten een gespierde schoonheid – en stopte een stukje in haar mond. Ze kauwde erop, sloot haar ogen, bewoog haar kaken langzaam op en neer alsof ze niet gewend was dat te doen. Ten slotte, toen ze alle sappen eruit had gekauwd, slikte ze het door en liet een bescheiden boertje. Toen scheurde ze de rest van het vlees in gelijke stukken en deelde het met haar vriendinnen. Ze maakte plaats voor mij op de bank en ik ging in het donker naast haar zitten, omgeven door de bubbelende ketels en stapels wasgoed, en keek naar de meiden terwijl ze het kalfsvlees naar binnen werkten. Ze zeiden geen woord en maakten geen grapjes zoals de gasten op het banket hadden gedaan. Ze genoten van elk hapje alsof ze zoiets nooit meer zouden proeven en toen ze het op hadden, zeiden ze een dankgebed, kusten me op de wang en gingen weer aan het werk.

'*Grazie. Molto grazie,*' zei Agnese met zoveel oprechtheid in haar stem dat mijn knieën er slap van werden. Ik wilde mijn armen om haar heen slaan en de droefheid uit haar ogen kussen, maar ik knikte slechts en zei: '*Prego.*'

In de weken daarna gapte ik kapoenenpoten, plakken varkensvlees, een kippennekje, een vleugel van een vogel en kleine, ronde cakejes met venkelzaadjes. Ik vond het heerlijk als de meiden stopten met wassen zodra ik binnenkwam. Ik vond het heerlijk om de ogen van Agnese groter te zien worden zodra ze me zag. Ik vond het heerlijk zoals ze haar lippen aflikte om zich ervan te verzekeren dat ze geen kruimeltje had overgeslagen, zoals ze op haar buik klopte als ze het eten op had, en tegen de muur leunde en haar haren van haar voorhoofd streek.

Bij het feestmaal op hemelvaartsdag stal ik een venkelworst, twee gebraden vogels en wat geroosterd lam in een saus met rozemarijn en knoflook. 'Ze kunnen me hiervoor ophangen!' zei ik tegen mezelf, maar dat kon me niet schelen. De meiden gaven gilletjes en bleven naar de deur rennen om te kijken of er niet iemand kwam om me te arresteren. Agnese legde haar hand op mijn arm (het was de eerste keer dat ze me aanraakte) en zei: '*Attenzione.*'

'Maak je geen zorgen om hem,' zei de oude wasvrouw lachend. 'Hij is nog in staat om een stralenkrans van een engel te jatten.'

Naderhand bood Agnese aan om mijn hemd te wassen omdat het onder de sausvlekken zat. Een andere meid bood aan om mijn broek te wassen, maar Agnese stond dat niet toe. Vanaf die tijd waste ze vaak mijn kleren en, zonder enige twijfel vanwege haar liefde voor mij, pasten ze me beter dan ooit. Ik kon me niet voorstellen dat ik ooit nog gelukkiger kon worden, maar op een morgen bij het ontbijt gaf Federico zijn kamerdienaar een pets om de oren en zei: 'Waarom kun jij niet zo schoon en netjes als Ugo zijn?'

Jesus in sancto! Federico had me niet opgemerkt omdat ik zijn leven had gered, maar omdat mijn kleren schoon waren! Ik haastte me naar Agnese toe om haar te bedanken voor mijn geluk. Ik had mijn mond amper opengedaan of ze legde haar hand op mijn lippen en wees naar de meiden die hun middagdutje deden. Haar hand voelde warm aan en ik beet zachtjes in het vlezige deel van haar handpalm. Ze hapte naar lucht, maar trok haar hand niet weg. Ik likte het stuk waarin ik had gebeten. Ze keek naar haar handpalm en naar mij alsof ze een besluit nam. Toen pakte ze mijn hand, leidde me tussen de slapende vrouwen door naar buiten, langs de tuin van Emilia, en toen klommen we de heuvel achter het paleis op.

Hoofdstuk 12

Agnese vertelde me niet waar we heen gingen en ik was blij dat ze niets zei, omdat er zo'n heftig verlangen in me was opgekomen dat mijn mond mij voor schut had gezet als ik hem open had gedaan. God liet Zijn almachtige oog op ons vallen, waardoor we onze hoofden bogen en onze handen op onze dijen zetten om onszelf hoger de heuvel op te duwen. Een geitenhoeder die onder de lange takken van een vijgenboom lag, keurde ons nauwelijks een blik waardig toen we langs hem liepen. Een salamander schoot over een rots en verdween in een bosje donkerrode geraniums. Vinken en roodborstjes zongen in de bomen en in de verte zeilde een grijs wolkje langs de blauwe hemel, voortgetrokken door een onzichtbare bries. De heuvel was steil, dus bood ik Agnese mijn hand aan, maar die van haar was net zo sterk als de mijne en toen ik weggleed, behoedde zij me voor een val. We klommen hoger en onze ademhaling nam hetzelfde ritme aan totdat niet alleen onze adem, maar ook onze voetstappen en onze gedachten één waren geworden; en toen we op een open plek tussen de bomen kwamen, trokken we haastig een deel van onze kleren uit, vielen op de grond en omarmden elkaar zo stevig dat de lucht geen enkel gaatje tussen ons in kon vinden.

Ik kuste haar mond en de onderkant van haar armen en trok haar hemd open zodat haar kleine borsten in vrijheid konden zwieberen. Haar begeerte was net zo heftig als de mijne en ze trok me wild boven op zich, beet op mijn lippen en maakte zachte mauwende geluidjes. En toen sloeg ze haar benen om me heen om me nog dichter tegen zich aan te trekken. Ze rook naar loog en toen ik in haar ogen keek, was de droefheid verdwenen.

Ineens duwde Agnese me van zich af en terwijl ze daar naakt voor me zat, keek ze achterom naar haar witte billen. Ze zaten onder de rode bultjes, want in onze heftigheid waren we boven op een insectennest gaan liggen en nu zetten die beestjes ons dat betaald. Maar we waren allebei te veel door de lust bevangen om op te kunnen houden, en kropen snel door het gras, vonden een ander plekje waar het gras lang en zacht was, en toen draaide ik Agnese om, zette haar op handen en voeten en besprong haar van achteren.

Lieve deugd! Wat bezorgden we elkaar een plezier! Omdat het zo lang had geduurd om elkaar te vinden, leek het alsof niets ons genot in de weg kon staan. De wolk dreef voor de zon maar we merkten het niet. De wind wakkerde ineens aan en toch bleven we onze kreten uitstoten. Druppels regen spetterden op ons neer, eerst langzaam, en toen, alsof hij zijn eigen gewicht niet meer kon dragen, barstte de wolk open en stroomde de regen neer, droop van mijn gezicht op de rug van Agnese en van haar lichaam op de grond. We waren nog steeds aan het vrijen toen de zon weer te voorschijn kwam en toen explodeerden we samen als het vuurwerk op midzomeravond.

Na afloop lag Agnese in mijn armen en fluisterde ik haar zoete woordjes toe. Ze rimpelde haar voorhoofd alsof ze me niet begreep. Dus herhaalde ik ze langzaam stuk voor stuk en toen begon het me te dagen dat ze me in de maling nam, want ineens verscheen er om haar mond een glimlach zo breed als haar gezicht – het was de eerste keer dat ik haar ooit had zien glimlachen – en toen kuste ze me vreselijk hartstochtelijk. Ik streelde haar borsten. Ik drukte mijn lippen tegen haar zwangerschapsstriemen.

'Hij zou nu zeven zijn geweest,' zei ze terwijl die woorden de glimlach van haar gezicht verdreven. Toen trok ze me overeind en danste met me rond, de herinnering onder ons vertrappend.

Ze maakte een radslag. Ze hurkte neer en piste voor me op de grond. Ze ving een vlinder en terwijl ze me zijn slaande vleugels liet zien, zei ze: 'Dat is mijn hart.' Ze rende naar een boom en klom in de takken, waarbij haar sterke armen en benen haar moeiteloos hoger en hoger trokken. Toen ging ze op een tak zitten en zong met een zachte, toonloze stem een droevig lied.

'*Che c'è di male?*' vroeg ik.

'*Niente*,' zei ze en toen sprong ze in mijn armen. Ze nam mijn gezicht in haar handen en zei fel: 'Je zegt het tegen niemand.'

'Maar ik wil het de hele wereld vertellen.'

Ze schudde haar hoofd. 'De wereld heeft me mijn man, mijn zoon en mijn land afgepakt. Ik wil niet dat ze jou van me afpakt.'

'En Miranda dan?'

'Goed, alleen aan Miranda dan.'

Ik legde haar op de grond omdat ik mijn hoofd tussen haar benen wilde stoppen om haar zoetheid te proeven, want behalve de verse eieren die ik af en toe jatte, was zij het enige waarvan ik zeker wist dat het niet vergiftigd was. Maar ik had mijn hoofd nog niet tussen haar knieën gebogen of de mieren kropen over mijn hele gezicht. Agnese lachte, een stevige, snaterende, gansachtige lach, die door het dal weergalmde. Ze trok haar benen op en lachte totdat ze geen adem meer kon krijgen. Toen stak ze haar armen naar me uit.

We waren bijna terug bij het paleis toen een paard in handgalop ons passeerde. 'Dat is Giovanni, de gebochelde,' zei Agnese en ze verborg haar gezicht tegen mijn schouder.

'Hij is gisteren teruggekeerd. We hebben niets van hem te vrezen.'

'Maar niemand mag het weten,' riep ze, haar ogen een en al bezorgdheid.

'Hij heeft ons niet gezien,' stelde ik haar gerust. 'Zonder zijn brilletje is hij zo blind als een vleermuis. Jij gaat eerst naar binnen en dan kom ik een poosje later achter je aan, dan worden we niet samen gezien.'

Ik liep alsof ik zweefde terug naar de keuken, Agneses melodieloze liedje neuriënd. Ik trilde van vreugde. De keukenknechten raadden meteen dat ik een vrouw had genaaid, maar ze wisten niet wie. 'Het was lekker, hè?' zeiden ze lachend.

Vanwege mijn belofte tegenover Agnese zei ik niets, maar omdat ik bang was dat mijn goeie gevoel mijn lippen zou losmaken, verliet ik de keuken en ging naar mijn kamer.

Miranda stond bij het raam tegen de vogels te praten. Toen ze me zag, vertrok ze haar gezicht precies zoals Piero dat ook deed en stamelde: 'W-w-w-aar b-b-bent u geweest?' Toen snauwde ze als Federico, ging tekeer als Tommaso en maakte me tot huilens toe aan het lachen. Ik wilde haar over Agnese vertellen, maar omdat ze voor het eerst sinds lange tijd zo vrolijk was, liet ik haar praten.

'Vindt u mijn haar leuk zitten?' vroeg ze. Ze had de haren van haar voorhoofd weggehaald zoals op dat moment de mode voor meisjes was.

'Het staat je heel mooi.' In werkelijkheid vond ik het niet leuk, omdat haar hoofd er daardoor als een ei uitzag.

'Ik wil ook dat mijn haar nog blonder wordt,' zei ze terwijl ze in haar handspiegel keek. 'Ik kom elke dag in de zon, maar het is niet lichter geworden. Misschien moet ik wat vals haar zien te krijgen.'

Ze zou zo nog de hele avond door zijn gegaan als ik haar niet had onderbroken. 'Miranda, ik heb een vrouw ontmoet.'

'Een vrouw?'

'Agnese. De wasvrouw. Uit Bosnië.'

'O, die met dat blonde haar. Ik vraag me af of ze...' Haar lichaam verstijfde. Ze legde de spiegel neer, draaide zich om en keek me recht aan. 'Komt ze bij ons wonen?'

'Dat was nog niet in me opgekomen...'

'Nee! Nee, ik wil niet dat ze bij ons komt wonen.'

'Maar...'

'Nee.'

'Miranda...'

'Nee!' schreeuwde ze terwijl ze met haar voet stampte. Ik ergerde me zo aan haar uitbarsting dat ik terugschreeuwde: 'Als ik dat wil en zij wil het, dan gebeurt het ook!'

Ze keek me dreigend aan en draaide toen haar hoofd weg. Ik legde mijn hand op haar schouder, maar ze schudde hem van zich af. Ik greep allebei haar schouders vast, draaide haar om en duwde haar kin omhoog zodat ze me wel aan moest kijken. 'Denk je soms dat ik je moeder zal vergeten?' vroeg ik.

Ze knikte langzaam.

'Ik zal je moeder nooit vergeten, dat beloof ik je. Maar jij moet me ook iets beloven. Je mag helemaal niemand over Agnese en mij vertellen.'

Haar ogen gingen wijd open. 'Ik beloof het u,' zei ze.

De rest van de middag vroeg ik me af waarom Miranda tegen me had gelogen, want zelfs een blinde kip had kunnen zien dat ze geen moment aan haar moeder had gedacht.

Later tijdens het avondmaal overlaadde Giovanni iedereen met cadeaus om te vieren dat hij zoveel wolcontracten had kunnen afsluiten. Hij gaf hertog Federico een gouden helm bezet met edelstenen en aan de bedienden kleine snuisterijen, terwijl hij ondertussen indruk probeerde te maken met zijn nieuwe kleren, vooral met een Engels jasje dat zo knap was gemaakt dat het zijn bochel uitstekend camoufleerde.

'Ik kon maar een week in Londen blijven,' zei Giovanni met een zucht. 'De ambassadeur in Parijs gaf ter ere van mij een diner, *n'est-ce pas*? Een gravin in de Nederlanden wilde met me trouwen, maar *'sblood!* het is te koud daar, *n'est-ce pas?*'

Elke zin begon of eindigde met '*n'est-ce pas*', '*voilà!*' of *'sblood!*' en nog wekenlang daarna noemden de bedienden hem achter zijn rug 'juffrouw Nesspa'. Hij vertelde Federico dat de tijd rijp was om hem een gunst te verlenen en wel dat Federico voor hem, Giovanni, de aflaten betaalde zodat hij kardinaal kon worden. Federico kauwde rustig verder en zei niets, maar zoals de uitdrukking luidt: zijn stilzwijgen sprak boekdelen. En zo het God behaagde, was dat het begin van mijn lange tocht door de hel. Het begon aldus:

Telkens wanneer Giovanni terugkeerde van een reis, bracht hij een pop mee die volgens de laatste mode gekleed ging. Zijn zuster, Emilia, gaf die dan aan haar kleermaker, die hem namaakte, en als hij daarmee klaar was, gaf Emilia die pop aan een dochter van een hoveling. Op die manier had Miranda's vriendin, Giulia, de hare gekregen. En deze keer was Piero's dochter de gelukkige geweest.

'Ik zal nooit een pop krijgen,' mokte Miranda.

'Hoe weet je dat nou?'

'Omdat u een voorproever bent.' Ze gooide de woorden eruit alsof ze vergiftigd waren.

'Ondankbaar kind!' schreeuwde ik terwijl ik haar arm beetgreep. 'Je krijgt twee maaltijden per dag, je slaapt in een bed onder een degelijk dak. Je krijgt drie keer per week onderwijs. Ik sta elke dag oog in oog met de dood! Wil je daarom soms niet dat Agnese bij ons komt wonen? Omdat ze maar een doodgewone wasvrouw is?'

Miranda beet op haar lippen. Tranen sprongen in haar ogen. 'Au, mijn arm!' fluisterde ze.

In mijn woede had ik haar zo stevig vastgepakt dat haar botten het uitschreeuwden. Ik liet haar los en ze vloog de kamer uit.

Daarna sprak ze verscheidene dagen niet meer tegen me.

'Je hebt geen enkele reden om te zwijgen,' zei ik. 'Ik ben degene die beledigd is, niet jij!'

Ze weigerde nog steeds om tegen me te spreken. Het was Agnese die me uit de situatie redde. 'Zei je niet dat je houtsnijder was geweest?' zei ze. 'Waarom snijd je dan geen pop voor haar?'

Het was typerend voor de goedheid van Agnese dat zij, ook al was zij de oorzaak van Miranda's boosheid, degene was die haar woede suste. Toen ik die middag samen met Agnese de heuvel op klom, vond ik een oude tak van een els en terwijl zij sliep, sneed ik een kleine pop. Met bessensap uit de keuken schilderde ik een neus, een mond en haren. Agnese maakte de wangen met rouge rood en toen de pop af was, legde ik hem op Miranda's bed en verstopte me vlak bij onze kamer. Ik hoorde Miranda binnengaan en vlak daarna vloog de deur open, rende ze naar buiten en schreeuwde: '*Babbo! Babbo!* Wat prachtig!'

Ze wiegde de pop in haar armen en kuste haar telkens weer. 'Felicita! Dat is haar naam. Felicita!' Haar ogen twinkelden terwijl ze ronddanste zoals ze altijd deed als ze blij was.

Ik herinner me die dag zo goed omdat Giovanni tijdens het avondmaal alweer verlangde dat Federico zijn aflaten betaalde zodat hij kardinaal kon worden. De toon in zijn stem werd zo dwingend en zijn manier van doen zo vol ongeduld dat zijn brillenglazen ervan besloegen. Terwijl hij zijn brilletje afzette om hem schoon te poetsen, tuurde hij met grote uitpuilende ogen van woede naar Federico. Federico kloof een bot af, en pas toen hij daar helemaal mee klaar was, gooide hij het naar Nero en zei: 'Ik betaal die waardeloze stomkop geen *scudo*, punt uit!'

'Je vernedert ons!' schreeuwde Emilia. 'Zonder mijn bruidsschat en mijn broer had dit paleis allang niet meer bestaan.'

Federico stond langzaam op en veegde met zijn mouw het vet van zijn kin. Ik stond achter hem en toen hij zich omkeerde, haalde hij met zijn vuist uit naar mijn gezicht waardoor ik op de grond viel. Hij zou op me getrapt hebben als ik niet bij hem weg was gerold. De hovelingen liepen hem snel achterna omdat niemand gezien wilde worden met Giovanni, die aan de tafel bleef zitten broeden terwijl zijn zuster Emilia hem iets in het oor fluisterde.

Potta! Hoelang kun je de deksel op een kokende pot houden voordat hij overkookt? Het zou gevolgen hebben. Ik wist niet hoe, ik wist niet wanneer, maar ik wist dat er iets zou gebeuren. Maar wat nog erger was, ik wist zeker dat het voor mij slecht zou aflopen. Ik kon niet slapen. Kleine dingetjes waarover ik me eerder niet druk zou hebben gemaakt – een gat in mijn broek, eten dat te heet was, een venijnige opmerking – knaagden nu aan me. Dus toen Miranda riep dat Tommaso Felicita op de grond had gesmeten en dat een van haar armen was gebroken, ging ik met moordzucht in mijn hart naar hem op zoek.

Ik vond hem vlak voor de vespers in de kleine kapel van de Duomo Santa Caterina. 'Ugo,' zei hij terwijl hij een stuk appel doorslikte, 'ik dacht wel dat je zou komen.' Hij verschoof naar het midden van een bank zodat ik hem niet makkelijk te pakken kon krijgen. 'Ik moet je iets vertellen.' Hij veegde zijn lokken uit zijn gezicht.

Ik reageerde niet. Hij keek om zich heen om zich ervan te verzekeren dat we alleen waren. 'Federico heeft weer geweigerd om voor Giovanni's aflaten te betalen.'

Als hij dacht dat ik in zijn stomme trucs zou trappen, dan had hij het goed mis. 'Wacht nou even!' zei hij terwijl ik over een kerkbank klom. 'Wist je dat Giovanni's moeder, Pia, uit Venetië komt?'

'Nou en?'

'Uit Venetië!' Hij zei het alsof ik nog nooit van die plaats had gehoord. 'De stad van de gifmengers.' En toen zei hij: 'Ze hebben daar een prijslijst. Twintig goudstukken voor het vermoorden van een koopman, dertig voor een soldaat, honderd voor een hertog.'

'Hoe weet je dat?'

Hij haalde zijn schouders op alsof dat algemeen bekend was. 'Lucca heeft me dat verteld.'

'Brengt die Pia dan een gifmenger mee?'

'Wie weet? Maar als jij Giovanni was,' siste hij, 'zou je dan niet...' Hij hoefde zijn zin niet af te maken.

'Volgens mij zuig je dit uit je duim om jezelf een pak rammel te besparen.'

Hij sloeg met zijn hand tegen zijn voorhoofd en zwaaide toen met zijn armen door de lucht alsof ik hem een verschrikkelijk onrecht had aangedaan, 'Jij hebt me gevraagd om voor jou mijn oren en ogen open te houden,' stamelde hij. 'Mij best!' Hij liep naar het middenpad. 'Dan moet je het zelf maar weten.' Hij wees naar me terwijl hij de kerk uit liep. 'En zeg niet dat ik je niet gewaarschuwd heb.' Of zijn verhaal waar was of niet, aan een aframmeling was hij ontsnapt.

Ik ging hem niet achterna omdat een deel van wat hij had gezegd in elk geval waar was. Iedereen wist dat er in Venetië meer gifmengers woonden dan Romeinen in Rome. Ze brachten hun dagen door met het brouwen van vergiften en wilden die maar al te graag uitproberen. Iedere edelman, iedere koopman, ieder vermogend mens, wat Pia was, kon zich zo iemand permitteren. Ik sloot mijn ogen om te bidden, maar het was niet het gezicht van

God of van Onze-Lieve-Heer of van de Heilige Moeder dat voor me verscheen, maar de grijnzende smoel van mijn broer Vittore.

Bij het avondeten verging het me net zoals bij het eerste banket. Mijn keel was zo droog als wintertarwe. Mijn maag kromp ineen. Ik wantrouwde elke schotel nog meer dan die daarvoor en werd zo bang dat, toen de melkpudding werd opgediend, ik eraan rook, het bord dicht bij mijn ogen hield, het ronddraaide, weer rook, een klein beetje op mijn vinger schepte, het proefde en zei: 'De melk is niet goed.'

Federico's onderlip zakte tot op zijn kin. 'Niet goed?' zei hij. 'Wat bedoel je met "niet goed"?'

'Hij is zuur, Uwe Doorluchtigheid. Ik ben bang dat uw maag erdoor van streek zal raken.'

Ik dacht dat hij me wel zou bedanken, de pudding zou weggooien en wat fruit zou eten, maar hij veegde een hele rits borden van tafel en riep Cristoforo de kok bij zich.

'Ugo zegt dat de melk zuur is.'

'Het zal hém nog zuur opbreken,' zei Cristoforo terwijl hij aan de pudding rook. 'Uwe Hoogheid, Ugo is een idioot die naast zijn schoenen is gaan lopen.'

'Ik proef het eten van de hertog nu bijna een jaar,' riep ik tegen hem, 'en ik ken de maag van de hertog even goed als mijn eigen maag. Als ik een idioot ben, dan ben jij een schurk en de waarheid zal binnenkort voor iedereen duidelijk worden.'

'Beschuldig je mij ervan dat ik iets met het eten heb uitgespookt?' zei Cristoforo terwijl hij met een keukenmes naar me zwaaide.

'Noch beschuldig ik je, noch beschuldig ik je niet...'

'*Basta!*' zei Federico. Hij gaf de kom aan Cristoforo. 'Eet op.'

Cristoforo knipperde met zijn ogen. Zijn krop zwol op.

'Uwe Doorluchtigheid, zou hij niet moeten...'

'Eet op!' bulderde Federico.

Cristoforo nam een lepel pudding. 'Het is verrukkelijk!' zei hij en hij nam nog twee grote lepels. Hij boerde. 'Uwe Hoogheid, als u wenst dat ik het helemaal opeet...'

'Nee!' zei Federico en toen griste hij de kom pudding uit Cristoforo's hand.

'Zal ik er wat bij maken?'

'Ja,' gromde Federico.

Ik wilde de zaal uit glippen terwijl Federico nog zat te eten, maar zodra ik me bewoog, zei Federico: 'Waar ga je heen?'

'Hij gaat van de pudding snoepen,' zei Cecchi waarmee hij veel lachers op zijn hand kreeg.

De bedienden vertelden me dat ze, nadat ik was vertrokken, over me waren blijven praten en hadden gezegd dat als een bediende vóór zijn beurt sprak, zoals ik had gedaan, dat alleen maar kon betekenen dat ik de kolder in mijn kop had gekregen. Piero had gezegd dat ik blij mocht zijn dat de hertog me voor mijn ongemanierdheid niet vermoord had en Bernardo had daaraan toegevoegd dat als al die opwinding aan tafel niet zou ophouden, het einde van de wereld nabij zou zijn. Het kon me niet schelen wat ze zeiden, omdat Federico had geantwoord: 'Hoe langer hij wil leven, des te beter voor mij. Maar de volgende keer dat hij zoiets doet, zal ik zorgen dat hij het opeet zodat hij me daar zelf van kan overtuigen.'

Cecchi gaf Cristoforo wat muntgeld om zijn vernedering te verzachten. Hoewel ik het mis had gehad wat de pudding betrof, was het wel heel goed voor me afgelopen. Ik was zo opgelucht dat ik Agnese mee de heuvels in wilde nemen en haar naaien totdat mijn *fallo* eraf viel. Maar het was nacht, de poorten waren gesloten, en in het paleis zou ze me niet toestaan haar aan te raken.

Als Federico al bezorgd was om de komst van Pia, dan liet hij dat niet merken. Weliswaar had hij bij een toernooi een man gedood en hij had een dorp verbeurdverklaard en de huizen in brand gestoken, maar die dingen zou hij anders waarschijnlijk ook hebben gedaan. Hij vond een nieuwe hoer, genaamd Bianca, die mooi en welgevormd was. Om de een of andere reden droeg ze altijd een sjaal of een hoed die haar voorhoofd bedekte, en bij een bepaalde lichtval zag ze er dan als een Arabische uit.

'Hij gebruikt haar ook als een Arabische,' gilde Emilia toen ze van tafel opstonden.

Ik begreep waarom Federico de voorkeur gaf aan hoeren boven Emilia. Ik zou het zelfs hebben begrepen als hij de voorkeur zou hebben gegeven aan schapen, geiten of zelfs aan kippen. Aan haar uiterlijk, haar gezicht of haar stem was niets aantrekkelijks te bekennen. Ik hoorde dat ze, toen ze nog jong was, slank was geweest en een mooi gezicht en een spitsvondig gevoel voor humor had gehad. Maar door haar leven met Federico was ze verbitterd geraakt en ik twijfelde er niet aan dat ze zijn andere hoeren had geprobeerd te vergiftigen en dat ze Bianca zou proberen te vergiftigen als ze dat kon... en Federico ook.

Gedachten aan vergif kwelden me. Met Agnese liggend op de open plek in het bos, droomde ik dat alles wat ik at groen van verrotting was en vol maden, of dat mijn maag openbarstte en er slangen en draken uit te voorschijn kropen. Toen ik wakker werd, zat Agnese in haar lievelingsboom.

'Ik kan Bosnië zien,' zei ze. Ze vertelde me wat haar zoon zou hebben gedaan als hij nog geleefd had. Eerder had ik me niet aan dat soort kletspraat gestoord, maar nu kon ik aan niets anders meer denken dan aan Giovanni's ontstemdheid, Emilia's gegil en de komst van hun moeder, Pia, uit Venetië, en ik negeerde haar.

Maar wat kon ik doen? Dagenlang liep ik mijn hersens te pijnigen en toen kwam het ineens in me op. Ik kon mijn amuletten uitproberen! Waarom dat niet eerder bij me was opgekomen, weet ik niet, maar precies op het moment dat ik er behoefte aan had, gaf God me in Zijn wijsheid het antwoord dat ik nodig had. Maar daarvoor moest ik vergiften hebben.

Zodra het kon, liep ik de Trap der Tranen naar Corsoli af. Deze trap was door Federico's broer, Paolo, gebouwd en er werd beweerd dat er, nadat Federico hem had vergiftigd, water als tranen langs de trappen omlaag was gesijpeld, ook al was het hartje zomer geweest. Het was een warme avond en de laatste stralen van de herfstzon wierpen een oranje gloed over de stad. Het geschreeuw van kinderen weergalmde loom door de straten, een slaapliedje zweefde uit een raam waarlangs ik liep. Ik sloeg een hoek om en daar zat Piero in een stoel te dutten, met zijn kin op zijn borst. Ik vroeg me net af of ik hem wel wakker moest maken, toen zijn ogen plotseling opengingen alsof ik zijn droom was binnengewandeld. 'Ugo,' zei hij streng. 'Wat doe je hier?'

Zonder aarzeling vroeg ik hem om mij te onderrichten in de effecten van vergiften en hun tegengiften.

'Vergiften?' zei hij lachend. 'Van vergiften weet ik niets af.' Terwijl hij over zijn hoofd wreef alsof hij verwachtte daar nieuwe plukjes haar te vinden, pakte hij zijn stoel op en ging zijn winkeltje binnen. Ik liep achter hem aan. Alle planken stonden vol stopflessen en kommen met kruiden en specerijen, botjes, gedroogde planten, organen van beesten, en andere dingen die ik niet herkende.

Piero verzette zenuwachtig een weegschaal op de toonbank. 'Als de hertog zou weten wat jij me zojuist hebt gevraagd, zou er binnen een uur op de plek waar jij nu staat, een nieuwe voorproever staan,' zei hij.

'Piero, het kan toch geen kwaad om mij wat te leren dat mijn leven en dat van mijn dochter zou kunnen redden? Misschien dat van jou op een dag ook. Of wil je me het niet vertellen omdat je er echt helemaal niets vanaf weet?'

Voordat hij kon antwoorden, voegde ik eraan toe: 'Elke week breng je de hertog nieuwe middeltjes en toch klaagt hij er nog steeds over dat hij niet kan kakken. En neuken kan hij ook niet.' Dit laatste was niet waar.

'Heeft de hertog dat gezegd?'

'Nee, Bianca.'

Buiten was het donker geworden. De klok luidde om iedereen te waarschuwen dat de poorten werden gesloten. De stemmen van de nachtwakers kwamen dichterbij.

'Je liegt,' zei Piero zenuwachtig lachend.

De nachtwachten liepen langs de deur.

'Niet waar!' zei ik hard.

Er werd geklopt. 'Piero? Is alles in orde?'

Piero staarde me aan. Als ze me in zijn winkel vonden, zou dat voor ons allebei betekenen dat er stront aan de knikker was. Ik opende mijn mond alsof ik weer iets wilde zeggen en toen flapte hij eruit: 'Niets aan de hand, hoor.'

'*Buona notte.*'

'God zij met jullie.'

We stonden in het donker totdat de stemmen waren verdwenen.

'Hiervoor kunnen ze me vermoorden,' zei Piero. 'Als mensen ons samen zien, zullen ze denken dat we tegen Federico samenzweren.'

Ik zei tegen hem dat ik als spion voor Federico werkte; anders had ik toch nooit gedurfd zo tegen hem te spreken? Ik zwoer dat ik mijn bezoek zó geheim zou houden dat ik het niet eens aan mezelf zou vertellen.

Hij aarzelde en schraapte toen zijn keel. 'Als je iets over dollekervel wilt weten, lees dan over de dood van Socrates. Dat is het enige dat ik je kan vertellen.'

'Wie was Socrates?'

'Heb je nog nooit van Socrates gehoord? Dat was een Griek die het bevel kreeg vergif te drinken omdat hij misdaden tegen de staat had begaan. Maar voordat hij het opdronk, vroeg hij of hij een heildronk mocht uitbrengen. Dat was dus pas een moedig man.' Ik knikte hoewel het in mijn oren belachelijk klonk. 'Terwijl hij op sterven lag, vroeg hij aan zijn vrienden of ze een van zijn schulden wilden aflossen.'

Dat klonk zelfs nog belachelijker, maar nu reageerde ik niet op wat hij had gezegd. 'Wat is dit?' Ik pakte een stopfles vol roze bloemblaadjes van een plank. 'Dat heb ik eerder gezien.'

'Laat staan, laat staan!' Hij pakte de fles met zijn dikke handjes van me af. 'Dat is herfsttijloos. Dodelijk. Zeer dodelijk. Eén hap en je mond brandt als de vlammen in de hel. Je krijgt precies drie dagen lang hevige pijn in de maag. En dan ga je dood.'

Dus hij wist wél iets van vergiften af! Ik moest hem maar eens lekker wat stroop om de mond smeren, dan zou hij maar al te blij zijn om mij alles te leren wat hij wist. 'Je moet wel heel dapper zijn om tussen zoveel dodelijk spul te durven leven. Ik zou er doodsbang van worden.'

'Ugo,' zei hij terwijl hij zichzelf toestond even te glimlachen, 'we zijn toch allebei niet op ons achterhoofd gevallen? Zolang je weet wat je doet, is het niet gevaarlijk.'

'Maar duurt het altijd dagen voordat...'

'Iemand aan een vergif doodgaat? Nee,' zei hij terwijl hij de stopfles voorzichtig terugzette. 'Met bittere amandel is het slechts een kwestie van een paar uur en dat heeft een nog heftiger uitwerking. Ik heb er natuurlijk nooit gebruik van gemaakt,' voegde hij er snel aan toe, 'maar ik heb gehoord dat een vrouw in Gubbio haar man op die manier heeft vergiftigd.'

'Heeft Federico dat gebruikt om zijn broer te vermoorden?'

'Nee, dat was akoniet.' Hij zweeg even. 'Maar ik heb er niks mee te...' begon hij.

'En Lucca?' onderbrak ik hem.

'Lucca? Lucca was een viespeuk. Hij waste zich niet genoeg, er zat vuil onder zijn nagels. Federico vertelde iedereen alleen maar dat Lucca had geprobeerd hem te vergiftigen om vrees in te boezemen...' Hij hield weer op. Zijn kaak trilde. 'Ik heb al te veel gezegd.'

'Dit heb ik ook al eens gezien,' zei ik terwijl ik snel een andere stopfles pakte en omhooghield.

'Dat is paardenbloem. Dat is niets. Maar dit,' zei hij terwijl hij weer een andere stopfles pakte, 'dit is gele monnikskap. Je hebt het vast weleens gezien, het groeit overal. Je lichaam gaat ervan tintelen en het lijkt of je handen bedekt zijn met de pels van een wolf. Dan ga je dood. Je gaat altijd dood. Soms bloed je, soms spuit je poep eruit, soms gebeurt het allebei. Maar dood ga je altijd. En altijd met verschrikkelijke pijnen. Dit is bilzekruid,' zei hij terwijl hij me een stinkende groene plant liet zien. 'Die groeit het best in menselijke uitwerpselen.' Nu hij zijn opwinding de vrije loop had gelaten, wilde hij me elke bladzijde van wat hij wist laten zien. 'Je hebt toch weleens van Cesare Borgia gehoord? Hij bedacht een brouwsel dat *la tarantella* wordt genoemd.' Hij sloot zijn ogen alsof hij dat gif zelf aan het maken was. 'Het bestaat uit het speeksel van een varken dat op zijn kop is gehangen en zo hard geslagen dat het gek is geworden.'

Ik vroeg hoelang dat volgens hem duurde. Hij giechelde. 'Drie dagen, want bij jou zou het toch ook zolang duren om gek te worden als je ondersteboven werd opgehangen en werd geslagen? Maar alle vergiften samen zijn niet zo dodelijk als dit.' Hij hield een kleine stopfles met een zilvergrijs poeder omhoog. 'Arsenicum. Een halve vingernagel hiervan kan een man al doden. En bovendien is het smaak- en reukloos. Je begint onmiddellijk te braken en gaat onbedwingbaar aan de spuitpoep, en tevens krijg je ondraaglijk snijdende pijnen in je hoofd alsof iemand spijkers in je schedel ramt. O ja, en verschrikkelijke jeuk ook. Sommige mensen worden ook duizelig en bloeden door hun huid heen. Uiteindelijk volgt een volledige en algehele verlamming.'

Hij likte zijn lippen af en knikte in zichzelf alsof hij zich ervan wilde vergewissen dat hij niets vergeten was. 'In het oude Rome aten keizers elke dag een zeer kleine hoeveelheid om er weerstand tegen op te bouwen.'

'Werkte dat?'

'Wie zal het zeggen?' zei hij nerveus giechelend terwijl hij de stopfles terug op de plank zette. 'Ze zijn allemaal dood.'

'Wat zou een gifmenger uit Venetië gebruiken?'

'Uit Venetië?' Hij keek me strak aan. 'Komt er iemand uit...' Zijn wang begon weer te trekken. Hij stopte zijn hand in een pot met vet en in gedachten verzonken wreef hij het op zijn hoofd. 'Wat heb je gehoord?'

'Niets. Ik vroeg het zomaar. *Buona notte.*'

Toen ik naar het paleis terugkeerde, de kleine hoeveelheid arsenicum die ik had gestolen stevig in mijn hand, was ik niet in staat om de uitdrukking op Piero's gezicht te vergeten toen ik Venetië had gezegd. Al was het maar heel even, als een vogel die voor de ondergaande zon langs vliegt, maar er was een sprankje hoop in zijn ogen verschenen; een sprankje hoop dat mij eraan hielp herinneren dat ook al probeerde ik Federico te beschermen, niemand erom zou treuren als hij dood was.

Hoofdstuk 13

Pia arriveerde, met haar gevolg van hovelingen en bedienden, op een frisse middag in september. Ze was gerimpeld, mollig en zelfs nog kleiner dan Emilia. Van een afstandje zag ze eruit als een bleek besje. Ze bracht een paard mee voor Federico, japonnen voor Emilia en geschenken voor hun zoons, Giulio en Raffaello. Ze installeerde zich in de privévertrekken van Giovanni, waarover ze onmiddellijk klaagde dat ze te klein waren, en nog diezelfde avond eiste ze van Federico dat hij een vleugel aan het paleis liet bouwen. 'Neem mijn architect. Hij is een leerling van Candocci. Iedereen zegt dat mijn palazzo het mooiste van Venetië is.'

Ze doolde door het paleis rond en praatte met iedereen die haar aanstond, greep hen bij de elleboog vast en vroeg hun waarom ze deden wat ze deden, en vertelde hun dan hoeveel beter en gemakkelijker dat in Venetië werd gedaan. Haar stem was zo luid als een trompet, en twee keer zo schel, en drong door alle muren heen. Ze speelde triktrak met Emilia en Giovanni of kaartspelletjes met Alessandro, haar belangrijkste adviseur. Ik bestudeerde haar hovelingen nauwkeurig en was ervan overtuigd dat als er iemand in haar gevolg een gifmenger was, dat Alessandro moest wezen. Hij ging van top tot teen in het zwart gekleed, had een enorm voorhoofd als een plaat wit marmer, en zilvergrijs achterovergekamd haar tot op zijn schouders. Er zat altijd een gouden tandenstoker tussen zijn tanden geklemd, als een takje van een onafgemaakt nest. Op een keer toen Alessandro, Giovanni, Emilia en Pia bij elkaar zaten, zag ik de Dood boven hun hoofden zweven.

Pia stond erop dat haar maaltijden met boter in plaats van met olie werden klaargemaakt; ze zei dat dat in Duitsland, waar ze neven en nichten had wonen, in zwang was, en ze wilde overal noten in hebben. 'Die zijn goed voor je bloed,' krijste ze. 'Federico, waarom eet je geen inktvis? Zeg tegen je kok dat hij die in grote stukken moet snijden, met wat fijngehakte peterselie koken, bakken, en er dan wat sinaasappelsap over uitknijpen. Mijn kok, Pagolo, o, had ik hem maar meegenomen, maakt het steevast twee keer per week. Ik zou het iedere dag wel kunnen eten. Emilia vertelde me dat je geen perziken eet. Is dat waar?'

'Hij denkt dat ze giftig zijn,' kakelde Emilia.

'Alleen maar omdat er vroeger een of andere koning heeft bestaan die het niet was gelukt om een paar Egyptenaren te verslaan en die ze daarom vergiftigde perziken had gestuurd,' zei Giovanni.

Federico's onderlip zakte tot op zijn kin. Pia, Emilia en Giovanni zagen het niet, of deden alsof het ze niets uitmaakte.

Twee dagen later vertelde Tommaso me dat hij Cristoforo met Alessandro had zien fluisteren. 'Christus! Ik voelde al aan mijn water dat die hufter onbetrouwbaar was,' zei ik, en ik waarschuwde Tommaso dat hij zijn groenten nauwkeurig in de gaten moest houden.

'Jij bent degene die goed moet opletten,' antwoordde hij.

Hij had gelijk. Ik had de tijd niet om met gek geworden varkens te experimenteren. De dagen gingen sneller voorbij dan de schietspoel van een wever en de zegswijze luidt niet voor niets: 'Doe uw best en God doet de rest.'

Ik dronk wijn met Potero, de bewaker van de drinkbeker van de hertog, en toen hij in slaap viel, gebruikte ik zijn sleutel om Federico's kast te openen. De drinkbeker van Federico was groter en indrukwekkender dan alle andere drinkbekers. Hij had een elegante zilveren voet en een gouden kelk waarin kunstig een leeuw, een eenhoorn en een krab waren gegraveerd. Ik vulde de beker met wijn en strooide er een heel klein beetje arsenicum in. Het arsenicum loste op en ik wachtte op de regenboogjes die op het oppervlak van de wijn moesten verschijnen of op het sissen en bruisen van de wijn alsof die in brand stond. Er gebeurde niets. Ik doopte er mijn stukje hoorn van de eenhoorn in. Volgens Tommaso zou de wijn moeten gaan schuimen. Er gebeurde nog steeds niets! Misschien kwam het door het arsenicum. Misschien wist Piero niet waarover hij het had gehad. Waarschijnlijker was dat die idioot van een Tommaso het verkeerd gehoord of begrepen had!

Ik vond een uitgehongerde kat en gaf haar de wijn. Ze likte die gretig op, strekte haar voorpoten en liep weg, voldaan. Ze had nog maar een paar stappen gezet toen ze struikelde en haar achterpoten onder haar ineenzakten. Met haar gele ogen keek ze in de duisternis vragend naar mij op. Toen ging ze liggen, deerniswekkend jankend, en haar rug verstijfde en trok krom in een afgrijselijke houding. Ze slaakte een zucht, trilde en bleef toen stil liggen. O, heilige Jezus! Met het arsenicum was niks mis. Maar met de amuletten wel! En met het hoornstukje ook! En met de beker! Ze waren niks waard! Ze waren nog minder dan niks waard omdat ze me valse hoop hadden gegeven.

Ik hield de drinkbeker in mijn hand, onzeker over wat ik vervolgens zou doen. Toen bedacht ik ineens iets. Stel dat ik een beetje arsenicum in de beker zou doen? En Federico dronk het op? Hoe zou mijn leven dan veranderen? Als het niemand wat kon schelen dat Federico werd vermoord, dan zou ik een held zijn. Maar als iemand zoiets zou doen, zou er toch jacht op de gifmenger worden gemaakt. Ik vroeg me af of iemand mij met Potero had gezien. Piero zou zeggen dat ik hem vragen over vergiften had gesteld. Ik zou op de pijnbank worden gelegd. Mijn ledematen zouden van mijn romp worden gerukt. Ik zou worden opgehangen of misschien onmiddellijk levend begraven worden. Delen van mijn lichaam zouden worden afgehakt zoals Federico Lucca's tong had afgesneden. Daarna zou ik de berg af worden gesmeten.

Hoe angstig deze gedachten ook waren, ze waren niet wat me weerhield om het te doen. Nee, ik deed geen arsenicum in de drinkbeker, omdat Potero vast en zeker de eerste zou zijn die zou worden gedood en hij had mij nooit kwaad gedaan. Bovendien had

Federico, hoeveel ellende hij anderen ook had aangedaan, Miranda en mij van de hongerdood gered. En ten slotte had ik beloofd hem te beschermen en ik kon tegenover God mijn belofte niet breken. Dus waste ik de beker om, maakte hem met de grootste zorg schoon en zette hem terug.

Ik vertelde niemand wat er was gebeurd. In plaats daarvan vertelde ik aan Tommaso dat ik het stukje hoorn tijdens volle maan had meegenomen naar de Santa Caterina en geofferd aan de gouden Madonna. Ik keek om me heen om mezelf ervan te vergewissen dat we alleen waren en toen fluisterde ik: 'Precies klokslag twaalf uur werd het warm in mijn handen en gloeide het op in het donker.'

Hij keek me ongelovig aan. 'Wat is er dan gebeurd?'

'De Madonna zei tegen me dat ze het zo krachtig had gemaakt dat als iemand er zelfs maar aan dacht om het eten te vergiftigen, het stukje hoorn helemaal uit zichzelf in tweeën zou breken.'

Hij stak zijn hand uit. 'Laat me dat mirakelse ding zien.'

'Er is niets aan te zien,' zei ik terwijl ik hem het donkerbruine stukje hoorn liet zien.

'Hoe weet ik dan of je de waarheid spreekt?'

'Omdat God mijn getuige is.'

Zoals iedereen in het paleis, in Corsoli, in heel Italië, vond Tommaso het heerlijk om te roddelen. Ook al wist hij dat iets niet waar was, ook al was hij bij me geweest en had hij gezien dat niets van wat ik had beschreven was gebeurd, dan nog kon hij het niet laten om het verhaal door te vertellen... tenzij hij een beter verhaal kon verzinnen. Niemand kan die verleiding toch weerstaan als het een goed verhaal is? Ik wist zeker dat het mijne heel goed was, net zoals ik zeker wist dat iedereen tegen het einde van de dag over het stukje hoorn had gehoord, en morgen zou het gerucht Alessandro hebben bereikt. Iets van Federico's geslepenheid was op mij overgegaan.

Die avond at Federico opgewarmde kalfshersenen vermengd met eieren, zout, het sap van zuur fruit en peper, en heel kort aangebraden met *liquamen*. Hij gaf Bianca er ook iets van.

'Jij vette viespeuk!' krijste Pia. 'Jij nodigt die hoer hier aan tafel uit waar mijn dochter bij is!'

Federico stond zwaaiend op, grommend. Nero blafte en Pia wist dat ze een fout had gemaakt. Federico wees naar haar en terwijl hij een mes in de tafel stootte, brulde hij met een stem die ze in Urbino konden horen: 'Jij durft mij te beledigen, jij homp varkensvet! Tot je weggaat, laat ik je opsluiten in de toren!'

Giovanni stond onmiddellijk op en ging voor zijn moeder staan. Gretig om indruk te maken stormde een jonge schildwacht op hem af, maar zo snel als een slang trok Giovanni een korte dikke dolk uit zijn gordel en stak de schuldwacht drie keer. De eerste keer ging de dolk zijn borst in. Hij was al dood toen hij de tweede keer in zijn dij werd geraakt. De derde keer drong de dolk zijn rechteroog binnen waardoor de oogbal op de tafel rolde. De man zeeg ineen aan de voeten van Giovanni. De andere schildwachten verstijfden en keken naar Federico die, geloof ik, even verbaasd was als zij.

Op zeer afgemeten toon, met zijn ogen geen moment Federico's gezicht loslatend, zei Giovanni: 'Hertog Federico Basillione Di-Vincelli, ik heb u vele jaren trouw gediend, maar ik kan niet toestaan dat u mijn moeder en mijn zuster beledigt. Het beste zou zijn als wij zo spoedig mogelijk Corsoli verlaten. Ik vraag u alleen ons een veilige doortocht te geven.'

O, lieve hemel! Dat zijn de momenten die mannen in de herinnering doen voortleven! De manier waarop Giovanni Federico met zijn volledige naam aansprak, de welsprekende manier waarop hij hem toesprak. *Potta!* Geen mens had toch kunnen bedenken dat die kleine sodemieter zo'n lef zou hebben? Op Federico's gezicht verscheen een bijzonder eigenaardige uitdrukking, bijna een glimlach, alsof hij eindelijk zijn gelijke had gevonden. Hij knikte naar Giovanni, die met zijn dolk in de hand zijn zuster en zijn moeder de zaal uit leidde.

Er ging een schok door ons heen alsof Corsoli door een aardbeving was getroffen. In het paleis werd over niets anders meer gepraat en er werd heel wat afgewed over wat er hierna zou gebeuren. De ene dag zou Federico ze in de toren in de vlammen laten omkomen, de volgende dag zou hij ze wreed vermoorden terwijl ze in hun bed lagen. Hij deed geen van beide, maar gaf Cecchi opdracht ervoor te zorgen dat Emilia, Pia en Giovanni konden vertrekken. De kinderen moesten in het paleis blijven om te garanderen dat de wolcontracten door Giovanni's toedoen geen gevaar zouden lopen. Emilia smeekte en huilde, maar Federico wilde zich niet bedenken. Voor hun reis terug naar Venetië ging Federico er grootmoedig mee akkoord hun een gevolg van twintig muilezels bewaakt door een bataljon soldaten mee te geven, evenals alle bedienden die ze nodig hadden.

'Dat is wel heel grootmoedig,' zei ik. 'Daar zit vast iets anders achter.'

'Ach, het is maar een schijntje van alle rijkdommen die Federico bezit,' zei Tommaso. 'Hij is alleen maar blij dat hij van ze af is.'

De eerste storm van de winter geselde de bergen, rukte bomen uit, verlegde de loop van rivieren en deed beesten verdrinken op de plek waar ze stonden. Kletsnatte, uitgehongerde boeren stroomden Corsoli binnen en bestormden de armenhuizen en de kerken omdat het gasthuis al vol zieke, koortsige mensen lag. Het was ondoenlijk om warm te blijven. Aan de vuren had je niets omdat het hout en de lucht ook vochtig waren. De wind floot door de kamers heen en hagelstenen zo groot als de vuist van een man sloegen de ramen kapot. De regen stroomde door gaten in het dak en Federico stuurde bedienden erop af om die te repareren. Eén man werd door de bliksem getroffen en was op slag dood.

Na drie dagen waren de binnenhoven één grote modderpoel. Federico kon niet jagen of een steekspel houden, zijn jicht pijnigde hem, en hij vloekte tegen iedereen. Bernardo zei dat de regen volgens de sterren binnen twee dagen, op *Ognissanti* (Allerheiligen), zou afnemen en als Emilia dan zou vertrekken, zou ze veilig naar huis terug kunnen reizen.

'Er komt een afscheidsmaal,' vertelde ik Agnese. 'Ik zal blij zijn als ze weg zijn.' We stonden op het binnenplein naar de heuvels te kijken waar vuren zwakjes sputterden. Vanwege de regen was de processie voor *Ognissanti* afgelast.

Agnese nam mijn hand en legde die op haar buik. 'Ik krijg een baby,' zei ze.

'Een baby? O, genadige God, wat een vreugde!' Ik trok haar tegen me aan en kuste haar mopsneusje, haar droevige grijze ogen en haar brede mond.

Ze duwde zich van me af en gebaarde met haar hoofd in de richting vanwaar Giovanni ons uit een raam in de toren in de gaten hield.

'Waarom ben je zo bang voor hem?' vroeg ik.

Ze haalde haar schouders op.

'Omdat hij een bochel heeft?'

Ze haalde weer haar schouders op en begroef haar hoofd tegen mijn schouder. 'Hij is maar een doodgewone man. Een kleine man,' zei ik. 'Laat hem toch doodvallen, morgen is hij vertrokken.' En om haar te laten zien dat hij me echt niets deed, stak ik mijn hand omhoog met mijn duim tussen mijn wijs- en middelvinger en schreeuwde: 'Ik word vader!' en ik kuste Agnese nog een keer. 'Nu moet ik het Miranda gaan vertellen. Binnenkort zal de hele wereld het weten.' Ik rende weg en kwam langs iemand die de keuken uit glipte. Ik was te vol van mijn geluk om op te merken wie het was. Ik moest Cecchi vragen of Agnese en ik een kamer voor ons tweeën konden krijgen. Ik moest Federico vragen om een andere positie dan die van voorproever. Pas op dat moment drong het tot me door dat de man die uit de keuken was gekomen, Alessandro was, Pia's raadsheer. Maar, dacht ik, die zat toch samen met Giovanni opgesloten? Nieuwe angsten verdreven mijn vreugde zodat ik me niet eens kon herinneren wat ik Miranda wilde vertellen.

Bernardo had het mis gehad. Op Allerheiligen goot het van de regen, maar het besluit was al genomen en Pia en haar familieleden wilden maar al te graag vertrekken voor het geval Federico van gedachten mocht veranderen en hen dwong om te blijven. De hele morgen waren bedienden in de weer om kisten van Emilia en Giovanni op karren en op paarden te laden. De soldaten poetsten hun zwaarden en versierden hun paarden met fleurige banieren. Om twaalf uur 's middags werden Giovanni, Pia en Emilia en hun hovelingen, allemaal met bleke smoelen maar trots, uit de toren gehaald. Iets van de angst van Agnese was op mij overgegaan, dus zei ik tegen haar dat ze voor de zekerheid maar in de wasserij moest blijven tot ze waren vertrokken. 'Nu we een kind krijgen, moet je zelfs nog voorzichtiger zijn.'

Ze glimlachte en kuste me en de andere meiden zeiden dat ik een goede vader zou zijn omdat ik echt van haar hield. Ik zocht naar Tommaso, maar ik zag hem pas toen ik de Grote Hal binnenkwam. Hij liep langs me en zei zonder geluid te maken: 'Vergif.'

Hoofdstuk 14

Leven we ooit zo intens als wanneer er doodsgevaar dreigt? Alle zintuigen – gezicht, gehoor, reuk, tast, smaak – staan op scherp. Elke zenuw staat strak gespannen. We zien alleen dat wat belangrijk is; al het andere laat je van je afvallen zoals gaar vlees van het bot valt. Mijn mond was droog en mijn oksels kletsnat. Ik had mijn amuletten uitgeprobeerd, geëxperimenteerd met vergiften, maar ik was zo hulpeloos als een rat in een hondenbek. Ik wilde tegen Federico zeggen dat ik bang was, maar hij had gezegd dat als ik nog een keer vermoedde dat er iets niet in orde was, ik alle schotels zou moeten proeven, dus hield ik mijn mond. Gal kwam in mijn maag omhoog. Mijn keel werd dichtgeknepen. Mijn hart sloeg als een razende. Ik kon nauwelijks ademhalen!

Federico zat naast Bianca aan de ene kant van de tafel terwijl Emilia, Pia, Giovanni en haar raadsheren, die allemaal al in reiskleren waren gestoken, aan de andere kant zaten. Eerst werd er ter ere van de doden een wittebonensoep op zijn Toscaans met olijfolie opgediend. Toen zette Cristoforo een schaal met kapoenen voor Federico neer. Federico schoof zijn bord in mijn richting en stak zijn tong in Bianca's oor. Ik zag hoe Cristoforo de zaal verliet. Zijn kropgezwel was zoals gewoonlijk roze, wat betekende dat hij zich geen zorgen maakte. Het eten zag er verrukkelijk uit en rook nog heerlijker. Cristoforo had meer olie dan normaal gebruikt. Dat was het! Meer olie zou het vergif verbergen. Ik snoof aan het volle bord. Was dat vergif? Ik draaide het bord een slag en rook er nog een keer aan.

Federico's stem kwam ineens als uit een mist tot me. 'Is er iets mis?'

'Niets, Uwe Doorluchtigheid.'

Ook al had ik het verhaal over het stukje hoorn dat in tweeën zou breken als het eten vergiftig was, verzonnen, ik bad dat het waar was! Toen ik in de vogel beet, riep ik God aan, Christus, de Madonna en alle heiligen die ooit hadden bestaan. Toen proefde ik de kapoen op mijn tong. O, Heer zij geprezen. Eerder heb ik verteld dat ik elk plezier in eten kwijt was geraakt, en dat was waar, maar toen ik die eerste hap proefde, barstte het genot, dat ik zo lang had opgekropt, in mijn mond los.

Het vlees trilde, ja, het trilde echt van opwinding op mijn tong. De olijfolie had de vogel tot in de perfectie gebruineerd en Cristoforo had slechts een heel klein likje mosterd toegevoegd. De combinatie was zo onverwacht dat mijn smaakpapillen zwichtten. Ik wachtte op een vreemde smaak, op iets wat mijn gehemelte in brand zou zetten. Er gebeurde niets. Ik gaf het bord aan Federico door. Hij pakte een borststuk en deelde dat met Bianca. Emilia wendde vol walging haar blik af. Ik hield Giovanni, Emilia en Pia in de gaten terwijl ze met kleine hapjes van hun eigen borden aten. Had ik het niet goed begrepen? Misschien amuseerde Tommaso zich alleen maar ten koste van mij. Ik verliet de zaal om hem te zoeken. Hij was niet in de gangen of in de keuken. Het donderde plotsklaps, de regen kwam zelfs nog harder naar beneden. Geen wonder dat die vervloekte Socrates een heildronk had kunnen uitbrengen! Hij wíst dat zijn drankje vergiftigd was. Maar ik kon niet naar Cristoforo gaan en zeggen: 'Snotlap van een lafaard, vertel me welke schotel je vergiftigd hebt, anders hak ik je ballen eraf, bak ze in olie en laat ze je zelf opvreten. En tussen haakjes, heb je dollekervel of arsenicum gebruikt?'

'Je moet komen,' zei iemand. 'Ze gaan de tweede gang opdienen.'

De tweede gang bestond uit gebakken kalfszwezerik met een auberginesaus, koolsoep, Federico's lievelingsworstjes en gefarceerde gans op zijn Lombardijs, dat wil zeggen bedekt met geschaafde amandelen en geserveerd met kaas, suiker en kaneel. De ganzenlever, die in wijn was gedrenkt en gezoet met honing, zag er zeer appetijtelijk uit.

'Snel een beetje!' bromde Federico geërgerd terwijl hij me zijn bord gaf.

Mijn handen beefden. Ik nam een hap van de zwezerik en een beetje van de koolsoep en de worstjes. Ik voelde niets ongewoons. De gans! Het moest de gans zijn. Natuurlijk was het de gans! Federico was dol op gans, dat wist iedereen. Ik wierp weer een blik op Emilia en Pia. Anders praatten ze hard en op rauwe toon, maar die dag waren ze stil. Ik dacht: dat doen ze vast omdat ze de aandacht niet op zichzelf willen vestigen!

De gans stond voor Federico op tafel. Het was stil in de zaal en ik hoorde alleen het geschrok en geslurp van de eters en de regen die tegen de ramen sloeg. Giovanni had nauwelijks iets gegeten. Het donderde achter de heuvels.

'Nog meer wijn!' schreeuwde Federico. Ik was bang dat als hij me nog iets liet proeven, ik van angst dood zou gaan. Ik nam een klein hapje van de gans en hield een stukje daarvan onder mijn tong, klaar om het uit te spugen zodra ik maar de minste geringste tinteling of zo zou voelen. Ik gaf het platte bord terug aan Federico. Hij keek me niet eens aan. Bianca schrokte haar eten naar binnen.

Ik bedacht dat als ik op dat moment dood neer zou vallen, ik Miranda nooit meer zou zien. Dat maakte me zo van streek dat ik Federico stoorde door te zeggen: 'Doorluchtige hertog...' en toen trok ik een gezicht waaruit duidelijk bleek dat ik in m'n broek zou pissen als ik niet snel vertrok.

'Nee,' zei Federico hard boerend. 'Wacht tot na het dessert.'

Cristoforo bracht zelf de schaal met koekjes binnen. En toen wist ik het. Het was het dessert. Een betere plek om vergif te verstoppen was er toch niet? Iedereen wist dat Federico nog tien keer zoveel van suiker hield als van gans, kapoen of wat dan ook. Iedereen kreeg een aantal koekjes in de vorm van bonen en een koekje in de vorm van een geraamte gemaakt van amandelen en suiker. 'Aha, *ossi di morto*,' zei Federico met een glimlach.

Hij gaf zijn bord aan mij. 'Snel,' zei hij, terwijl het kwijl in afwachting langs zijn dikke, blauwgrauwe lippen liep. Even verlichtte een bliksemschicht de zaal. Er klonk weer een donderklap en Nero blafte.

Ik pakte het geraamte. O, wat slim van dat kleine gebochelde kereltje om een geraamte te gebruiken. Ik dacht: ik bijt niet in de kop, omdat Federico dat graag doet, en iemand die langere tijd in het paleis verbleef, zoals Alessandro in dit geval, zou dat weten, en zou daarom het vergif in de kop hebben gestopt. Ik bracht dus de voetjes naar mijn mond. Ineens zag ik Tommaso vanaf de andere kant van de zaal naar me kijken, zijn gezicht als een masker. Ik snoof aan het koekje en kon mijn lippen niet van elkaar krijgen.

'Schiet op!' snauwde Federico.

'Uwe Doorluchtigheid, ik heb redenen om te denken dat Cristoforo...'

Federico keek me zo woedend aan dat ik mijn zin niet af kon maken. 'Eet op!' blafte hij.

Pia en Emilia keken naar hun eigen koekjes. Giovanni schonk wat wijn voor zichzelf in.

'Op Miranda,' fluisterde ik en ik beet in de voetjes van het geraamte.

Ik herinner me niet meer of ze naar suiker smaakten of niet. Ik slikte het hapje door. Het bliksemde, waardoor in de zaal de gele tanden, de waakzame oogjes en hautaine neuzen oplichtten. Door donder schudde het paleis op zijn grondvesten en nu begonnen alle honden te blaffen. Ik slikte. Mijn keel! Ik greep naar mijn keel! Mijn handen trilden. Mijn lichaam schudde en kronkelde. Iets schoot door mijn lichaam heen. Ik hief mijn hand op en wees. 'Giovanni!' Vloekend viel ik achterover, klapte tegen een bediende op en knalde toen op de grond, mijn benen trokken zich op tegen mijn maag, mijn rug kromde zich omhoog zoals ook bij de kat was gebeurd. Ik hapte naar lucht. Mijn tong smeekte om water! O, water! Water! Ik kon mijn vervloekte benen niet in bedwang houden! Ze schokten naar achteren en naar voren. Ik schreeuwde. Stoelen werden opzij geduwd. Tafels ondersteboven gekeerd. Ik hoorde Federico brullen: 'Cristoforo!' Ik hoorde Emilia en Pia boven de donder uit schreeuwen. Toen volgde gekletter van zwaarden en daarna zo'n ijzingwekkend geschreeuw als ik nog nooit had gehoord.

Wind vloog door de zaal en vermengde zich met het gegorgel van de stervenden. Handen probeerden me op te tillen. Ik viel in een plas bloed. Ik werd weer opgetild en de zaal uit gedragen naar mijn kamer. De bedienden renden weg. Ik hoorde geschreeuw en gejammer en mensen die heen en weer renden. De deur ging weer open. Ik hoorde twee mensen.

'God in de hemelen, heb je ooit zoiets gezien?' Eerst herkende ik de stem van Piero niet omdat die heel erg trilde. 'Hij moet haar alleen al zes keer in haar gezicht hebben gestoken.'

'Haar moeder ook.' Dat was Bernardo.

'Maar waarom Cristoforo?'

'Als Ugo vergiftigd is, dan moet Cristoforo zijn overgelopen.'

'Maar waarom?'

'Ik snap er geen hol van. En Alessandro?'

'Die zit nu nog steeds te smeken of ze hem alsjeblieft in leven willen laten.'

'En Giovanni?'

'Wie weet?'

Voetstappen kwamen op mijn bed af. Piero moest zich over me heen hebben gebogen, want ineens rook ik het vet dat in zijn haar zat. Hij legde zijn hand op mijn keel. 'Hij haalt nog adem.' Hij trok mijn ene ooglid omhoog en toen het andere en staarde me aan. Hij boog zich weer voorover om mijn hartslag te beluisteren en het vet op zijn kalende kop werd zowat in mijn neus gesmeerd. Ik begon er misselijk van te worden. Ik dacht dat ik moest overgeven, maar omdat ik niet wist of dat nog gevaarlijk was, ging ik rechtop zitten, en terwijl ik aan het verhaal over Socrates dacht, wees ik naar Piero en zei met een trillende stem: 'Betaal Tommaso de tien *scudi* die ik hem nog schuldig ben,' en toen zonk ik weer achterover alsof ik dood was.

'Wat zei hij?' vroeg Bernardo naar lucht happend.

Op dat moment ging de deur open en rende Miranda naar binnen. Ze wierp zich op mijn borst en jammerde: '*Babbo, babbo!*'

Haar kreten waren zo erbarmelijk en hartverscheurend dat als ik echt vergif had binnengekregen, ik uit de doden zou opstaan om haar te troosten.

'De duivel vecht om zijn ziel,' zei Bernardo, 'en de duivel heeft gewonnen.'

'Nee, *babbo*, nee!' riep Miranda huilend.

'Het is zijn verdiende loon. Hij heeft alles verpest,' bromde Bernardo terwijl hij de kamer uit liep.

Ik hoorde Piero tegen Miranda fluisteren: 'Kom met me mee. Ik zal je wat olijfolie geven. Als je dat in zijn keel giet, kun je hem misschien nog redden.'

'O, snel, alstublieft,' jammerde Miranda.

'Ach, maak je geen zorgen,' zei Piero grinnikend, 'hij blijft heus wel leven.'

Ik hoorde nog steeds voeten door de gangen rennen en mensen schreeuwen en gillen. Bedienden renden binnen om naar me te kijken en renden dan weer gauw weg, alsof ze nergens iets van wilden missen. Weldra keerde Miranda terug, tilde mijn hoofd op en schonk olijfolie in mijn keel. Niet lang daarna moest ik zo ontzettend kotsen dat ik Jonas in hoogsteigen persoon had kunnen uitbraken. Miranda was dolblij en huilde en kuste me tegelijkertijd.

'*Babbo* leeft, *babbo* leeft,' bleef ze maar zeggen.

Precies op dat moment kwam Tommaso binnen en hij trok zijn neus op vanwege mijn braaksel. 'Wat is er gebeurd?' vroeg hij argwanend.

'Wat is er gebeurd?' zei ik naar adem happend. 'Idioot! Ik ben vergiftigd!'

Tommaso fronste zijn voorhoofd. 'Het eten van Federico was niet vergiftigd.'

'Welles,' zei Miranda boos. 'Hoe kun je dat nou zeggen? *Babbo* lag op sterven!' Ze zou hem met haar vuisten hebben bewerkt als ik niet zachtjes had gezegd: 'Miranda, alsjeblieft, haal een stuk brood voor me.'

Zodra ze de kamer uit was, zei ik: 'Waar heb je het over? Jij zei vergif.'

Zijn ogen werden groot. 'O, nee! Ik zou het je hebben verteld als Federico's eten vergiftigd was. Hij vergiftigde hún eten.'

Christus aan het kruis! Het had de hele tijd precies andersom gezeten! Nu begreep ik waarom Federico zo gul met geschenken was geweest, waarom hij zo verbaasd was geweest toen ik ineens ziek werd. Hij wilde Giovanni, Emilia en Pia vergiftigen, en toen het leek of ík vergiftigd was, had dat iedereen in verwarring gebracht. Maar ik kon nog niemand de waarheid laten weten. 'Maar waarom heeft Federico Cristoforo gedood?' vroeg ik.

'Hij moet gedacht hebben dat Cristoforo hem een streek had geleverd,' zei Tommaso schouder ophalend.

'Maar Alessandro...'

'Alessandro steunt Federico al vanaf het moment dat hij hier is.' Hoe wist Tommaso dat? Om er zeker van te zijn dat ik niet in een val zou lopen, zei ik: 'Maar ik was echt ziek. Het stukje hoorn in mijn hand werd warm.'

'En nu maar hopen dat Federico je gelooft,' zei Tommaso verachtelijk snuivend.

Federico zat achter zijn schrijftafel, in wapenrusting, zijn zwaard naast zich. Ik had hem nog nooit in wapenrusting gezien, maar ik begreep onmiddellijk hoe afschrikwekkend hij er op het slagveld moest uitzien. Bernardo, Cecchi en Piero drentelden achter hem heen en weer. Alessandro was er niet bij; Federico had hem gevangengezet totdat hij precies wist wat er was gebeurd. Ik liep langzaam op Federico af, omdat ik nog uitgeput was van het braken. Toen ik voor hem stond, kwam hij ineens overeind, greep me met beide handen bij mijn keel vast en tilde me zo van de grond.

'Waarom leef jij om de donder nog en is mijn beste kok morsdood?' bulderde hij.

De kamer tolde rond. 'Uwe Doorluchtigheid...' Ik kreeg geen adem meer. Mijn hart bonkte in mijn oren en ik proefde mijn eigen bloed.

'Hoogheid,' riep Cecchi, 'dit is een zegen.'

'Een zegen? Hoezo?' Federico liet me los en toen viel ik hoestend en proestend op de grond.

'Als Emilia en haar moeder waren vergiftigd, zou de paus u daar de schuld van hebben gegeven,' legde Cecchi uit. 'Maar omdat Ugo ziek werd, zal iedereen weten dat men heeft geprobeerd om u van het leven te beroven. U werd gedwongen maatregelen te nemen tegen deze pogingen tot moord. Het vertrek van Giovanni is het bewijs van zijn schuld!'

Ik had Cecchi's voeten wel kunnen kussen. Geen wonder dat ze hem '*Il Cicero di Corsoli*' noemden. Het was een briljante gedachte en voor de tweede keer in mijn leven prees ik de Heer dat deze respectabele en nobele man mij te hulp was gekomen.

'Het is jammer dat Ugo niet is gedood,' mopperde die hufter van een Bernardo. 'Dat was het beste bewijs van Giovanni's plannen geweest. We kunnen hem altijd nog doden.'

'Maar als iemand het hem vraagt, zal hij zeggen dat hij vergiftigd is,' zei Cecchi.

'Maar ik ben ook echt vergiftigd,' zei ik, en terwijl ik probeerde op te krabbelen, haalde ik het stukje hoorn uit mijn zak dat ik in twee stukken had gebroken. 'De Maagd Maria zei dat als ik vergiftigd werd, mijn stukje hoorn van de eenhoorn in tweeën zou breken...'

Federico sloeg met één klap de stukjes uit mijn hand. 'Wegwezen!' beval hij. 'Allemaal. Behalve Ugo.'

De regen was opgehouden, maar de wind gierde nog om het paleis alsof die ervoor wilde zorgen dat niemand zou ontsnappen. Federico leunde achterover in zijn stoel en liet zijn kin op zijn borst zakken. Zijn ogen werden klein en hardvochtig. 'Cristoforo had drie geraamtekoekjes vergiftigd. Een voor Emilia, een voor Pia en een voor Giovanni.' Hij zweeg om te wachten op mijn reactie.

'Hij moet die van u ook hebben vergiftigd, Uwe Hoogheid.'

Federico stak zijn hand over de tafel uit. 'Je bedoelt deze?' Hij legde het geraamtekoekje zonder voetjes voor me neer.

'Ja, Hoogheid,' zei ik verontwaardigd. 'Dat is 'm.'

'Spreek je de waarheid?' Hij trok zijn wenkbrauwen vragend op.

'De zuivere waarheid, Hoogheid.'

'Want als je die niet spreekt, dan zal de pijnbank wel zorgen dat je bekent.'

'Heer, als u me op de pijnbank legt, zal ik nog bekennen dat ik eigenhandig Jezus Christus heb vermoord.'

Federico krabde aan zijn neus en likte zijn lippen. 'Er is maar één manier om achter de waarheid te komen.' Hij schoof het geraamtekoekje naar me toe. 'Eet op.'

Ik staarde naar het koekje. 'Heer, als het echt vergiftigd is, dan zult u de beste voorproever kwijtraken die u ooit hebt gehad.'

Federico's ogen lieten mijn gezicht geen moment los. 'Of je bent heel slim of je hebt veel geluk. Welke van de twee is het?'

'Ik heb veel geluk dat ik u mag dienen, Hoogheid.'

Op Federico's gezicht verscheen een sikkeneurige uitdrukking. 'Ik hoopte dat je slim was. Ik heb alleen maar idioten om me heen.'

Ik vervloekte mezelf dat ik niet moediger was geweest. Federico stond op, pakte een sleutel uit de schrijftafel, liep naar een deur en opende deze. Terwijl hij de sleutel in het slot omdraaide, bewoog er iets in de muur aan mijn rechterkant. Ik dacht dat de sleutel van Federico dit stuk muur in beweging zette, maar Federico keek niet op. Een oog gluurde de kamer in, zag mij, en trok zich weer terug in de duisternis; en het stuk muur schoof weer zachtjes terug op zijn plaats. Ik stond op het punt mijn bek open te trekken, maar mijn stem stokte bij de aanblik van duizenden en duizenden gouden munten die in een berg op de vloer van de kast lagen die hertog Federico zojuist had opengemaakt.

Hij pakte twee goudstukken en gooide ze naar me toe. 'Laat nieuwe kleren maken. Zeg tegen Cecchi dat je van mij een nieuwe kamer moet krijgen.'

'*Mille grazie*, Uwe Hoogheid, *mille grazie!*' Hij stak zijn rechterhand uit en stond me toe die te kussen.

Ik verliet de privévertrekken van de hertog alsof ik tot paus was gekroond. 'Kijk maar eens goed naar mij, Vittore! Jij pokkelosbol! En jij ook, papa!' schreeuwde ik. 'Kijk nou maar eens naar mij!'

Miranda zat op ons bed heen en weer te schommelen terwijl ze Felicita tegen haar boezem wiegde. Ik gooide een goudstuk in haar schoot en riep: 'We krijgen een nieuwe kamer en nieuwe kleren. En jij krijgt een broertje, want ik word weer vader!' Ik trok haar overeind en zwierde met haar door de kamer. 'Ik moet Agnese zoeken.'

'Nee, *babbo!*' schreeuwde Miranda.

'Wil je geen broertje hebben? Nou, jij je zin, dan krijg je een zusje.'

Ze klemde haar hand om de keel van Felicita alsof het alleen maar een stuk hout was en niet haar dierbare pop.

'Wat is er? Vertel op.'

'Agnese is dood,' fluisterde ze.

'Dood? Nee, ze is in de wasserij.'

Ze schudde haar hoofd weer.

'Vertel het me,' zei ik huilend.

Tranen stroomden over haar gezicht. Ze ratelde haar verhaal zo snel af dat ze het drie keer moest herhalen voordat ik begreep wat er was gebeurd. 'Toen Agnese u hoorde schreeuwen, verliet ze de wasserij en rende het binnenplein op en toen kruiste ze het pad van Giovanni die uit de Grote Hal kwam. De staljongens zeggen dat hij zonder enige reden op haar inhakte.'

Ohi me! Hoe vaak kan het hart van een man worden gebroken zonder dat hij eraan doodgaat? Mijn moeder. Mijn beste vriend, Toro. Elisabetta. Agnese. Mijn ongeboren kind. Iedereen van wie ik hield behalve Miranda. Allemaal dood. Wat wilde God me duidelijk maken? Dat ik niet van iemand mocht houden? Betekende het dat ik Miranda ook kwijt zou raken? Ik bad tot God, maar Hij gaf me geen antwoord, dus vervloekte ik Hem. Ik vervloekte Hem voor alle keren dat ik tot Hem gebeden had en begon toen, bang dat Hij wraak op me zou nemen, te huilen, vroeg om vergiffenis en smeekte Hem om Miranda tegen mij te beschermen.

Hoofdstuk 15

Ik heb een paar dagen niet geschreven omdat ik geen papier meer had. Septivus wilde me niets meer geven totdat zijn bestelling uit Fabriano zou zijn aangekomen. Die is vandaag afgeleverd en dus zal ik nu proberen om mijn achterstand zo snel mogelijk weg te werken.

Het paleis veranderde na de moordpartij. Nadat Alessandro Federico had overtuigd dat hij geen dubbelspel met hem had gespeeld, werd hij beloond met de kamers van Giovanni en met diens functie als afgezant van Corsoli. Tommaso werd in de keuken aan het werk gezet en ik werd in een afgrond van wanhoop gesmeten. De aartsbisschop bood aan om Agnese op de begraafplaats te begraven, maar ik stond erop dat haar graf op de open plek in het bos kwam waar we zoveel uren samen hadden doorgebracht. Ik kroop huilend en aan mijn haren trekkend over de aarde, net zoals mijn vader had gedaan toen mijn moeder was gestorven. Ik zong Agneses droevige liedje in woorden die ik niet begreep. Ik klom in het graf en hield haar dicht tegen me aan om niet te vergeten hoe ze rook en hoe haar lichaam aanvoelde. Ik sneed een lok van haar haren af. Toen begon ik opnieuw te huilen om het kind dat ik nooit zou kennen. Cecchi kwam me halen, want Federico zou binnen niet al te lange tijd zijn avondeten gaan nuttigen.

Ik vervloekte Federico en zei dat het me niets kon schelen als hij me gevangen zou zetten. Cecchi zei dat Federico dat hoogstwaarschijnlijk ook zou doen en dwong me met hem mee te gaan. Hij waarschuwde me dat ik mijn tranen moest verbergen, omdat Federico anders uit zijn humeur zou raken, maar zelfs toen ik een kapoen gedrenkt in citroensaus proefde, werd ik door verdriet overmand. Cecchi fluisterde iets in Federico's oor en die keek toen naar me en zei: 'Ugo, ik wist niet dat Giovanni je *amorosa* had vermoord. Hij is een slecht mens en je zult gewroken worden.'

'*Grazie*,' zei ik snikkend. '*Mille grazie.*'

Toen richtte Federico zich tot iedereen aan tafel en zei met een plechtige stem: 'De tijd heelt alle wonden.'

Iedereen knikte, en ingenomen met dit brokje wijsheid, wendde Federico zich weer tot mij en zei: 'Hou dus nou maar op met dat gehuil!' En toen zette hij zijn tanden in zijn eten.

Het gezicht van Agnese verscheen aan me in mijn dromen en wanneer ik wakker was. Haar stem riep me van achter elke pilaar en deuropening. Ik stak kaarsen aan in de Duomo Santa Caterina en smeekte God me te vergeven voor mijn aandeel in de moordpartij op Pia en haar familieleden, want zo zeker als de nacht op de dag volgt, wist ik dat Agnese was vermoord vanwege de zonden die ik had begaan.

Mijn zintuigen waren zo ondergedompeld in verdriet dat het pas enige tijd later tot mij doordrong dat bedienden die ik niet kende, me 'Ugo' noemden en me vroegen of ik goed had geslapen. Ze maakten me complimenten over mijn uiterlijk, boden me hun hulp aan en vroegen me om voor hen een goed woordje bij Federico te doen. Op een ochtend nam de nieuwe kok, Luigi, een man met kromme schouders en een sik, me bij de arm en fluisterde: 'Ik zweer op mijn leven dat ik nooit iets zal doen ten nadele van hertog Federico of van jou.'

'Ze denken dat je door een wonder bent gered,' zei Tommaso verachtelijk snuivend. 'Ze moesten eens weten dat je de boel besodemieterd hebt...'

'Maar jij gaat het ze niet vertellen. Als iedereen bang voor me is, zullen ze zich wel twee keer bedenken voordat ze proberen Federico te vergiftigen.'

Tommaso sloeg zijn armen over elkaar en liet ze toen weer hangen, terwijl zijn tong als een vaandel in de wind flapperde omdat het tegen zijn natuur in ging om een geheim te bewaren. En op dat moment besefte ik dat het zijn oog was geweest dat ik in de muur had gezien. Hij was een spion voor Federico! Daarom hadden de jonge knechten me voor hem gewaarschuwd op mijn eerste dag in het paleis. Daarom had hij me gewaarschuwd geen al te beste maatjes met Federico te worden. Daarom had hij geweten dat Giovanni's eten vergiftigd was. Ik zei niet dat ik hem had herkend. Ook al kon híj dan geen geheim bewaren, ík kon het wel.

Hij was nu vijftien en werd met de dag langer. Hij vond het niet fijn om in de keuken te werken – van de specerijen moest hij niezen – maar ik had hem daar nodig, dus vleide ik hem door te zeggen: 'Op een dag zul je Federico's chef-kok zijn.'

'En dan zal Miranda me wel moeten respecteren,' zei hij.

Ohi me! Ik had gehoopt dat hij Miranda was vergeten, maar ja, ze werd met de dag mooier en de andere jongens maakten daar opmerkingen over, en dat had vast en zeker zijn hartstochten aangewakkerd.

Miranda en ik kregen een nieuwe kamer met twee bedden, een prachtig beschilderde kist en een degelijke eiken schrijftafel. Onze ramen keken uit op de tuin die, nu Emilia dood was, was overwoekerd door rozen, madeliefjes en andere wilde bloemen. In de nacht zweefden hun geuren omhoog naar ons raam en parfumeerden mijn dromen.

De grootste verandering van allemaal werd door Bianca, Federico's nieuwe hoer, veroorzaakt. Ze gedroeg zich alsof ze van geboorte een prinses was. Ze keek iedereen hooghartig aan, maar gaf haar bevelen met een stem zo zacht als het gespin van een jong katje, waardoor niemand wist wie van de twee ze werkelijk was. Ze wist, misschien omdat ze zo lang hoer was geweest (het gerucht ging dat ze op haar twaalfde was begonnen), precies wat mannen dachten zodra ze haar zagen. Derhalve kon ze hen zover krijgen dat ze alles voor haar deden wat ze wilde. Luigi informeerde elke dag of ze een voorkeur voor bepaalde schotels had. Bernardo haastte zich elke morgen om de sterren voor haar te raadplegen en verzon zelfs allerlei smoezen om haar vaker te kunnen zien. Zelfs Cecchi bestelde voor haar bijzondere wijnen uit Ovieto, Urbino en Rome. Ze kocht nieuwe kleren en juwelen, stelde de meubels anders op en organiseerde feestjes voor haar oude vriendinnen. Het geluid van de hoeren die zaten te roddelen, maakte de vrouwen van de hovelingen jaloers, maar de mannen keken wel uit om er iets van te zeggen. Bianca paste ervoor op dat ze Federico niet boos maakte, en als zijn onderlip om de een of andere reden ging hangen, nam ze hem bij de hand en leidde hem naar haar kamer. Ik weet niet wat ze achter die deuren deden, maar soms was hij dagenlang te moe om het paleis te verlaten. En als dat zo was, glimlachte hij! Echt waar! Op andere dagen ging hij op jacht, valkenierde hij, haalde hij grappen uit om zichzelf te amuseren – hij beval een manke vrouw om met een blinde man te dansen – en stond erop dat ik de hele tijd bij hem in de buurt was. Niet dat hij iets tegen me zei behalve als het over eten ging. Op een keer richtte hij zich bijvoorbeeld tot mij nadat ik Luigi's specialiteit van in spek gewikkeld en geroosterd kalfsvlees op brood had geproefd, en zei: 'Dit is uitstekend. Ik had Cristoforo al veel eerder moeten vermoorden.'

Door het respect dat Federico me nu betoonde, werd de pijn vanwege de dood van Agnese verzacht en vervulde ik mijn taak nog serieuzer dan ik ooit had gedaan. Ik bracht veel tijd in de keuken door om te leren hoe verschillende schotels werden klaargemaakt, hoelang ze gekookt moesten worden, welke saus bij wat hoorde, enzovoort. Ik leerde van Luigi dat een overmaat aan rapen slijm veroorzaakte en dat tuinbonen goed voor mannen waren omdat ze op testikels leken. Ik werd met zoveel kennis overladen dat die mijn mond uit flapte voordat ik er erg in had.

Op een dag adviseerde ik Federico dat hij meer peper op het kalfsvlees moest doen. Een andere keer zei ik dat de kip iets langer gemarineerd had moeten worden. En hij was het zowaar met me eens! Op een gegeven moment kon ik zelfs, door alleen maar even te ruiken aan een saus voor wildgebraad, alle ingrediënten opnoemen: marjolein, basilicum, nootmuskaat, rozemarijn, kaneel, selderie, knoflook, mosterd, ui, bonenkruid, peper en peterselie. Hertog Federico was daarvan zo onder de indruk dat hij me vaak vroeg dit kunstje voor zijn gasten te vertonen. Nu voelde ik me echt thuis in het palazzo. Federico vertrouwde me. Weliswaar alleen in onbelangrijke zaken, maar komt uit een eikeltje niet een hele eikenboom te voorschijn? Ik wist zeker dat ik weldra tot hoveling bevorderd zou worden en bad om een gelegenheid om Federico te bewijzen dat hij me voor belangrijker dingen kon gebruiken. Helaas, God besloot in Zijn wijsheid dat ik nog niet klaar was voor zo'n functie. Maar *potta!* Moest Hij nou zo nodig die onbenullige dwerg, Ercole, gebruiken om me dat duidelijk te maken?

Het enige dat Ercole en Giovanni gemeen hadden, was hun lengte. Verder was Ercole zo laf als Giovanni moedig was en zo stom als Giovanni slim was; en terwijl Giovanni aldoor zijn kleren aanpaste aan zijn stemming, droeg Ercole elke dag van zijn leven dezelfde bruine wambuis en broek. Als Giovanni in staat was geweest zijn bochel recht te laten maken, dan zou hij net zo lang zijn geweest als andere mannen, terwijl Ercole bij zijn geboorte al een onderdeurtje was geweest en dat tot zijn dood zal blijven.

Ik heb het nooit over Ercole gehad omdat dat kleine misbaksel nooit iets heeft gedaan wat de moeite waard was om gewag van te maken; behalve die ene keer dat hij bij mijn eerste banket met een schaap worstelde tot dat dood was, maar omdat Corsoli zo afhankelijk was van zijn schapen, mocht hij dat kunstje maar één keer per jaar uithalen. Het grootste deel van de tijd hupte hij rond in een hoek van de Grote Hal en probeerde nog kleiner te lijken dan hij al was door zijn knieën te buigen en zijn hoofd in te trekken, en dan sloeg hij zachtjes op zijn trommeltje in de hoop dat Federico hem niet op zou merken.

Op een avond gooide Federico terloops een half opgegeten stuk brood weg dat Ercole precies op zijn kop raakte. Ercole kwam verontwaardigd overeind, waarbij de woede op zijn kleine gerimpelde gezicht me harder deed lachen dan ik ooit om zijn kunstjes had gedaan. Hij snauwde naar me omdat hij dacht dat ik het stuk brood had gegooid. Toen het tot hem doordrong dat Federico het had gedaan, raapte hij het stuk brood onmiddellijk van de grond op. Maar terwijl hij dat deed, bedacht hij iets. Ik kon het idee in zijn hersens zien groeien. Hij bewoog zijn hoofd heen en weer, bestudeerde het stuk brood alsof hij zoiets nog nooit had gezien. Hij snuffelde eraan als een hond. Hij draaide het een halve slag en snuffelde er weer aan. Die kleine snotaap, die klootzak stond mij na te apen! Federico stootte Bianca aan. Iedereen aan tafel hield op met eten om naar hem te kijken. Ercole was zich hiervan bewust en snuffelde nog een keer aan het stuk brood en draaide het weer alle kanten op. Toen brak hij er een heel klein stukje af, legde het op het puntje van zijn tong en ging toen wijdbeens staan met zijn handen op de heupen en zijn ogen op het plafond gericht. Met zijn grote brede mond en dikke lippen kauwde hij heel even en toen hield hij daarmee op om na te denken, kauwde en hield toen weer op om na te denken, totdat hij het hapje met een overdreven slikbeweging naar binnen schrokte en met zijn vinger het pad van het hapje langs zijn keel naar zijn maag volgde.

Ik wist wat hij vervolgens zou doen. Hij greep naar zijn keel, stamelde iets en begon vreselijk te kuchen. Hij liet zich op de grond vallen, gillend en schreeuwend, kronkelde rond met een verwrongen gezicht, graaide in het wilde weg naar iets onzichtbaars en gilde: 'Mijn stukje hoorn! Mijn stukje hoorn!' Daarna kromde hij zijn rug, zakte in elkaar en bleef onbeweeglijk liggen alsof hij dood was.

Bianca barstte in lachen uit en kon niet meer ophouden. Ze verborg haar gezicht in haar handen, haalde ze weer weg, zag mij en lachte weer. Toen begon Federico te proesten en te lachen, en hij sloeg met zijn vuist op tafel. Onmiddellijk begon de rest van het hof te loeien als koeien, wat ze ook waren. Ik wilde het liefst een mes in Ercoles keel steken en naar beneden trekken tot aan die balletjes van hem. Stel je voor, een dwerg die mij bespotte waar iedereen bij was! Na alles wat ik al had moeten doorstaan.

Ercole boog plechtig. Het applaus hield niet op. Hij boog nog een keer. Hij boog vier keer. Goeie god! Je zou haast denken dat hij in z'n eentje de Fransen had verslagen! Federico veegde zijn tranen weg en zei: 'Bravo, Ercole! Bravo! Doe het nog een keer!'

Het gelach en applaus inspireerden Ercole. Hij vertrok zijn gezicht en probeerde met zijn korte gedrongen lichaam mijn gekwelde uitdrukking te imiteren, waardoor hij er nog belachelijker uitzag.

'Vind je hem niet grappig?' vroeg Federico aan mij.

'Omdat ik mezelf nooit heb gezien terwijl ik proef,' zei ik, 'kan ik niet zeggen of het geslaagd is of niet.'

'O, het is absoluut geslaagd,' zei Federico lachend. 'Het is perfect.'

Ik verliet de zaal waarbij het gelach nog lang in mijn oren na bleef klinken. Ik vond Miranda's spiegel en bekeek mezelf erin terwijl ik deed alsof ik eten proefde. Ercoles bewegingen waren stuntelig, maar ze klopten wel. Ik kon hem wel vermoorden.

'Dat kun je niet,' waarschuwde Tommaso me. 'Federico mag hem graag. Als Ercole iets overkomt, zal Federico weten dat jij het hebt gedaan.'

Al snel ging Ercole voorstellingen geven voor iedereen die het maar wilde zien, en dezelfde knechten en bedienden die me eerder nog hadden geprezen, gniffelden nu als ik langskwam. Ik probeerde andere manieren van eten uit, maar op hoeveel manieren kun je op een hap eten kauwen?

'Federico vergeet het wel weer, *babbo*,' zei Miranda in een poging me te kalmeren.

Maar Federico vergat het niet en als hij gasten had, vroeg hij Ercole altijd om zijn nummertje op te voeren. Op een keer toen ik niet aan het eten snoof, zei Federico boos in aanwezigheid van hertog Baglioni: 'Doe het op de oude manier, anders verpest je Ercoles imitatie.'

Dus moest ik als een soort afgericht beest aan het eten ruiken en daarna lijdelijk toezien hoe Ercole me belachelijk maakte. Telkens wanneer Ercole zijn imitatie deed, vertelde Federico zijn gasten over de dood van Pia en haar familieleden. Ze moeten het verhaal over mij hebben doorverteld toen ze weer thuis waren. En ze zullen hier en daar iets hebben weggelaten en er ergens anders iets aan hebben toegevoegd waardoor het verhaal op den duur zoveel variaties kende als de wegen waarover het had gereisd. Ik werd bekend tot in verre steden als Rome en Venetië.

Ik kan niet ontkennen dat me dat een plezier deed en ik vertelde Septivus dat ik binnenkort de beroemdste voorproever in heel Italië zou zijn. Hij glimlachte en knarste met zijn gele tandjes. 'Dante zegt dat roem is als een zuchtje wind dat vergeten is zodra het gaat liggen.'

'Dat is ongetwijfeld waar. Maar zolang de wind waait, voelt iedereen hem.'

'Ja,' zei hij, 'en sommigen zullen je daarom prijzen en sommigen je vervloeken.'

Daar had hij inderdaad gelijk in, maar ik loop op de zaken vooruit.

Natuurlijk kon geen van de gasten geloven, omdat ik maar een doodgewone voorproever was, dat ik zelf het hele plan had kunnen bedenken om te doen alsof ik doodging. Nee, ze namen aan dat Federico tegen me gezegd had dat ik dat moest doen zodat hij later kon rechtvaardigen dat hij zijn vrouw en zijn schoonmoeder had vermoord. Weldra was Federico daar zelf ook van overtuigd, en op een keer, terwijl ik vlak naast hem stond, zat hij tegen de afgezant van Bologna niet alleen op te scheppen dat hij het geheime plan had verzonnen, maar ook dat hij mij had laten zien hoe ik de doodsstuipen moest voorwenden!

Ik herinner me dat ik hier op een winteravond over na zat te denken. De duisternis viel steeds vroeger in en de regen kleurde de witte muren van het paleis grijs waar je bij stond. Verhalen, zo leek het me, waren als die muren, in die zin dat iemand die ze voor het eerst zag, nooit kon weten dat ze ooit wit waren geweest, precies zoals iemand die mijn verhaal van Federico hoorde, het ware verhaal nooit zou kennen. Als de luisteraars van het verhaal genoten, bekommerden ze zich weinig om de waarheid. Dus was Jonas misschien wel helemaal niet door een walvis ingeslikt, maar had hij zelf die grote vis opgegeten. Of misschien was Jezus nooit vermoord, maar was hij van het kruis af geklommen en had zich in de grot verborgen. En misschien had Socrates ook wel geen grappen uitgehaald voordat hij de dollekervel opdronk, maar had hij om genade gesmeekt en geschreeuwd.

Veel troost putte ik hier niet uit. De regen plensde nog harder neer. Ik vroeg me af waar Miranda was, omdat ze niet van haar lessen was teruggekeerd, en dus ging ik naar haar op zoek. Vanuit een kamer waar ze soms speelde, hoorde ik een stem komen: 'O, Miranda, trek het je toch niet zo aan.'

Ik gluurde naar binnen. Een paar van haar vriendinnen zaten bij elkaar gekropen voor een groot haardvuur, hun hoofden tegen elkaar, hun armen om elkaars schouders, zoals meisjes vaak doen. Ze lachten om Miranda die met haar knieën tot haar kin opgetrokken een stukje van hen vandaan zat.

'En toch,' zei Miranda koppig, 'doen jullie het niet goed.'

'Doe jij het dan,' daagde een meisje haar uit en de anderen vielen haar bij.

Miranda beet op haar lip. Ze stond op – mijn hand beeft terwijl ik dit opschrijf – en imiteerde mij terwijl ik eten proefde. Ercole had slechts beperkte talenten, maar Miranda had er vele en wist dingen van mij die ik zelf niet eens wist. Nadat ze had nageaapt hoe ik altijd proef, wat de meisjes deed gieren van het lachen, deed ze alsof ze haar keel in een klein spiegeltje bestudeerde. Ze hoestte en gorgelde en stak haar vingers in haar mond alsof er een kruimel tussen haar tanden was blijven steken, iets wat ik vaak deed als ik na een maaltijd in onze kamer terugkeerde. Ze deed dit doodserieus, verwrong haar gezicht, likte haar lippen, wriemelde met haar tong en spitte in haar mond alsof ze op zoek was naar goud. Eén meisje lachte zo hard dat ze in haar broek plaste.

Plotseling keek Miranda in mijn richting en toen onze ogen elkaar ontmoetten, rende ze de kamer uit. Haar vriendinnen gingen haar achterna terwijl ik mijn gezicht naar de muur keerde zodat ze me niet zouden herkennen.

Later vroeg ik waarom ze me voor schut had gezet.

'Hoe dacht u dat ík me voelde?' zei ze. Hoewel ze het niet zei, wist ik wat ze bedoelde. Het ging erom dat ik maar een doodgewone voorproever was. 'Ik zal nooit een bruidsschat hebben die ook maar iets waard is.'

Ik had zin om te lachen, maar ik was bang dat ik erin zou stikken. Ik had Miranda zo goed tot een prinses opgevoed dat ze zich nu voor me schaamde. Ik liet haar alleen en ging naar Ercoles kamer.

'Als je me vraagt om jou niet meer te imiteren,' zei hij achteroverleunend in de kleine stoel die hij voor zichzelf had getimmerd, 'dan moet ik helaas nee zeggen. God heeft me een gave toebedeeld waar Federico dol op is. Als jij het talent ervoor had gehad, had je hem ook kunnen vermaken.'

Ik zette mijn ene voet boven op de andere om mezelf te beletten dat stoeltje onder zijn kont weg te trappen. 'Goed,' zei ik, 'maar dan moet je het wel perfect doen.'

'Ik doe het perfect,' zei hij fel.

'Volgens Federico niet. Op de plek waar ik sta, hoor ik weleens wat.'

'Wat dan?' Hij fronste zijn voorhoofd. 'Wat heb je gehoord?'

Ik deed alsof het moeilijk voor me was om het uit te leggen. Ik wilde dat hij zo nieuwsgierig werd dat hij door zijn gretigheid niet meer goed kon oordelen. 'Nou, ik hoorde toevallig...'

'Wat?' zei hij op dwingende toon met zijn piepstem.

'Federico vindt je niet meer zo grappig als vroeger. Hij vindt dat je je bewegingen zwaarder moet aanzetten.'

Ercole trok het puntje van zijn neus op, dat al recht naar boven wees, en keek me argwanend aan. 'Federico zei dat ik mijn bewegingen groter moest maken?'

'Dat is wat ik gehoord heb. Ik wilde het je vertellen omdat je weet dat als je Federico niet tevredenstelt...' Meer hoefde ik niet te zeggen.

De volgende keer dat Ercole me imiteerde, kauwde hij en zwaaide hij met zijn armen alsof hij de stuipen had. Niemand lachte. Federico's onderlip zakte tot op zijn kin. Ercole werd zo bang dat hij zijn trommeltje pakte en er zonder enige reden op begon te rammen.

'Wat doe je nou?' brulde Federico.

'Uwe Doorluchtigheid,' stamelde hij. 'U hebt gezegd...'

'Wat heb ik gezegd? Doe het zoals het hoort,' zei Federico.

Maar tegen die tijd was Ercole zo zenuwachtig geworden dat hij niet meer wist wat hij moest doen.

'Misschien helpt dit je om het je weer te herinneren,' brulde Federico terwijl hij een kom soep naar hem gooide, gevolgd door een aantal messen, lepels en broden, totdat Ercole ineengedoken als een balletje op de grond zat.

'Hij moet maar worden opgehangen,' zei ik hard. 'Hij heeft een gave van God gehad die hij misbruikt heeft.'

'Hou je bek,' zei Federico. Meer wilde ik ook niet zeggen. Ik wist dat Ercole me nooit meer zou imiteren en anderen zouden zich nu wel bedenken voordat ze het zouden proberen. Maar God was nog niet klaar met mij en er stonden me nog ergere dingen te wachten.

Hoofdstuk 16

Tijdens onze tweede winter in het paleis joeg de wind de sneeuw op tot enorme hopen die overal op het binnenplein en de straten in de stad bleven liggen. De jongens maakten van de sneeuw leeuwen en vogels en op een morgen was Tommaso bezig er een zittende wolf van te maken. Hij gebruikte amandelen met een laagje saffraan voor zijn ogen en een stuk leer voor zijn tong. Hij wilde dat Miranda kwam kijken, maar dat weigerde ze, omdat ze, zo zei ze, het te druk had met het lezen van de bijbel.

'Ze wordt nog eens een non,' zei Tommaso terwijl hij de klauwen vorm gaf. 'Ze zegt dat ze geen tijd voor onbelangrijke dingen heeft.'

'Tegen etenstijd is ze wel van gedachte veranderd.'

Hij knabbelde op zijn nagels. 'Ze geeft haar eten aan de armen.'

'Hoe weet je dat? Ben je haar gevolgd?'

Hij vertelde me dat hij had gezien dat ze op het Piazza Del Vedura in de regen was neergeknield en dat er, als hij haar niet had weggetrokken, een soldaat te paard over haar heen was gereden.

'Bedankte ze je?'

Hij schudde zijn hoofd. 'Ze zei dat ik het recht niet had om tegen de wil van God in te gaan.'

Miranda zat in de Duomo te bidden voor een beeld van de Maagd Maria. Tussen haar beden in vroeg ik haar vriendelijk waarom ze zichzelf zo strafte.

'Ik bereid me voor op het *privilegium paupertatis,*' antwoordde ze met een stem waarin zoveel lijden en innig verdriet doorklonken dat het leek alsof ze zojuist zelf van het kruis was geklommen.

'Miranda, je hebt geen privilege nodig om arm te zijn. Je bént arm. Ik ben arm. Het is vanwege de bruidsschat, hè?'

Ze wendde zich af en ging door met haar gebeden.

'Je denkt dat je nooit zult trouwen dus ga je je leven aan de kerk wijden, is dat het?' Ze gaf geen antwoord. 'Miranda, die nonnen die jij zo bewondert, hoeven helemaal niet arm te zijn. Ze brengen hun dagen door met het voor niets maken van allerlei dingen en dan gaan ze bedelen om aalmoezen zodat ze kunnen eten. Als ze de kerken maar iets in rekening zouden brengen voor hun werk, hoefden ze niet te bedelen bij mensen zoals ik die het zich nauwelijks kunnen veroorloven om ze iets te geven!'

'Bedelen herinnert hen eraan bescheiden te zijn,' berispte Miranda me.

'Honger herinnert jou eraan op wat voor manier jij bescheiden zou moeten zijn!' schreeuwde ik. '*Basta!*'

Maar ze hield niet op. Ze bleef haar eten weggeven, viel biddend op haar knieën waar en wanneer ze maar zin had. De oude, halfblinde wasvrouw zei dat ze een heilige was. Het maakte niet uit of ik boos of vriendelijk tegen Miranda was, ze wilde niet naar me luisteren.

'Het wordt je dood nog eens en wat voor nut heb je dan?' smeekte ik nadat ik haar rillend in de sneeuw had gevonden. Haar lippen waren blauw geworden en haar tanden klapperden. Ze zei weesgegroetjes en novenen om mij te overstemmen.

Twee nachten later werd ik wakker en ontdekte dat haar bed leeg was.

'Ze zei dat God tegen haar had gezegd dat ze naar het klooster in San Verecondo moest gaan,' zei de schildwacht bij de poort. Ik zweer je dat poortwachters de stomsten van al Gods schepselen zijn. Het maakt niet uit welke stad je neemt, als de stad een poort heeft en de poort een schildwacht, dan is die schildwacht vast en zeker stom.

'Dat is waanzin! Hoe heb je haar kunnen laten gaan in dit weer?'

'Ze zag er devoot uit,' zei hij schouderophalend.

De hemel was bedekt met een deken van grijze wolken. Donzige, dikke sneeuwvlokken vielen geruisloos als ganzenveren uit Gods kussens neer. Ik rende zo hard als ik kon en riep: 'Miranda! Miranda!' Het gehuil van een wolf was het antwoord. Ik hoopte dat die haar niet had ontdekt en dat ik haar snel zou inhalen, en als dat niet gebeurde, dat dat kwam omdat ze het klooster al had bereikt. De laag sneeuw werd dikker. Elke struik, elke boom, elk sprietje gras was wit. Mijn schoenen en broek waren doorweekt, mijn handen en gezicht verdoofd van de kou. Ik riep Miranda's naam weer, maar de nacht slokte mijn stem op. Ik kon de heuvels niet onderscheiden en ik wist niet meer of ik de goeie kant op liep. Uitgeput viel ik op mijn knieën. En toen ik daar zo geknield zat, besefte ik dat ik in dezelfde houding zat als waarin ik Miranda had zien zitten. Ik vroeg me af of dit Gods manier was om mij te straffen omdat ik Miranda had verboden te doen wat Hij had gewild. Ik wierp me in de sneeuw, huilde om vergiffenis en beloofde God dat als ik Miranda vond, ik haar zelf bij het klooster zou afleveren.

Ik had dat nog niet gezegd of er kwam tussen de bomen door een licht op me af. Het was de Maagd Maria zelve. Ze stak haar hand naar me uit en zei met een zachte, lieve stem: 'Slaap. Rust. Dan zal ik je naar je dochter brengen.'

Maar een andere stem zei: 'Dat is niet de Maagd Maria, dat is de Dood.' Ik stond op en strompelde voorwaarts, waarbij ik tot mijn middel in de sneeuw wegzakte en schreeuwde tegen God dat Hij me moest beschermen. En toen ik bijna geen adem meer overhad, struikelde ik over een lichaam... dat van Miranda.

Ik weet niet hoe ik in Corsoli ben teruggekomen, want God was de enige die mijn voeten de weg wees. Ik klopte op de deur van Piero's huis, en hoewel het al na middernacht was, maakte hij zijn vrouw en kinderen wakker en beval hun warm water te maken terwijl hij Miranda in dekens inpakte. Hij dompelde haar handen en voeten in het warme water, gaf haar medicijnen, en toen ik naar het paleis terug moest om Federico's ontbijt te proeven, waakte hij over haar alsof ze zijn eigen dochter was.

Ieder vrij moment bracht ik aan Miranda's bed door, want Piero zei dat haar leven in gevaar was. Tommaso bracht soepen en pasteitjes – haar ziekte had hem bezield om kok te worden – en ik bad en veegde het zweet van haar voorhoofd.

Ik was nog nooit in het huis van een jood geweest en het verraste me dat het er bijna net zo uitzag als dat van andere mensen. Omdat Federico altijd klaagde over de ene of de andere kwaal, vroeg ik Piero waarom hij niet in het palazzo woonde.

'Dat mag niet van hertog Federico omdat we Hebreeërs zijn. Bovendien,' zei hij glimlachend, 'ben ik zo dichter bij de burgers van Corsoli.'

Precies op dat moment begon Miranda, wier gezicht van blauw in wit was veranderd, zo verschrikkelijk te hoesten dat alle botten in haar lichaam ervan rammelden. Ze werd onrustig en schreeuwde het uit in haar slaap. Piero zei dat het, hoewel het niet zo leek, in feite een goed teken was.

Uiteindelijk, door Gods goedertierenheid en Piero's zorg – waarvoor ik hem niet genoeg kon bedanken – was Miranda zover opgeknapt dat ik haar terug naar het palazzo kon brengen. Ze bleef in bed, en hoewel Tommaso nog steeds eten voor haar bracht en haar vriendinnen naar haar informeerden, wilde ze geen van allen zien. Ze zei het niet, maar ik wist dat dat kwam omdat de twee kleinste vingers van haar rechterhand verminkt waren, evenals twee tenen van haar rechtervoet. Ze zou ze nooit meer kunnen gebruiken en jammerde dat ze nooit meer zou kunnen lopen. Ik vertelde haar over soldaten die met maar één been liepen en over een tante van me die haar hele leven had gelopen, ook al was ze maar met één voet geboren. Ik zei dat ze God en Piero moest danken dat ze nog in leven was. Dit troostte haar nauwelijks. Sterker nog, ze zei zelfs dat ik haar had moeten laten sterven. 'Ik heb de Heilige Clara teleurgesteld,' zei ze huilend. 'Ik heb Onze-Lieve-Heer teleurgesteld.'

Ik vertelde haar niets over mijn belofte aan God om haar naar het klooster te brengen omdat ik, nadat ik haar gevonden had, het niet kon verdragen om weer van haar gescheiden te worden.

Terwijl ze zo lag te huilen werd er op onze deur geklopt. Ik opende hem en daar stond Bianca, geheel in bont gekleed, een kap bezet met diamanten over haar voorhoofd getrokken. 'Verbergt zich hier de kleine heilige?' vroeg ze.

Ik was zo stom van verbazing dat ik haar zag, dat ze zei: 'Vraag je me niet om binnen te komen?'

'Natuurlijk.' En toen deed ik een stap opzij zodat ze naar binnen kon.

Ze rook naar bergamot en muskus en toen ze langs me liep, liet ze haar tong langs haar onderlip glijden en glimlachte alsof ze geheimen van me wist die zelfs ik niet kende.

'Aha, daar is ze,' zei ze schalks, en toen ging ze op Miranda's bed zitten. Ze veegde Miranda's tranen weg en klopte zachtjes op haar wangen. 'We zullen die prachtexemplaartjes eens goed vetmesten en ze zo laten stralen dat de zon erbij verbleekt.' Toen zei ze tegen mij: 'Miranda en ik hebben een heleboel te bespreken, dus zou je ons een poosje alleen willen laten? En niet aan de deur luisteren. Dat doen ze allemaal,' zei ze knipogend naar Miranda. 'Ze zijn nog erger dan vrouwen.'

Ik liep Corsoli in en weer terug, me afvragend waarom Bianca bij Miranda op bezoek was gekomen. Was het alleen maar uit goedheid? Onder al haar bont en juwelen was Bianca toch nog altijd een hoer; maar, bracht ik mezelf in herinnering, een heleboel vrouwen en maîtresses van beroemde mannen waren hoer geweest. Ze kenden ongetwijfeld de hebbelijkheden van mannen beter dan de mannen zelf. Bianca was niet op haar achterhoofd gevallen. Ze was Federico's maîtresse. Ze kon Miranda op allerlei manieren helpen.

Toen ik vond dat ik lang genoeg gewacht had, keerde ik naar onze kamer terug. Miranda was alleen. Ze zat rechtop in bed en bekeek zichzelf aandachtig in haar handspiegel. Een prachtig parelsnoer hing om haar hals. 'Heeft Bianca je dat gegeven?' vroeg ik.

'Ja,' zei ze, terwijl ze probeerde haar opwinding te verbergen. 'Ze heeft me uitgenodigd om bij haar langs te komen.'

'Dat is geweldig.'

'Maar ik kan niet lopen, *babbo*. En al kon ik dat wel, dan nog kan ik er niet heen,' voegde ze er zeer ernstig aan toe zoals alleen de rechtschapenen dat kunnen. 'Ze is een hoer.'

Ik had de neiging om Miranda terug in de sneeuw te smijten, maar in plaats daarvan zei ik: 'Onze Here Jezus Christus wendde zich noch van zondaren noch van prostituees af.'

Miranda fronste haar voorhoofd waarbij haar grote donkere wenkbrauwen elkaar raakten, en beet op haar onderlip.

'Waar hebben jullie het over gehad?' vroeg ik.

Ze gooide de handspiegel op een stoel bij haar bed en hield haar verminkte vingers omhoog. 'Bianca zei dat ze niet gemaakt waren om te werken en dat dit Gods manier was om te zeggen dat ik dat dus ook helemaal niet moet doen.'

'Juist ja. En waarover nog meer?'

'Ze zei dat ik het mooiste meisje in het palazzo was en dat er op een dag een hele rij huwelijkskandidaten op me zou staan wachten om me het hof te maken.'

'Dat is zeker goed om te horen.'

'Ze zei dat ik mijn haar moest veranderen omdat dit kapsel ouderwets is.' Ze wilde de handspiegel pakken, maar hij lag te ver weg en dus gooide ze de dekens van zich af, klom uit bed en pakte hem. Toen drong het tot haar door wat ze had gedaan en keek ze me aan, verwonderd over haar daad.

Ik zei: 'Als Bianca de lammen kan laten lopen, dan moet je misschien maar goed naar haar luisteren.'

Miranda kwam de volgende dag terug van haar bezoek aan Bianca met een prachtige armband en een rode sjaal gemaakt van de fijnste wol. Op haar gezicht zat een dun laagje poeder en haar lippen waren rood gemaakt zodat ze bij haar wangen kleurden. De dag daarna waren haar haren zo gekamd dat ze licht krullend rondom haar gezicht hingen. Ze droeg een kleine tiara en een japon die om haar heen zwierde als ze zich omdraaide. 'Hoe zie ik eruit?' vroeg ze.

'Heel mooi.' Wat ook waar was.

'Ik ben de hele middag bij de kleermaker geweest.' Ze hield haar pols omhoog om nog een andere armband te laten zien. 'Bianca zegt dat die uit de zilvermijnen in Duitsland komen. Het zijn de beste ter wereld. Zie je die stenen? Die kun je alleen in Florence of Venetië kopen. En nu moet ik oefenen op mijn lier.'

De week daarop kwam ze terug, wapperend met een kleine waaier. 'Ik heb gedanst, *babbo!* Ik kan bijna weer net zo goed dansen als vroeger. Alessandro zei dat ik mooier danste dan wie dan ook.'

'Was Alessandro bij Bianca?'

'Ja, hij deed me voor hoe ik de waaier zo vast kon houden dat niemand mijn dode vingers kon zien.'

'Bianca maakt een hoer van Miranda,' klaagde Tommaso. Hij was jaloers en boos dat Miranda hem niet had bedankt voor de soep en pasteitjes die hij haar had gebracht.

'Twee weken geleden hongerde Miranda zichzelf nog uit. We zouden Bianca's voeten moeten kussen.'

Ik kuste haar voeten weliswaar niet, maar ik bedankte haar wel voor haar goede zorgen.

'Als ze maar uit de buurt van die nonnen blijft,' zei Bianca met een glimlach. 'Het is een mooi kind.'

'Bianca, jij bent de moeder die Miranda zich altijd gewenst heeft.'

Heel even leek haar gezicht er ouder en droeviger uit te zien; en met een stem die noch sensueel, noch hautain klonk, zei ze weemoedig: 'Zij is de dochter die ik me altijd heb gewenst.' Toen liep ze weg, haar kleren van bont wervelend om haar heen, en riep over haar schouder: 'Zorg ervoor dat ze op haar lier oefent en gedichten schrijft.'

De volgende dag keerde Miranda terug in een prachtig bontjasje dat Bianca voor haar had laten maken. 'Alessandro heeft me laten zien hoe ze in Venetië dansen,' zei ze en toen demonstreerde ze de passen die hij haar geleerd had. In haar bontjasje, haar hoofd geheven, verdween het meisje en werd ze een vrouw.

Ineens schoot Tommaso's waarschuwing me weer te binnen.

'Miranda, alsjeblieft, draag dat jasje niet in het palazzo.'
'O, nee, dat zal ik niet doen. Ik bewaar het voor *carnevale*.'

Nadat Elisabetta was gestorven, was ik elk jaar met mijn vriend Toro naar het *carnevale* in Corsoli gegaan. Wat een lol hadden we dan! We waren altijd op tijd voor de optochten omdat na de langsmarcherende olijvenplukkers de mannen kwamen die als priesters waren verkleed en die ons zegenden met hun vloeken. Toro liep altijd vooraan in die stoet omdat hij beter kon vloeken dan tien mannen samen. Een paar andere vrienden en ik wachtten dan op het dak van een huis bij de Westpoort en als Toro langsliep, zijn gezicht rood van het vloeken en de godslasteringen, bekogelden we hem met eieren en meel! Ik herinner me een krankzinnige vrouw die al haar kleren van haar lijf rukte; we renden haar achterna door de straten totdat we haar te pakken hadden en toen naaiden we haar om de beurt. En het eten! *Potta!* We propten onszelf zo vol met worsten en polenta dat we ons nauwelijks nog konden bewegen. Er was altijd een kruidenier die truffels gemarineerd in olijfolie verkocht en die waren zo lekker dat Christus in hoogsteigen persoon alleen maar om ze te proeven weer zou zijn opgestaan.

Op de dag dat Miranda het over het *carnevale* had, sprak Bianca er tijdens het diner ook over. Ze vertelde ons dat in Venetië de edelmannen schitterende bals hielden waarbij honderden mensen werden uitgenodigd, inclusief prinsen en prinsessen en afgezanten uit Duitsland, Frankrijk en Engeland, evenals uit heel Italië. Ze waren verkleed in de gewaden van de Romeinse goden, waarvan sommige van goud waren. Ze zei dat ze ooit als Venus verkleed was geweest, en een andere keer als pauw. Ze vertelde ons dat haar minnaar de helft van de winsten van een van zijn schepen aan dat kostuum had uitgegeven; er waren een heleboel edelstenen in verwerkt en het had twee maanden gekost om het te maken. En de sleep was zo lang dat twee jongens hem moesten dragen. Ze werd uitgeroepen tot de mooiste vrouw van Venetië en de doge zelf had met haar gedanst. Maar, zei ze, dat was nog niets vergeleken met de kostuums van sommige andere vrouwen.

Zoiets hadden we in Corsoli nog nooit gedaan en we zaten gefascineerd naar haar verhalen te luisteren, zelfs Federico, hoewel ik zag dat ze hem jaloers maakten.

Alsof ze dat voelde, wendde Bianca zich tot hem en zei: 'Laten we dit jaar ook een bal geven.'

'Een bal?' zei Federico met gefronste wenkbrauwen.

'Je hebt gelijk, wie zou er nou hierheen komen? Maar laten we in elk geval íéts doen!' Ze trok voorzichtig aan haar sjaal die door haar opwinding omhooggekropen was en nu boven haar wenkbrauwen zat. 'Ik weet het, laten we stuivertje-wisselen doen!'

Daarop begon iedereen door elkaar heen te praten. Toen ik klein was, droeg mijn vader een keer borsten van stro en kookte de polenta terwijl mijn moeder zijn broek had aangetrokken en de hele dag liep te vloeken en scheten te laten. Vittore lachte zo hard dat hij er misselijk van werd, maar ik was te klein om het te begrijpen en smeekte mijn moeder weer normaal te doen. Sindsdien had ik het niemand meer zien doen.

Cecchi zei dat hij ooit een keer met zijn bedienden stuivertje-wisselen had gedaan. 'Ze aten en dronken dat het een aard had en maakten er een vreselijke rotzooi van omdat ze wisten dat ik de troep op moest ruimen.'

Alessandro bekende dat hij zich een keer als een jong meisje had verkleed en dat een oude priester toen de hele dag achter hem aan was gelopen en hem cadeaus en geld had aangeboden. Pas toen Alessandro enige honderden dukaten van hem had aangenomen, onthulde hij dat hij in werkelijkheid een jongen was.

Federico luisterde, terwijl hij zich volpropte met pijnboompitten gedoopt in gesmolten suiker en bedekt met een dun laagje bladgoud.

'Waarom doe jij dat niet, Federico?' vroeg Bianca.

'Wat?'

'Stuivertje-wisselen met iemand.'

'De hertog zou zich niet zo moeten verlagen,' zei Cecchi terwijl hij zichzelf wakker schudde uit de ban van alle verhalen.

'Maar als een man van hoge rang het doet, zal hem dat bij zijn burgers geliefd maken,' zei Alessandro.

'Maar de hertog is al zeer geliefd,' protesteerde Piero. 'Hertog Federico is...'

'Laat me eerst de sterren raadplegen,' zei Bernardo. 'Als die...'

'Ach, waarom ook niet?' zei Federico stralend tegen Bianca. 'Maar met wie zal ik ruilen?'

'Met mij!' zei Bianca lachend.

'Jij bent geen bediende van me,' kirde Federico. 'Jij bent mijn bron van genot.'

Hij keek de zaal rond. Iedereen staarde naar het plafond of naar de muren, of naar iets anders, om Federico niet in de ogen te hoeven kijken.

'Waarom niet met Ugo?' zei Alessandro, die met zijn gouden stokje tussen zijn tanden zat te peuteren.

'Ugo?'

'Hij is loyaal en betrouwbaar.'

'Dat is een uitstekende keus,' zei Bianca.

'Wat zeg jij ervan, Ugo?' vroeg Federico terwijl hij zijn enorme lijf naar mij omdraaide.

Potta! Wat moest ik daarop zeggen? Ik dacht dat het nu eindelijk was afgelopen dat mensen me imiteerden, maar Alessandro had gelijk. Als er dan toch een bediende moest stuivertje-wisselen met Federico, wie aan het hof had dan bewezen loyaler te zijn dan ik? Dus zei ik: 'Het zou een grote eer zijn, Hoogheid.'

'Mooi zo. We zullen voor het laatste ontbijt voor de vasten van rol verwisselen. In de eetzaal van de bedienden. Zorg dat die gereed wordt gemaakt,' zei Federico en Bianca klapte in haar handen van verrukking.

'Als jullie gaan stuivertje-wisselen, waarom zou je dan tot de ochtend wachten?' zei Luigi toen ik de keukenhulpen vertelde wat er was gebeurd. 'Begin 's avonds al, dan kun je in Federico's bed slapen.'

'En dan kan hij in dat van mij slapen,' zei ik.

'Hij zou dat van jou én dat van Miranda nodig hebben,' zei Luigi tot grote hilariteit.

'Maar,' zei Tommaso met gefronst voorhoofd, 'dan zou de hertog bij Miranda slapen.'

'Ja, en Ugo doet dat liever zelf,' gniffelde een jongen.

Ik trok mijn mes, maar de bedienden kwamen tussenbeide. 'Het was maar een grapje,' riepen ze.

'Denkt iedereen dat?' vroeg ik later aan Tommaso.

'Nou ja,' zei hij, zijn woorden op een goudschaaltje wegend, 'alle andere meisjes hebben jongens die hen graag mogen, maar Miranda houdt ze op een afstand, dus denken ze misschien...'

'Ik hou haar alleen maar uit hun buurt omdat ik niet wil dat ze zwanger wordt,' zei ik boos.

'Jij vroeg het me en ik vertel het je.'

Ik was zo van slag dat daardoor een gedachte werd verdreven die me als een afgebroken kies dwars had gezeten. Ik kon me niet meer herinneren wat het was.

Hoofdstuk 17

Voor de verandering braken de wolken open en vierde een waterig zonnetje *carnevale* met ons. Terwijl ik in mijn bed lag, hoorde ik de stad volstromen met mensen. De fonteinen spoten al rode wijn en weldra zou iedereen drinkend en lallend rondlopen. Ik had geen zin om me bij hen aan te sluiten. Ik bleef maar denken aan het stuivertje-wisselen met Federico. Het zou grappig moeten zijn, maar voor mij voelde het aan als een doodvonnis. Hoe zou Federico reageren als ik hem bevel gaf iets te doen?

'Nee,' zei ik tegen Tommaso toen hij me vroeg of ik naar de *palio* ging. 'Mijn maag doet zeer. Mijn gal speelt op. Ik ben misselijk.'

'Ugo! Federico zal het echt niet doorzetten. Het is alleen maar kletspraat geweest. Schiet nou op, laten we wat geld gaan verdienen met de paardenrennen.' Van opwinding struikelde hij over zijn woorden. 'Zelfs al word je vermoord, dan heb je vandaag ten minste van het leven genoten!' Dus liet ik me overhalen.

Het moet uitgestorven zijn geweest in het dal, want de straten waren zo vol mensen dat ik de grond niet meer kon zien. De carnavalsvierders hingen uit de ramen en zaten boven op de daken. De families die eigenaar van de paarden waren, marcheerden door de straten, zingend en blazend op hun trompetten, en elkaar beschimpend.

Tegen de avond regende het en de keien van het Piazza Del Vedura glinsterden in het flakkerende licht van de blakers. Toen de paarden, elkaar verdringend, langs ons stoven, schreeuwde de menigte zo hard dat ik al mijn zorgen vergat. Ik bewaarde mijn geld tot de laatste koers, die zonder berijder was en altijd de leukste.

Toen de paarden tijdens de eerste volle ronde van de laatste koers over het piazza galoppeerden, ging een donkerbruine hengst aan de leiding terwijl een grijs paard aan zijn schoft bleef hangen. Tommaso had op de hengst gewed en ik op het grijze paard. Zodra ze langs waren, renden de mensen aan onze kant van het plein naar de overkant en diegenen aan die kant renden naar onze kant. Er ontstond een enorm geduw en gedrang terwijl we tegen elkaar opbotsten en toen werd er gegild: 'Ze komen eraan! Ze komen eraan!' en toen wierpen we onszelf tegen de muren om de trappelende hoeven te ontwijken.

De derde keer dat de paarden langsstoven, was de hengst nog steeds aan de leiding. Tommaso draaide zich naar me om, zijn ogen stralend, en riep: 'Hier met dat geld!' Precies op dat moment gleed de hengst uit en stortte in de menigte tegenover ons, haalde de toeschouwers onderuit alsof het grassprietjes waren. Een afgrijselijk gejammer steeg op. Het paard probeerde te gaan staan, maar kon dat niet omdat een bot door het vlees van zijn voorbeen stak; het viel achterover en zijn doodsbange gehinnik vermengde zich met het godsjammerlijke geschreeuw van de mensen die onder hem klem waren komen te zitten. Iedereen sprong op het paard af, stak het met messen en trapte het om te proberen het in beweging te krijgen, maar het arme beest lag daar maar met zijn benen in de lucht te trappen, en zijn witte ogen keken me vol paniek recht aan. Daardoor moest ik aan mijn eigen hulpeloosheid denken en ik kon mijn hoofd niet afwendden.

Toen werd het paard opzij geduwd, en de arme zielen die onder hem beklemd waren geraakt, werden afgevoerd, sommige naar het gasthuis, andere naar de begraafplaats. Tommaso ging naar het Palazzo Fizzi om te zien wie had gewonnen, maar ik bleef naar het paard staren en zag hoe het leven uit zijn ogen wegvloeide. Terwijl het nog warm was, werd het in stukken gehakt en de stukken werden aan spitten geregen voor de armen. Binnen een paar minuten was het paard van een held in een slechterik veranderd en nu was het in de dood weer een held geworden. Zou mij dat ook overkomen?

De volgende avond – dat wil zeggen, de avond voor vastenavond – gaf Cecchi me een van Federico's oude groene tabbaards. 'Hij wil dat je die draagt.'

'Ik zal er als een idioot uitzien.'

'Hoe denk je dat hij er in jouw kleren zal uitzien?'

Miranda klom bij me in de tabbaard, maar er bleef nog genoeg ruimte voor iemand anders in over. Miranda ging voor me staan en wilde per se mijn haar naar voren kammen zoals Federico het droeg. Ze was gekleed als een prinses, en Bianca had haar zilveren oorbellen gegeven die mooi bij haar bontjasje pasten. Tranen van trots sprongen in mijn ogen. Ik wilde dat de hele wereld haar zag, maar toch was ik ook bang dat ze me langzaam ontglipte.

'Zo moet je lopen,' zei Miranda terwijl ze haar borst naar voren stak. Ze liep met grote passen door de kamer, als een stier met pijn in zijn reet. En hoewel ze een vierde deel woog van wat Federico woog en nauwelijks tot zijn buik reikte, wist ze hem treffend na te bootsen.

'Doe het nog eens,' zei ik lachend.

Glimlachend en daarna fronsend als Federico liep ze door de kamer, stopte voor me, opende haar mond zodat haar onderlip op haar kin hing en zei toen, terwijl ze deed alsof ze een *fallo* te voorschijn haalde: 'Ugo, proef dit.'

Mijn gelach verstomde. 'Wat zei je?'

Haar gezicht werd rood.

'Wie heeft je dat geleerd?'

'De jongens,' fluisterde ze.

'Welke jongens? De keukenjongens?'

'De keukenjongens. De staljongens. Alle jongens. Ze zeggen het allemaal.'

Bang dat ik woedend zou worden, haastte ze zich de kamer uit. Maar ik werd niet woedend, ik voelde me alleen in mijn eer aangetast. Maakten mensen op die manier grappen met elkaar als ik langskwam? Zou er dan nou nooit een einde komen aan de vernederingen die ik moest doorstaan, alleen maar omdat ik in leven wilde blijven?

Toen Miranda even later terugkwam, zat ik nog steeds op het bed. Ze knielde aan mijn voeten neer en liet haar hoofd tegen mijn knieën rusten. We bleven zo zitten totdat de duisternis een deken over onze vernedering trok.

De zon was nauwelijks ontwaakt of de bediendenzaal was al een zee van kleuren van duizendeneen kostuums. Lakeien, kamermeisjes, naaisters, stalknechten, secretarissen, ja zelfs klerken hadden zich verkleed; staljongens als jonge meisjes, wasvrouwen als soldaten; de oude, halfblinde wasvrouw had een snor en deed telkens alsof ze haar ballen krabde. Niemand kon zich herinneren wanneer Federico voor het laatst in hun zaal was geweest. Christus, niemand kon zich herinneren wanneer er ooit een hertog in hun eetzaal was geweest!

Ik was nog niet binnen of ik struikelde over de achterkant van mijn tabbaard en viel. Dit veroorzaakte heel wat gelach, maar er waren zoveel handen die me overeind hielpen en me naar voren duwden, aangemoedigd door hun goede humeur, dat mijn angst verdween en ik naar de grote tafel paradeerde waaraan Piero, Bernardo, Bianca en verscheidene andere mensen al plaats hadden genomen. Bianca was gekleed als een oriëntaalse slavin en haar weelderige borsten bubbelden uit haar lijfje.

'Hij komt eraan,' zei Cecchi. 'Denk eraan dat je precies doet wat hij zegt.'

Even later sloop Ercole, de dwerg, naar binnen, grijnzend van oor tot oor, gevolgd door Federico. Federico had een wit hemd aan en een rode broek, hoewel ze alleen al om zijn *culo* te bedekken minstens drie broeken aan elkaar hadden moeten naaien. In normale omstandigheden stampte hij altijd met zijn voeten alsof hij probeerde zijn sporen op de aarde achter te laten, maar die dag bewoog hij zijn voeten met kleine stapjes alsof hij voortgleed op een stel wieltjes. Zoals ik. Iedereen applaudisseerde. Federico straalde. Bianca fluisterde: 'Ga maar in zijn stoel zitten.'

Dat had ik niet verwacht, maar omdat Bianca zo geestdriftig knikte, deed ik wat zij had voorgesteld. Federico had al zo lang in die stoel gezeten dat die naar zijn lichaam was gevormd en ik kon alleen maar zitten zoals Federico zat, opzij hangend. Weer lachte iedereen. Het gelach was net zo bedwelmend als wijn en gaf me veel vertrouwen.

'Goed,' zei Federico, die nu achter mijn stoel stond. 'Vraag om het eten!'

Misschien kwam het door de manier waarop ik zat, misschien kwam het door de tabbaard, en beslist door het gelach, maar toen hij dat zei, tilde ik mijn linkerbil op, liet een scheet en boerde, net als Federico altijd deed. Ik zei hard: 'Haal die bonenvreter met mijn ontbijt.'

Cecchi zat driftig aan zijn baard te plukken, Piero sloeg een hand voor zijn mond, Bianca en de bedienden gierden. Maar de hardste lach van allemaal klonk vlak achter me.

'Bonenvreter!' zei Federico proestend. 'Bonenvreter! Luigi is ook een bonenvreter.' Hij kwam waggelend voor me staan. 'Zeg dat nog eens.'

Ik installeerde me achteroverleunend in de stoel, liet een scheet, boerde, likte mijn lippen en zei: 'Zeg tegen die bonenvreter dat hij mijn ontbijt brengt. Nu!' En toen wendde ik me tot Federico en zei: 'Terug naar je plaats.'

Zodra ik dat zei, dacht ik: *sono fottuto!* Dit wordt mijn ondergang! Maar laat me, alstublieft, dood neervallen, Heer, als Federico niet naar zijn plaats terugwaggelt! Het gelach in de zaal hield niet meer op. En Federico vond het helemaal niet erg! Hij dacht dat ze lachten om zijn imitatie van mij.

De trompetten schalden, de deuren gingen open, en toen kwam Luigi binnen met bladen eten voor het ontbijt. Hij zette een zilveren bord met verse appels neer, een kom polenta met rozijnen en een paar gegratineerde eieren bestrooid met suiker en kaneel. Iedereen wachtte af wat ik zou doen. Maar ik deed niets. *Jesus in sancto!* Hoe kon ik ook? Dit was het heerlijkste ontbijt dat ooit voor mijn neus was gezet! Ik wilde alleen maar daar zitten en ernaar kijken. Ik wilde het bord meenemen naar mijn kamer en op elk stukje langzaam kauwen.

'Laat je het me nou niet voorproeven?' siste Federico.

'Natuurlijk,' mompelde ik. Ik keek de zaal rond. Miranda zat op een bank vooraan, Tommaso achter haar, als ridder verkleed. De keukenjongens zaten op elkaars schouders. Ik zei hard: 'Waar is mijn voorproever?'

'Hier, Hoogheid,' zei Federico terwijl hij naar voren stapte.

Ik kon mijn oren niet geloven. Federico had mij 'Hoogheid' genoemd! Ik gebaarde met mijn hand. 'Eerst de appel.'

Federico knikte. Hij pakte een appel, liet hem in zijn handen rollen en snoof eraan. Het was doodstil in de zaal. Iedereen was net zo overdonderd als wanneer Federico vleugels had gekregen en uit het raam was gevlogen. Hij stak een vinger in de lucht alsof hij wilde weten waar de wind vandaan kwam. Dit was iets wat ik nooit deed.

'Werkelijk briljant,' zei Piero luid.

'Ja,' zei Bernardo, 'de hertog is zo amusant.'

'Nou?' zei ik tegen Federico.

Hij nam een klein hapje, trok zijn neus op, zette zijn handen op zijn heupen en keek peinzend naar het plafond. Nu begreep ik waarom Ercole zat te grijnzen. Hij had Federico op zijn rol voorbereid. Eerst giechelden er mensen, maar Federico liet het te lang duren en het gelach stierf weg. Ik moest voorzichtig zijn. Als het niet goed verliep voor Federico, kon hij mij weleens de schuld geven, dus zei ik: 'Ik heb eigenlijk helemaal geen trek in appel.'

'De polenta,' fluisterde Bianca me in het oor. Zij voelde ook aan dat de appels maar beter overgeslagen konden worden.

'Ik wil de polenta,' zei ik terwijl ik de kom naar Federico schoof.

Federico haalde een vorkbeentje te voorschijn, brak het in tweeën en hield de twee helften tegen het licht. Dit zorgde weer voor een bulderend gelach, want uiteraard kende iedereen het verhaal van mijn stukje hoorn. Hij doopte één helft in de kom, trok het eruit en rekte de vertoning met allerlei onzinnige gebaren.

'Neem nou een hap!' schreeuwde iemand.

'Ja, neem een hap,' klonken nog meer stemmen. 'Neem een hap.'

'Nou,' zei ik streng, 'komt er nog wat van?'

Federico stopte een lepel in de polenta en bracht die langzaam naar zijn lippen. Toen keek hij naar zijn publiek. Ze staarden hem aan. Langzaam legde hij de lepel weer neer en richtte zich tot mij. 'Proef jij maar,' zei hij.

'Ik?' Ik liet mijn onderlip tot op mijn kin zakken. Mensen begonnen te lachen maar hielden toen ineens op.

Federico's ogen werden tot kleine zwarte stipjes. *Ohi me!* Hij dacht dat de polenta vergiftigd was! Nu herinnerde ik me weer de gedachte die me had dwarsgezeten. Het paste in elkaar als een sleutel in een slot! Bianca had voorgesteld om stuivertje-wisselen te doen en Alessandro had voorgesteld dat ik degene zou zijn met wie Federico van plaats zou verwisselen. Miranda had hen samen in Bianca's privévertrekken gezien en ze kwamen allebei uit Venetië. Christeneziele! Hoe kon ik zo stom zijn geweest!

'Vooruit!' zei Federico terwijl hij het hemd van zijn lijf rukte. 'Proef het!'

'Natuurlijk,' antwoordde ik. Duizend gedachten gingen door me heen. Als ik zei dat de polenta was vergiftigd, zou Federico willen weten waarom ik niet eerder iets gezegd had. Hij zou denken dat ik deel uitmaakte van het complot en me dwingen het op te eten. Ik bracht de gele, dampende brij met rozijnen naar mijn lippen toen ik, op het moment dat de polenta mijn tong raakte, riep: 'Er zitten zeven rozijnen in, Luigi! Hoe vaak moet ik je dat nog vertellen! Geen zeven!' En toen pakte ik de kom en smeet hem in het vuur waar hij in duizend stukjes uiteenspatte. De vlammen schoten op en sisten als een slapende kat waarop getrapt was.

Niemand lachte. Niemand gaf een kik. Federico kneep zijn ogen tot spleetjes en uit het niets doken ineens schildwachten op. Ze grepen me bij mijn nekvel en schouders vast en sloegen mijn gezicht met een klap tegen de tafel. Federico pakte met één hand mijn hoofd beet, de dolk in zijn andere hand. Mijn leven was ten einde. Ik zag Ercole; met zijn gedrongen lichaampje stond hij op een van de banken. Ik weet niet of mijn geest me een kunstje flikte, maar er leek een gloed om hem heen te hangen. Op dat moment wist ik dat God overal was. Niet alleen in wat mooi en goed was, maar ook in wat lelijk en mismaakt was. Want als ik al die maanden geleden niet om Ercole had gelachen toen Federico het stuk brood naar hem had gegooid, was dit nooit gebeurd, en omdat Ercole iets als dit nooit had kunnen voorzien, moest God hier de hand in hebben.

Terwijl ik God om vergiffenis smeekte, kreeg ik tegelijkertijd Bianca's ogen in het vizier. Haar gezicht werd spierwit. Ik had dus gelijk. 'Uwe Hoogheid...' zei ik naar adem happend.

'O, Federico!' krijste Bianca. 'Hij deed het precies zoals jij! Precies zoals jij!' Ze legde haar hand op Federico's arm, die met de dolk, en zei: 'Maak je niet zo van streek, mijn troeteldiertje. Hij is maar een *contadino*!' En tegen Luigi zei ze: 'Breng hertog Federico's kleren en een andere kom polenta met een heleboel rozijnen. We zullen in zijn kamer ontbijten.'

Iedereen in de zaal applaudisseerde. Federico liet mijn keel los en ik glipte stilletjes weg. *Potta!* dacht ik toen ze de zaal verlieten, die Bianca heeft de broek aan.

Nadat Federico en Bianca waren vertrokken, verdrongen de andere mensen zich om me heen en vertelden me dat ik van geluk mocht spreken dat Bianca mijn leven had gered. Zelfs Miranda zei dat. Ze gingen maar door tot ik op de vlucht sloeg en, om alleen te zijn, de heuvel op liep naar Agneses laatste rustplaats. Pas 's middags was ik in staat om terug te keren naar de zaal en te zoeken naar de restanten van de polenta die ik in de haard had gegooid.

Helaas, nergens was meer pap te bekennen en de scherven van de gebroken kom waren ook verdwenen. Ik vroeg aan alle jongens of ze het hadden opgeruimd, maar dat ontkenden ze, bang dat dat problemen zou kunnen geven. Toen ik zei dat ik tien dukaten zou geven aan degene die het had gedaan, beweerden ze allemaal dat ze het hadden gedaan.

Die avond klaagde een jongen, die een jaar of twee jonger was dan Miranda, dat hij vreselijke buikpijn had. Ik haastte me naar zijn bed. Hij zweette en had zo'n pijn dat zijn stem schor van het schreeuwen was geworden.

'Hij doet alsof,' zei Luigi. 'Dat doen ze allemaal om niet te hoeven werken.'

De jongen hield zijn buik vast. Hij keek angstig uit zijn ogen, die diep in hun kassen lagen. 'De Dood wacht me op bij de deur,' fluisterde hij. 'Zeg dat 'ie weg moet gaan.'

Ik gaf hem olijfolie te drinken, maar het mocht niet meer baten. Het vergif zat al in zijn bloed en het braken trok het laatste restje kracht uit hem weg. 'Heb je de scherven van de kom weggegooid?' vroeg ik.

Hij knikte.

'En de polenta? Heb je daarvan gesnoept?'

Hij stond op het punt antwoord te geven toen een enorme pijnscheut door hem heen trok die zijn klauwen in elk deeltje van zijn lichaam sloeg, en zijn herinnering voor altijd wegvaagde.

Vlak achter de deur van de Duomo wachtte ik op Bianca en toen ze binnenkwam, bedankte ik haar dat ze Federico's woede van mij had afgewend.

'Bedank mij niet. Bedank God maar voor je gelukkige lot.'

'Zoals jij Hem gaat bedanken voor het jouwe?'

'Dat doe ik altijd,' zei ze glimlachend.

Gek genoeg was ik niet meer bang voor haar of voor Alessandro. Niet lang daarna vertrok Alessandro naar Duitsland, waar hij bij een vechtpartij werd gedood. Ik kon Federico niet kwalijk nemen wat hij had gedaan, want hij had gelijk gehad hoewel hij dat niet wist. Noch kon ik het hem vertellen zonder mezelf of Bianca in gevaar te brengen. Wat echter in mijn herinnering bleef voortleven was niet de samenzwering of mijn eigen sluwheid, maar het afgrijselijke beeld van de stervende jongen, dat elke keer wanneer ik mijn ogen dichtdeed voor mijn geestesoog verscheen.

Na *carnevale* hield Bianca Miranda niet meer aangenaam bezig. Ze zei dat ze haar alles had geleerd wat ze wist. Ik was nu degene die, als Miranda op haar lier oefende, moest doen alsof ik een hertog was en als ze klaar was moest klappen en 'Bravo!' roepen.

Ze oefende de manier waarop Alessandro haar had leren lopen en dansen. Ze oefende de kunst van het kussen op haar pop, Felicita. Ze schreef gedichten in een handschrift zo sierlijk als dat van Cecchi.

'Probeert u het nou ook,' zei ze terwijl ze de ganzenveer in mijn hand legde. Het is dezelfde ganzenveer die ik nu gebruik.

'Maar ik heb de handen van een boer.'

'Ik vroeger ook.'

Ik deed het om haar een plezier te doen en tegen het einde van de week kon ik de letters A en B net zo goed schrijven als elke klerk. Toen leerde ik de andere letters en zodra ik het kon, schreef ik mijn eigen naam op. Ik had hem zo vaak gehoord dat ik wilde zien hoe hij eruitzag. En toen ik eenmaal begon te schrijven, kon ik niet meer ophouden.

'Heel goed, papa,' zei Miranda. 'Nu zult u zowel een klerk als een voorproever zijn.'

Als ze dat eerder tegen me had gezegd, zouden die woorden me gestoken hebben, maar nu niet meer. Ik was als voorproever twee keer bijna dood geweest en aangezien Miranda met de dag mooier werd, verdiende ze een echte vrijer en een bruidsschat. Soms als ik naar haar keek, kwamen er gedachten in mij op die ik echt uit mijn hoofd moest zetten. Tommaso deelde die gedachten ook.

Niet lang daarna stonden Tommaso en ik samen te pissen toen we Miranda op het binnenplein beneden ons zagen lopen, haar vlecht zachtjes dansend op haar achterste. 'Over twee jaar is ze vijftien en dan...' zei Tommaso grijnzend terwijl hij met zijn *fallo* zwaaide.

'Misschien,' zei ik.

'Wat bedoel je?'

'Precies wat ik zei.'

'Wie zijn woord breekt, zal zijn hoofd verliezen.'

'Let dan maar goed op je hoofd. Ik was bijna vergiftigd.'

Vanaf het binnenplein riep iemand iets naar ons.

'Vergiftigd!' zei Tommaso tegen mij. 'Niemand probeerde iemand anders te vergiftigen. Je weet toch hoe Federico is.'

'En die keukenjongen dan die dood is gegaan? Jij zou je ogen en oren voor mij openhouden in de keuken.'

'Dat heb ik ook gedaan, en iemand die durft te zeggen dat ik dat niet heb gedaan, is een leugenaar.'

'Jij bent de leugenaar,' zei ik rustig. 'Omdat je helemaal niet in de keuken was. Je was op je kamer om je eigen kostuum aan te trekken. Luigi zei dat iedereen verkleed was, dus iedereen kon de keuken zijn binnengeglipt.'

Er klonk nu nog meer geschreeuw. In de stad onder ons renden mensen heen en weer. Een van de keukenjongens rende op ons af.

'Je wilt je gewoon niet aan onze afspraak houden,' zei Tommaso terwijl hij zijn mes trok.

Ik trok ook mijn mes. 'Jij hebt je er niet aan gehouden! Ik ben al jouw gelieg en gepoch verdomme zat.'

De jongen was nu bij ons en zei hijgend: 'De pest. De pest komt eraan.'

Hoofdstuk 18

De pest had Genua, Milaan, Parma en Bologna al aangedaan. Een week eerder waren de eerste gevallen in Arezzo ontdekt. De poorten van Corsoli werden gesloten, maar wat betekent een poort nou voor de pest? Een paar dagen na mijn ruzie met Tommaso stuurde een koopman zijn knecht naar het gasthuis met builen in zijn liezen en oksels. Hij stierf de volgende dag. Tegen het einde van de week waren er nog drie mensen gestorven. Eerst kreeg elke dode een begrafenis, maar toen stierf de doodgraver en was er niemand meer om de doden te begraven, dus stapelden de lijken zich op in de straten. Er waaide geen wind om de stank van de doden te verdrijven, waardoor deze langzaam naar het paleis opsteeg. Twee keukenjongens raakten besmet. Giulio, Federico's jongste zoon, stierf, maar zijn andere zoon, Raffaello, niet. Bernardo's vrouw stierf. Hij liet geen traan om haar. Piero deed wat hij kon, rende van het ene gezin naar het andere, maar nadat zijn oudste kind was gestorven, werd hij zo door verdriet overmand dat hij dat niet meer volhield.

Giulia, Miranda's vriendin en Cecchi's jongste dochter, stierf. Miranda huilde, maar door de aanblik van Giulia's moeder die schreeuwend door de gangen rende, raakte ze nog meer van streek. Het was een lange, magere vrouw, die tot dan toe nauwelijks een woord met anderen had gesproken. Haar haren waren van de ene op de andere dag grijs geworden en ze kon nu niet meer ophouden met praten, tegen haar dode dochter dan wel te verstaan. Ze begon te gillen zodra iemand, zelfs Cecchi, bij haar in de buurt kwam en stierf een week later.

We stonden machteloos. Dit was geen vijand tegen wie we konden vechten of waarvoor we zelfs maar op de vlucht konden slaan. Waar kon je immers heen? Corsoli was het hoogste punt in het dal.

'Ik ben bang,' fluisterde Miranda terwijl ze de dekens over zich heen trok. Ze werd 's nachts wakker en rukte dan haar kleren van haar lijf op zoek naar builen. De angst won het van haar gezonde verstand. Ik moest onder haar armen, op haar rug en op haar billen kijken. Ze verbeeldde zich grote en kleine vlekken tussen haar benen te zien en ik moest het zachte haar daar wegkammen om haar te laten zien dat er niets aan de hand was. Daarna rolde ze zich op en huilde. Ik verzekerde haar dat ze zich geen zorgen hoefde te maken, maar in werkelijkheid was ik net zo bang als zij en als zij sliep, trok ik mijn broek naar beneden en nam mezelf net zo nauwkeurig onder de loep als ik haar had onderzocht.

Als bij iemand in de stad een buil verscheen, kwam diegene nergens meer binnen. Hij of zij moest het verder maar zelf zien te rooien, en stierf dan meestal de hongerdood. Huizen die door de pest waren bezocht, werden dichtgetimmerd en de bewoners gedwongen binnen te blijven, zelfs degenen die niet ziek waren. De markten werden afgelast, evenals het feest van San Giovanni. De aartsbisschop zegende wel de velden door erboven, met hulp van een paar jongens, brandende toortsen heen en weer te zwaaien, maar men was te bang om, zoals gebruikelijk op die dag, het hoofd van de heilige door de straten te dragen. Diezelfde jongens geloofden dat de pest veroorzaakt was door de honden en katten, dus joegen ze op ze en verbrandden ze. Mannen lieten hun vrouwen in de steek en vrouwen hun kinderen. Het geschreeuw van achtergelaten baby's steeg op in de nacht en bleef boven het paleis hangen om ons te herinneren aan hun pijn.

In de derde week stierven twee jongens uit Miranda's klas. De aartsbisschop zei dat het aan onze zonden te wijten was en dat we daar alleen door te vasten van verlost konden worden. Toen verbood hij in een boetepreek godslastering, sport en spel, sodomie en prostitutie. Bijna alles waar Federico zo dol op was. Federico zei niets omdat ook hij bang was. Op een avond toen de maan hoog boven aan de hemel stond, trokken alle kinderen van Corsoli in een stoet door de straten met afbeeldingen van de Maagd Maria en de heilige Sebastiano. Zelfs kinderen die te klein waren en te ziek om te lopen, smeekten om mee te mogen. Sommigen stierven zelfs terwijl ze in de stoet meeliepen. Elke dag kwamen we bijeen in de Duomo en jammerden: '*Misericordia, misericordia!*' en smeekten God om vergiffenis.

Vrouwen sloegen zichzelf totdat het bloed langs hun rug liep. Het hielp niet. Er gingen nog steeds mensen dood. De stank van de dood bleef in mijn neus hangen terwijl ook het geschreeuw van de levenden in mijn oren bleef nagalmen.

Twee weken na zijn eerste boetepreek stierf de aartsbisschop. Nu was de angst voor de pest even erg als de pest zelf. Een bediende, wiens heer en meester zwoer dat hij zo gezond was als een vis, was zo bang dat hij zichzelf in een put wierp. Miranda zat handen-wringend in een hoekje van onze kamer. Haar vingernagels waren tot op het leven afgebeten en ze had de huid van haar dijen en haar onderarmen opengekrabd. Ik was bang dat ze haar verstand zou verliezen; en ook al was mijn moeder op het platteland aan de pest gestorven, ik geloofde dat Miranda daar veiliger was.

'Je kunt bij mijn vader logeren. Je bent zijn kleinkind. Hij zal voor je zorgen.'

'Gaat u dan niet met me mee?'

'Nee, dat zal Federico niet toestaan.' Cecchi had me verteld dat Federico elke dag vroeg of ik nog gezond was, want anders zou hij niets meer eten. Een golf van trots stroomde toen door me heen. Hertog Federico Basillione DiVincelli had mij nodig. Zonder mij kon hij niet eten. Zonder mij kon hij niet leven!

'Maar ik ben uw dochter,' riep Miranda.

Ik vroeg een paar hovelingen of ze met Miranda meekonden, maar ze hadden zelf genoeg zorgen aan hun hoofd en ik wist hun antwoord al voordat de vraag mijn mond uit was. Daarom was het een nog grotere bezoeking dan als er nagels in mijn ogen zouden worden gedreven, dat ik het aan Tommaso moest vragen.

Tommaso was een kersentaart aan het maken. Hoewel hij nog niet zo lang in de keuken werkte, droegen zijn handen al de kerven en brandwonden die bij zijn nieuwe vak hoorden. Zijn vingers waren niet zo slank en goedgevormd als die van Miranda, maar ze waren tamelijk vaardig en het was een genot om hem gade te slaan terwijl hij achter de potten en pannen heen en weer vloog als een vogel die zijn nest maakt.

In een kom mengde hij fijngemaakte kersen met geplette rozenblaadjes, voegde er toen wat fijngeraspte kaas bij, een snufje peper, een beetje gember, wat suiker, vier losgeklopte eieren, en roerde dat alles goed door elkaar. Toen goot hij dit mengsel voorzichtig in een korstdeeg en zette de pan op een zacht vuur. Ik dacht terug aan de dag dat hij de sneeuwwolf had gemaakt en had gezegd dat hij beeldhouwer wilde worden, en ik zei nu: 'Dat ben je al.'

'Wat ben ik al?' Hij draaide zich vliegensvlug om. Zijn wangen waren ingevallen en zijn ogen zagen er gepijnigd en bedroefd uit.

'Een beeldhouwer. Je zei dat je beeldhouwer wilde worden. Dat ben je nu. Alleen gebruik jij voedsel in plaats van marmer.'

Hij draaide zich om en richtte zijn aandacht weer op de pan. 'Wat moet je? Ik heb het druk.'

'Het gaat niet goed met Miranda.' Hij was ineens een en al oor. 'Ze heeft niet de pest,' voegde ik er snel aan toe, 'maar ze wordt krankzinnig als ze hier nog langer blijft. Ik wil haar naar mijn vader in Fonte sturen.'

'Waarom vertel je me dat?'

'Ze kan er niet alleen heen en Federico zal mij niet met haar mee laten gaan.' Ik haalde adem. 'Ik wil dat jij haar begeleidt. Ik vertrouw niemand anders. Ik weet dat we met elkaar overhoop hebben gelegen, maar ik smeek je dat opzij te zetten. Zo niet voor mij, dan wel voor Miranda. Als je van haar houdt, doe je dat.'

Hij snoof verachtelijk. Hij deed dat nu vaker en dacht misschien dat hem dat een meer mannelijke uitstraling gaf. Een rat schoot vlak langs ons en Tommaso gooide er een kan naar die het beest op zijn kop raakte en hem bewusteloos sloeg.

'Betekent dat dat onze afspraak weer geldt?' Hij sloeg de rat dood en gooide hem het binnenplein op.

'Ja.'

'Ik wil het op schrift hebben.'

'Komt voor elkaar.'

'Voordat we vertrekken.'

'Voordat jullie vertrekken.' Hij deed zijn voorschoot uit. 'Kom je daardoor niet in de problemen met Federico?' vroeg ik.

'Met Federico? Hoezo?'

'Omdat je zijn spion bent. Ik zag je in de opening in de muur na de moord op Pia en Emilia.'

'Dat doe ik niet meer. Ik heb nu dit,' zei hij terwijl hij op de keuken wees.

Septivus schreef de overeenkomst, ondertekende voor Tommaso met diens naam en toen ondertekende ik met de mijne. Ik maakte een bundeltje van Miranda's kleren, Tommaso zou voor wat eten zorgen en we ontmoetten elkaar bij het krieken van de dag bij de stallen.

'Tommaso zal op je passen,' zei ik tegen Miranda terwijl ze op een paard klom dat ik met smeergeld van de staljongens had los weten te krijgen.

'Ik zal je met mijn leven verdedigen,' zei Tommaso en toen sprong hij achter haar op het paard. Hij schikte zijn zwaard en pakte de teugels.

Even voelde ik me jaloers dat ik niet meeging. Weg uit Corsoli, weg van de pest. 'Goede reis,' zei ik. Miranda keek niet naar me. Tommaso rukte aan de teugels en het paard zette zich in beweging naar de toegangspoort. Ik rende met ze mee terwijl ik Miranda's voet vasthield. 'Moge de Heer je zegenen en behoeden,' zei ik. 'Moge Hij Zijn licht op je laten schijnen en je genadig zijn. Moge de Here je tot steun zijn en je vrede brengen.'

Ze keek nog steeds niet naar me. 'Miranda,' riep ik, 'zeg iets tegen me. We zien elkaar misschien wel nooit meer.'

Ze keek op me neer. 'Zorg maar goed voor Federico,' zei ze venijnig. Toen draaide ze zich koppig om en toen draafde het paard door de poort van het palazzo en de Trap der Tranen af, Corsoli in.

Ik keek hen na terwijl ze door de straten reden, langs de lijken van mannen en vrouwen, de bergen baby's en kinderen, totdat ze de stadspoort bereikten en erdoorheen reden. Ik bedacht ineens dat de kans groot was dat mijn broer Vittore bij mijn vader in huis zat en mijn hart stond zowat stil. Ik wilde hen achternarijden en terughalen, maar toen hoorde ik iemand in het paleis jammeren en was ik blij dat ze waren vertrokken.

Die nacht droomde ik dat Tommaso Miranda had verkracht en zat ineens rechtop in bed en riep: 'Ik vermoord je,' en wel zo hard dat er iemand op de deur bonsde maar niet binnenkwam uit angst dat ik de pest had opgelopen.

Cecchi zei dat iemand in Florence hem had verteld dat de geur van kruiden zoals venkelblad, munt en basilicum, en van specerijen zoals kardemom, kaneel, saffraan, knoflook, anijszaad en nootmuskaat, kon voorkomen dat de kwade luchten de hersenen zouden aantasten. De volgende dag was Emilia's tuin kaalgeplukt. Christus, de hele heuvel achter het paleis was kaalgeplukt! Uit de keuken werden specerijen gestolen. Maar niets hielp. Potero, Federico's bekerbewaarder, bedekte zichzelf helemaal met kruiden en specerijen, en stierf nog diezelfde dag.

De lente ging ongemerkt over in de zomer en het werd met de dag warmer. Honden en bedienden vochten met elkaar om een plekje in de schaduw. Federico en Bianca verlieten zelden hun privévertrekken en ik moest Federico's eten proeven terwijl hij me vanuit de deuropening in de gaten hield. 'Ben je nog steeds gezond?' zei hij dan tegen me.

'Ja, Uwe Hoogheid, ik ben gezond.'

Hij bromde: 'Wat zou ik zonder mijn voorproever zijn.'

Een andere keer opende hij de deur en kon ik helemaal tot in zijn slaapkamer kijken. Bianca zat naakt geknield op het bed, haar hoofd gebogen, haar *culo* omhoog. Ze droeg een masker en snikte zachtjes. Het kon Federico niet schelen of ik het zag. Het enige dat hem interesseerde was of ik de pest al had opgelopen.

Op een dag droeg Septivus een zakje om zijn nek waarin slangengif zat. Hij had in de *Decamerone* gelezen dat zulke zakjes vroeger werden gedragen om de pest af te weren, dus was hij de bossen ingegaan en had een slang gedood. Hij bood zakjes met slangengif te koop aan. Alleen oude en zieke mensen kochten ze, maar alle andere mensen gingen zelf de bossen in om op slangen te jagen. Verscheidene mensen werden gebeten, zoals Raffaello, Federico's oudste zoon, en één man stierf in een gevecht met een ander om een slang die geen gif had. En toen werd Septivus ervan beschuldigd dat hij een of ander ordinair smeerseltje in de zakjes stopte om er een slaatje uit te slaan.

Bedienden slopen 's nacht stiekem het paleis uit om naar het platteland te gaan, maar binnen een paar dagen kwamen ze alweer terug en zeiden dat waar ze ook heen gingen, ze mensen hadden zien sterven en dat dit het einde van de wereld was. Ik smeekte God me mijn zonden te vergeven en als Hij dat niet kon, geen wraak te nemen door Miranda van me af te pakken. Ik weet niet waarom ik de moeite nam. Het maakte God niets uit wie er wel bad en wie niet! Het waren vooral kinderen die doodgingen, kinderen die te kort hadden geleefd om ook maar een vlieg kwaad te kunnen doen en die niet eens wisten wat een zonde was. Hoe kon een genadige God nou kinderen uit de armen van hun moeders wegrukken?

Op een avond riep Federico sommigen van ons in de Grote Hal bij zich. We zagen er onverzorgd uit en waren doodmoe van de angst, bang voor onze eigen schaduw, bang voor onszelf. Federico zei: 'Met angst heb ik nog nooit een veldslag gewonnen. We zijn lang genoeg in een hoekje weggekropen en als ik dan toch dood moet, dan wel rechtop en niet languit in bed.'

Hij bestelde eten en drinken en liet hoeren uit de stad komen. Hij zei tegen de stalknechten dat ze hun gezichten moesten opmaken, tegen Ercole dat hij grappen en grollen moest maken en tegen de muzikanten dat ze zo hard als ze zin hadden op hun trommels moesten slaan en op hun trompetten blazen. We juichten hem toe alsof hij ons bevrijd had. We aten en dronken tot we misselijk waren, en aten toen nog meer. Septivus sprong op de tafel en declameerde obscene verzen van Aretino. Federico vertelde gore moppen en Bianca voerde een wilde dans uit die ze van een Turk had geleerd. De carnavalsmaskers werden te voorschijn gehaald. Ik droeg een stierenkop. Toen Bernardo stiekem met een hoer in een kamertje was verdwenen, gooiden we de deur open en moedigden hen met kreten aan.

Toen de nacht viel, schoven we het eten op de grond en naaiden op de tafels. Binnen de kortste keren waren we allemaal zo dronken dat mannen met mannen rampetampten en vrouwen het met vrouwen deden, allemaal als wilde beesten grommend. Twee jongens zaten op hun knieën voor Federico. Ik was buiten zinnen van drank en verlangen. Ik greep een vrouw met grote borsten en een haviksmasker vast en trok haar een lege kamer in.

'Ugo,' zei Bianca lachend.

Ook al was Federico in de ruimte ernaast, het kon me niks schelen. Bianca wierp zichzelf achterover op het bed en spreidde haar benen. 'Proef mij!' gilde ze, en toen ik aarzelde, zei ze lachend: 'Ik ben niet giftig.'

Ik had gelijk gehad, ze had echt geprobeerd Federico te vermoorden. Maar ik mocht haar pit wel. 'Ik heb altijd al met je willen neuken,' zei ze.

Ze had dikke lippen die de kleur van rijpe kersen hadden. Ze kuste mijn gezicht, trok mijn hemd uit en likte mijn lichaam. Ik scheurde haar lijfje open en begroef mijn gezicht tussen haar grote borsten.

Het ene na het andere uur ging voorbij, de ene dag ging in de andere over. Lijken lagen te rotten in de gangen terwijl onze neukpartijen steeds heftiger werden alsof ons dat hielp de dood voor te blijven. De hoeren hadden houten *falli* meegenomen en lieten ons zien hoe nonnen zichzelf vermaakten. Ik wilde Bianca van achteren nemen, maar ze smeekte: 'Nee, dat niet, dat moet ik van Federico al. Ik hou er niet van.'

Uit de Grote Hal klonk geschreeuw. Ik rende naar binnen terwijl de opgemaakte jongens huilend naar buiten strompelden. De tafels waren omvergegooid en de honden slobberden het eten naar binnen. Een jongen lag bloedend op de grond, een zwaard in zijn buik gestoken. Federico zat nat van het zweet op de vloer. Zijn kleren waren gescheurd en zaten schots en scheef waardoor zijn enorme witte buik zichtbaar was. 'Pis,' zei hij met uitgedroogde, gebarsten lippen. 'We moeten pis drinken. Dat zal ons redden.'

De paar mensen die daar waren, keken elkaar aan en lachten. Federico kroop over de tafel heen, gooide een kom eten leeg, haalde zijn grote, dikke fluit te voorschijn en piste een donkergele straal in de kom. Hij richtte zich tot mij. 'Proef.'

'Maar dat hebt u net zelf gepist,' zei ik lachend. 'Wat kan er dan mis mee zijn?'

'Jij bent de voorproever. Proef.'

'Hertog Federico, waarom proeft u Bianca's pis niet, dan kan zij die van u proeven.'

Federico trok zijn zwaard uit de dode jongen. Het droop van bloed en ingewanden. 'Ben je soms vergeten wie ik ben?' zei hij.

Ik was het vergeten. In de waanzin die zich van ons meester had gemaakt, zag ik hem niet meer als onze landsheer, maar gewoon als een andere man die gek van angst was geworden. Ik pakte de kom en keek naar de donkergele vloeistof. De geur was scherp en prikkelde in mijn neus. Ik zei tegen mezelf dat ik maar een heel klein beetje hoefde te drinken, en omdat ik mezelf geoefend had om niets te proeven, wat kon het dan voor kwaad? Ik tilde de kom naar mijn mond, maar mijn lippen wilden zich niet openen.

Wat een leugens vertellen we onszelf toch! Meer dan twee jaar had ik geloofd dat, hoewel ik kon zeggen welke ingrediënten een maaltijd bevatte, de smaak me niets deed. Maar als dat waar was, waarom kon ik dit dan niet drinken? Federico duwde zijn zwaard tegen mijn ribben. Grote, dikke druppels van Federico's urine zaten op mijn lippen. Ik wilde ze snel doorslikken, maar eenmaal in mijn mond rolden ze ineens als een stout kind alle kanten op, tussen mijn tanden, naar de zijkant van mijn mond, tegen mijn gehemelte, over mijn tong. Ik moest bijna overgeven, maar toen drong de punt van Federico's zwaard mijn huid binnen en druppelde er bloed langs mijn buik. Mijn keel zat potdicht. Ik voelde de pis achter op mijn tong branden, wachtend om mijn maag in te duiken.

'Moet je zijn gezicht zien,' zei Federico lachend. 'Slik door!'

Potta! Die klootzak! Hij wist dat zijn pis niet vergiftigd was. Ik dacht: als ik dan toch dood moet, dan zal ik het in zijn gezicht spugen. Ik verzamelde de vloeistof in mijn mond toen ik ineens een gil hoorde en verstijfde. Een deur zwaaide zo hard open dat hij tegen de muur knalde en weer terugzwiepte. Bianca stond in de deuropening. Ze droeg geen masker. Ze droeg helemaal niets.

Ik dacht dat ze van plan was Federico te vertellen dat we gevreeën hadden. Ik wilde wegrennen, maar iets aan haar hield me tegen. Het waren niet haar zware, volle borsten met de enorme roze tepels die ik nog steeds in mijn mond kon voelen. Noch waren het haar zachte ronde buik of haar vlezige dijen of bevallige voeten. Noch waren het haar grote, angstige ogen, noch haar mond die voorgoed gevormd was naar de hartverscheurende schreeuw die zich uit haar had losgemaakt. Noch haar haren die om haar hoofd hingen als op de schilderijen die ik van Medusa had gezien.

Het was de moedervlek op haar voorhoofd. Die zag eruit als een grote ronde pruim en hij was verre van lelijk, maar groot en mooi, evenals de rest van haar, en het was een schande dat ze die zo lang verborgen had gehouden.

'Kijk!' schreeuwde ze. Haar rechterhand wees naar haar kruis en daar, tussen haar blonde schaamhaar, zat een enorme, zwarte buil. Ze tilde een arm op en toen de andere, en in haar oksels zaten nog twee builen zo groot als eieren. Ik zweer je dat als ik het niet met eigen ogen had gezien, ik het nu niet zou opschrijven, maar terwijl we naar haar keken, verschenen er waar we bij stonden nog meer builen op haar lichaam! Eerst op haar bovenlijf. Toen op haar dijen, haar enkel, haar buik. Een kwade geest had zijn eieren in haar gelegd en zijn jongen kwamen ineens allemaal tegelijkertijd uit. Er verschenen nog meer builen. We deinsden van afgrijzen achteruit. Ze opende haar mond en schreeuwde met een vreemde stem, alsof in haar keel ook iets probeerde te ontsnappen: 'Help me!'

Federico liep op haar af, ik dacht om haar in zijn armen te nemen en haar te troosten. In plaats daarvan stak hij haar met zijn zwaard door het hart en de stoot duwde haar terug de kamer in en op de grond. Toen deed hij de deur dicht, leunde ertegen en huilde.

We liepen op onze tenen de zaal uit en vluchtten zo ver weg als we konden. Ik heb Bianca nooit meer gezien. Maar dat wilde ik ook niet. Ik was doodsbang dat ik, omdat ik met haar naar bed was geweest, ook de pest had. Pas veel, veel later drong het tot me door dat ik Federico's pis had doorgeslikt.

Hoofdstuk 19

Het aantal sterfgevallen in de stad nam langzaam af en toen ik na twee weken niet ziek was geworden, maakte ik me er geen zorgen meer over of ik dood zou gaan. De pest was uitgeraasd. Federico, Piero, Bernardo met zijn vervloekte venkelzaadjes, Cecchi en Federico's zoon Raffaello waren ook allemaal gespaard gebleven, hoewel Raffaello's hersenen waren aangetast en hij vanaf die tijd dag en nacht verzorgd moest worden. Bijna een kwart van de mensen die in Corsoli woonden, was gestorven en in het paleis nog veel meer. Ik was bang dat ik Miranda nooit meer terug zou zien en ik was van plan om naar mijn vaders huis te gaan toen Tommaso het binnenplein op kwam met een kreupel paard waarop Miranda zat.

Ik rende op haar af, maar Tommaso, die een akelige ontstoken wond op zijn rechterwang had, liet me niet dichterbij komen voordat hij haar voorzichtig op de grond had getild. Ik bedekte haar gezicht met kussen en vertelde haar hoe erg ik haar had gemist. Toen omarmde ik Tommaso als een zoon die ik jarenlang niet meer had gezien en bedankte hem dat hij Miranda weer veilig bij me terug had gebracht. Hij luisterde zonder zijn ogen ook maar een tel van Miranda af te wenden en uit zijn tedere gezichtsuitdrukking maakte ik op dat er waarschijnlijk heel veel tussen hen was gebeurd. Ik bracht Miranda naar onze kamer en zorgde voor water, zodat ze zich kon wassen, en oliën en geuren waarmee ze zich kon opfrissen.

'Hebt u een kamerscherm?' vroeg ze.

'Een kamerscherm? Waarom?' We hadden er geen en hadden dat

ook nooit nodig gehad, zelfs niet wanneer ze haar maandelijkse cyclus had. Bernardo zag zijn dochter naakt en die was al zeventien.

'Ik wil een kamerscherm,' herhaalde ze.

Ik leende er een van Cecchi en terwijl Miranda zich waste, zat ik aan de andere kant en vertelde haar over het leed dat tijdens haar afwezigheid bezit van het paleis had genomen. Ze luisterde in stilte en onderbrak me slechts één keer om naar haar vriendinnen te vragen. Ik vertelde haar dat er enkelen waren gestorven en Bianca ook, hoewel ik haar niet vertelde hoe. Miranda snikte zachtjes. Ik wilde haar troosten, maar vanwege het kamerscherm bleef ik waar ik was. Haar verdriet deed me zo'n pijn dat ik ook begon te huilen. De dood was zo gewoon geworden, dat ik er zeker van was geweest dat ik geen tranen meer overhad, maar nu zaten we ieder aan een kant van het kamerscherm te rouwen om allen die we gekend hadden en die waren gestorven.

Uiteindelijk kwam Miranda weer te voorschijn met haar donkerbruine haar luchtig tot op haar schouders hangend. Haar ogen leken ouder, haar lippen voller en haar lichaam had rondere vormen gekregen. Kortom, ook al was ze nog geen vrouw, ze was ook geen meisje meer. Ik vroeg haar of ze mijn vader had ontmoet. Ze schudde haar hoofd waarbij druppels water als gouden zonnestralen op haar schouders vielen. 'Hij was samen met zijn buren vertrokken.' Ze kneep haar gezicht van walging samen. 'We konden niet in zijn huis blijven. Het was er zo smerig.'

'Zijn jullie toen naar abt Tottorini gegaan?'

Ze snoof verachtelijk, precies zoals Tommaso dat deed. 'Naar dat vette varken? Als alle priesters zijn zoals hij, dan zit God behoorlijk in de problemen!'

'God is goed ondanks de mens, niet dankzij de mens.'

Ze staarde naar zichzelf in haar handspiegeltje, en bestudeerde haar haren, haar ogen, haar mond, eerst van de ene kant en toen van de andere kant. 'Het enige dat we wilden, was wat brood en kaas, maar toen we zeiden dat we uit Corsoli kwamen, gooide hij de deur voor onze neus dicht.'

'Die klootzak!' riep ik.

Miranda begon haar haren te borstelen. 'Dus reden we verder.'

'Naar Gubbio?'

Ze haalde haar schouders op. 'Ik denk het. We reden gewoon een eind weg.' Ze keek naar haar voeten. Er liep een litteken over de wreef van haar linkervoet. 'Er is een stuk brandend hout op gevallen,' zei ze. 'De pest was overal, *babbo*. Mannen en vrouwen lagen op de velden, op de wegen, in hun huizen. Ik zag een man en een vrouw die zichzelf hadden opgehangen en hun baby lag dood naast hen. De vogels hadden hun ogen uitgepikt.' Ze stopte met het borstelen van haar haren alsof ze het ineens weer voor zich zag. 'Ik wist niet dat zoveel mensen tegelijkertijd dood konden zijn.' Haar lippen trilden en haar lichaam begon te schudden.

'Wat is er?'

'En toen... toen...'

Ik knielde naast haar neer en greep haar handen vast.

'Twee mannen...' Ze barstte in tranen uit. Ik streelde haar haren en hield haar dicht tegen me aan. Uiteindelijk zei ze snikkend: 'Twee mannen... hebben me verkracht.'

Mijn hart brak. 'O, mijn Miranda. Mijn engeltje. Mijn engeltje.' Ik wiegde haar in mijn armen. 'Waar was Tommaso?'

'Ze hadden hem bijna vermoord! Als hij er niet was geweest, was ik dood geweest!' Weer barstte ze in tranen uit.

Ik vroeg haar niet verder. Mijn oren die smachtten naar details, waren tegelijkertijd afkerig om ze te horen. Ten slotte ging Miranda verder en zei: 'Tommaso zei tegen ze dat hij mij naar mijn vaders huis bracht om te sterven.'

'Waar was dat, in het dal?'

Ze fronste haar voorhoofd.

'Aan het einde van het dal of op de weg naar Gubbio?'

Van ongeduld vertrok ze haar gezicht. 'Op het pad dat van het huis loopt. Wat doet dat ertoe?'

Ik beloofde haar niet weer te onderbreken.

'Tommaso zei dat ik de pest had en dat hij me naar mijn vaders huis bracht om te sterven,' herhaalde ze. 'Ze geloofden hem niet. Ze wilden mijn builen zien. Ik zei tegen ze dat zelfs in tijden dat de pest heerst een dame gerespecteerd diende te worden. Ze zeiden dat het de pest niet uitmaakte wie een dame was en wie niet, en hun ook niet, en als ik ze niet mijn builen liet zien, dat ze dan zelf wel op onderzoek zouden uitgaan.'

'De ene viel Tommaso aan, en de andere...' Ze kreeg het te kwaad en drukte haar gezicht tegen mijn borst. 'Tommaso doodde de eerste die mij te pakken had genomen en joeg de andere weg, maar niet voordat...' De rest ging verloren in tranen.

Ik zei niets. Wat viel er te zeggen? Ik had haar weggestuurd. '*Mi dispiace, mi dispiace*,' fluisterde ik.

Ik was blind van woede. Ik wilde die schurken opsporen, ze de ogen uitsteken, hun *falli* afhakken, en ze laten sterven op de brandstapel. Ik was doodsbang voor wat ik verder nog te horen zou kunnen krijgen, maar ik moest mezelf geruststellen. 'Ben je... zwanger?'

'Ik weet het niet,' fluisterde ze.

'Mijn engeltje, mijn Miranda. Ik zal voor je zorgen.' Ik wachtte nog even en zei toen: 'Wat is er daarna gebeurd?'

'We vonden een hut. Net zo een als waarin wij vroeger woonden. Weet u nog wel?' Haar gezicht klaarde heel even op. 'Tommaso kon niets doen vanwege zijn wonden. Ik was bang dat hij dood zou gaan, dus bette ik ze met urine.'

Ik probeerde me niet voor te stellen hoe dat eruit had gezien. 'Wat aten jullie?'

'Er was meer dan genoeg fruit – appels, perziken en granaatappels – omdat niemand het geplukt had. Ik zweer dat ik zolang als ik leef nooit meer een granaatappel wil zien,' zei ze lachend. 'Ik maakte polenta en Tommaso doodde een varken.'

'Was hij toen al weer beter?'

'Nee, eerst niet, maar dat was later, toen hij beter was. Hij is zo'n goede kok, *babbo*. Op een dag zal hij de opperchef-kok zijn. Hij is nu al beter dan Luigi, ik zweer het u!'

Ze vertelde me dat ze drie dagen van het varken hadden gegeten en dat Tommaso er plakken spek van af had gesneden en die had gezouten en dat hij zelfs een worst had gemaakt. 'Hij heeft fantastische handen, *babbo*. Hebt u er ooit naar gekeken? Ze zien er zo kort en dik uit en hij is zo lang en mager. Maar ze zijn sterk. Hij kan met zijn vingers een noot kraken!'

'Het is niet waar!'

'Ja, echt waar.' Tommaso had ook een kip en een eekhoorn de keel omgedraaid, een vuur gemaakt, een gans geplukt, en een deel van de hut gerepareerd. Het was een wonder dat hij er niet voor had kunnen zorgen dat het was gaan regenen.

Ze stak haar handen uit en bestudeerde haar lange, dunne vingers. 'Mijn handen zijn te lang. Een vrouw zou niet zulke handen moeten hebben.'

'Je hebt de handen en vingers van een kunstenaar.'

'Maar die van Tommaso zijn teder.' Ze stond op en verdween achter het kamerscherm om zich aan te kleden.

Ik moest haar iets vragen, ik kon niet anders: 'Waar sliepen jullie?'

'In de hut.'

'Sliepen jullie...?' Ik maakte mijn zin niet af.

'Natuurlijk niet, *babbo!* Tommaso zei dat hij uw vertrouwen niet mocht beschamen.' Ze kwam achter het kamerscherm vandaan en legde haar hand op haar hart. 'Ik zweer het bij alles wat heilig is.' Op dat moment wist ik zo zeker als vonken omhoogschieten dat ze loog.

Ik stond op. 'Waar gaat u heen?' vroeg ze terwijl de schrik in haar ogen stond.

Ik gaf geen antwoord.

Ze greep mijn arm beet. 'U gelooft me niet, hè?'

'Ik geloof je.'

'*Babbo*, als u Tommaso kwaad doet, pleeg ik zelfmoord.'

'Waarom zou ik hem kwaad doen?'

Haar ogen vulden zich met tranen. 'Ik houd van hem, *babbo*. Ik hou van hem.'

'Ik weet het. Eet nou maar wat en ga slapen. En, Miranda, vertel niemand iets over die verkrachting.'

Tommaso lag op zijn strozak. Door de wond op zijn rechterwang zag hij er ouder uit en met zijn haren die waren gegroeid en nog meer krulden, zag hij eruit zoals de apostel Petrus stond afgebeeld op een schilderij in de Duomo Santa Caterina.

'Ik wil je bedanken voor het redden van Miranda's leven.'

'Je vroeg me om op haar te passen en ik heb gedaan wat je me vroeg. Het was niets, *niente*.'

'*Niente?*' zei ik glimlachend. 'De Tommaso die ik kende, zou het van de daken hebben geschreeuwd.' Ik voegde er niet aan toe: 'Omdat je nog nooit van je leven een vechtpartij hebt gewonnen', maar zei: 'Hoe is dat eigenlijk precies in z'n werk gegaan?'

Hij haalde zijn schouders op. 'We kwamen die mannen op het pad tegen. Ik zei tegen ze dat ze ons moesten doorlaten, omdat Miranda de pest had, maar ze wilden haar builen zien. Ik zei: nee. Ik zei... een dame... een dame...'

'Moet worden gerespecteerd.'

'Ja, ja, dat was het. Maar ze zeiden dat als ze haar builen niet liet zien, ze haar ertoe zouden dwingen! Dus toen viel ik ze aan.'

'Dat was heel moedig.'

'Maar terwijl ik met die ene vocht, werd Miranda door de andere verkracht.' Hij ging door alsof hij bang was dat hij zou vergeten wat hij verondersteld werd te zeggen. 'Ik doodde die tweede kerel die haar te pakken had genomen en joeg de andere weg.'

'Miranda zei dat je de eerste doodde.'

'Nee. Misschien... nee... ik herinner het me niet meer.' Hij fronste zijn voorhoofd en wendde zijn hoofd af. Hij was zo'n slechte leugenaar. 'Ze hakten op me in,' zei hij. 'Ik mag blij zijn dat ik nog leef.'

'Ja, ik zie het.' Ik had naar de wond op zijn wang gekeken die niet zo diep was als in eerste instantie had geleken. Sterker nog, het leek alsof iemand die wond voorzichtig had toegebracht om niet te veel pijn te veroorzaken. 'En toen vonden jullie een hut.'

'Als Miranda je dat al heeft verteld, waarom vraag je het dan aan mij?'

'Ze zei dat je heerlijke maaltijden hebt klaargemaakt.'

Hij schudde zijn haren uit zijn gezicht en blies zijn wangen op. Het was zo makkelijk om hem te vleien. 'Ik heb een varken gevangen, als je dat soms bedoelt. Ik heb het met kruiden en paddestoelen klaargemaakt. 's Avonds baden we tot God. En we hebben ook voor jou gebeden,' zei hij enthousiast.

'Voor mij? Waarom?'

'Omdat Miranda je miste. We wisten dat er zoveel mensen in Corsoli doodgingen en dat jij voor Federico moest zorgen. Ze maakte zich zorgen om je.'

'Wat deden jullie nog meer?'

'We zongen. We dansten...' Ineens hield hij op, een herinnering overviel hem. 'Het was zo... krankzinnig.'

'Krankzinnig? Hoezo?'

'Hoezo?' Hij zwaaide met zijn armen, wond zich op als de oude Tommaso. 'Overal om ons heen gingen mensen dood, maar wij leefden in die hut als...'

'Als wat?'

'Snap je het dan niet?' riep hij. 'We waren helemaal alleen... we hadden de enige twee mensen kunnen zijn die nog in leven waren... op de hele wereld...'

'Hoe leefden jullie?' Ik greep hem bij de keel.

'Als man en vrouw!' Zijn ogen staarden in de mijne. Niet bang. 'Ik kan niet tegen je liegen, Ugo. Vermoord me maar als je dat wilt. Het kan me niet schelen. Ik hou van haar. *E mio l'amor divino. L'amor divino,*' herhaalde hij.

Ze houdt ook van jou, zei ik in mezelf. Zoveel zelfs dat ze wilde doen alsof ze verkracht was voor het geval ze zwanger was geworden. Hoe kon ik Tommaso iets aandoen? Hij had mijn Miranda veilig teruggebracht. Ik zei tegen hem dat hij niet meer met haar naar bed mocht. 'Onze overeenkomst duurt nog een jaar. Als je van haar houdt, kun je wel wachten.'

Miranda werd elke morgen met Tommaso's naam op haar lippen wakker. Ze fluisterde zijn naam in haar gebeden. Ze schreef gedichtjes voor hem en verklaarde dat ze zouden trouwen en naar

Rome gaan zodat Tommaso voor de paus kon koken. Ze zwoer dat ze tot haar dood van hem zou blijven houden.

Omdat Tommaso haar hart had veroverd, plaagden de andere jongens hem niet meer. Als hij nu met Miranda aan zijn arm door het paleis liep, stapte hij als een pauw rond. Hij aanbad haar en bracht haar kammetjes, linten en andere snuisterijen. Hij maakte taartjes voor haar, kleine lekkernijen van suiker en fruit in de vorm van vogels of bloemen. Soms zaten ze uren verstrengeld in elkaars armen op de muur buiten het paleis, streelden elkaars gezichten, aaiden elkaars haren, maar zeiden niets. Ze nam dan zijn korte, dikke handen in de hare, kuste elk sneetje en elke brandwond, drukte haar gezicht tegen zijn wang en zong voor hem.

Terwijl ik naar ze keek, vroeg ik me soms af of er niet een of andere draad was die hen verbond, zoals de draad die Ariadne aan Theseus gaf, want zodra ze elkaar ook maar even loslieten, zochten hun vingers blindelings naar de ander totdat ze elkaar weer hadden gevonden. Ik ving vaak toevallig hun gesprekken op; de meeste kan ik me niet meer herinneren, maar het volgende herinner ik me wel, omdat het liet zien hoe zachtaardig hun karakters waren. Ze wensten elkaar goedenacht waarna Miranda zei: 'Je moet op je rechterzij slapen met je linkerarm zo uitgestrekt. Ik zal ook op mijn rechterzij gaan liggen, en dan zal ik weten dat je achter me ligt en dat je je arm om mijn lichaam hebt geslagen en dan zal ik goed slapen.'

Ik glimlachte en dacht er niet meer aan totdat ik hen de volgende dag samen zag. Uit de manier waarop ze stonden, kon ik opmaken dat hij had gedaan wat ze had gevraagd. Ze waren, kortom, zo gelukkig als duifjes die hun partner hadden gevonden en de rest van hun leven bij elkaar wilden blijven.

Miranda en Tommaso waren niet de enige die het leven na de pest omarmden. Ik kon nu lezen en schrijven en beleefde veel plezier aan het te boek stellen van mijn experimenten met planten en kruiden. Ik amuseerde mezelf ook met een dienstmeisje. In Corsoli namen de mannen nieuwe vrouwen en vrouwen vonden nieuwe echtgenoten. Ik weet niet waar ze allemaal ineens vandaan kwamen, maar een paar maanden later leken er weer net zoveel mensen als vroeger in de stad te wonen en waren alle vrouwen zwanger.

Ik hoorde dat sommige landsheren die de pest hadden overleefd, zoals de hertog van Ferrara, hun leven wilden wijden aan de Kerk of aan werken van liefdadigheid. Federico was het tegenovergestelde. 'We hebben het ergste overleefd dat God ons kon geven,' zei hij, terwijl hij Nero aaide die nu in Bianca's stoel aan tafel zat. 'Waarom zou ik in Hem geloven? Ugo gelooft ook niet in Hem, nietwaar, Ugo?'

Christus aan het kruis! God in twijfel trekken en Hem vervloeken was iets wat ik deed als ik in m'n eentje was, maar Federico vroeg mij nu om mijn afkeuring over God uit te spreken waar de nieuwe bisschop van de Santa Caterina bij was, en iedereen staarde me aan. Ik struikelde over mijn antwoord, bang om te spreken en toch ook blij dat Federico mij om mijn mening had gevraagd. Gelukkig wachtte Federico niet mijn hele antwoord af, maar zei dat hij in het vervolg nog meer van het leven zou gaan genieten.

Hij at twee keer zoveel als vroeger, ging met nieuwe hoeren om, en breidde het aantal jachthonden uit tot duizend... de hondenpoep rondom het paleis kwam tot je enkels. Hij gaf enorme sommen geld uit aan nieuwe zijden kledingstukken, satijnen tabbaards, ringen en andere juwelen. Soms zag hij er aangekleed uit als een altaar op een feestdag. Maar hoewel hij Bianca's naam nooit meer liet vallen, had haar dood hem zwaar aangegrepen. Terwijl de dagen korter werden en de hemel zich vulde met sombere wolken en onstuimige, priemende regenbuien, slofte hij neerslachtig met Nero aan zijn zijde door het paleis.

'Ik wil een vrouw!' schreeuwde hij op een ochtend tegen ons. Hij gaf Cecchi bevel om brieven waarin zijn bedoelingen uiteen werden gezet aan de d'Estes, de Malatesta's, de de' Medici's en aan andere hoven te schrijven. Toen de antwoorden kwamen, als ze al kwamen, stond daarin dat alle in aanmerking komende vrouwen en meisjes al bezet waren. Federico besloot dat de enige manier om aan een nieuwe vrouw te komen een reis naar Milaan was, waar hij ooit de Sforza's had gediend. Iedereen in het paleis was buiten zichzelf van opwinding. Stel je voor, weggaan uit Corsoli en naar Milaan reizen! Ze smeekten en logen, en verzochten Cecchi dringend om een plekje in het gevolg. Ik hoefde mijn stem niet te laten horen. Ik wist dat ik met Federico mee zou gaan. Hij kon het zich niet veroorloven om zonder mij waar dan ook heen te gaan.

Hoofdstuk 20

Op reis gaan met Federico was net zoiets als ten oorlog trekken. Lijsten werden opgesteld met wie zich bij Federico's gevolg mocht aansluiten en wie zou achterblijven, en toen werden er nog meer lijsten opgesteld met wat er moest worden meegenomen. Deze lijsten veranderden elke dag, soms zelfs elk uur. Cecchi sliep maandenlang nauwelijks en de stukken van zijn baard die grijs waren, werden wit, en die wit waren, vielen uit.

Aanvankelijk zouden er niet meer dan veertig mensen meegaan, maar toen waren er nog drie jongens nodig om voor de paarden te zorgen, en de koetsmeester zei dat hij minstens drie knechten nodig had, en Federico's kleedsters zeiden dat ook. Het aantal groeide aan tot tachtig. Het hele paleis wilde mee, maar daar er slechts weinig kloosters en paleizen waren die aan zoveel mensen onderdak konden bieden, werden er timmermannen, handarbeiders en naaisters aan het gevolg toegevoegd die tenten in elkaar konden zetten waar we maar zouden verblijven. We waren nu met zo'n honderd man. Toen Federico inzag hoeveel dat zou gaan kosten, dreigde hij Cecchi te castreren, zijn lichaam in brand te steken en hem daarna te onthoofden. Cecchi bracht het aantal terug tot zestig. Tegen die tijd was Federico zo dik geworden, en zijn jicht zo pijnlijk, dat er een speciale koets moest worden gebouwd om hem in te kunnen vervoeren. Deze koets werd vol gelegd met zijden kussens en lakens en op de zijpanelen werden ridders die een steekspel hielden geschilderd. Federico probeerde de koets twee keer per dag uit om er zeker van te zijn dat die geriefelijk genoeg was.

Omdat Miranda en Tommaso niet meegingen naar Milaan, besteedden ze weinig aandacht aan de voorbereidingen. Bovendien waren ze veel te verliefd om zich erom te bekommeren. Hoewel Miranda niet zwanger bleek te zijn, was ik bang dat ze dat wel kon worden als ik weg was, en omdat ze het vaak had over trouwen met Tommaso, werd ik in de verleiding gebracht om haar te vertellen over de overeenkomst die ik met hem had gesloten. In feite verbaasde het me dat hij er nog niets over gezegd had, maar ik vermoedde dat dat kwam omdat hij nu van haar hield en mij wilde ontzien. Dit veranderde mijn gevoelens tegenover hem in positieve zin en in deze stemming ging ik naar de keuken met het plan om tegen hem te zeggen dat, ook al waren de vier jaar nog niet om, ik dolgraag hun huwelijk wilde aankondigen.

Tommaso was bezig om stukjes van aan het spit geroosterde lijsters op sneetjes brood te leggen. Hij had wat kruiden en zo gemengd, die ik, toen ik aan de kom rook, kon thuisbrengen als venkelblad, peper, kaneel, nootmuskaat, eierdooiers en azijn. Hij goot het mengsel over de vogeltjes, legde het brood in een pan en zette die op het vuur. Ik zei tegen hem dat het voor een hertog geknipt was en dat hij ongetwijfeld op een dag voor de paus zou koken.

'Ik zou nu al een chef-kok in Rome of Florence kunnen zijn als ik dat zou willen,' zei hij opschepperig. Hij vertelde me over nieuwe recepten die hij had bedacht, over bijzondere gerechten en specerijen uit India die hij wilde uitproberen, zelfs over manieren om de keuken te verbeteren. Niet één keer noemde hij Miranda. Hoe langer ik luisterde, des te ongemakkelijker ik me begon te voelen. Ik dacht: hij is uitgekeken op Miranda maar weet het nog niet. Dus zei ik niets over de huwelijksovereenkomst.

Miranda sprak met evenveel liefde als altijd over hem en zwierf in de keuken rond om zo dicht mogelijk bij hem te kunnen zijn, maar terwijl ze vroeger zij aan zij hadden gelopen, liep Tommaso nu een stukje voor haar uit. Hij bracht haar geen linten of kammetjes meer en keek weg als ze tegen hem sprak. Hij gaapte als ze zong en één keer zag ik, toen ik uit het raam naar hen keek, dat ze zijn hand naar haar borst leidde; lachend trok hij zijn hand terug en liep met grote passen weg.

Septivus vertelde me dat Miranda niet in de les was verschenen en dat iemand haar in Emilia's tuin had zien huilen. Ik zocht haar daar en in de stallen, maar ik kon haar niet vinden. Ik ging bij haar vriendinnen langs om te vragen of ze wisten wat de oorzaak van Miranda's verdriet was.

'Tommaso,' antwoordden ze alsof de hele wereld dat wist. 'We hebben haar gewaarschuwd dat hij niet op zijn woord te vertrouwen is.'

Ik vond Miranda in onze kamer, rukkend aan haar haren, zichzelf tegen haar borst slaand en haar gezicht openkrabbend als de gillende harpijen in de *Hel* van Dante. 'Hij houdt niet meer van me,' zei ze huilend.

'Nee, dat kan niet waar zijn.'

'Het is wel waar!' schreeuwde ze. 'Hij heeft het me zelf verteld. Hij heeft het me zelf verteld!'

Ik sneed een alruinwortel in kleine stukjes, gaf haar een beetje, en toen viel ze in een rusteloze slaap. Ik sleep mijn dolk en ging op zoek naar Tommaso.

Hij was bezig een nauwsluitend, groen fluwelen jasje over een dieprode zijden broek aan te trekken. Ringen schitterden aan zijn vingers en de schakelarmband om zijn pols glinsterde in het maanlicht. Ik vroeg hem waar hij zo laat nog heen ging.

'Wat gaat jou dat aan?' Hij trok een paar zwarte laarzen aan.

'Je hebt mijn dochter van streek gemaakt.'

'Jouw dochter.' Hij schudde zijn krullen zodat zijn haar wijd uit ging staan. 'Jouw gevangene zul je bedoelen. Ze kan nog niet pissen zonder dat jij haar in de gaten houdt.'

'Dat doe ik omdat ik niet wil dat ze een hoer wordt zoals het meisje dat jij nu gaat bezoeken.'

'Ik ga niet naar een hoer,' zei hij boos.

'Je zei tegen me dat je van haar hield.'

'Ik heb haar niets over onze verloving verteld, dus heb ik mijn belofte tegenover haar niet gebroken.'

'In de bijbel wachtte Jakob veertien jaar op Rachel.'

'Dat is de bijbel.' Hij schikte de veer op zijn hoed. 'Dit is Corsoli. Mijn naam is Tommaso, niet Jakob. En vanavond ga ik op hazen jagen.'

'Wat is er met je liefde voor Miranda gebeurd?' zei ik.

Hij haalde zijn schouders op alsof hij niet meer dan een klein muntstukje was kwijtgeraakt. Ik wierp me op hem, greep zijn keel en sloeg hem tegen de muur. Ik trok mijn dolk en drukte de punt in het kuiltje bij zijn nekwervel.

'Ik zal je leren van de perzik te proeven voordat je hem koopt.' Ik gaf hem met mijn knie een ram tegen zijn buik. 'Je denkt zeker dat ik voorzichtig een snee in je gezicht maak zoals Miranda dat heeft gedaan, hè?' Ik drukte mijn dolk door zijn huid en kon het vlees rondom de punt voelen trillen. Bloed spoot met kracht langs het blad. 'Vertel mij maar eens wat er met je liefde is gebeurd!'

'Ik weet het echt niet,' zei hij smekend. 'Ik weet het echt niet.'

'Je weet het niet?' Ik haalde het mes langs zijn nek. Ik wilde dat hij net zoveel pijn zou voelen als Miranda.

'Wie weet waar de liefde blijft?' zei hij happend naar lucht van verbijstering.

Ik stond op het punt het mes in Tommaso's keel te stoten toen een stem zei: 'Nee, *babbo!*' en met zoveel kracht dat ik ophield.

Miranda stond achter me, haar hoofd hoog geheven, haar gezicht spierwit. 'Hij is het niet waard om voor te sterven.'

'Maar hij...'

'Als u hem doodt en wordt opgehangen, wat zal er dan met mij gebeuren?'

Ik liet mijn dolk zakken. Tommaso wees naar Miranda en riep: 'Als je soms denkt dat ik hierdoor bij je in het krijt sta, vermoord me dan nu maar.'

Miranda antwoordde: 'Ik ben het die bij jou in het krijt staat. Want door jou heeft mijn hart zich afgesloten en zijn mijn ogen geopend.' Ze stak haar hand naar me uit en zei: '*Babbo*, kom mee. Woede verkort ons leven en we hebben veel om dankbaar voor te zijn.'

Ik vroeg haar of ze met me mee naar Milaan ging. 'Je zult prachtige paleizen zien. Er zullen bals en feesten worden gegeven en er zullen vele hoogstaande jongemannen aanwezig zijn.'

'Ik heb geen behoefte aan vele hoogstaande jongemannen.'

Ik vroeg haar of ik haar op de een of andere manier tot troost kon zijn.

Ze zei: 'God schenkt me troost. Tommaso is degene die geen rust vindt. Zo is hij altijd geweest en zo zal hij altijd blijven. Dat is zijn aard. Daarom heeft hij me nodig.'

'Hou je nog steeds van hem? Na alles wat hij je heeft aangedaan?'

'Houdt de herder op om van zijn lam te houden dat is afgedwaald? Ik ben zijn balsem der vertroosting, *babbo*. Zonder mij is hij verloren.'

Toen ging ze op haar bed liggen en sliep binnen een paar tellen de doodssluimer terwijl ik naar de heuvel buiten keek en me afvroeg of ik ooit zo wijs zou worden als zij.

Federico wilde aan het einde van de vasten vertrekken, maar Nero werd ziek en we moesten drie dagen wachten. Toen wilde Federico niet op de zevende dag van de maand vertrekken, dus pas de daaropvolgende dinsdag sprak de bisschop zijn zegen uit over de reis en wenste hij Federico '*buona ventura*' bij het vinden van een vrouw.

Toen we uit de Duomo Santa Caterina de stralende lentemorgen in stapten, luidde de klok vrolijk en werd de hemel omarmd door de mooiste regenboog die ik ooit had gezien, elke kleur zo helder en duidelijk zichtbaar dat we wisten dat God over ons waakte.

Twintig ridders in volledige wapenrusting klommen op hun paarden terwijl hun rode en witte banieren aan hun lansen wapperden. Toen kwam Federico's koets (getrokken door acht paarden), nog twintig ridders, de wagen met Federico's kleren en nog een wagen met geschenken. Daarachter kwamen de valkeniers, hofmaarschalken, lakeien, klerken, keukenstaf, kleedsters, hoeren en nog meer wagens met de rest die mee moest.

Miranda keek vanuit het raam van onze kamer toe terwijl we ons op het binnenplein verzamelden. De avond ervoor had ik er bij haar op aangedrongen dat ze op haar lier moest oefenen en haar plichten opgewekt moest vervullen, en liet ik haar beloven dat ze voor het naar bed gaan een paar druppeltjes van een drankje nam dat goed voor haar lichaamssappen zou zijn. In werkelijkheid bestond het drankje uit appelsap gemengd met een verpulverde dode kikker, wat alle gevoelens van romantiek afzwakte. Hoewel Tommaso niet meer verliefd op haar was, vreesde ik dat ze, omdat ze een vrouw was, op iemand anders verliefd zou worden, alleen maar om Tommaso te laten zien dat hij haar niets meer deed.

'Vrouwen zijn anders dan mannen,' vertelde ik haar. 'Ze zijn zwakker in het aangezicht van de liefde, maar moediger in hun hofmakerij en ik wil niet dat je zwanger wordt.'

'En ik ook niet,' had ze gapend gezegd.

Nu rende ze ineens het paleis uit en wierp zich in mijn armen. Ik hield haar stevig vast en fluisterde dat het me speet dat ze niet meeging, en dat ik haar zou missen. Ze zei dat het haar speet dat ze zo ongemanierd was geweest en zei terwijl ze haar best deed om te glimlachen, dat ik me om haar geen zorgen hoefde te maken; ze zou al haar plichten trouw en welgemoed vervullen.

Er klonk trompetgeschal, Federico's koets kwam in beweging en toen vertrokken we als een lange, kleurige slang van het binnenplein naar de Trap der Tranen. Heel Corsoli was uitgelopen. Federico gooide een paar goudstukken naar de juichende menigte hoewel ik zou zweren dat het gejuich zelfs nog luider werd nadat we de stadspoort waren gepasseerd.

Een fris windje joeg de dikke, witte wolken langs de helderblauwe hemel. De groene heuvels waren bespikkeld met lapjes gele viooltjes en blauwe lupines. Overal begeleidde het geluid van water ons, druipend van de bomen, stromend over rotsen en voortsnellend in de geultjes in de weg tot in het dal beneden. Ik voelde me net zo als toen ik voor het eerst van huis was weggelopen: deze reis zou mijn leven veranderen!

Halverwege het dal hotste Federico's koets over een kei waardoor het linker achterwiel afbrak en de koets op de grond flikkerde. Federico kwam als een dolle stier naar buiten, verstrikt in dekens en lakens, rood in zijn gezicht. 'Wie heeft dit stuk brandhout gebouwd?' schreeuwde hij.

Cecchi zei dat mannen uit Frankrijk dat hadden gedaan en dat die daar speciaal voor waren ingehuurd, maar dat ze Corsoli allang hadden verlaten.

'Dan verklaren we Frankrijk de oorlog!' schreeuwde Federico.

'Doen we dat voor of nadat de koets is gerepareerd?' mompelde ik. Een hofmaarschalk naast me schoot in de lach. Federico gaf bevel hem te doden. In plaats daarvan werd die man terug naar het paleis gebracht en in de kerker gegooid. Cecchi zei dat hij een paar Italiaanse handwerkslieden kende die de koets wel konden repareren. En terwijl Federico terug naar het paleis werd gebracht, liet Cecchi de mannen halen die de koets hadden gebouwd – ze kwamen uit Corsoli – en waarschuwde ze dat als ze de koets niet goed repareerden, ze zouden worden opgehangen. Twee dagen later zette de stoet zich opnieuw in beweging. Deze keer zwaaide niemand ons uit.

Op de tweede dag klaagde Federico dat het pad te hobbelig was en dat alle stenen en steentjes groter dan een dukaat moesten worden verwijderd voordat we verder konden trekken. Iedere bediende, soldaat en hoge piet – zelfs Cecchi – moest op handen en knieën gaan zitten en alle steentjes weghalen. Tegen het einde van de ochtend was een flink stuk van de weg voor ons zo glad dat je er een ei overheen had kunnen laten rollen. Cecchi zei dat we met deze snelheid wel vijf jaar nodig zouden hebben om in Milaan te komen. Federico vloekte en beval dat alle ganzen op de nabijgelegen boerderijen moesten worden gedood en hun veren in zijn kussens worden gestopt. Vanaf die tijd dreven vele boeren hun levende have naar een geheime plaats als ze hoorden dat we in aantocht waren. De abdijen hadden minder geluk.

Aan het einde van het dal stopten we bij de abdij van abt Tottorini, degene die Miranda en Tommaso tijdens de pestepidemie de deur had gewezen. Ik herinnerde me dat hij zelf wijn en kaas maakte en dacht er goed aan te doen als ik Federico vertelde hoe heerlijk die waren. Federico was het met me eens. Sterker nog, hij vond de wijn en de kaas zo lekker dat we daar een hele week bleven.

Op de vijfde dag reed ik naar het boerderijtje van mijn vader. Hoewel mijn laatste bezoek aan hem een bittere ervaring was geweest, hoopte ik dat de tijd hem mild had gemaakt jegens mij. Ik wilde hem laten zien wat ik bereikt had. Zijn huis zag eruit alsof het minste geringste zuchtje wind het omver zou blazen. Ik keek om me heen, maar zag hem niet, dus riep ik zijn naam.

'Hier, binnen!' riep hij.

Ik kon me niet meer herinneren of het binnen altijd al zo had gestonken of dat het kwam omdat ik nu gewend was aan de aangename geuren in het paleis, maar ik kon geen stap over de drempel zetten en bleef in de deuropening staan. Ten slotte strompelde mijn verschrompelde vader uit de duisternis te voorschijn. Hij liep nu bijna helemaal dubbelgevouwen en hij rook naar verrotting en dood. Hij gluurde met halfdicht geknepen ogen naar mijn nieuwe leren wambuis en vrolijk gekleurde broek, maar hoewel ik mijn naam noemde, kon ik niet met zekerheid zeggen of hij wist wie ik was. Ik legde mijn armen om hem heen en bood hem een paar muntstukken aan. Hij kon zijn handen niet goed openen dus duwde ik de munten tussen zijn vingers door. Ik vertelde hem dat ik in het gezelschap van hertog Federico onderweg naar Milaan was en vroeg hem of hij de stoet wilde zien.

'Waarom zou ik?' zei hij met een krassende stem.

'Om naar de ridders en de koets van de hertog te kijken. Ze zien er schitterend uit.'

'Schitterend? Spanje! Spanje is schitterend.'

'Spanje? Wat weet jij nou van Spanje? Je bent nog nooit van je leven het dal uit geweest!'

'Vittore heeft me verteld dat Spanje schitterend is,' zei hij.

'O, dus Vittore is naar Spanje gevlucht.'

'Hij voert het gezag over een schip!'

'Ja, en ik ben de koning van Frankrijk.'

Hij zwaaide met een vinger naar me. 'Jaloers!' schreeuwde hij. 'Je bent jaloers. Jaloers!'

'En jij bent een stommeling!' zei ik en toen klom ik weer op mijn paard. 'En het was stom van mij om hierheen te komen.'

Hij probeerde de munten naar me toe te gooien, maar hij kreeg zijn handen niet open.

Abt Tottorini, met al die vette kwabben aan zijn dikke gezicht, stond me op te wachten toen ik terugkwam. Hij siste dat zijn hele wijnvoorraad was opgedronken en al zijn kaas en fruit opgegeten. Hij zei dat hij hoopte dat al mijn kinderen met een staart werden geboren, mijn bloed uit mijn lijf zou barsten en ik de Franse ziekte zou krijgen. Ik zei tegen hem dat hij moest wachten totdat we weg waren voordat hij me nog meer beledigde, anders zou ik Federico alles vertellen over bepaalde geintjes die hij, de abt, graag met nonnen uithaalde. Daarna zou ik ervoor zorgen dat alle wijn en kaas die er eventueel nog over was, werd meegenomen.

O, dat was ik bijna vergeten! Vlak voordat we bij de abdij aankwamen, reden we langs een boer die op zijn veld stond. Zijn hemd zwabberde om zijn broodmagere lijf en zijn naakte benen stonden in de steenachtige grond als stokken die in de zon waren blijven staan. Toen een paar soldaten hem uitlachten, rende de boer naar Federico's koets en schreeuwde dat hij zijn kinderen van de honger waren gestorven terwijl Federico als een varken vrat. Hij rende tussen de paarden door en voordat iemand hem kon tegenhouden, nam hij een sprong naar Federico's koets precies op het moment dat Federico zijn hoofd naar buiten stak om de oorzaak van al dat geschreeuw te achterhalen.

Ohi me! Ik weet niet wie er verbaasder was, de boer of Federico. Voordat de boer Federico iets kon aandoen, gingen de ridders hem met hun zwaarden te lijf. Hij viel op de grond maar de ridders bleven op hem inhakken tot zijn ziel de aarde allang had verlaten.

Federico kon niet wachten tot hij in Florence was om bij Bento Verana te gaan logeren, een rijke wolkoopman die handel met

Corsoli dreef. De meeste bedienden bleven op Verana's landgoed buiten Florence, maar een paar van ons mochten in zijn palazzo in de stad logeren dat over de Arno uitkeek. Verana was een man met een mager gezicht en een meedogenloze blik die zich als een priester kleedde en vond dat je je rijkdommen moest oppotten en er niet van mocht genieten. Maar omdat hij iedereen met waardigheid behandelde en in zakentransacties eerlijk scheen te zijn, had hij geen behoefte aan een voorproever. Hij zei bij onze eerste maaltijd dat hij, omdat hij Federico als zijn vriend beschouwde, zich beledigd zou voelen als Federico in zijn huis van een voorproever gebruik zou maken.

Federico likte zijn lippen, niet wetende wat te zeggen. Ik zei: 'Edele heer, het gaat er niet om dat hertog Federico bang is om vergiftigd te worden. Waar het om gaat, is dat hij een gevoelig spijsverteringsstelsel heeft, en daar het mijne hetzelfde als dat van hem is, ben ik door zijn eten te proeven in staat om hem enige ongemakken te besparen voordat deze zich zouden kunnen voordoen.'

Federico knikte en zei dat het waar was. Helaas kon ik zijn andere ongemakken niet zo makkelijk wegnemen. De Florentijnen aten anders dan wij in Corsoli. Ze hielden meer van groenten – pompoenen, prei, tuinbonen – en minder van vlees. Ze aten spinazie met ansjovis, stopten rijp fruit in hun ravioli, en hun desserts hadden de vorm van zinnebeeldige voorstellingen. Ze gebruikten minder smaakmakers en beschouwden het gebruik van specerijen als protserig vertoon van rijkdom. En ze gebruikten vierkante lappen die ze servetten noemden om hun mond aan af te vegen, aten niet van houten, maar van gouden borden en hielden hun hand voor hun mond als ze boerden.

'Er zijn zoveel dingen waar ik aan moet denken,' klaagde Federico tijdens het diner, 'dat ik geen tijd heb om van het eten te genieten.'

'Maar conversatie is het waarlijke voedsel, nietwaar?' antwoordde Verana. 'Te veel eten leidt tot gulzigheid en gulzigheid vertraagt de hersenen zoals te veel drank de zintuigen verdooft. Omdat het lichaam gedwongen wordt energie te verbruiken voor het verteren van de maaltijd, wordt de conversatie vergeten en worden de tafelaars gereduceerd tot beesten die zich in stilte volproppen. In mijn huis is conversatie het hoofdgerecht.'

Septivus stemde daarmee in en merkte op: 'Het genot van eten is als het genot van leren, want elke feestmaaltijd is als een boek. De schotels zijn woorden die met smaak geproefd, genoten en verwerkt moeten worden. Zoals Petrarca zei: "Ik eet 's morgens wat ik 's avonds wil verteren. Ik nam als jongen gretig tot me waarover ik als man wilde nadenken!"'

'Inderdaad!' riep Verana. 'Als je slaaf van de maag bent in plaats van dat je aan tafel kennis verwerft, dan faal je volgens mij als man.' Verana moet Federico's gezicht hebben gezien, want zelfs waar ik stond, kon ik zien dat Federico's onderlip nu over zijn kin hing. 'Maar kom, laten we gaan eten. Vergeet de smaakmakers, Federico. Echt waar, de beste smaakmaker is het gezelschap van goede vrienden.'

O, lieve hemel! Ik hoopte voor hem dat Septivus niet nog wat wilde zeggen, want zo zeker als er sterren aan de hemel staan, was een van Federico's nijdige buien in aantocht. Dus toen Verana een dun pannenkoekje gevuld met lever, genaamd fegatelli, aanbeval, nam ik een hapje en stelde Federico voor het niet te eten omdat zijn maag zo gevoelig was. Federico vond het heerlijk dat ik dat zei.

'Zag je Verana's gezicht?' zei hij later schaterend. 'Uitstekend gedaan, Ugo.' Ik hoopte dat hij Cecchi zou opdragen om mij een goudstuk te geven maar dat deed hij niet.

Verana zei dat veel van wat hij had geleerd uit een boek kwam van een Hollander genaamd Erasmus en dat dat boek onlangs in het Italiaans was vertaald, en na het diner schonk hij Federico er een exemplaar van. Niemand had Federico ooit een boek gegeven en hij hield het in zijn hand alsof hij niet wist wat hij ermee moest doen. Toen hij naar zijn kamer terugkeerde, gooide hij het boek naar Cecchi en zei dat hij het moest verbranden. Niet lang daarna verlieten we het palazzo van Verana omdat Federico zei dat hij nog van de honger zou omkomen.

Ik vond het jammer dat we uit Florence weggingen. Hoewel het waar is dat de Florentijnen 'waakzame ogen en kwade tongen' hebben, wonen ze in een prachtige stad! Ik zag de gezegende Duomo en de beelden op het Piazza della Signoria en naast het raadhuis het mooiste beeld, de ongelofelijke David van Michelangelo. Ik wilde de verheven handen van de beeldhouwer kussen en aan zijn voeten neerknielen, maar zijn huisbediende zei dat hij helaas die ochtend naar Rome was vertrokken. Ik zag vele prachtige paleizen die door rijke landsheren en koopmannen waren gebouwd, maar het mooist vond ik die van de gilden. Terwijl we richting Bologna reisden, bleef ik maar over gilden nadenken en weldra begon zich in mijn hoofd een idee te vormen. Ik was eerder nog nooit op zo'n idee gekomen en ik raakte er helemaal opgewonden van. De heuvels aan beide zijden van de weg waren bedekt met een prachtig tapijt van rode, blauwe en gele bloemen. Ik wist zeker dat God in hoogsteigen persoon hier leefde, omdat harmonie en schoonheid de meest wezenlijke aspecten van Zijn ziel waren, en mijn idee was in overeenstemming met deze omgeving. Aldus wist ik zeker dat het Gods zegen had. Ik had het volgende bedacht:

Van alle bedienden, of het nu hofmaarschalken, kamermeisjes of stalknechten, klerken, koks of wat dan ook zijn, is de voorproever ongetwijfeld de moedigste. Welke andere bediende riskeert zijn leven niet één maar twee of drie keer per dag terwijl hij gewoon zijn werk doet? In feite zijn wij net zo moedig als de moedigste ridder, want als een ridder geen metgezellen meer heeft, vlucht hij – ik heb er velen gekend die al op de vlucht sloegen zelfs voordat de veldslag was begonnen – maar slaat een voorproever op de vlucht? Nee! Elke dag gaat hij de strijd aan en elke dag blijft hij tot de strijd helemaal ten einde is. Waarom is er dan, als er wel gilden zijn voor goudsmeden, raadsheren, spinners, wevers, bakkers en kleermakers, geen gilde voor voorproevers? Zijn wij niet net zo belangrijk als zij? Het leven van onze landsheren is zelfs geheel afhankelijk van ons! Uiteraard zou een gilde van voorproevers kleiner zijn, soms slecht uit één man per stad bestaan, maar we zouden elkaar wel kunnen ontmoeten en kunnen praten over nieuwe etenswaren, vergiften, tegengiften, zelfs over moordenaars.

Hierover nadenken hielp me de uren van reizen door te komen. En toen ik op een wild zwijn jaagde, maakte ik zelfs plannen voor onze inwijdingsceremoniën. Ik vond dat die niet alleen zwaar moesten zijn, maar ook nuttig. Ik zette ze als volgt op een rij:

1. Een leerling-voorproever moet drie dagen worden uitgehongerd, waarna hij wordt geblinddoekt en zeer kleine hoeveelheden vergif moet proeven waarvan de doses telkens worden verhoogd tot hij ze correct heeft thuisgebracht. Als hij dat overleeft, heeft hij zijn bekwaamheid bewezen. Als hij sterft, dan was hij kennelijk niet goed op zijn taak berekend.

2. Om er zeker van te zijn dat hij een sterk hart heeft, moet hem na het eten van een maaltijd worden verteld dat er vergif in heeft gezeten. Als hij dan onmiddellijk een amulet grijpt en tot God begint te bidden, moet hij uit het raam worden gesmeten, want als er vergif in het eten had gezeten, zou hij toch binnen korte tijd zijn doodgegaan. Maar als hij onmiddellijk op zoek gaat naar een vrouw en zich met haar vermaakt, dan moet hij met alle blijken van eer worden toegelaten. Want een voorproever moet te allen tijde kalm blijven: kalmte zal zijn leven redden, terwijl een man die liefhebbert in bijgeloof zich zal laten leiden door het eerste dat in hem opkomt, wat meestal fout is!

3. En het belangrijkste is dat de examens in de zomer moeten plaatsvinden en in de open lucht, aangezien de braakmiddelen in een afgesloten ruimte zo'n smerige stank veroorzaken dat een varken er nog misselijk van wordt.

Nadat ik deze regels had opgesteld, verheugde ik me erop andere voorproevers te ontmoeten om mijn ideeën met hen te bespreken.

Maar onderweg naar Milaan ontmoette ik heel weinig voorproevers. Een boerenkinkel die beweerde dat hij net gedaan had of hij doodging, was zelfs nadat ik hem had verteld wie ik was, te stom om op zijn verhaal terug te komen en verdiende het daarom niet om in mijn gilde te worden opgenomen. Ik ontmoette ook een magere, zenuwachtige man met wit haar, een opvallende neus en dikke lippen. Hij zat op een stoel in de zon en gaf geen antwoord op mijn vragen, maar zo nu en dan likte hij met zijn tong zijn lippen af. Toen ik hem vroeg waarom hij dat deed, zei hij dat hij zich er niet van bewust was dat hij dat deed. Later zag ik andere voorproevers hetzelfde doen. Ze zeiden dat ze dachten dat vochtige lippen beter vergiften konden bespeuren en dat ze het al deden zolang ze zich konden herinneren.

In Piacenza ontmoette ik een voorproever die ervan overtuigd was dat ik van Federico had moeten doen alsof ik doodging; omdat hijzelf, die voorproever, niet in staat was om zo'n doortrapt kunststukje uit te halen, had ik dat toch ook niet kunnen doen?

Federico was van plan geweest om ruim op tijd voor het feest van San Pietro in Milaan aan te komen. Er zouden koopmannen, landsheren en bankiers uit Liguria, Genua en de Savoye komen, evenals kardinalen en een afgezant van de keizer. Zo'n groot aantal belangrijke mannen zou garanderen dat er ook veel vrouwen aanwezig zouden zijn. We waren echter zo langzaam vooruitgekomen dat het feest al in volle gang was op de avond dat we aankwamen. Federico was in een slecht humeur. In de buurt van Parma was de koets onverwacht gaan slingeren terwijl een van zijn hoeren boven op hem zat. Ze had haar hoofd gestoten tegen een houten balk en toen waren haar ogen glazig geworden en had ze vreemde dingen gemompeld. Bang dat haar waanzin op hem zou overslaan, liet Federico haar aan de kant van de weg achter. Zijn jicht had hem ook flink parten gespeeld. De poortwachters lieten hem en een paar bedienden, onder wie ik, in het *castello* toe. De anderen zouden zich pas de volgende morgen bij ons mogen voegen.

Ik moet iets ter meerdere glorie van Milaan zeggen. Als er al een mooiere stad bestaat, dan zullen ze nieuwe woorden moeten uitvinden om die te beschrijven. Om te beginnen zijn de straten in het centrum van de stad niet alleen zo recht als de loop van een vuurwapen, maar ook geplaveid en daardoor konden paard-en-wagens, waarvan er vele zijn, als een speer rijden! Is dat niet een mirakel? En het kasteel! Ik heb nog nooit een prachtiger paleis gezien, als zoiets al bestaat. Het is bijna zo groot als heel Corsoli en heeft een enorme slotgracht. Ze vertelden me dat die zuiplappen van een Fransen een heleboel schatten hadden gestolen, maar *potta*, overal waar ik keek zag ik de mooiste schilderijen en de prachtigste beelden! Ik herinner me een schilderij van Maria Magdalena, van de schilder Il Giampietrino, waarop ze zo mooi en teder stond afgebeeld, dat het geen wonder was dat Onze-Lieve-Heer zijn hand naar haar had uitgestoken. Tegen die tijd kon ik goed genoeg schrijven om aantekeningen van zulke dingen te maken.

Er was een trap, ontworpen door Leonardo da Vinci, die zo schitterend was dat ik hem een paar keer op en af liep omdat me dat het gevoel gaf of ik een prins was. Opvallende, kleurige tapijten met oriëntaalse motieven hingen aan de muren in de gangen. Honderden taferelen waren op de plafonds geschilderd en in het midden van elke ruimte hing een kroonluchter met ontelbaar veel kaarsen. Bedienden snelden heen en weer, mooie vrouwen vermaakten zichzelf, en in elk vertrek klonk gelach en muziek. Als je dan toch in dienst van een landsheer moet sterven, zei ik tegen mezelf, laat het dan maar in dienst van hertog Sforza zijn.

Toen ontdekte ik de keuken! O, er is toch geen beter toevluchtsoord voor een vermoeide reiziger dan het gesis van kokende ketels, de aanblik van stoom die uit een oven omhoogkringelt, en de warme geur van pasteien die worden gebakken? En wat voor een keuken! Vergeleken met deze was de keuken in Corsoli een muizenholletje. Er waren drie keer zoveel ovens, vijf keer zoveel kookpotten en meer messen dan in het Turkse leger. Ik at snel omdat ik een bezoek aan de verblijven van de bedienden wilde brengen, want ik wist zeker dat zo'n verheven landsheer degenen die voor hem werkten, liet delen in zijn overvloed. Ik had beter moeten weten.

Precies zoals in Corsoli waren de kamers van de bedienden klein en verwaarloosd. Aangezien daar tot voor kort Franse en Zwitserse soldaten gehuisvest waren geweest, was de stank bijna niet te harden. Terwijl ik door de gangen dwaalde, werd mijn teleurstelling met elke stap groter. Maar op een gegeven moment werd ik door het geluid van stemmen naar een openstaande deur getrokken. Ik gluurde naar binnen.

Een stuk of zes, zeven mannen zaten te drinken en te kaarten. Een van hen, een fatterige vent met een onverschillige houding, die ik dus voor mezelf maar 'de Fat' noemde, droeg een grote veer op zijn hoed en zat met één been over de leuning van een stoel. Een andere man had een bolvormig, uiachtig gezicht en zijn rechter ooglid zat half dicht vanwege een steekwond, Uienkop dus. Hij maakte ruzie met een dikke kerel, Dikzak, die eruitzag alsof hij ooit monnik was geweest. 'Maar als hij aan de kant van Venetië gaat staan, wat dan?' zei Uienkop vinnig.

Dikzak haalde zijn schouders op. 'Dat hangt van de paus af.'

Uienkop spuugde. 'De paus is wat dat betreft nog veranderlijker dan het weer.'

'Wie niet?' zei Dikzak. 'Bovendien heb ik gehoord...' Hij zag mij ineens in de deuropening staan. 'Wat mot je?' zei hij bars.

'Ik ben hier net met hertog Federico Basillione DiVincelli aangekomen,' zei ik. 'Ik ben zijn voorproever.'

De anderen hielden op met praten om naar mij te kijken. 'Welkom,' zei de Fat met een zachte, hoge stem. 'Wij zijn allemaal voorproevers hier.'

'Ja, kom binnen,' riepen ze.

Eindelijk was ik thuisgekomen.

Hoofdstuk 21

Ik mocht bij hen aan de tafel komen zitten en een kleine, dronken man, Zatlap, met slechte tanden en afhangende mondhoeken als bij een kikker, schonk een beker wijn voor me in. Ik dronk zelden wijn, maar omdat ik onder vrienden was, zag ik geen reden om mezelf niet te vermaken. Hij gaf me de beker en zei: 'Let maar niet op het arsenicum.'

We lachten hard. '*Salute!*' zei ik.

'*Salute!*' proostten ze en toen namen we een slok.

De wijn kolkte rond in mijn mond als een lenterivier die de onaangename smaak van de afmattende reis wegspoelde. '*Benissimo!*' zei ik. '*Benissimo!*'

'Krijgen jullie zoiets nooit in Corsoli?'

'We krijgen in Corsoli nooit wat.'

'Wij krijgen hier ook nooit wat,' zei de kleine Zatlap lachend, waaruit ik opmaakte dat de mandfles gestolen was. Ze sloegen me op mijn rug en vertelden iets over zichzelf. Uienkop was in dienst van hertog Sforza, Zatlap van een kardinaal uit Ferrara en Dikzak van een rijke koopman uit Genua. Ik geloof dat de anderen uit Duitsland en Frankrijk kwamen.

'Wat is Federico voor een man?' vroeg Zatlap.

'Een dikke.'

Hij lachte. 'Nee, om voor te werken.'

'Ik heb nooit voor iemand anders gewerkt, dus ik zou het niet weten.'

Uienkop gaf me een por in mijn ribbenkast. 'Heb je de voorproever van de aartsbisschop van Nîmes gezien?'

'Nee,' zei ik. 'Is hij hier?'

'Hij!' riepen ze lachend. 'Het is een zij!'

'Een vrouw?'

'Ik zweer bij God dat ik de waarheid spreek,' zei Dikzak.

'Ik zou mijn hoorntje weleens in haar pruimensap willen dopen om te zien of dat vergiftigd is,' zei een Duitser, en we bulderden van het lachen en dronken weer.

Mijn hart sprong op van vreugde. Hier waren eindelijk mannen die net zoals ik hun leven riskeerden. Mannen die niet de gevaren van de oorlog kenden maar wel het kwaad dat verborgen zit in een blad sla. Hier waren de mannen die begrip voor mijn gilde zouden hebben! We spraken over de schotels die we lekker vonden en die we haatten, welke koks we vertrouwden en voor welke je op je hoede moest zijn. O, ik had wel een eeuwigheid zo door kunnen praten en ik zou het ook hebben gedaan als de Fat niet ineens op zijn dij had geslagen en gezegd: 'O, jij bent dé Ugo DiFonte.'

'Ja, dat ben ik. Ugo DiFonte. Ugo de geweldige!' Ik was tegen die tijd al enigszins aangeschoten.

'Ugo de geweldige?' zei Dikzak.

De Fat leunde over de tafel en zei tegen me: 'Vertel eens wat er echt is gebeurd.'

'Wat is er wanneer gebeurd?' vroeg Dikzak.

'Ja, wanneer?' zei ik.

'Toen Federico zijn vrouw en zijn schoonmoeder vermoordde omdat hij dacht dat het eten was vergiftigd...'

'Was jij dat?' zei Zatlap. De anderen smiespelden opgewonden en schoven hun stoelen dichterbij. Ze waren jonger dan ze eerst hadden geleken, sommigen nog maar jonge jongens. Zatlap klom op een kruk en terwijl hij zijn handen als een toeter voor zijn mond hield, tetterde hij drie keer hard en schreeuwde: 'Ik groet u!'

Uienkop sloeg hem tegen de grond.

'Waarom deed je dat nou?' jammerde Zatlap. 'Het werd toch weleens tijd dat een van ons niet voortijdig de pijp uit ging.' Ik wilde hem overeind helpen, maar Uienkop hield me tegen.

'Let maar niet op hem,' zei hij. 'Vertel, alsjeblieft.'

'Ja, vertel, vertel,' zeiden de anderen met een uitdrukking op hun gezicht die verraadde dat ze dolgraag een verhaal over een groot succes wilden horen.

'Ach, er zal nog tijd genoeg zijn om het te vertellen. Laten we vanavond maar drinken en onze zorgen vergeten.'

Niemand reageerde in eerste instantie, maar toen zei een van die kerels dat ik misschien moest worden overgehaald, en hij riep om meer wijn. Ze schonken de bekers vol en schreeuwden: 'Op een lang leven!'

'Vertel het ons nou!' herhaalde Uienkop. 'Je bent hier onder vrienden.' Ondanks zijn bullebakkerige gedrag leek hij degene die mijn verhaal het liefst wilde horen.

'Rustig aan nou,' zei Zatlap. 'Die man is net binnen. We kunnen toch niet van hem verwachten dat hij zijn geheimen prijsgeeft als wij niet eerst wat over onze eigen kunstjes en knepen hebben verteld.' Hij stopte zijn hand in het zakje dat aan zijn riem hing. 'Ken je dit soort dingen?' Hij hield een geel steentje omhoog dat aan het einde van een kettinkje hing. 'Dat is een bezoarsteen. Uit de maag van een koe. Het heeft mijn leven gered.'

'Het enige dat jouw leven heeft gered,' zei Uienkop, 'was dat je zo dronken was dat je moest overgeven.'

Zatlap negeerde hem. 'Het wordt warm in je hand als er vergif in de buurt is.'

'We hebben er allemaal een,' zei een andere man en toen schoof hij de kaarten opzij en spreidde een handvol stenen op de tafel uit als een juwelier die met zijn koopwaar indruk probeert te maken. De anderen deden hetzelfde en binnen de kortste keren lag de tafel bezaaid met voorwerpen van alle mogelijke groottes en kleuren. Behalve bezoarstenen waren er amuletten van goud en zilver, een teennagel van de Heilige Petrus, een lok van Elia's haar, een smaragden oorbel die van keizer Nero was geweest, ringen van ivoor, zware kruisen die grijs van ouderdom waren, stenen uit Jeruzalem met vreemd gekleurde aders en stenen waarin geheime symbolen waren gegraveerd. Er waren ook oude planten, de hersenen van een pad (niet groter dan het topje van mijn duim), het zwart geworden uiteinde van de staart van een schorpioen, stukjes van een helderblauwe schelp, en amber, robijnen en topazen.

Een voor een pakten ze hun spulletjes op, vertelden daarbij hoe het in hun bezit was gekomen en schepten op over de kracht ervan, elk verhaal nog sterker dan het vorige. Elke keer zwoer de eigenaar bij de Maagd Maria dat het verhaal waar was – ze hadden het met eigen ogen gezien of kenden iemand die het had gezien – en iedereen die het verhaal betwistte, was een leugenaar wiens tong moest worden uitgerukt. En die kerels geloofden al die verhalen! Ik zag dat ze ondanks hun enthousiasme en trots, eigenlijk niet meer waren dan mieren, mieren die blindelings voortmarcheerden zonder te weten waarom.

'Ik wil wedden dat niemand dit heeft,' zei Uienkop terwijl hij een dolk met een bruin, benen heft omhooghield. 'Het is gemaakt van de giftanden van een Afrikaanse slang. Het is het enige ter wereld.'

'En wat is dit dan?' zei Dikzak, die een mes met hetzelfde heft te voorschijn haalde.

'Dit is het enige echte,' zei Uienkop dreigend. 'Ik heb er tweehonderd dukaten voor betaald.'

'Dan hebben ze je mooi een oor aangenaaid,' zei Dikzak grijnzend.

Uienkop haalde met zijn dolk uit naar Dikzak. De anderen gristen snel hun stenen weg en borgen ze op.

'Maar niets is zo goed als de hoorn van een eenhoorn, nietwaar, Ugo?' zei de Fat, die tussen Dikzak en Uienkop ging staan.

'Heb jij de hoorn van een eenhoorn?' vroeg Uienkop.

Ze draaiden zich naar mij om, de ruzie alweer vergeten.

'Ik heb een stukje gehad,' zei ik, 'maar nu heb ik het niet meer.'

'Wat gebruik je dan?'

'Ja, laat eens zien,' zei Zatlap.

'Als je iets voor ons verbergt...' zei Dikzak terwijl hij een stomp tegen mijn borst gaf.

'Ik verberg niets.'

'Doe dat zakje dan open,' zei Uienkop op dwingende toon.

Ik hoorde de deur achter me dichtgaan. Voordat ik mijn dolk kon trekken, werd ik van achteren beetgepakt en op de grond geworpen. Dikzak ging op mijn borst zitten. Uienkop rukte het zakje van mijn riem, maakte het touwtje los en keerde het zakje om zodat de inhoud eruit zou vallen, maar er viel niets uit. Het was leeg.

Hoofdstuk 22

Een week daarvoor, even buiten Cremona, had het drie dagen en nachten onafgebroken geregend. De wagens bleven in de modder steken en het dochtertje van een kamermeisje huilde zo hard dat de ridders haar wilden vermoorden. Ik gaf het kind mijn amuletten om mee te spelen en vertelde haar verhalen over vergiftigingen, ophangingen en andere drama's die luidruchtige kinderen konden overkomen. Ze luisterde stilletjes en verborg haar gezicht op zo'n manier achter haar haren dat ze op Miranda op die leeftijd leek, en ik stond op het punt om haar te vertellen dat het maar verzonnen verhalen waren, toen ze ineens al mijn amuletten pakte en ze de duisternis in gooide.

Hoewel ik al heel lang geleden mijn vertrouwen in die dingen was kwijtgeraakt, was het niet bij me opgekomen om ze weg te gooien, dus sprong ik van mijn paard om er in de stromende regen naar te gaan zoeken. Tegen die tijd waren er echter al minstens tien paarden over die plek gelopen en alleen als de amuletten zelf hadden kunnen spreken, had ik ze van de honderden steentjes onder mijn voeten kunnen onderscheiden. Aangezien ze geen betekenis meer voor me hadden, was ik niet boos en dacht er niet meer aan totdat de Fat mijn zakje ondersteboven keerde.

'Waar zijn ze?' vroeg Uienkop verbijsterd.

'Ik gebruik ze niet.' Ik duwde Dikzak van mijn borst.

'Gebruik je geen amuletten en zo?' vroeg Uienkop. 'Maar iedereen gebruikt ze.'

'O, ja?' Ik veegde het vuil van mijn nieuwe, roodfluwelen jasje.

Ze staarden me aan, wachtend tot ik een verklaring zou geven.

Ik wilde ze vertellen dat hun amuletten en botjes en steentjes waardeloos waren, maar ze waren te bijgelovig om hun snippertjes hoop op te geven. Om dezelfde reden zouden ze, als ik ze vertelde dat ik alleen op mijn vernuft vertrouwde, me niet geloven en me beschuldigen dat ik iets voor ze achterhield. Nee, ze wilden dat ik met een wonderbaarlijke oplossing voor de dag kwam die al hun angsten zou verjagen. Dus gaf ik ze die.

'Zwarte magie,' zei ik. 'Daar maak ik gebruik van.' Ik verwachtte eigenlijk niet dat ze me zouden geloven. Sterker nog, als ook maar een van hen had gelachen, zou ik ze hebben verteld dat het een grap was.

Maar Dikzak zei: 'Alleen heksen maken gebruik van zwarte magie.'

Als één man deden ze een stap achteruit, waarbij ze me aangaapten alsof ik de duivel zelve was. Christus! Wat een sukkels! Het beetje respect dat ik nog voor ze had, verdween op dat moment onmiddellijk. Uiteindelijk deed het er ook niet toe. Ik had die woorden gezegd en ik kon ze niet terugnemen.

'Dan moet hij een heks zijn,' zei Uienkop terwijl hij naar me wees. Ik ergerde me aan zijn stomme bullebakkengezicht en hapte daarom naar zijn vinger die ik met mijn mond te pakken kreeg voordat hij zijn hand terug kon trekken. Degenen die eerder niet hadden gedacht dat ik een heks was, dachten dat nu wel. Sommigen struikelden over hun eigen benen om bij me weg te komen, anderen trokken hun dolken. Ik wist dat ik geen enkele angst mocht tonen, dus boog ik mijn hoofd, wenste ze allemaal '*Buona notte*' en liep ijzig kalm de gang op.

Onderweg terug naar de kamers van Federico kon ik het niet laten om te lachen om de stommiteit van Uienkop. '*Ha il cervello di una gallina!*' zoals het gezegde luidt. Nee, een kip had nog meer hersens dan hij, maar toen ik op bed ging liggen, werd ik door teleurstelling overmand. Geen wonder dat er geen gilde van voorproevers was. En de kans dat er ooit een zou komen, besefte ik nu, was nul komma nul.

De volgende morgen vervloekte ik mijn mond dat hij zo was meegesleept met zichzelf. In één nacht was mijn overwinning van zijn luister beroofd. Ik had nog nooit één gedachte aan de inquisitie gewijd, maar nu was dat woord plotseling in me opgekomen en had zich in mijn hersens genesteld. Ik had niet alleen gezegd dat ik kennis van zwarte magie had, maar ook dat ik het in praktijk bracht. Als een van de voorproevers dat aan zijn meerdere zou vertellen of aan een priester, kon ik worden opgehangen. Ik hoopte vurig dat de voorproevers net zo stom waren als ze eruit hadden gezien en zouden geloven dat ik ze kwaad kon doen als ze het aan iemand zouden doorvertellen. Maar later smolten mijn angsten, net zo snel als ze waren opgekomen, als sneeuw voor de zon weg, want die avond zag ik de vrouw over wie de voorproevers het hadden gehad: Helene, de voorproefster van de aartsbisschop van Nîmes.

Agnese was al bijna drie jaar dood en al die tijd had mijn hart in winterslaap verkeerd, als een slapende eekhoorn. Nu ontwaakte het alsof het de eerste dag van de lente was. O, mijn ziel! O, gezegende heiligen! De voorproevers waren veel te bescheiden geweest in hun lofspraak. Helene was de perfectie zelve. Ze was alle zomerbloemen in één. Ze was tenger van postuur; toch straalde ze iets van zekerheid uit, als een jonge boom die wel doorbuigt in de wind maar niet zal knakken. De Franse zon had haar huid licht gebruind en haar blonde haren waren kort, in de Franse stijl geknipt. Alles aan haar – haar handen, haar voeten, haar borsten – was klein en perfect geproportioneerd, behalve haar neus en haar blauwe ogen, die groot waren en zo diep als een bronmeer. Ze was eenvoudig gekleed en niet opgemaakt, maar als ze glimlachte, leek haar gezicht van binnenuit op te lichten, en alle goud en juwelen ter wereld verbleekten naast haar. Ze deed niets om de aandacht te trekken. En juist om die reden kon ik mijn ogen niet van haar afhouden.

Haar bewegingen waren klein en doelbewust; ze bracht de lucht niet zozeer in beroering, maar zweefde er veeleer als een melodie doorheen. De hele nacht herhaalde ik haar naam, want het was de mooiste die ik ooit had gehoord. Ik leende papier, inkt en een ganzenveer en schreef hem telkens weer op. Ik maakte hem van steentjes, bloemen en bladeren.

Helene bleef dichter bij de aartsbisschop dan zijn schaduw, hielp hem bij alles wat hij deed, of het nu ging om de volgorde van de gerechten tijdens de maaltijd of met hem kaartspelen of hem voorlezen. Ik vervloekte hem omdat hij haar veroordeelde tot het gevaarlijke werk van voorproever, maar het was moeilijk om een hekel aan hem te hebben. Hij was een en al opgewektheid en op zijn grote, rode gezicht verschenen tientallen lachrimpels als hij verhalen vertelde over de paus of over andere kardinalen. Bij de serveertafel wilde ik tegen Helene zeggen dat ze mijn hart was binnengeglipt en dat ik haar daar niet meer weg kon krijgen. Maar ik bloosde toen ze naar me keek en kon geen woord meer uitbrengen. Ik had me voorgesteld dat haar stem even muzikaal was als die van een lijster, maar het geluid dat uit haar kleine, roze mond kwam, was zo laag als dat van een man en bezorgde me aangename rillingen over mijn rug. Ze behandelde elk woord dat ze sprak zo liefdevol, alsof het een dierbaar kind was dat ze met tegenzin losliet. En terwijl ik luisterde naar de eenvoudigste dingen die ze zei, wilde ik ineens niets liever dan horen dat ze mijn naam uitsprak. Ik deed van alles om haar een reden daartoe te geven, maar bijna alsof ze aanvoelde wat ik wilde, wist ze zo op mij te reageren – dat wil zeggen, als ze al op me reageerde – dat ze mijn naam niet hoefde te zeggen. Haar mijn naam te horen zeggen, werd mijn enige wens. Ik kon er niet meer van slapen.

Ik schreef een sonnet voor haar. Ik had er nog nooit een geschreven, maar als Miranda gedichten aan Tommaso kon schrijven, waarom zou ik dat dan ook niet kunnen? Ik stond vroeg op om me te laten inspireren door de schoonheid van de zonsopgang. 's Nachts bestudeerde ik de mysteries van de maan. Ik herinnerde me gedichten die Septivus aan Federico had voorgedragen. Ik zwoegde er elk moment op dat ik wakker was, schreef en herschreef het. Elk uur dat ik ermee doorbracht, versterkte mijn liefde voor haar. Dus toen het uiteindelijk af was, was ik zowel tevreden als droevig. Het gaat als volgt:

Toen ik jouw luister de eerste maal aanschouwde
Geen adem, geluid of beweging heb ik gemaakt
Lang had ik geslapen, maar terstond was ik ontwaakt
Staarde naar wonderen die geen droom me
ontvouwde.
Je haren, glanzend als zomertarwes goud
Je ogen, poelen van een blauw meer zo volmaakt
En o, je kersenmond, mijn hart werd diep geraakt...
Zo zacht was ze, zo lief, en toch zo boud.
En toen je sprak, klaterden zulke heerlijke klanken
Dat de engelen tot een uittocht werden verleid
Naar de aarde in hun gevleugelde hemelschip te saam.
Ik wil desnoods voor 't eeuwige leven bedanken
En voor al Edens liefkozen en gelukzaligheid
Als ik eenmaal op je zoete lippen mag horen mijn
naam.

Ik wilde het haar onmiddellijk geven, maar was bang dat ze het niet mooi zou vinden. Dan zouden we nooit meer met elkaar praten en dat zou me wanhopig maken. 'Houd moed,' zei ik tegen mezelf. 'Houd moed.'

Toen ik haar uiteindelijk sprak, had ik het gedicht niet bij me en dus barstten alle opgekropte vragen en verzoeken uit me los in mijn gretigheid om me uit te drukken. Ik rebbelde over het eten, de wijn, het plafond, en onderbrak mezelf toen om haar schoonheid te prijzen. Ik kletste over het op en neer lopen van de trap die Da Vinci had ontworpen en over de rechte straten in de stad. Ik kon niet ophouden met praten omdat ik bang was dat als ik dat deed, ik misschien nooit meer in staat was om opnieuw te beginnen. En toen ik niets meer kon bedenken om te zeggen, zei ik dat ook tegen haar. En toen was ik buiten adem en zei ze: 'Ik moet het eten van de aartsbisschop opdienen.' Het was niet tot me doorgedrongen dat ze de hele tijd met een bord eten voor me had gestaan.

In mijn droom die nacht liep Helene op blote voeten door een tuin met gele en blauwe bloemen. Haar japon was bloedrood en met gouddraad geborduurd. Hoe hard ik ook rende, ik kon haar niet inhalen. Ze keek niet over haar schouder en toch wist ik dat ze wilde dat ik haar volgde. Nadat ze langs een beschaduwde plek vol struiken was gerend, liep ze een trap af die naar een pleintje leidde. Bang dat ze me zou ontsnappen, riep ik haar naam. Ze bleef op de onderste trede staan, draaide zich om en zag eruit alsof ze iets wilde zeggen. Maar in plaats van woorden vlogen er nachtegalen uit haar mond die allemaal zo mooi zongen dat ik geheel gebiologeerd werd door de schoonheid van hun lied. Toen ik weer goed keek, was Helene verdwenen.

Ik werd met zo'n heftig verlangen wakker dat ik me niet kon bewegen. Ik bad tot God dat Federico een vrouw zou vinden zodat ik langer in Milaan kon blijven. Ik was dronken van verliefdheid. Zo dronken dat toen Dikzak met opzet een duw tegen mijn arm gaf, ik bijna het bord met fruit liet vallen dat ik in mijn handen had.

Dat was al de tweede keer dat de voorproevers hadden geprobeerd me kwaad te doen. Na onze eerste ontmoeting hadden ze me genegeerd. En als ik die hufter van een Uienkop in de gangen tegenkwam, sloeg ik mijn blik neer en mompelde iets, alsof ik een toverformule uitsprak. Dan begon hij wel te schreeuwen en trok zijn mes, maar hij was te laf om me echt iets aan te doen. Maar voor Dikzak en de Fat moest ik uitkijken. Eerder had Dikzak me een duw gegeven en de Fat had me laten struikelen, waardoor ik tegen een Duitse ridder aan was gevallen die me een paar fikse klappen had verkocht. Ik wilde ze hun stomme streken nu weleens betaald zetten.

Toen de Fat de volgende dag zijn hand uitstak om een schaal met vlees te pakken, schonk ik een kom vol stomend hete saus over zijn hand uit. Hij schreeuwde – niet te hard, want het banket was net begonnen – en beschuldigde mij ervan dat ik het met opzet had gedaan. Ik zei dat hij van geluk mocht spreken dat ik geen mes in mijn klauwen had gehad, omdat ik anders zijn hand had afgehakt. Daarna sloop ik tot vlak achter Dikzak en fluisterde: 'Als je me nog één keer iets flikt, zal ik die dikke *culo* van je in meer plakken spek snijden dan je kunt tellen.'

Hij gaf een gil en waggelde zo snel mogelijk weg.

Ik kwam erachter dat Helene en de aartsbisschop elke dag om twaalf uur over hetzelfde pad door de tuinen liepen. Ik maakte er een gewoonte van om daar op hetzelfde tijdstip te zijn, met mijn ogen halfgesloten, alsof ik een gedicht aan het bedenken was of de bloemen bestudeerde, zodat het erop leek alsof ik ze bij toeval tegen het lijf liep. Enige dagen later gebeurde dat ook, maar omdat mijn ogen halfgesloten waren, trapte ik per ongeluk op de tenen van de aartsbisschop.

'Duizendmaal pardon,' zei ik. 'Ik werd helemaal door mijn eigen gedachten meegesleept.'

'Mag ik u vragen,' zei de aartsbisschop terwijl hij over zijn pijnlijke voet wreef, 'wat voor gedachten u op zo'n mooie dag als vandaag met zorg vervullen?'

'Ik bedacht dat de mens, om van Gods goedertierenheid doordrongen te raken, alleen maar naar de schoonheid om zich heen hoeft te kijken.' Ik zei dit tegen de aartsbisschop hoewel ik naar Helene keek.

'Hou dan je eigen ogen open,' snauwde de aartsbisschop, 'dan kun je het zelf ook zien!'

Het kon me niet schelen dat hij boos was, omdat me dat een reden zou geven om hem later weer aan te kunnen spreken. En toen die dag kwam, deed ik weer alsof ik diep in gedachten verzonken was, maar daardoor stapte ik naast het pad en struikelde over die sukkel van een Uienkop en twee andere voorproevers die zich achter een struik hadden verscholen. Ze waren bewapend met knuppels en hadden kennelijk op me zitten wachten. En alleen omdat ze net zo verrast waren als ik, wist ik de meeste van hun klappen te ontwijken. Vanaf dat moment ging ik niet meer in de tuin lopen en besloot Helene op een andere manier te ontmoeten.

Terwijl dit zich allemaal afspeelde, had Federico net zomin geluk als ik bij zijn jacht op een vrouw. Alle vrouwen in Milaan die jong of mooi of rijk waren, zeiden dat ze verloofd waren. Een paar dikke vrouwen met snorren als haarborstels waagden zich heupwiegend bij hem in de buurt, maar één blik van Federico of óp Federico en ze verdwenen net zo snel als ze gekomen waren. Hij was ervan overtuigd dat de andere hertogen en landsheren, vooral hertog Sforza, hem achter zijn rug uitlachten, en daarom nam hij wraak door hen met kaartspelen te verslaan. Hij had al snel een klein fortuin vergaard en vond het heerlijk om Sforza voor schut te zetten door luidkeels te verkondigen dat de hertog hem zoveel schuldig was dat hij met nog geen derde deel daarvan zijn hele reis kon bekostigen. Cecchi trok aan zijn baard en drong er bij Federico op aan om te vertrekken voordat hertog Sforza zijn verliezen met geweld zou willen terugverdienen. Federico antwoordde: 'Sloeg Caesar op de vlucht? Sloeg Marcus Antonius op de vlucht? Sloeg Caligula op de vlucht?'

Ik wist niet dat Caligula kaartspeelde. *Potta!* Ik wist niet eens wie Caligula was. Het kon me niet schelen of Federico won of verloor, zolang hij maar in Milaan bleef.

We waren bijna een maand in Milaan toen het *castello* vanwege de viering van Sforza's verjaardag weer vol hertogen, landsheren en rijke koopmannen uit de Savoye, Piemonte, Genua en Bergamo was.

'Nieuw bloed,' mompelde Federico. Zijn jicht veroorzaakte nogal wat pijn en hij was op zoek naar iets wat hem afleiding kon bezorgen.

Ik was ook op zoek, niet alleen naar manieren om met Helene te kunnen praten, maar ook naar manieren om me te wapenen tegen die andere voorproevers.

Wat een feestmaaltijd werd er aangericht op de verjaardag van hertog Sforza! Paling, lamprei, tong, zalm, kapoen, kwartel, fazant, gekookt en geroosterd varkens- en kalfsvlees, lam, konijn, hert en vleespastei met gekookte peren! Kaviaar en sinaasappels, gebakken met suiker en kaneel, oesters met peper en sinaasappels, gebakken mussen met sinaasappels, rijst met plakjes worst, gekookte rijst met kalfslong, spek, uien en salie, een verrukkelijke worst, genaamd *cervellada*, die gemaakt was van varkensvet, kaas en specerijen, en varkenshersenen. En dat is alleen nog maar het eten dat ik me nu kan herinneren!

Bij elk banket werd er van tevoren beslist wat het onderwerp van gesprek zou zijn. Ik luisterde hier met even weinig aandacht naar als naar de tafelredes. Iedere spreker vond dat hij de beste van Italië was, zo niet in wat hij zei dan wel in hoeveel tijd hij nam om het te zeggen, dus na een paar woorden werden mijn oren meestal doof. Ik herinner me wel dat zowel 'eer' als 'liefde', 'schoonheid' en 'lachen en gevatheid' werden besproken. Voor dit banket was besloten tot het onderwerp 'vertrouwen'.

Er werd gesproken over het verdrag dat Venetië met de keizer had gesloten en welke gevolgen dat voor Milaan zou hebben. Dat Venetië nu net zomin kon worden vertrouwd als Florence en Rome, en dat elke stadstaat slechts zijn eigen belangen kon behartigen en die waren altijd aan veranderingen onderhevig. Iemand zei dat het enige oprechte vertrouwen dat tussen een man en zijn vrouw was. Dit bracht veel gelach teweeg en iedereen vertelde over vrouwen die hun echtgenoten hadden bedrogen en andersom. Dit gesprek ging nog een hele tijd door en toen zei de aartsbisschop dat het enige oprechte vertrouwen het vertrouwen was dat tussen God en de mens bestond. Een Duitse soldaat betoogde dat God niet vertrouwd kon worden aangezien niemand wist wat God dacht. Iemand anders zei dat een landsheer, behalve in een hond, zijn vertrouwen alleen kon stellen in een getrouwe dienaar.

Ik stond net de gorgonzola, kaas gemaakt van koeienmelk, waar Federico dol op was, te proeven toen daardoor een koude rilling over mijn rug liep. Ik bedoel niet door de kaas, maar door het gesprek.

Hertog Sforza zei: 'Federico heeft alleen een onbeperkt vertrouwen in zijn voorproever, is dat niet zo?'

Federico verplaatste voorzichtig zijn pijnlijke voet en antwoordde dat hij inderdaad heel veel vertrouwen in mij stelde.

'Zou je hem verkopen?' vroeg de hertog van Savoye.

'Hem verkopen? Nee. Ik heb hem nodig. Hij adviseert me op het gebied van de balans der levenssappen en hij heeft vaak al van tevoren in de gaten dat ergens vergif in zit.'

'Hij heeft vaak al van tevoren in de gaten dat ergens vergif in zit?' zei een koopman uit Genua. 'Je overdrijft.'

'Nee, hoor,' zei Federico.

'Hij is toch degene die het vergif heeft overleefd dat voor jou was bestemd, Federico?' vroeg hertog Sforza.

Iedereen strekte zijn nek om mij te kunnen zien. En dat was het moment waarop ik die verraderlijke, onbetrouwbare kloothommels, Uienkop, de Fat en Dikzak opmerkte, zelfgenoegzaam lachend en zich in de vette handen wrijvend van genoegen.

'Ja,' zei Federico, 'ik kan een willekeurige schaal aanwijzen en hij kan al na één klein hapje alle ingrediënten opnoemen.'

'Dan moet hij dus in staat zijn om alle smaken die er op de wereld bestaan thuis te brengen,' zei iemand.

'Elke smaak die ik ooit ben tegengekomen,' antwoordde Federico.

'Dat is onmogelijk,' antwoordde Sforza terwijl hij een stuk kalfsschenkel in gremaladasaus naar binnen schrokte.

Federico's gezicht werd rood. 'Nee, het is echt waar,' zei hij langzaam.

'Nou, goed dan,' zei Sforza met een glimlach, en toen wees hij naar een nog onaangeroerde schaal in het midden van de tafel en zei: 'Zullen we erom wedden of hij ons kan vertellen welke ingrediënten er in die schotel zitten?'

Ik probeerde me te herinneren wie die schotel op tafel had gezet.

'Wat is het? Polpetta?'

'Ja. Als hij alle ingrediënten kan thuisbrengen, zal ik je speelwinsten verdubbelen,' zei hertog Sforza. 'Maar als hij het niet kan, verlies je alles wat je hebt gewonnen.'

Mijn keel werd dichtgeknepen.

'Hoe moet dan bewezen worden of het klopt?' vroeg Federico.

'Mijn kok zal precies opschrijven wat hij heeft gebruikt.'

De kok moest buiten voor de deur hebben staan wachten want hij stoof als een kakkerlak binnen. Iemand toverde uit het niets papier en een ganzenveer te voorschijn. De kok schreef de lijst met ingrediënten op, vouwde het papier dubbel en legde dat naast de polpetta op tafel. Ik zocht met mijn blik steun bij Cecchi, maar hij zat in gedachten verzonken aan zijn baard te trekken. Alles was zo snel in zijn werk gegaan dat we ons volkomen hadden laten overrompelen.

'Ik doe mee met de weddenschap,' zei de hertog van Savoye, terwijl hij een paar ringen en penningen op de tafel gooide. Al snel kwamen daar gouden oorringen, bekers, zilveren halskettingen, hoofdbanden en broches bij.

Dikzak schonk nog meer wijn in voor de hertog van Savoye. Uienkop likte zijn lippen en ik zweer je dat hij naar me knipoogde. De Fat glimlachte quasi verlegen vanachter de stoel van hertog Sforza. Plotseling, daar temidden van al die prachtige schilderijen, de kroonluchters met hun honderden kaarsen, de gouden borden vol verrukkelijk voedsel, zag ik mezelf al over de grond kronkelen van de pijn met hertog Sforza naast me die zegt: 'Je hebt verloren, Federico. Hij heeft alles geraden behalve het vergif.'

De polpetta was vergiftigd! Ik wist het zeker! Ik wilde het tegen Federico zeggen, maar dat kon ik toch niet maken? Ik zag de berg juwelen al in zijn ogen schitteren; hij bezat ze al! Zijn vastberadenheid spoorde me aan. Als híj wilde winnen, dan ik ook! Het was op dat moment alsof de moed van God via mij sprak, zoals was gebeurd toen ik van mijn stoffige bonenveldje was opgestaan en had gezegd: 'Ik zal Lucca's plaats innemen.' Ik richtte me nu tot hertog Sforza, die tegenover Federico aan tafel zat, en zei: 'Ik ben bereid het te doen, mits uw voorproever het ook doet.'

'Míjn voorproever?' zei de hertog.

'Het zou de weddenschap spannender maken als uw voorproever, terwijl ik de polpetta proef, ons zou kunnen vertellen,' en daarbij wees ik naar een kom rijpe bosbessen, 'wat er in die kom zit.'

De mond van Uienkop viel open.

'In die kom bosbessen?' zei hertog Sforza met gefronst voorhoofd.

Ik knikte. De hertogen, koopmannen, ridders en landsheren keken elkaar aan. Uienkop keek naar de Fat en Dikzak, maar ze waren net zo verbaasd als hij.

Hertog Sforza lachte. 'Ja, waarom niet?'

Ik pakte de kom en liep langzaam naar Uienkop. Halverwege de twee tafels, stopte ik. Ik sloot mijn ogen en mompelde iets – net hard genoeg voor Uienkop – wat klonk als een vloek in het Arabisch. In werkelijkheid bad ik stilletjes tot God en smeekte Hem – als Hij inderdaad degenen beloonde die rechtschapen, moedig en eerzaam waren – mij snel te hulp te komen.

Toen hief ik de kom naar mijn gezicht op en draaide hem langzaam in het rond. Ik deed alsof ik niet de gezichten zag die me aanstaarden, sommige in de war, andere verbaasd. De aartsbisschop had zijn wenkbrauwen gefronst en Helene keek me met grote ogen aan. Ik herinner me dat ik dacht: nu zal ze weten dat ik besta.

Toen ik de kom helemaal rond had gedraaid, blies ik langzaam over de bosbessen en plaatste de kom daarna in de handen van Uienkop. Druppels zweet verschenen op zijn voorhoofd. Ik rook zijn angst. Ik keerde mijn rug naar hem toe en liep terug naar mijn plaats. 'Laten we tegelijkertijd eten,' zei ik en ik nam een stuk kalfsvlees van de schaal.

Uienkop keek naar de bosbessen en toen naar mij. 'Hij is een heks,' jammerde hij terwijl hij naar mij wees. Cecchi en Bernardo barstten in lachen uit.

'Hij is bang,' zei Septivus. De anderen herhaalden: 'Hij is bang!' Heel Corsoli stond achter me!

'Schiet op!' bulderde Federico ineens. 'Neem een hap!' Anderen vielen hem bij en schreeuwden: 'Ja, neem een hap!'

Het was alsof Uienkop was uitgedaagd, en niet ik. Ik hield het stuk kalfsvlees voor iedereen zichtbaar omhoog. Sforza zei iets tegen Uienkop. Uienkop stak zijn hand uit naar een van de bessen, maar trok die toen weer terug. Het zweet droop over zijn wangen.

'Neem er een!' schreeuwde de koopman uit Genua.

'Nee, niet aanraken,' zei iemand. 'Hij heeft ze behekst.'

'Mijn god! Dan eet ik er wel een,' zei een Duitse ridder.

'Nee!' schreeuwde Cecchi.

Federico stond op, zijn gezicht verwrongen van de pijn vanwege de druk op zijn jichtige voet, en boog zijn enorme, massieve lijf naar Uienkop toe. Dit maakte dat iedereen ging staan, zelfs de aartsbisschop. De honden blaften en er viel een kaars uit de kroonluchter op de berg juwelen. Niemand keek naar mij. Uienkop bracht de kom omhoog en nam er een bosbes uit.

'Proeven!' schreeuwde Federico.

'Nu!' riep ik en toen hief ik het stuk kalfsvlees naar mijn mond. Uienkop bracht de bosbes naar zijn mond. Zijn hand leek in oorlog met zichzelf, de ene kracht duwde de bes naar zijn lippen, de andere trok hem weg. De bes raakte zijn mond en bijna tegelijkertijd liet hij de kom vallen. Zijn ogen puilden uit en wankelend werd hij met een ruk naar achter geslingerd als een schip in een storm terwijl hij naar zijn hart greep. Hij sloeg tegen de grond en het kwijl liep uit zijn mond. Heel even verroerde niemand een vin. Toen baande de aartsbisschop zich een weg naar voren tot hij bij Uienkop stond en, in de tijd dat het een vlieg kost om zijn vleugels uit te slaan, trok iemand achter me mijn arm naar beneden en verving het stuk kalfsvlees door een ander stuk.

'Ik ben klaar om te proeven,' zei ik luid, en ik beet in het vlees. Iedereen draaide zich om.

Federico griste het papier dat midden op tafel lag naar zich toe.

'Ik proef mozzarella... rozijnen... peterselie,' zei ik luid, 'knoflook, zout, venkelblad, peper en uiteraard, kalfsvlees.'

'Het klopt helemaal,' zei Federico terwijl hij het papier las, 'hoewel niet in die volgorde. Maar dat doet er toch zeker niet toe?'

Geen mens bekommerde zich meer om Uienkop toen hertog Sforza het papier uit Federico's handen griste. De Fat en Dikzak keken naar mij; ze stonden echt te wachten tot ik zou gaan schreeuwen en gillen, en neervallen. Ik wist dat dat niet zou gebeuren, maar ik deed alsof ik niet wist dat ze erop stonden te wachten, nam nog een hap, kauwde er even op, fronste mijn voorhoofd alsof er iets mis mee was, kuchte zwakjes, kauwde verder, slikte het door en boerde hard. 'Het is verrukkelijk!' zei ik. 'Mijn complimenten voor de kok.'

'Ik heb gewonnen!' riep Federico en toen pakte hij zoveel juwelen als hij kon in zijn korte, mollige handen. Cecchi pakte de rest. Leunend op mijn arm liep Federico de banketzaal uit, met opeengeklemde kaken, omdat hij niet wilde toegeven aan de pijn die zijn jicht hem bezorgde.

'Zeg,' zei Federico tegen mij zodra we zijn kamers hadden bereikt, 'wat was dat allemaal met die bessen?'

'Uwe Hoogheid, de polpetta was vergiftigd. Ik weet het zeker.'

'Vergiftigd?' Zijn kleine oogjes werden als pijlpunten. 'Hoe weet je dat?'

'De andere voorproevers hebben me vanaf het moment dat we hier aankwamen belaagd. Twee weken geleden lagen ze me in de tuin op te wachten om me in elkaar te slaan. Ze moeten er met hertog Sforza over hebben gesproken, omdat, zoals u zich wellicht zult herinneren, hij de weddenschap voorstelde. Ze wilden mij vermoorden en tegelijkertijd uw winsten terugwinnen.'

'Waarom at je er dan toch van, als je wist dat het vergiftigd was?'

'Omdat u het hebt omgewisseld, Hoogheid.'

'Ik heb niets omgewisseld.'

Ik keek naar Cecchi. Hij schudde zijn hoofd, evenals Piero, Bernardo en Septivus.

Zou ik het me dan hebben ingebeeld?

'Zet drie keer zoveel schildwachten voor mijn deur,' blafte Federico. 'Cecchi, we vertrekken morgenochtend.'

De hovelingen haastten zich weg om zijn bevelen uit te voeren. Ik vroeg me af of ik mijn verstand had verloren en ik probeerde me te herinneren of ik de hand had aangeraakt die het andere stuk kalfsvlees had vastgehouden, maar ik wist het niet meer.

'Ugo,' zei Federico.

'Ja, Hoogheid.'

Hij liet zijn hand door de berg juwelen glijden. 'Ik weet niet wat er is gebeurd. Het kan me ook niet schelen. Vangen!' Hij gooide me een schitterende zilveren ring toe die fonkelde van de edelstenen.

'*Mille grazie*, Uwe Doorluchtigheid,' zei ik en toen kuste ik zijn hand.

'Wees voorzichtig,' zei hij bruut. 'De Sforza's kunnen niet tegen hun verlies.'

'*Mille grazie*, hertog Federico, *mille grazie*.'

Septivus en Piero feliciteerden me toen ik de gang op liep, maar Bernardo spuugde wat zaadjes uit en zei: 'Je moet onder het sterrenbeeld Leeuw zijn geboren.'

'Vanwege mijn moed?'

'Omdat je net zoveel levens hebt als een kat.'

'De winnaar gaat er met de buit vandoor,' mompelde Cecchi en toen zei hij tegen me dat ik maar snel de grote trap af moest lopen.

Denkend aan wat Federico had gezegd, pakte ik mijn dolk en daalde tree voor tree de trap af, zowel voor me als achter me kijkend. Het geluid van andere gasten klonk in de verte toen ik beneden was aangekomen. Er was niemand behalve de portretten die me vanaf de muren aanstaarden. Maar toen fluisterde een stem: 'Ugo!'

Ik draaide me om en daar stond ze, naast een pilaar, haar blauwe ogen glanzend in het licht van de blakers. Helene. Mijn Helene die mijn naam uitsprak.

'Alles goed met je?' vroeg ze terwijl ze haar hand naar mijn nek bracht.

'Jij was het! Jij verwisselde...'

Voetstappen kwamen naderbij. Helene trok me achter de pilaar en we wachtten tot ze voorbij waren. Ik was daar graag blijven staan om haar warmte te voelen, haar zoetgeurende haren te ruiken. Ze gebaarde dat ik haar moest volgen. Ze leidde me trappen af en door donkere gangen naar de paleistuinen. De sterren stonden helder aan de hemel, de maan hing laag boven ons.

'Je hebt mijn leven gered, Helene.' Ik moest haar naam hardop zeggen.

Ze schudde haar hoofd zodat haar haren heen en weer zwaaiden. 'Pfff! Die idioten. Wat deed je nou met die bosbessen?'

'*Niente.*'

Ze glimlachte. 'Dat dacht ik al. Maar hij is dood.'

'Uienkop?' zei ik.

'Uienkop?'

'Zo noem ik hem.'

'Ja, Uienkop.' Ze glimlachte. 'Wat een goeie naam voor die kerel. Zijn hart heeft het begeven. Ik heb dat tegen de aartsbisschop gezegd, maar dat maakte voor hem niets uit.'

'Wat heb ik daarmee te maken?'

'Voor de inquisitie onderzoekt de aartsbisschop alle verdachte handelingen. Vanavond zal hij nog niets doen, maar morgen...?'

'Maar waarom ik dan?'

'Jij blies op de bosbessen en Uienkop is doodgegaan!' Ze haalde haar schouders op alsof er geen verdere verklaring nodig was.

Ohi me! Hoe kon ik zo snel van de hemel in de hel worden geduwd? Helene liep voor me op en neer als een bezig bijtje, terwijl ze met haar vinger tegen haar wang tikte. 'Hoelang blijven jullie nog in Milaan?'

'We vertrekken morgen.'

'Via welke weg?'

'Ik zou het niet weten...'

'Blijf uit de buurt van Ferrara,' zei ze met een dreigende blik. 'De bisschop heeft daar vriendjes zitten.'

'Ze vragen niet aan mij welke route we moeten nemen.' Ik greep haar armen beet. 'Waarom vertel je me dit?'

Ze hield haar hoofd schuin en keek me aan. 'Ik heb nooit die verhalen geloofd die de andere voorproevers over je vertelden, net zomin als ik geloofde dat je de bessen had vergiftigd.'

'Hoe wist je dat zo zeker?'

Ze lachte. 'Als je kon toveren, zou je niet zulke domme dingen in de tuin of aan de serveertafel hebben gezegd.'

Ik kon niet ophouden met glimlachen, ook al zou iemand mijn lippen aan elkaar hebben genaaid. Elk woord uit haar mond maakte me blij. Ik liet mijn handen langs haar armen naar beneden glijden totdat ik haar handen voelde. Ze waren zacht en warm zoals ik al verwachtte. 'Maar als de aartsbisschop me vannacht komt halen...'

'Hij zal tot de ochtend slapen. Hij heeft een heleboel wijn gedronken.'

Starend in haar ogen kon ik recht in haar hart kijken. Ik zag mezelf naast haar lopen. Ik zag haar mijn kinderen baren. Ik zag ons oud zijn, niet in staat om van elkaars zijde te wijken. Ik zag ons dood, verstrengeld als de takken van een boom zoals Baucis en Philemon.

'Zie je onze toekomst?' vroeg ze.

'Lees je ook al gedachten?'

'Alleen de jouwe, Ugo.' Ze boog zich naar voren en drukte haar lippen op de mijne.

O, Helene. O, mijn heerlijke Helene. Mijn vreugde, mijn geluk, mijn Helene. Om haar mijn naam te horen noemen. Had er ooit een woord zo zoet geklonken? Ik vroeg haar om het nog een keer te zeggen, en nog een keer. Ik wilde het geluid van haar stem in mijn hart griffen. Blijdschap stroomde door ons heen, we lachten, louter omdat we leefden. Ik moest haar aanraken, haar lippen kussen. Ik dacht dat eten datgene was wat me in leven hield en waar ik naar hunkerde, maar ik had het weer eens mis. Terwijl ik haar in mijn armen hield, huilde ik omdat ik mijn krachtbron had gevonden, mijn rib, dat deel van mij waarvan ik niet wist dat het aan me ontbrak. Zelfs nu voel ik nog haar huid tegen de mijne. Ruik ik haar. Proef ik haar zweet. Ik zie haar ogen, rond en helder, ik voel haar borsten, haar dijen, haar kleine, sterke voeten. Ik hoor haar stem in mijn oren en in mijn hart. O, konden mijn vingers haar zachtheid maar overbrengen op dit papier en kon mijn ganzenveer haar hartstocht maar vastleggen! Zoals de maan licht in de duisternis van deze kamer brengt, zo brengt alleen al de gedachte aan haar licht in de duisternis van mijn hart. Alles wat ik ben

schreeuwt om haar. O, heiligen, bewaar me! Dat ik door zo'n verlangen word overmand op de vooravond van de bruiloft. Het verleden is tot in mijn heden doorgedrongen en heeft zich meester
gemaakt van mijn ziel, en ik kan niet meer schrijven.

Hoofdstuk 23

Toen Helene haar lippen tegen de mijne drukte, werd ik opgetild tot boven de hemelen naar een plek waar alle dromen mogelijk zijn. Ik wilde met haar naar bed, maar het werd al lichter en de bedienden zouden weldra opstaan om ons vertrek voor te bereiden. Ik pakte Helenes hand en haastte me naar de stallen. We klommen op een hengst die zo ongeduldig snoof dat een van de staljongens er wakker van werd. Hij deed zijn mond open alsof hij wilde schreeuwen, maar riep in plaats daarvan: 'Houd moed!' en gooide ons toen een zak met brood en kaas toe.

Bij de poort zei Helene tegen de schildwachten dat we wilde peterselie nodig hadden om de magen van onze meesters tot rust te brengen.

'Waar gaan we heen?' vroeg ik terwijl het *castello* achter ons uit het zicht verdween.

'Naar Frankrijk,' zei Helene, alsof het iets was dat we samen besloten hadden.

Ik knikte. Frankrijk. Waarom ook niet? Wat had ik hier nog te zoeken?

Ons paard galoppeerde met hoge snelheid. Weldra waren het *castello* en Milaan niet meer dan vage herinneringen. Alles droeg bij aan een voorspoedige reis. Het gras ging liggen als we naderden, de vogels moedigden ons aan met hun lied en de groene heuvels wenkten ons voorwaarts.

Ik stelde me voor hoe Federico zijn tanden liet knarsen als hij zou horen dat ik vermist werd. In eerste instantie zou hij denken dat ik vermoord was en zich omringen met schildwachten en overhaast vertrekken, zijn winsten stevig vasthoudend. Maar misschien zou het ook bekend worden dat er een paard was verdwenen. Ik kon alleen al omdat ik een paard had meegenomen, worden opgehangen. Christus! Ik kon worden opgehangen alleen al omdat ik weg was gegaan! Maar toen ik de armen van Helene om mijn middel voelde, en haar hoofd tegen mijn rug, kon het me helemaal niets meer schelen. O, God in de hemel! Laat de duivel Federico en hertog Sforza en de hele kliek maar grijpen. Ik was vrij! Ik kon mijn opwinding niet beteugelen en schreeuwde van vreugde en verwondering. Voor de derde keer in mijn leven was ik herboren.

De bergen met hun met sneeuw bedekte toppen stonden naast elkaar als koningen uit het hoge noorden. Twee reizigers reden voor ons en ik riep ze om te weten te komen of dit inderdaad de weg naar Frankrijk was. We galoppeerden naar ze toe, maar ze werden bang en gingen er als een haas vandoor.

Op het heetst van de dag rustten we op een open plek tussen berkenbomen en propten onszelf vol met het brood en de kaas. Wat smaakte dat goed, elke hap een zegen des hemels. Ik wilde niet vergeten om aan Septivus te vertellen dat het belangrijkste aan eten niet het voedsel was of de tafelgesprekken, maar met wie je at. We gingen liggen temidden van de wilde bloemen en bedreven de liefde met elkaar totdat we in slaap vielen.

Toen we wakker werden, had de ondergaande zon de bergtoppen in vuur en vlam gezet. We reden snel nog enige uren door en stopten toen bij een herberg. De eerste mensen die we zagen toen we binnenkwamen, waren de reizigers die we onderweg hadden gezien. Ik verzekerde ze dat we niet van plan waren geweest om ze ook maar een haartje te krenken. De kleinste sloeg zijn hand tegen zijn hart en zei: '*Ecco!* Ik dacht dat ik van angst dood zou gaan. Je zag eruit als de engel der wrake zoals je op ons af reed.'

Helene vertelde de herbergier dat ze in dienst was van de aartsbisschop van Nîmes en bood aan om in ruil voor een bed zijn lievelingseten te koken. De herbergier, een kerel met borstelige wenkbrauwen en een loopneus, vond het een prima idee, mede, denk ik, om zijn vrouw te ergeren, een groot, mollig wijf met armen als van een smid. We overgoten twee kippen met wijn, voegden er azijn en specerijen aan toe, en terwijl dat opstond, maakte Helene polenta cocina klaar – een polenta bestrooid met geraspte kaas en truffels – een verrukkelijk zondagsgerecht in de Piemonte.

Na de eerste hap zei de herbergier: 'Als je elke dag zo kookt, neem ik je in dienst zodra mijn vrouw doodgaat.' Waarop zijn vrouw reageerde met: 'Ik beloof je dat hoe lang je ook leeft, ik één dag langer zal leven.'

In deze opgewekte stemming aten en dronken we, in goed gezelschap en met goed voedsel. Plotseling begon Helene te lachen, eerst zachtjes, maar weldra harder en harder en vol overgave. Ze wees naar mijn bord waar mijn half opgegeten polenta op lag. Haar polenta was ook half opgegeten. Pas toen begreep ik waarom ze lachte. We waren allebei voorproever en toch hadden we het eten niet eerst geproefd voordat we het opaten. We hadden er niet aan geroken, er geen kleine hapjes van genomen, of het op wat voor manier dan ook aan een onderzoek onderworpen, nee, we hadden er net zo van genoten als ons gezelschap had gedaan en nog deed.

Ik trok Helene van de bank, hield haar stevig tegen me aan en kuste haar. Ook al was ze doodmoe van onze reis, ze was de mooiste vrouw die ik ooit had gezien. 'Dit moment,' zei ik tegen haar, 'zal voor eeuwig in mijn hart staan gegrift.'

Onze metgezellen juichten en de kleine man zei dat het niet moeilijk was om te zien dat we ontzettend verliefd waren. Daarmee voldeden we aan de heiligste wet van God, want God had de mens liefde gegeven om zijn weg in het leven te vergemakkelijken, en de ziektes en oorlogen die ons teisterden, bestonden alleen omdat de mens dit heilige gebod was vergeten.

Drie soldaten kwamen de herberg binnen en even stond mijn hart stil, maar omdat hun uniformen niet de kleuren hadden van die van Federico of van de aartsbisschop, schonk ik verder geen aandacht aan ze. De herbergier bracht de soldaten wat wijn, en toen hij terugkeerde naar onze tafel, zei hij: 'Die soldaten blijven maar naar je kijken.'

Ik zei dat ik niet wist waarom ze dat deden, maar op datzelfde moment kwamen twee van hen naar onze tafel. De kapitein, een man met brede schouders en een ruige baard, zei: 'Hoe heet je en waar is je reispas?'

Ik zei: 'Ik heet Ugo DiFonte. Ik reisde in het gezelschap van hertog Federico Basillione DiVincelli uit Corsoli, maar ik ben bij hem weggegaan.' Ik weet niet meer met wat voor excuus ik op de proppen wilde komen, maar dat maakt niet uit, want zodra ik Corsoli had gezegd, keken de soldaten elkaar aan en toen vroeg de andere: 'Ligt dat niet dicht bij het klooster van Verecondo?'

Ik antwoordde dat het niet meer dan een halve dag rijden was. Hij vroeg of ik ooit gehoord had van ene prins Garafalo. Ik zei van niet, maar dat dat alleen kwam omdat ik nog nooit in dit deel van Italië was geweest. Daarop legde hij enthousiast een hand op mijn arm. 'U moet onmiddellijk met ons meekomen om onze prins te ontmoeten.'

Toen ik vroeg waarom, zei hij dat hij me dat niet kon vertellen. Nou, ik had mooi geen zin om de ene gevangenis te verruilen voor de andere! Ik duwde zijn arm weg, sprong op en sloeg hem met een klap tegen zijn hoofd achterover over de bank. Toen greep ik het vleesmes en schreeuwde terwijl ik Helene achter me trok: 'Hoewel we hier vreemden zijn, hoopten we hier met respect behandeld te worden. Maar als jullie of de prins van plan zijn ons kwaad te doen, wees dan voorbereid om te sterven, want ik zal de vrijheid die God me gegeven heeft, niet inwisselen voor de ketenen van de mens.'

Hij stond snel op en zei dat ze hier niet waren om ons kwaad te doen. De herbergier riep: 'Prins Garafalo is een goede vent die houdt van alles wat leeft, en hij komt hier vaak eten, alleen maar om bij zijn onderdanen te zijn.'

De soldaat die ik had neergeslagen, zei dat ze slechts het bevel hadden gekregen om mij bij de prins te brengen, en voegde eraan toe dat als ze mij hadden laten schrikken, hen dat bijzonder speet. Ik vroeg me af hoe prins Garafalo wist dat ik in de buurt was. Desondanks, vertrouwend op God, legde ik het mes neer en zei dat aangezien hun prins zo'n vredelievend man scheen te zijn, ik gaarne met hen mee zou gaan. Dus zonder de rest van de maaltijd op te eten die we met zoveel liefde hadden klaargemaakt, zeiden Helene en ik onze beminnelijke gastheer en gastvrouw vaarwel en lieten ons naar het paleis van prins Garafalo brengen.

Vuurvliegjes verlichtten onze weg door wijngaarden en tussen geurende sinaasappelbomen door totdat we bij het paleis van de prins kwamen. Pauwen scharrelden overal rond en hun kleuren vermengden zich met de vele mooie bloemen. We kregen water om onszelf op te frissen en schone kleren om aan te trekken. Ineens werd ik door angst bevangen en toen de bediende me zag trillen, vroeg hij me hoe dat kwam. 'Als dit weer tot een baantje leidt zoals dat van voorproever,' antwoordde ik, 'dan heb ik het vergif liever maar meteen.'

Weer werd me verzekerd dat prins Garafalo een goed mens was en niet van plan was om ons kwaad te doen. Ik werd naar een kleine kamer gebracht met prachtige met houtsnijwerk versierde stoelen en een schrijftafel, en even later voegde Helene zich bij me. Ze had zich ook gebaad, haar haren gewassen en droeg nu een rode japon, net zo een als die ze in mijn droom had gedragen. Nog geen seconde daarna ging de deur open en kondigde een bediende prins Garafalo aan.

Het eerste dat me aan hem opviel, waren zijn o-benen waardoor hij nogal slingerend liep. Het volgende was zijn opgewekte humeur, want alhoewel hij een dikke bos wit haar had als een schaap dat nodig geschoren moest worden, had hij de energie van een man die half zo oud was als hij. Ik begreep onmiddellijk waarom de soldaten en de herbergier hem zo hoog hadden zitten.

Hij liep recht op me af, me strak aankijkend. Hij pakte me vast en hield me op een armlengte afstand, nam me turend van hoofd tot voeten op en bekeek mijn handen en benen. Toen keek hij weer strak naar mijn gezicht. De soldaat bood de prins iets aan, maar de prins zei: 'Dat hoef ik niet te zien. Ik weet het zeker. Dit is hem! Dit is hem!'

Hoewel de prins een manier van doen had die me onmiddellijk voor hem innam, vond ik het beslist niet prettig om als door een vleesmeester gekeurd te worden, dus zei ik: 'Ik ben wie?'

De prins lachte en terwijl hij zijn armen om me heen sloeg, riep hij: 'Mijn zoon! Mijn zoon!'

Je kunt je niet voorstellen hoe ik me voelde. De muren tolden rond, mijn bloed vloog naar mijn hoofd, en ik viel voor dood op de grond.

Hoofdstuk 24

Bedienden zorgden dat ik weer bijkwam door me aan peper te laten snuiven en toen ik al mijn hersenen uit mijn kop had geniesd, verzekerde ik de prins dat hoewel ik een opperbeste gezondheid genoot, zijn nieuws mij in onmacht had laten vallen. Mocht het echter een grap zijn, dan had hij het weliswaar bijzonder goed gespeeld, maar ik smeekte hem me nu alstublieft de waarheid te vertellen. De goede prins stond erop dat Helene en ik bij hem aan tafel kwamen zitten waar hij de redenen van zijn overtuiging zou uitleggen. Dus hadden we een verrukkelijke maaltijd in de herberg opgegeven voor een nog heerlijkere met de prins.

Ik kan me nauwelijks herinneren wat we aten omdat ik zo ontzettend door het verhaal van de prins werd meegesleept. Ik zal proberen het zo goed mogelijk na te vertellen. Hij zei dat hij toen hij jong was, wachtmeester was geweest in het leger van paus Julius. Ze trokken door Umbrië, op weg naar Bologna dat ze wilden aanvallen, toen de paus hem opdracht gaf om bij het klooster van Verecondo langs te gaan om een schenking te doen. Niet ver van het klooster had hij een jonge vrouw ontmoet, die zo bedroefd was dat het hele dal haar kon horen huilen. Aangezien de prins in die tijd een jonge en knappe vent was en het meisje heel mooi, werd hij diep door haar tranen ontroerd. In antwoord op zijn vragen zei het meisje dat haar man zo wreed was geweest om hun enige zoontje mee te nemen terwijl hij de schapen hoedde en dat ze haar kind verschrikkelijk miste.

De prins reisde door naar Verecondo waar hij de nacht doorbracht, maar het gehuil van de vrouw drong door tot in zijn dromen. De volgende morgen ging hij naar haar boerderij en verklaarde haar zijn liefde. Ze was ook op slag verliefd op hem geworden en ze waren zo hartstochtelijk dat ze hun zware schoenen uitschopten en tot de volgende dag op de liederen der liefde dansten. De prins smeekte de vrouw met hem mee naar Bologna te gaan, maar ze kon haar kind niet in de steek laten. Met een zwaar gemoed liet hij haar achter en haastte zich om zich weer bij de paus te voegen. Zijn afwezigheid was echter niet onopgemerkt gebleven, en zijn vijanden maakten hem zo zwart bij de paus dat hij gedwongen werd om voor zijn eigen veiligheid naar Florence te vluchten en daarna naar Venetië.

Vele jaren gingen voorbij voordat hij naar het dorp kon terugkeren, en tegen die tijd was de vrouw gestorven. Haar buren vertelden hem dat ze een tweede zoon ter wereld had gebracht en hij realiseerde zich dat die van hem zou kunnen zijn, maar dat kind stond inmiddels op eigen benen en was enige jaren daarvoor naar Gubbio vertrokken.

Ik had met verbazing naar dit verhaal geluisterd en toen de prins Gubbio noemde, kon ik mezelf niet meer inhouden. Ik sloeg mijn armen om zijn nek en noemde hem mijn eigen lieve vader. Ik begon te huilen zoals ik niet meer had gehuild sinds de dag dat mijn moeder was gestorven. De prins begon ook te huilen en iedereen aan tafel was zo ontroerd dat de tranen stroomden als de liefelijke regen in de lente, want onder al ons verdriet gloorde weer hoop.

Mijn vader zei dat hij carrière in de olijfoliehandel had gemaakt waardoor hij heel rijk was geworden. Hij was nooit getrouwd, de herinnering aan zijn liefde kwam altijd tussen hem en iedere andere vrouw te staan, totdat die liefde hem op een dag geïnspireerd had tot het maken van een schilderij dat hij toen omhoog017hield om aan ons te laten zien. In eenvoudige, fijne lijnen stond er een vrouw op met zwart haar en een somber gezicht, en met volle lippen precies zoals de mijne en een linkeroog dat iets groter was dan het rechter.

'Gezegend zij de Heilige Maagd!' riep ik. 'Het is het evenbeeld van mijn moeder!'

De prins glimlachte en zei: 'Toen ik heel jong was, ben ik korte tijd in Milaan in de leer geweest bij Leonardo da Vinci.'

'U bent een zeer verdienstelijke leerling,' zei ik.

De prins zei dat hij zijn bedienden de opdracht had gegeven om het geschilderde gezicht van mijn moeder in hun hoofd te prenten en iedere man die erop leek naar zijn paleis te brengen. Ze hadden dat verschillende keren gedaan, maar de prins had telkens onmiddellijk geweten dat ze niet zijn afstammeling waren. Hij had de hoop opgegeven om zijn zoon ooit nog eens te vinden tot het moment waarop hij mij zag. Nu, terwijl de Dood naderbij kwam, kon hij eindelijk tevreden sterven.

Ik smeekte hem niet op die manier te praten ('God zou niet zo lang hebben gewacht met ons samen te brengen om ons daarna meteen weer uit elkaar te rukken'), en ik vertelde hem over de ongelofelijke reis die Helene en ik zojuist hadden ondernomen en die nu tot onze ontmoeting had geleid. De prins zei dat hij, om onze hereniging te vieren, opdracht zou geven tot de bouw van een nieuw altaar op zijn landgoed. En zo gingen we met veel vreugdebetoon door tot het zingen van de vogels de naderende dageraad aankondigde. Toen begeleidde mijn vader ons naar onze slaapkamer waarvan de muren en vloeren met luxueuze tapijten en wandkleden waren bedekt en naar ons bed waarin de fijnste linnen lakens en kussens lagen. Ik kon niet geloven dat ik zoveel geluk had. Dat ik mijn allerliefste had gevonden en met mijn vader was verenigd, en dat allemaal binnen een paar dagen! Waar had ik dat aan verdiend? Ik stak mijn handen naar Helene uit. Haar zachtheid, haar goedheid, haar schoonheid en moed overweldigden me. Ik kan haar zelfs nu nog voor me zien terwijl ze haar hoofd naar mij buigt, haar hand de mijne zoekt, haar lippen mij wenken. Ik zie het net zo duidelijk voor me als op de dag dat het gebeurde.

O, waarom zou ik hiermee doorgaan? Niets van dat al is echt gebeurd. Helemaal niets. Ik ben niet met Helene weggelopen. We zijn niet in de herberg geweest, hebben geen maaltijd gekookt, ik heb mijn echte vader niet ontmoet of wat ik allemaal nog meer had kunnen verzinnen. Ik heb alles gedroomd. Ik heb het 's nachts gedroomd en ik heb het overdag gedroomd. Ik heb het zo vaak gedroomd dat het mijn verlangens aanwakkerde en het zo echt werd dat ik me het eten herinner dat we aten, de kleren die we droegen, de woorden die we spraken, en alles met een grotere passie dan er in het echt was. En nu staat het op papier waardoor het waar wordt. Ik weet niet waarom dat zo werkt, maar het is zo.

Mijn hele leven geloofde ik dat de verhalen uit de bijbel of over Griekenland en Rome waar waren, alleen maar omdat ze waren opgeschreven. Nu, nadat ik heb overgelezen wat ik zojuist heb opgeschreven, zie ik hoe makkelijk het is om een verhaal te verzinnen waar niets van waar is. Om de stemming te beïnvloeden, om de lezer te laten huilen of lachen, of om zijn hart te raken. Ongetwijfeld is dat een gave die waardevoller is dan alle goud en zilver ter wereld samen. De man die daarin slaagt, is voorwaar God van zijn eigen wereld.

In werkelijkheid waren Helene en ik de paar uur die we nog samen hadden niet bij elkaar weg te slaan. Soms stroomden de woorden uit onze monden en op andere momenten was het niet nodig om iets te zeggen. Ik declameerde mijn gedicht en zij kuste mij, herhaalde mijn naam honderden keren zodat, als ik hem daarna hoorde, ik hem met haar stem zou horen. We vreeën staande tegen de muur van het *castello* en het kon ons niet schelen of iemand ons zag. Toen moest ik vertrekken omdat de zon opkwam en de bedienden de muilezelwagens pakten.

Toen ik terugkeerde van het proeven van Federico's ontbijt, huilde Helene en vervloekte haar trots vanwege de tijd die ze had verspild door niet met mij te praten. Ik kuste haar telkens weer en zei tegen haar dat ze terug moest gaan naar de aartsbisschop omdat ik bang was dat ze in de problemen zou komen als ze met mij gezien zou worden. Ze wilde me niet laten gaan.

Toen klom Federico in zijn koets en bestegen de ridders en bedienden hun paarden. De muilezelwagens werden het binnenplein af geleid. Helene trok aan haar haren en begon hard te jammeren. Ik klom van mijn paard af om haar te troosten terwijl achter ons de stoet door de poorten reed. De Fat en verschillende andere voorproevers hadden zich bij de stallen verzameld en hielden ons in de gaten.

'Ga,' zei Helene terwijl ze haar tranen wegveegde. 'Ga, voordat ze je kwaad doen.'

De schildwachten waren bezig de poorten te sluiten, maar ik wilde Helene niet alleen bij de voorproevers achterlaten – was ik Agnese niet op soortgelijke wijze kwijtgeraakt? – maar ze verzekerde me dat ze het niet in hun hoofd zouden halen om haar kwaad te doen omdat ze de voorproever van de aartsbisschop was en omdat er overal schildwachten aanwezig waren.

Ik zei tegen haar dat ik op een dag bij haar terug zou komen. Het maakte me niet uit of ze in Nîmes, Milaan of Parijs was, ik zou haar vinden. Misschien zou het de rest van mijn leven kosten, maar zonder haar was mijn leven het niet waard om geleefd te worden. Ze klampte zich aan me vast, legde haar zachte, kleine vinger tegen mijn lippen en zei: 'Als God het wil, zal het zo geschieden. Maar ga nu, alsjeblieft, Ugo. Ga.'

Ik klom op mijn paard. De voorproevers stormden ineens als wilden op me af, zwaaiend met hun zwaarden en knuppels. Ik liet mijn paard steigeren waardoor ze uiteengedreven werden, en toen galoppeerde ik net voordat de poorten zich helemaal sloten het *castello* uit.

Hoofdstuk 25

Tijdens onze terugreis naar Corsoli zei Cecchi tegen me dat ik '*un miracolo vivente*' was: een levend mirakel. Maar ik leefde nauwelijks en mijn leven was verre van miraculeus. Hoewel ik alle redenen had om feest te vieren, was ik erg melancholiek. Niet alleen omdat ik de liefde van mijn leven had gevonden maar haar weer was kwijtgeraakt, maar ook omdat ik lichamelijk en geestelijk was uitgeput. Mijn botten deden zeer, mijn bloed was traag en ik sliep niet goed. En als ik sliep, droomde ik voortdurend over dood en bedrog. Net zoals de voorproevers die ik had ontmoet, had ik de neiging om voortdurend argwanende blikken over mijn schouder te werpen en mijn lippen af te likken. Ja, ik had dan wel over Uienkop getriomfeerd, maar hij had niettemin een spookverschijning van me gemaakt. Ik begreep eindelijk wat Tommaso had bedoeld toen hij me een paar jaar geleden waarschuwde dat ik niet op al te goede voet met Federico moest komen te staan: ik had inderdaad al zijn angsten overgenomen, terwijl ik er zelf al meer dan genoeg had.

Dus toen Cecchi op de derde dag van onze reis zei dat Federico mij in zijn koets had uitgenodigd, had ik geen zin om te gaan. Cecchi zei dat hoewel hij zeker wist dat ik goede redenen zou hebben om niet te gaan, hij er geen enkele kon bedenken die goed genoeg voor Federico was om zijn bevel te kunnen negeren.

De anderen zaten al in de koets naar Septivus te luisteren die iets voorlas over een Romeinse keizer die de Franse en Duitse hordes had verslagen.

'En was hij ook geliefd?' vroeg Federico.

'Hij was een stoïcijn.'

Federico trok een zuinige mond. 'Een stoïcijn.'

'Voor een stoïcijn is kuisheid het hoogste goed,' legde Septivus uit. 'Ze geloven dat ze om vrijheid te kunnen verwerven – de ware vrijheid over hun eigen leven – alle hartstochten opzij moeten zetten.'

'Dat kan ik wel,' zei Federico terwijl hij een hap van een perzik nam.

We knikten om onze instemming te laten blijken.

'En ook nooit onrechtvaardig mogen zijn,' ging Septivus door.

'Ik ben nooit onrechtvaardig,' zei Federico terwijl hij het sap van zijn kin veegde.

Weer knikten we.

'En moeten leven in overeenstemming met de natuur en alle aardse genoegens opgeven,' besloot Septivus.

Federico slikte nog een stukje van de perzik door. '*Basta*. Morgen lezen we weer verder.'

Septivus sloot snel het boek en vertrok, gevolgd door Piero en Cecchi. Bernardo greep mijn hemd vast en probeerde me met zich mee te trekken.

'Ga weg jij,' zei Federico tegen hem, en terwijl Bernardo vertrok, smeet Federico wat er nog van de perzik over was in de richting van zijn achterhoofd.

'*Scusi*,' zei Federico toen Bernardo zich omdraaide. 'Een onrechtvaardigheidje.' Toen wendde hij zich tot mij en zei: 'Wist je dat Marcus Aurelius christenen vervolgde? Hadden ze toen maar pausen gehad.' Hij herschikte de kussens die achter hem lagen en nam een hap van een andere perzik. 'Vond je het leuk in Milaan?'

Ik antwoordde dat ik het leuk had gevonden, hoewel niet zo leuk als in Florence.

'Waar vond je de schilderijen en beelden mooier, in Florence of in Milaan?'

Ik moest voorzichtig zijn met wat ik antwoordde, omdat ik niet wist waar hij heen wilde. 'Ik vond het schilderij van Maria Magdalena mooi.'

'Dat met dat boek in haar hand? Ja, dat vond ik ook mooi. Wie heeft dat geschilderd?'

'Il Giampietrino.'

'Giampietrino.' Federico knikte. 'Heb je die Da Vinci in het raadhuis gezien? Die boom met al die gouden koorden? Schitterend. Gewoonweg schitterend. Maar je zou de schilderijen en mozaïeken in Istanboel eens moeten zien.' Hij vertelde me over de prachtige moskeeën, mozaïeken en juwelen die hij had gezien toen hij in dienst van de sultan was. Ik was verbaasd, niet alleen omdat hij het zich herinnerde, maar ook omdat hij me in vertrouwen nam. 'Ik zou zoiets ook wel willen doen.' Hij deed de gordijntjes open. 'Kijk nou eens naar die wolken. Zien die er niet als gebeeldhouwd uit?'

Ik zat naast hem en tuurde naar buiten. Het was zeer vreemd om zo met hem te praten van man tot man. 'Ja,' zei ik, 'die ene daar doet me denken aan het hoofd van de *David* in Florence.'

'Inderdaad.'

Christus aan het kruis! Hij was het met me eens! Ik voegde eraan toe: 'Ik vond de Duomo in Florence heel mooi en vooral het beeld van David. Die is van een onaardse schoonheid.'

Federico staarde lang naar de wolken en deed toen de gordijntjes weer dicht. 'Je hebt het over Milaan en Florence gehad, maar niet over Corsoli. Je hebt het zelfs niet één keer genoemd.'

'Uwe Doorluchtigheid, dat komt omdat het...'

'Een waardeloos gat is,' zei hij boos.

'Het spijt me, maar ik hoop dat ik het daarin oneens met u mag zijn...'

'Nee, dat mag niet. Maar ik ga er wel verandering in brengen.' Eerzuchtig kneep hij zijn ogen tot spleetjes. 'Ik ga in de Duomo Santa Caterina een altaar laten bouwen voor de Maagd Maria.'

'Dat het gouden madonnabeeld aan de voorkant evenaart?'

Hij was het gouden madonnabeeld kennelijk helemaal vergeten. 'Ja,' snauwde hij alsof het idee hem nu tegenviel. 'Ik wil het paleis ook uitbreiden.'

'Met een toren?'

'Nee. Met een nieuwe vleugel langs de achterkant en daarin komt een bibliotheek. Een ruimte voor klerken om mijn handschriften te vertalen.'

Ik wist niet eens dat hij handschriften had. Ik zei: 'Om het binnenplein van het paleis aan vier zijden te omsluiten.'

'Precies. Om het geheel te omsluiten.'

'Het is een stoutmoedig en uitstekend idee, Hoogheid.'

'Ja, het is stoutmoedig. En uitstekend. Het binnenplein zal geheel omsloten zijn en de klerken kunnen erop uitkijken terwijl ze aan het werk zijn. Toen we in Milaan waren, heb ik met een leerling van Bramantino gesproken.' Hij begon zijn kussens op te schudden en keek toen naar mij, wat betekende dat ik het moest doen. Sinds die tijd heb ik die taak op me genomen als ik bij hem ben. 'Maar de tuin wil ik niet kwijt,' ging hij verder. 'Een paleis moet tuinen hebben. Daar kun je goed in nadenken.'

'Misschien zouden we er een op de helling van de heuvel kunnen aanleggen.'

Hij keek me aan als een havik die een konijn in de smiezen houdt. Ik stond op het punt me te verontschuldigen toen hij zei: 'Je bedoelt zoiets als de hangende tuinen van Babylon?'

Aangezien ik nog nooit van de hangende tuinen van Babylon had gehoord, zei ik: 'Ja, maar dan wel groter.'

'Groter! Natuurlijk, groter.' Hij wreef zich in de handen. 'Ik wil wakker worden en dan de heuvels vol bloemen zien. De hangende tuinen van Corsoli. Daar zullen die idioten in Milaan van opkijken! Weet je wat ze over Corsoli zeiden?'

Ik schudde mijn hoofd hoewel ik het wel kon raden.

'Dat het een achtergebleven gebied was! Ze noemden het een achtergebleven gebied!'

Ik zag dat er storm op til was, en daar ik de enige bij hem in de koets was, zou ik de klos zijn, dus zei ik: 'Maar, Hoogheid, dat toont alleen maar aan hoe dom ze zijn, omdat ze wat betreft properheid en netheid de vergelijking met Corsoli in het geheel niet kunnen doorstaan.'

'Dat is jou dus ook opgevallen!' riep hij.

'Het waren net varkens. De bediendenverblijven zouden u met afschuw hebben vervuld.'

'Ik wist het wel! Dat komt door die Duitsers! En die Zwitsers. En die Fransen. Dat zijn allemaal varkens! Ik ga Corsoli zo maken dat heel Romagna stikjaloers wordt en het zal er schoon uitzien. En netjes ook!' Hij was weer uitgelaten.

Zodra ik uit de koets van Federico stapte, sisten de anderen tegen me: 'Wat zei hij? Wat wilde hij?'

Ik vertelde ze dat Federico tot me gesproken had als zijn vertrouweling en dat ik dat vertrouwen niet mocht beschamen.

Later pakte Cecchi mijn arm en liepen we een stukje voor de koets uit waar het klossen van de paardenhoeven onze woorden voor anderen onverstaanbaar zou maken. 'Federico kan Corsoli helemaal niet opknappen...'

'Waarom niet? Een paar nieuwe gebouwen en wat schilderijen en beelden, dat zal goed voor de stad zijn. En een achtervleugel aan het paleis ook.'

Cecchi trok aan zijn baard. 'Maar de *contadini* komen nu al van de honger om. Als we de belastingen weer verhogen, zullen ze doodgaan en dan hebben we niemand meer die het paleis van voedsel voorziet.'

De volgende dag riep Federico me weer bij zich in zijn koets. Ik was door Cecchi gewaarschuwd om zijn ideeën niet aan te wakkeren, maar wanneer Federico bezeten was door een idee, was hij nog erger dan een hond met een rat in zijn bek. Septivus zat in een hoek en probeerde te schrijven terwijl de koets op en neer schokte.

'Ik ga beeldhouwers en schilders in Corsoli uitnodigen,' zei Federico. 'Ze gaan strijden om de ontwerpen van de achtervleugel, de hangende tuinen, een beeld van mij en een paar schilderijen.' Hij griste een vel papier uit de handen van Septivus en las het hardop voor met zijn dikke, blauwgrauwe lippen.

'Aan de modernste der klassieken, mijn illustere broeder en heer,

Michelangelo Buonarroti. Ik dank de Maagd Maria dat diegenen onder ons die slechts toeschouwer zijn van uw volmaakte werken, niet zo getalenteerd hoeven te zijn als u, aangezien dan alleen God zelve u gezelschap zou houden. Voor een man zoals ik, wiens handen helaas 'immerse in sangue' zijn, is het niet alleen een openbaring, maar ook een absolutie om te weten dat de mens in staat is om zulks schitterends te creëren. Uw beeld van David, dat ik onlangs op weg naar Bologna heb mogen aanschouwen, was zo verpletterend mooi dat ik als aan de grond genageld bleef staan. Ik was niet meer in staat om te eten of te drinken, niet meer in staat om iets anders te doen dan naar dat visioen te staren en de Almachtige God te danken dat ik getuige mocht zijn van zulk een onaardse schoonheid.'

Die laatste woorden had hij van mij gepikt! Er volgde nog een vel vol loftuitingen, tot Federico aan het einde Michelangelo uitnodigde om hem te schilderen in een van de drie poses die volgens hem een waardige uitdaging waren voor het talent van Michelangelo. De eerste pose was Federico als Hercules die de leeuw van Nemea wurgt, de tweede als Alexander die de Gordiaanse knoop doorhakt, en de derde als Caesar die de Rubicon oversteekt. Federico was bereid om duizend goudstukken te betalen, en voegde eraan toe dat hij wist met welke snelheid de paus zijn kunstenaars betaalde en vermoedde dat Michelangelo daarom het geld wel goed kon gebruiken. Toen hij klaar was met lezen, keek hij naar me op.

'Ik kan me niet voorstellen dat hij het zal laten afweten,' zei ik.

Hij knorde en las nog een brief voor – ditmaal aan Titiaan – waarin hij precies hetzelfde bedrag beloofde, maar de Hercules had veranderd in Perseus die de minotaurus doodt.

'Nou, Federico als de minotaurus zou ik wel willen zien en ik zou er zelfs voor betalen,' bromde Cecchi schamper nadat ik het hem had verteld.

Er werden ook brieven geschreven aan Piero Bembo en Matteo Bandello, waarin ze werden uitgenodigd naar Corsoli te komen, dat volgens Federico als de hof van Eden was en waar inspiratie net zo gewoon was als mest. Hij schreef ook aan Lorenzo Lotto,

Marco d'Oggiono en aan de beeldhouwer Agostino Busti, wiens werk hij in de dom van Milaan had bewonderd. 'Ik wil graag een ruiterstandbeeld van mezelf,' schreef hij.

De derde keer dat ik in de koets stapte, was Septivus bezig uit het boek van Verana voor te lezen. Gelukkig had Septivus het niet weggegooid zoals hem was opgedragen, want Federico wilde nu dat hij er elke dag uit voorlas. Septivus las een passage waarin stond dat het niet verstandig was om na het snuiten van de neus in de lap stof te kijken alsof zich daarin de juwelen van de paus bevonden, maar dat de lap stof in een jas- of broekzak weggestopt moest worden.

'Geen probleem,' pochte Federico. 'Ik gebruik toch altijd mijn vingers.'

Federico wilde nu ook dat ik triktrak met hem speelde terwijl Septivus uit de *Odyssee* voorlas. Zo nu en dan keek Federico op en zei iets dergelijks als: 'Wie werden er in zwijnen veranderd?'

'Circe veranderde de manschappen van Eurylochus in zwijnen.'

'Waarom?'

'Omdat ze mannen haatte.'

'En waar was Odysseus?'

'Op het schip.'

'Welk schip?'

'Het schip waarop ze zaten toen ze de Laestrygonen verlieten, nee, ik bedoel uit Aeolus vertrokken... nee... nee... uit Telepylus.'

'Geen wonder dat ik er geen touw aan vast kan knopen,' zei Federico. 'Begin maar opnieuw.'

'Helemaal bij het begin?' piepte Septivus.

'Waar anders?'

Hoewel het vaak moeilijk was om de schrille stem van Septivus te volgen die over de omzwervingen van Odysseus of iets van Dante voorlas, vond ik het prettig om heen en weer te schommelen terwijl de regen op het dak van de koets miezerde en de wielen de stenen onder ons vermaalden. Soms viel Federico in slaap, soms ik, en één keer begon zelfs Septivus ineens te snurken terwijl hij zat voor te lezen.

Op het moment dat Septivus uitlegde dat Beatrice pas veertien was geweest toen Dante verliefd op haar was geworden, moest ik ineens aan Miranda denken. Ik vroeg me af hoe het met haar ging, of ze op een andere jongen verliefd was geworden, of ze haar drankje wel had geslikt, of ze zwanger was. Ik verlangde er vreselijk naar om haar weer te zien en werd zo bezorgd dat ik tegen Federico zei: 'Uwe Doorluchtigheid, ik ben u buitengewoon dankbaar voor alle eerbewijzen waarmee u mij hebt overladen. Zoals u moet weten, is mijn enige wens op deze aarde u trouw te dienen zoals het Onze-Lieve-Heer behaagt.'

'Ik heb altijd meteen in de gaten wanneer iemand iets van me wil,' zei Federico. 'Ze prijzen me alsof ik Jezus Christus zelve ben. Maar jij, Ugo? Je stelt me teleur.'

'Ik wil u alleen maar nog beter dienen, en daarom vraag ik u of u mijn verzoek zult willen overwegen.'

'Wat wil je dan?'

'Als voorproever dien ik u tweemaal per dag. Als ik echter hoveling was, zou ik u elk moment van de dag kunnen dienen.'

'Maar wat zou je dan moeten doen?' antwoordde Federico. 'Piero is mijn dokter, Bernardo mijn astroloog, Cecchi mijn eerste bewindvoerder, Septivus mijn schrijver en mentor.'

'Misschien zou ik Cecchi kunnen assisteren...'

'Die heeft geen assistent nodig. En bovendien,' zei hij fronsend, 'wie zou mijn voorproever dan moeten zijn?'

'Ik zou iemand op kunnen leiden. Het zou niet zo...'

'Nee,' lachte hij. '*Tu sei il mio gustatore.* Jij bent en blijft mijn voorproever. Ik wil er niets meer over horen.'

'Maar, Hoogheid...'

'Nee!'

Ik kon me niet inhouden en zei dus: 'Uwe Doorluchtigheid...'

'Nee!' brulde hij. 'Vertrek!' Ik werd nooit meer in zijn koets uitgenodigd.

We waren zojuist ten zuiden van Bologna het dorp Arraggio gepasseerd. Een fijne nevel lag over de heuvels en in de lucht hing de geur van regen. De wind glipte tussen de bomen door en ontdeed ze van hun rode en bruine bladeren. En kastanjes gehuld in hun groene, stekelige pantsers bezorgden me pijn in mijn voeten. Aan de overkant van het dal kleefde een kudde schapen tegen de heuvel. Een herder en een meisje zaten bij elkaar gekropen onder een boom. Michelangelo mag van mij die duizend florijnen hebben, zei ik tegen mezelf, het enige wat ik wil is hier op deze plek wonen, in een kleine boerderij, met een kudde schapen en mijn Helene. Ik zal haar beminnen. Ik zal voor haar zorgen. We zullen in de nacht samen slapen en samen zullen we 's morgens wakker worden. Dat beloofde ik plechtig aan Helene, aan mijzelf en aan God, en als om dit heilige verbond te bevestigen, kerfde ik mijn naam en die van Helene in een boom.

Het was koud en nat toen we het dal van Corsoli binnenreden, maar toen ik de grillige heuvels zag, de bomen samengepakt als broccolistronken, het paleis dat als een graftombe uit de mist oprees, schoot ik vol. Ik kuste de grond en dankte God dat we veilig waren teruggekeerd. Halverwege het dal begon de klok van de Duomo te luiden. We zongen om onze vermoeide voeten aan te moedigen terwijl enkele jonge bedienden ons tegemoet kwamen rijden om ons te begroeten, en we waren de stad nog maar net ingetrokken of we werden bestormd door vrouwen, mannen en kinderen. Ik vroeg me net af waar Miranda was toen plotseling, terwijl ik de Trap der Tranen beklom, een vrouw een gil gaf, uit de menigte naar voren kwam gerend, haar armen om me heen sloeg en riep: '*Babbo, babbo!*'

O, wat een vreugde om haar weer in mijn armen te voelen! 'Mia Miranda, mia Miranda!' Ik herkende haar nauwelijks. Haar haren zaten weggestopt in een kapje waardoor haar elegante zwanenhals duidelijk uitkwam. Ze droeg oorbellen en op haar zachte witte boezem lag een ketting. Toen ik vertrok was ze een meisje geweest en nu was ze een vrouw!

'Is dat je *amorosa*?' zei een stem achter me. Ik draaide me om. Het was Federico. Zijn koets was gestopt en hij keek uit het raampje naar ons.

'Nee, Hoogheid,' zei ik met een buiging. 'Dit is mijn dochter, Miranda.'

Federico staarde haar aan op een manier die me een ongemakkelijk gevoel gaf. Miranda bloosde, boog haar hoofd en zei: 'Welkom terug in Corsoli, Uwe Doorluchtigheid. Elke dag zonder u was als een zomer zonder oogst.'

Federico trok een wenkbrauw op. 'Hoorde je dat, Septivus?'

Septivus stak zijn hoofd uit de koets. 'Een zomer zonder oogst,' herhaalde Federico. 'Schrijf op. Dat vind ik mooi.'

De koets reed verder. Ik pakte Miranda's hand en we liepen naar het paleis. Toen Federico op het binnenplein uit zijn koets stapte, zag ik dat hij zich omdraaide alsof hij ons zocht.

Op onze kamer gaf ik Miranda een kam, wat rozenwater en vals haar gemaakt van blonde zijde die ik in Florence had gekocht. Ik vertelde haar niet over de ring die ik van Federico had gekregen, omdat ik die aan Helene had gegeven. Miranda zat op mijn schoot, net als vroeger toen ze nog een kind was, en ik vertelde haar alles over wat me was overkomen. Ze keek me vol ontzetting aan. 'Maar *babbo*, als Uienkop de bessen had opgegeten en er was niets met hem gebeurd, hoe zou het dan met u zijn afgelopen?'

'Ik weet het niet. Ik vertrouw erop dat God voor me zou hebben gezorgd.'

Ze legde nadenkend een vinger tegen haar kin en vroeg: 'Zal God, aangezien ik uw dochter ben, ook voor mij zorgen?'

'Natuurlijk!' riep ik. 'Natuurlijk.' Ik vertelde haar over Helene en dat ik op een dag met haar zou trouwen, en dat we dan met z'n allen in het dorp Arraggio zouden gaan wonen.

Miranda tuitte haar lippen. 'Ik zou nooit met een voorproever trouwen.'

'Waarom niet?'

'Omdat ik altijd voor zijn leven zou vrezen.'

Die gedachte was nooit bij me opgekomen en na mijn onenigheid met Federico wilde ik er ook helemaal niet aan denken, dus zei ik: 'Met wie wil jij dan trouwen?'

'Met een prins.'

'Een prins, toe maar. Heb je al iemand op het oog?'

'Hier in Corsoli?' zei ze verbaasd.

Ik glimlachte. 'Maar het is goed om hoog te mikken. Vogels die te laag bij de grond vliegen zijn de eerste die uit de lucht worden geschoten. Hoe is het met Tommaso?'

'Ik weet het niet en het kan me ook niks schelen,' zei ze schouderophalend, maar ik hoorde iets van leedvermaak in haar stem.

Het lag iets ingewikkelder dan dat, ontdekte ik toen ik naar de keuken ging. Tommaso, die bezig was een paar alen te stropen om in een torta te verwerken, knikte nauwelijks met zijn hoofd, maar Luigi en de andere jongens verdrongen zich om me heen omdat ze uit mijn eigen mond wilden horen hoe de reis was verlopen, maar het nieuwsgierigst waren ze naar het verhaal over Uienkop. Toen ik was uitverteld keek ik waar Tommaso was, maar hij was de keuken uitgeglipt. Luigi zei dat het lot van Tommaso twee weken nadat ik was vertrokken een geheel andere wending had genomen.

Tommaso had de vrouw van een koopman verleid (het was de eerste keer dat hij op die manier een vrouw had veroverd), en alsof dat nog niet genoeg was, had hij er tegenover zijn vrienden flink over opgeschept. Omdat ze echter wisten hoe makkelijk ze hem op de kast konden jagen en ook omdat hij er een handje van had om de waarheid van hier tot Rome op te rekken, deden ze alsof ze hem niet geloofden. '*È un impetuoso!* Wat een hitsig ventje toch!' zei Luigi onder luid gelach.

Dus had Tommaso erop aangedrongen dat de jongens hem de volgende keer dat de man van zijn minnares naar Arezzo was, maar moesten volgen zodat hij kon bewijzen dat hij niet loog. Helaas had hij de dienstmeid van de vrouw niet gewaarschuwd dat hij zou komen en was hij daarom ook niet op de hoogte van het feit dat de man al was teruggekeerd. Toen Tommaso in het holst van de nacht aanklopte, deed de man open en sloeg hem daarna samen met zijn broer met knuppels in elkaar. Ze kleedden hem helemaal uit, zetten zijn ballen klem in een kist die ze op slot deden en gaven Tommaso een scheermes. De man zei dat als Tommaso nog steeds in het huis was wanneer hij een uur later terugkwam, hij hem zou vermoorden. Gelukkig hadden Tommaso's vrienden het tumult gehoord en toen ze zagen dat de man vertrok, braken ze in en bevrijdden hem.

'Hij lag meer dan een maand in het gasthuis. Toen hij eruit kwam, wist iedereen in het dal wat er was gebeurd.'

Tommaso hervatte zijn werkzaamheden in de keuken, maar als hij niet werkte, zat hij in z'n eentje op zijn kamer te mokken. Hij weigerde naar buiten te gaan, omdat hij het niet kon verdragen dat de andere jongens Miranda door het paleis achternaliepen. Aangezien de vier jaar tot hun verloving waren voorbijgegaan zonder dat Miranda er iets vanaf wist, zag ik geen reden om het haar te vertellen, en na wat er was gebeurd, kon Tommaso de verloving ook niet meer opeisen. Zoals ik de hele tijd al had verwacht, had God in Zijn wijsheid geweten wat het beste was.

Zoals God ook had geweten wat het beste voor mij was. Mijn teleurstelling omdat ik geen betere positie had kunnen verwerven, zette ik om ten dienste van mezelf en ik verzamelde daarom kruiden, mengde ze en slikte kleine hoeveelheden om te zien welk effect ze op me hadden. Door die effecten op papier te zetten ben ik ook beter gaan schrijven, en omdat ik zag hoe Cecchi de benen uit zijn lijf liep om Federico's bevelen uit te voeren, was ik blij dat mijn verzoek niet door Federico was ingewilligd. Ik bracht zoveel tijd door met mijn experimenten, dat ik elk moment verfoeide dat ik er niet mee bezig kon zijn. Ik vertelde er niemand iets over, en hoewel Miranda en ik dezelfde kamer deelden, was ze zo druk bezig met het roder maken van haar lippen, het steiler maken van haar haren en het zachter maken van haar huid dat het haar niet opviel. Ze huilde als ze dacht dat de jongens niet naar haar keken en gedroeg zich afstandelijk als ze dat wel deden. De ene dag oefende ze ijverig op haar lier en de volgende weigerde ze uit haar bed te komen. Binnen één zin kon ze zo zoet als suiker en zo bitter als alsem zijn, en heel vaak was ik blij dat er een kamerscherm tussen ons in stond.

Federico's uitnodigingen aan schilders en beeldhouwers werden in de wind geslagen, maar *potta*, de een of andere slimmerik moest Federico's wens op elke piazza in Italië bekend hebben gemaakt, want die zomer kwamen er kunstenaars als zwermen muskieten op Corsoli af! Ze kwamen uit Rome, Venetië en elke stad daartussenin; leerlingen die vanwege luiheid en dieverij door hun meesters de deur uit waren gegooid, bedelaars op zoek naar gratis maaltijden, mensen met schulden op de vlucht voor hun schuldeisers. De helft van hen had nog nooit van gedichten gehoord, wist niet hoe je een kwast moest vasthouden, en het enige dat ze met een scherp voorwerp hadden bewerkt, was een brood. Ze werden dronken, vochten met elkaar en vielen de vrouwen lastig.

Miranda en haar vriendinnen liepen arm in arm door Corsoli terwijl die idioten met elkaar op de vuist gingen om naast haar te mogen lopen. Soms zat ze in het raam, en bleef daar de hele ochtend zitten, verzuimde haar lessen en plichten terwijl die pummels haar beneden serenades stonden te brengen.

'Het zijn net krolse katten,' zei ik, waarna ik vanuit het raam op hen piste.

Toen Federico te horen kreeg dat de kunstenaars gratis kost en inwoning kregen, zei hij: 'Vermoord ze.'

In plaats daarvan gaf Cecchi de poortwachters opdracht geen kunstenaars meer in Corsoli toe te laten en schreef hij ook een wedstrijd uit om het ontwerp van een nieuw helmteken voor Federico; de winnaar mocht blijven maar de rest moest vertrekken. Op de eerste tekening die Federico te zien kreeg, stond hij met twee cheeta's aan een leiband. Hij wuifde de tekening weg en zei: 'Te saai.'

Ik was erbij toen hem de tweede tekening werd voorgelegd. Deze keer zakte Federico's lip tot op zijn kin. 'Waarom,' vroeg hij aan die hielenlikker van een kunstenaar uit Ravenna, 'zit ik naast een koe?'

'Dat is helemaal geen koe,' zei de kunstenaar iets te veel uit de hoogte. 'Dat is een beer.'

Federico liet de man aan een koe vastbinden zodat hij een week lang goed kon zien hoe erg hij de plank had misgeslagen. De wedstrijd werd onderbroken toen een karavaan uit de Levant met een leeuw en een giraffe arriveerde – een geschenk van de sultan bij wie Federico in dienst was geweest. Heel Corsoli liep uit om in de straten te zingen en te dansen. Er werd een groots banket aangericht waarop ik mijn eerste zijden hemd droeg.

'Zelfs de de' Medici's hebben geen leeuw én een giraffe,' zat Federico aan tafel op te scheppen.

Ten slotte ontwierp een schilder die Grazzari heette en uit Spoleto kwam, een helmteken waarop Federico met zijn blote handen een leeuw wurgt. Federico vond het prachtig. Hij beval de andere schilders voor het vallen van de avond te vertrekken en gaf Grazzari de opdracht een fresco van hem te schilderen. Op het fresco, dat zich nu in de ontvangsthal bevindt, staat Federico even knap en jong als Michelangelo's *David* en schrijlings op een wit paard temidden van een veldslag. Het paard steigert terwijl Federico zich, in een zwarte wapenrusting die schittert in het zonlicht, over de linkerflank van het paard buigt om zijn zwaard in de borst van een soldaat te stoten.

'Grazzari is een meester,' zei Federico. 'Hij heeft me vastgelegd zoals ik als jongeman was.'

Federico was nu in van alles geïnteresseerd. Hij gaf Tommaso een compliment vanwege een kasteel dat hij aan het maken was van suiker en marsepein. 'Maak een ophaalbrug,' zei Federico. 'En maak de torentjes ietsje groter.' Die sukkel van een Tommaso was uiteraard beledigd door wat Federico had voorgesteld.

Op een avond stond ik voor het avondmaal op het binnenplein. Ik had iets te veel bilzekruidsap tot me genomen en mijn hoofd tolde. Ik zweer je dat ik dacht dat de wolken die aan de horizon lagen in werkelijkheid enorme slapende honden waren, en ik stond op het punt om iedereen in het paleis te gaan waarschuwen om die honden niet wakker te maken uit angst dat ze ons zouden kunnen aanvallen. En op dat moment dook Tommaso ineens op. Hij keek niet naar me, maar ging alleen maar zwijgend naast me staan. Hij was bijna achttien en al net zo lang als ik. Zijn haar, dat recht was afgeknipt in een pony, weigerde nog steeds zijn kam te gehoorzamen, maar zijn mond was groter geworden en zijn tanden zagen eruit alsof ze daar nu thuishoorden, en niet meer alsof ze, terwijl hij lag te slapen, door de een of andere duivel waren verwisseld. Maar het meest veranderd waren zijn ogen. Ze waren melancholiek waardoor hij er ouder uitzag dan hij in werkelijkheid was.

Hij zei dat hij wist dat God hem gestraft had voor de manier waarop hij Miranda had behandeld en dat hij meer spijt had dan woorden konden uitdrukken. 'Ik hou nog steeds van haar,' zei hij zachtjes. Zoveel woorden had hij, sinds ik was teruggekeerd, nog niet tegen me gesproken en het was helemaal niets voor de oude Tommaso om zoiets te zeggen. Hij hief zijn hoofd op en zei terwijl hij me stoutmoedig recht in de ogen keek: 'Ik smeek je om je hart te laten spreken en me te vergeven.'

Ik zei dat ik hem vergaf. 'Alsjeblieft, doe dan een goed woordje voor me bij Miranda.'

'Je zult zelf met haar moeten gaan praten.'

Hij schudde zijn hoofd. 'Dat kan ik niet.'

'Dan zul je een ander meisje moeten zoeken. Er zijn er genoeg in Corsoli. Je bent een prima kerel...'

'Nee. Ik hou meer van haar dan van het leven zelf.'

Misschien kwam het door het bilzekruid, maar zijn verdriet herinnerde me aan het verlies van mijn Helene. 'Ik kan je niets beloven,' antwoordde ik, 'maar als de tijd rijp is en de gelegenheid doet zich voor, dan zal ik vragen of ze met je wil trouwen.'

Hij bedankte me en wilde mijn hand kussen, wat ik hem misschien zou hebben toegestaan als ik niet het gevoel had gehad, vanwege het bilzekruid ongetwijfeld, dat mijn hand zou wegzweven als ik hem die zou hebben aangeboden. Hij zei dat hij, hoewel we geen overeenkomst meer hadden, weer voor mij in de keuken oren en ogen zou openhouden. Hij was nu het persoonlijke hulpje van Luigi, en als ik ooit iets speciaals wilde eten, zou hij dat graag voor me willen klaarmaken. Toen begon hij op te scheppen over dat hij meer dan wie ook wist wat er in de keuken omging, en dat hij, hoewel hij geen spion meer was, weer in de gunst was bij Federico, enzovoort enzovoort, totdat ik hem wel moest onderbreken en zeggen dat hij zijn waffel moest houden! Hij was toch nog steeds de oude Tommaso!

Door de kunstenaars, de wilde dieren en de belofte van nieuwe gebouwen ontstond er in Corsoli een feestelijke sfeer. Elke dag bracht een nieuwe verrassing, en dus toen Tommaso van opwinding zwaaiend met zijn armen bij me aan de deur kwam en zei: 'Kom snel mee, er is iets wat je moet zien,' trok ik mijn tabbaard over mijn zijden hemd aan, zette mijn nieuwe baret op omdat het regende, en volgde hem het paleis uit.

'Hij is in Indië geweest,' zei Tommaso buiten adem terwijl we ons naar het Piazza Del Vedura haastten, 'en daar heeft hij mannen met drie hoofden gezien!'

Het was een grijze dag en de wind en regen lieten hun spattende sporen overal achter. Toen we het piazza op kwamen, zag ik tot mijn verbazing een groot aantal bedienden stilletjes in een kring staan. Ik baande me een weg naar voren en zag een lange, magere man met lang, grijs, geklit haar dat voor de rechterhelft van zijn gezicht hing. Het gedeelte van zijn gezicht dat ik kon zien, was donkerbruin en gerimpeld als flink versleten leer. Zijn kleren waren niet meer dan vodden en zijn voeten waren gehuld in oude laarzen. Om zijn nek hingen een heleboel amuletten en talismannen en vanaf de plek waar ik stond, kon ik hem zelfs ruiken.

Hij stopte zijn lange, gore vingers in een zakje dat om zijn middel hing en haalde er een stuk van een donkere wortel uit. Hij hield dat in zijn hand boven zijn hoofd, waardoor de voddenbaal van een mouw naar beneden gleed en een magere maar gespierde arm te voorschijn kwam. Hij hief zijn gezicht op naar de regen en schreeuwde met een hese, rasperige stem allerlei vreemde woorden. Toen opende hij zijn oog, keek ons aan en zei: 'Allen die een stuk van deze wortel onder hun kussen leggen, zullen zo zeker als de vos een haas bemachtigt hun hartendief bemachtigen.'

Hij liep naar de halfblinde wasvrouw, legde de wortel in haar hand, bedekte die met zijn eigen hand en mompelde iets in haar oor. Ze klampte zich aan zijn borst vast en riep: '*Mille grazie, mille grazie*.'

'Dat moet ik ook hebben!' flapte Tommaso eruit.

De tovenaar negeerde de regen die met bakken naar beneden kwam, en liep met grote passen op ons af. Toen legde hij zijn hand op Tommaso's voorhoofd en zei: 'Voor jou heb ik een middel dat veel sterker werkt,' en toen haalde hij uit zijn hemd een duif te voorschijn. 'Geef deze aan hertog Federico en hij zal je met een lang leven belonen, want deze vogel stamt af van degene die de olijftak naar Noach bracht.'

Tommaso bedankte hem telkens weer en beloofde het beest te eten te geven en te zorgen dat de tovenaar aan Federico zou worden voorgesteld. 'Kom eigenlijk meteen maar mee,' zei hij gretig.

De tovenaar glimlachte. Binnen de kortste keren had hij zijn amuletten en tovermiddeltjes bij elkaar geraapt en liep met grote passen op de Trap der Tranen af.

'Kom je niet mee?' vroeg iemand me.

Ik schudde mijn hoofd. Gal was tot in mijn keel opgestegen, slijm had zich in mijn mond gevormd. Mijn knieën trilden. Ik stond met gebalde vuisten in de regen en vroeg God waarom Hij me had opgetild om me onmiddellijk daarna weer te laten vallen. Bloed van de Duivel! Net nu mijn leven als een veertje in een briesje zweefde, moest mijn broer Vittore weer opduiken!

Hoofdstuk 26

'Ik heb vaak aan je gedacht, broertje,' zei Vittore. Federico had hem nog geen audiëntie verleend, maar hij had een maaltijd gehad, had zich kunnen wassen, had nieuwe kleren gekregen en lag nu op mijn bed een appel te eten en rook naar parfum. En ook al woonde ík in het palazzo, werkte ík voor hertog Federico, ging ík in fluweel gekleed en werd ík in heel Italië bewonderd en gerespecteerd, en was Vittore niet meer dan een stelende, liegende landloper, mijn oude angsten staken toch weer de kop op.

'Wat moet je?' snauwde ik.

'Ik?' vroeg hij met de onschuld van Christus. 'Niets. Een dak boven mijn hoofd. Wat te eten.'

'Ik kan je laten ophangen.'

'O, Ugo. Zitten die schapen je nou nog steeds dwars?' In het licht van de kaars was het moeilijk om zijn gezicht te zien; zijn haar bedekte nog steeds het grootste gedeelte, behalve zijn ene goeie oog. 'Ach, mijn arme broertje toch.'

Hij schoof als een slang van het bed en begon in mijn kamer rond te snuffelen. 'Je zou me moeten bedanken. Als ik er niet was geweest, zou je je hele leven achter je kudde aan op en neer door Abbruzi hebben gerend. Moet je jezelf nu zien. Een zijden hemd, een dolk met een benen heft. Een mooie kamer. Een reputatie. Wat is dit?' Hij pakte iets uit een kast. 'Bilzekruid?'

Ik griste de blaadjes uit zijn hand.

'En monnikskap? Wie weet er nog meer dat je dit hebt, broertje?'

'Niemand,' zei ik terwijl ik mijn dolk te voorschijn haalde.

'Ugo.' Hij trok een wenkbrauw op, zogenaamd alsof hij verbaasd was. 'Wil je me daarom vermoorden?'

'Nee, niet daarom, maar omdat je mijn beste vriend Toro onderweg terug van de markt hebt vermoord.'

Vittore liet zich op zijn knieën voor me zakken. 'Ugo, alsjeblieft!'

'Alsjeblieft wat?' zei een stem. Het kamerscherm werd opzij geduwd en daar stond Miranda. Ze wreef in haar ogen. Haar donkerbruine haar zat in de war, haar kleine witte tanden glommen in het zwakke licht van de kaars en haar zachte mollige voetjes staken onder haar nachthemd uit.

'Miranda?' zei Vittore, die onmiddellijk weer ging staan. '*Che bella donzella!* Herinner je je mij nog? Je oom Vittore?' Hij spreidde zijn armen alsof hij haar wilde vastpakken, maar de gedachte alleen al dat die klootzak haar zou aanraken, maakte me dol. Ik stapte tussen hen in.

'Ga naar bed. Ga naar bed!'

'Ugo, laat haar toch blijven! Behalve onze vader zijn er maar drie DiFontes op de wereld. We zouden deze momenten moeten koesteren. Morgen scheiden onze wegen zich misschien weer voorgoed.'

'U bent Vittore, de broer van mijn vader?'

Vittore boog. 'Tot uw dienst, mijn prinses.'

Miranda zag de dolk in mijn hand en haar ogen werden groot van schrik. 'Wat doet u, *babbo?*'

'Hij liet me zijn dolk zien,' zei Vittore glimlachend. 'En ik liet hem de mijne zien.' Een lange, dunne dolk was uit het niets in zijn hand verschenen. Hij glimlachte. 'Twee broers die elkaar laten zien hoe ze de duivel bezweren. Het stelt niets voor.'

Ik stopte mijn dolk weg en de zijne verdween in zijn mouw. Miranda ging op mijn bed zitten.

'Ze is net zo mooi als Elisabetta,' zei Vittore glimlachend.

'Je hebt haar moeder nooit gekend.'

'Nou, dat uiterlijk heeft ze in elk geval niet van jou.' Hij knipoogde naar Miranda. 'Ik herinner me nog dat Ugo zich altijd in moeders rokken verborg als het donderde.'

'U zei altijd tegen me dat ik niet bang hoefde te zijn,' zei Miranda beschuldigend tegen mij.

Vittore lachte. 'We sneden vaak lange stokken en schermden ermee alsof we ridders waren. Heeft Ugo je dat niet verteld?'

'*Babbo* heeft het zelden over u. Waar komt u nu vandaan?'

'Overal en nergens vandaan.' Vittore ging naast haar zitten.

Miranda staarde naar de twinkelende amuletten en talismannen die om zijn hals hingen. 'Bent u in Venetië geweest?' vroeg ze.

'Een jaar lang heb ik in een palazzo aan het Canal Grande gewoond, een van de mooiste jaren van mijn leven.'

'Ik wilde dat ik erheen kon,' zei Miranda met een zucht, terwijl ze haar knieën tot haar kin optrok en haar armen eromheen sloeg. 'Iemand wilde me daar ooit mee naar toe nemen.'

'Ik ben ook in Frankrijk, Duitsland en Engeland geweest!'

'Is het waar dat de Engelsen staarten hebben? Dat zegt *babbo*.'

'Niet waar!' riep ik.

'Ja, dat hebt u wel gezegd!'

Vittore bulderde van het lachen, wendde zich toen even tot mij en zei: 'Ze is verrukkelijk. Nee, Miranda, ze hebben geen staarten. Althans, niet de vrouwen die ik heb ontmoet. En ik heb ze héél goed bekeken.'

Miranda bloosde.

'Ik ben zelfs in Indië geweest.'

'In Indië?' Miranda's mond viel open van verbazing.

'Ja, waar mensen andere mensen eten.'

Miranda's ogen werden zo groot dat ik bang was dat haar pupillen op steeltjes naar buiten zouden komen. 'Hebt u dan gezien dat ze mensen aten?'

Vittore knikte. 'Ze roken daar ook vuur door hun neus en lopen de hele dag naakt rond.' Hij stak zijn hand in een buideltje en haalde er een pijpje uit dat zich aan de ene kant in twee kleine pijpjes splitste en aan de andere kant een kommetje had. Uit een ander zakje haalde hij wat bruine plukjes van iets die hij in het kommetje legde en toen stopte hij de twee dunne pijpjes in zijn neusgaten. Met een lontje stak hij daarna de plukjes aan en zoog door zijn neus op het pijpje. Een seconde later zagen Miranda en ik een lange stroom rook uit zijn mond komen. Miranda hapte van afgrijzen naar adem. 'Staat uw buik in brand?'

Vittore schudde zijn hoofd.

'Wat gebeurt er dan?' vroeg ik.

'Ze noemen het tabak. Het geneest alles wat een mens kan mankeren. De maag, het hoofd, melancholie. Alle ziektes. In Indië roken mannen en vrouwen het de hele dag door.'

Hij blies nog verscheidene keren rook uit totdat het kommetje leeg was en toen stopte hij het weg. 'Ik heb zoveel wonderbaarlijke dingen gezien. Landen waar de zon elke dag schijnt en het net genoeg regent om de bloemen water te geven. En wat voor bloemen! O, Miranda! Bloemen groter dan een mannenhand en in alle kleuren van de regenboog!' Hij stond op en zei terwijl hij zijn arm naar het plafond uitstrekte: 'En bomen die helemaal tot boven in de hemel reiken en meer vruchten dragen dan in heel het paradijs.' Hij zuchtte en ging weer zitten. 'Maar waar ik ook ben, ik kom altijd weer terug naar Corsoli.'

'Waarom?' vroeg Miranda. 'Het is hier zo saai.'

'Corsoli is mijn thuis. Ik wil hier sterven.' Hij sloeg een kruis.

'Gaat u dan dood?'

'We gaan allemaal op een dag dood.'

''t Is toch niet waar,' zei ik. 'Vittore, vertel eens wat je allemaal als bandiet hebt uitgespookt.'

'Bent u een bandiet geweest?' zei Miranda stomverbaasd.

Vittore haalde zijn schouder op. 'Alleen maar om aan eten te komen. Later begonnen ze me geld te geven om mensen te beroven.'

'Wie?' Miranda fronste haar voorhoofd.

'De hertog van Ferrara, de Zwitsers, de keizer, de Fransen. Ik werd soldaat en ik vocht voor wie me maar wilde betalen.' Zijn rasperige stem fluisterde nu. 'Ik heb verschrikkelijke dingen gezien waarvan eigenlijk geen mens ooit getuige zou mogen zijn.' Hij schudde zijn hoofd alsof plotseling een nachtmerrie voor zijn geestesoog was verschenen. 'Nadat ik met vechten was gestopt, wilde ik priester worden en mijn leven aan God wijden.'

'Wat hield je tegen?' vroeg ik.

'Ik heb ook nog andere talenten.'

'Liefdesdrankjes verkopen zeker?'

'*Babbo*, wat is er mis mee om mensen de liefde te brengen?'

'Precies,' zei Vittore terwijl hij zachtjes op haar knie klopte. 'Welke roeping is hoger dan het verspreiden van de liefde?'

'Heb je zo die syfilis opgelopen?'

'*Babbo*, waarom bent u toch zo gemeen?'

Vittore legde zijn vingers tegen zijn lippen. 'Wees niet boos op je vader. Hij wil je beschermen tegen de bittere kant van het leven. Ik wilde dat iemand mij daar ooit voor had gewaarschuwd.' Hij richtte zich tot mij. 'Ik heb het van een vrouw gekregen. Ik heb haar vergeven.'

Langzaam schoof hij de haren opzij die de rechterkant van zijn gezicht bedekten. Miranda gaf een gil. Vittores oogholte was verzakt en zo verdraaid dat zijn oog tussen wallen rottend vlees door loerde. Zijn wang zat onder de knobbels met daartussen diepe wonden, en zijn kaak was weggeschrompeld alsof een geest zijn gezicht van binnenuit opvrat. 'Ik heb niet lang meer te leven. Ik vraag alleen om de rest van mijn dagen te mogen doorbrengen met degenen van wie ik hou en die van mij houden.'

'Ik geloof dat ik moet huilen,' zei ik.

'Ik heb twee vingers die ik niet kan gebruiken,' zei Miranda terwijl ze haar rechterhand voor Vittore omhoogstak, 'en twee tenen.'

Zeer plechtig nam Vittore haar hand in de zijne, mompelde een gebed en kuste voorzichtig haar krachteloze, verschrompelde vingers. Toen knielde hij op de grond neer en kuste haar tenen. Miranda keek naar hem alsof hij de paus zelve was. Nog steeds geknield, pakte hij een zilveren amuletje dat om zijn hals hing en deed het Miranda om zodat het tussen haar borsten kwam te hangen. Het had de vorm van een hand waarvan de duim en de eerste twee vingers geopend waren en rechtop stonden en de laatste twee vingers gesloten waren.

'Voor mij?' riep Miranda. 'Wat is het?'

'De hand van Fatima. Om het boze oog af te weren.'

'Het schijnt jou niet erg geholpen te hebben,' zei ik.

'Het is prachtig,' fluisterde Miranda.

'Nu zal het ons beiden beschermen.'

'Ik zal hem altijd dragen,' zei ze.

Ik had net zo goed niet in die kamer kunnen zitten!

'Is dat wijnruit?' Miranda wees naar een zilverkleurige bloem die ook om Vittores nek hing.

'Ja, wijnruit en verbena, de bloemen van Diana.'

'En wat is dat?'

Vittore streelde de zilveren, gevleugelde *fallo* zachtjes tussen zijn vingers. 'Mijn liefdestalisman,' zei hij.

Wat maakt het kwaad toch zo aantrekkelijk? Hoe afstotender het is, des te groter het mysterie en hoe aantrekkelijker het wordt. Ik ken mensen die voor geen goud een leeuwenkuil binnen zouden stappen en het toch geen probleem vinden om met de duivel te praten. Denken ze dat ze het kwaad wel kunnen overwinnen? Dat het ze niet zal raken? Zien ze niet dat het juist hun goedheid is waarmee het kwaad zich voedt?

Zo verging het ook Miranda. 'Hoe kunt u toch zo ijzig tegen uw broer doen?' vroeg ze nadat Vittore was vertrokken. 'Ziet u dan niet hoe erg hij heeft geleden?'

Christus aan het kruis! Ik had mijn haren wel uit mijn hoofd kunnen trekken! Ik vertelde haar dat Vittore me vaak had geslagen toen we nog jong waren, en over de leugens die hij had verteld waardoor ik problemen met mijn vader kreeg. Dat hij had geweigerd mij een paar schapen te geven zodat ik mijn eigen kudde kon beginnen nadat ik 's winters en 's zomers dag en nacht, echt dag en nacht, op ze gepast had terwijl hij had zitten drinken en achter de hoeren aan gezeten. Ik vertelde haar hoe hij mijn beste vriend had vermoord.

Ze knikte alsof ze het begreep, maar toen zei ze: 'Moeten we altijd beoordeeld worden op wat we gisteren hebben gedaan? Vergaf Christus niet degenen die gezondigd hadden?'

'Een wolf zal altijd een wolf blijven, Miranda.'

'Maar u bent zijn broer en hij is de uwe. Ik heb nooit een broer of een zus gehad. Of een moeder.'

Ze scheen alles te zijn vergeten wat ik haar net had verteld! Ik vouwde haar handen open om te weten of hij haar misschien stiekem een tovermiddeltje had toegestopt. Ik trok de ketting van haar nek om er zeker van te zijn dat hij er niets op had gesmeerd. Hoe had hij het in godsnaam voor elkaar gekregen om haar binnen een paar minuten zo tegen mij op te zetten? Ik werd zo boos dat ik zei: 'Als ik je ooit nog een keer met Vittore zie praten, laat ik je alle hoeken van de kamer zien!'

Meestal wanneer de hovelingen uit Federico's privévertrekken te voorschijn kwamen, konden ze niet wachten om elkaar in de haren te vliegen, maar na Vittores audiëntie bij Federico waren ze eensgezind in hun woede.

'Hij zei,' sputterde Bernardo, 'dat Federico volgens de sterren een nieuwe vrouw zou krijgen. Hij trok een cirkel op de grond, bazelde iets in het Latijn, ging te rade bij een kippenpoot, staarde in Federico's ogen en zei: "Over zo'n twee, hooguit drie maanden, echt niet meer!"'

'Hij gaf hem ook allerlei middeltjes tegen zijn kwalen,' zei Piero zenuwachtig met zijn wang trekkend. Voor één keer lachte hij niet.

'Maar Federico geloofde hem toch zeker niet?' vroeg ik.

'Hem niet geloven? Hij heeft hem aangesteld als hoftovenaar,' grauwde Bernardo. 'Hij komt naast hem aan tafel te zitten.'

'Als Federico niet krijgt wat hij wil,' vertelde ik Vittore, 'vermoordt hij je.'

'Dat is dan mijn probleem,' antwoordde hij.

'Nee, niet alleen dat van jou. Hij zal ook anderen vermoorden...'

'Doe dan alsof je mij niet kent. We zijn geen broers. We zijn helemaal geen familie van elkaar.'

'Dat zal ik onthouden,' antwoordde ik.

Vanaf de dag dat Vittore was gekomen, hingen er donkere wolken boven het dal. De regen geselde de paleismuren en de wind gierde over het binnenplein, schudde stenen los en ontwortelde bomen ouder dan de tijd zelf. In Corsoli zeiden de boeren dat er 's nachts demonen uit het paleis naar de wolken en terug vlogen. Een kwaadaardige schimmel verspreidde zich door het hele paleis. Ik werd wakker met de stank van verrotting diep in mijn neus, maar hoeveel reukwatertjes ik ook opdeed, ik raakte die geur niet kwijt. Ik wist dat het allemaal door Vittore kwam.

Eerst waren de vrouwen bang voor hem, maar ik zag weleens dat hij ze zachtjes bij de pols pakte en achter een pilaar trok. Als ze even later weer te voorschijn kwamen, glimlachten ze en waren ze rustig. Dat kwam niet door wat hij zei, want als ik ze vroeg dat te herhalen, konden ze het niet. 'Het gaat om de manier waarop hij praat,' zei een vrouw schouder ophalend. 'Zijn stem is als zalf.'

'Hij houdt me met zijn oog vast,' zei de oude wasvrouw met een zucht.

Heilige Moeder van God! Voor mij klonk zijn stem als het knetteren van scheten in combinatie met het sissen van een slangentong. Zagen ze dan niet het kwaad dat achter zijn woorden school? Nee, zeiden ze dan schouderophalend, dat zagen ze niet. Of ze wilden het niet zien! Stomme, achterlijke wijven! Het maakte niet uit of ze jong of oud waren, ongetrouwd of getrouwd. En niet alleen de vrouwen, ook de mannen stonken erin! Alleen had zijn stem voor hen niet die zalvende zachtheid, maar weergalmde van de geluiden van een veldslag tegen de Fransen of de Duitsers. Hij vertelde over naar Indië varen op een zeilschip en niets anders dan maandenlang aan één stuk door zee zien. Hij sprak over walvissen zo hoog als een schip en twee keer zo lang. Over een golf die uit de oceaan opsteeg en bulderend over het schip heen sloeg en alle mannen verzwolg, en die in een oogwenk weer was verdwenen. Hij vertelde over inboorlingen, over vrouwen die zonder kleren rondliepen en niets anders deden dan zich met zeelui vermaken. Hij sprak over koningen die rijker waren dan de paus maar die als boeren leefden. Over bruine mensen voor wie goud net zo gewoon was als gras. Ze luisterden naar zijn verhalen en smeekten om meer.

'Ze hebben heel veel behoefte aan liefde,' zei Vittore tegen mij.

Ik weet niet wat Vittore aan Federico vertelde – hij keek wel uit om iets tegen hem te zeggen wanneer ik in de buurt was – maar het moet iets zijn geweest wat Federico graag wilde horen. Soms fluisterde Vittore iets in Federico's oor wat hem aan het lachen maakte. Iedereen zat er dan zwijgend bij met zijn ogen op de tafel gericht uit angst dat ze het voorwerp van Vittores spot waren.

Vittore adviseerde Federico om bij elke maaltijd gember te eten. Mijn arme tong hing alsof ik een dorstige hond was uit mijn mond en ik proefde niets anders meer. Ik vroeg me af of Vittore dat deed zodat ik geen vergiften meer kon onderscheiden. Ik werd midden in de nacht wakker, ervan overtuigd dat hij voor Pia's bloedverwanten in Venetië werkte, of misschien voor hertog Sforza in Milaan of voor een andere landsheer die door Federico was gekrenkt of beledigd. Federico had zoveel vijanden! Maar ik had hem niet met mijn leven beschermd om hem door die schapennaaier te laten vermoorden!

Ik vroeg aan Tommaso of Vittore ooit in de keuken kwam. 'Waarom zou hij?' zei hij, geïrriteerd dat ik hem in zijn slaap had gestoord. Ik schudde hem boos door elkaar. 'Heeft hij je iets gegeven om in Federico's eten te stoppen?'

'Nee,' zei hij verontwaardigd. 'Hij helpt hertog Federico juist.'

Ik wist genoeg. Sinds Vittore die duif aan Tommaso had gegeven, aanbad Tommaso Vittore omdat hij hoopte dat Vittore hem zou kunnen helpen om Miranda weer voor zich te winnen.

'Hij helpt jou heus niet, hoor,' zei ik.

'Heb jij dan al met haar gesproken?'

'De tijd is nog niet rijp.'

Hij snoof verachtelijk en ik moest toegeven dat mijn woorden zelfs in mijn eigen oren niet erg overtuigend klonken.

Die avond, toen Miranda op haar lier speelde, vroeg ik haar of ze ooit aan Tommaso dacht. Ik kon haar gezicht niet zien, maar haar handen haperden.

'Nee,' antwoordde ze, maar het trillen van haar stem verraadde haar.

Binnen een paar weken werd Vittore net zo belangrijk voor Federico als zijn wandelstok, die hij vanwege zijn jicht nu altijd nodig had. Ik hoorde dat Vittore zich nogal verzette tegen de plannen die Federico had gemaakt toen we onderweg van Milaan terug naar Corsoli reisden.

'Ik denk dat een ander paleis beter voor u zou zijn,' zei Vittore.

'Een ander paleis,' zei Federico nadenkend terwijl hij op een stuk rijkelijk met gember klaargemaakte kapoenenpoot kauwde.

'Met uw permissie, Uwe Doorluchtigheid,' zei ik, 'maar deze overmaat aan gember is niet goed voor uw levenssappen.'

'O, Ugo,' zei Federico, 'wat weet jij daar nou van? Wat heb jij nou van de wereld gezien? Hoe vaak ben je buiten het dal geweest? Eén keer? En dat reisje naar Milaan telt niet.'

Ik deed een stap achteruit alsof ik door de bliksem was getroffen. Federico, die niet de woede zag die in mij opwelde, stootte Vittore aan en lachte weer. Maar Vittore zag het wel. Hij was bang dat ik Federico zou vertellen dat we broers waren. De wereld stond op zijn kop! Een paar weken geleden wilde ik absoluut niet dat iemand erachter kwam, maar nu was Vittore bang dat iemand het zou ontdekken! Toen wist ik dat hij zich pas weer veilig zou voelen als hij me vermoord had.

De ochtend na vollemaan werd de oude wasvrouw naakt dwalend in de tuin gevonden terwijl ze iets prevelde over ene Diana. Niemand wist over welke Diana ze het had, en hoewel verschillende van de vrouwelijke bedienden zo heetten, ontkenden ze allemaal dat ze er iets mee te maken hadden. Piero gaf haar een aderlating en schreef haar wat smeerseltjes voor, maar ze wilde niet zeggen wat er was gebeurd en bleef maar op haar knieën vallen en iedereen om vergiffenis smeken. Het was slechts een van de vele dingen die me verontrustten. Cecchi liep mokkend door het paleis, Piero en Bernardo zag ik zelden. Septivus vertelde me dat Miranda vaak tijdens haar lessen in slaap viel. Isabella, de vrouw van een hoveling van wie Miranda kamenier was geworden, klaagde dat Miranda tekort-schoot bij het vervullen van haar plichten. Ik probeerde daarover met Miranda te praten, maar ze antwoordde met een matte stem dat ze precies hetzelfde deed als anders. Tommaso beweerde dat hij niet wist wat haar mankeerde. Alles in het paleis leek in het honderd te lopen en dat was allemaal de schuld van Vittore.

Bij de ingang van de stallen werd ik tegengehouden door twee jongens die wilden weten wat ik kwam doen. Ik stond op het punt hun koppen tegen elkaar te slaan toen Vittore riep: 'Laat hem binnen.'

De paarden keken me lodderig aan toen ik langs ze liep. Vittore had achter in de stallen tussen het stro een plekje voor zichzelf ingericht. Vreemde voorwerpen hingen aan de daksparren: een kaakbeen van een ezel, een haarlok, een afgebroken stuk van een beeld. In het stenen, grauwe paleis was het koud en tochtig, maar hier was het aangenaam door de warme geur van paarden die zich met die van het hooi vermengde, en de odeur van een of ander walgelijk parfum maakte dat ik het liefst had willen gaan liggen en slapen.

Vittore zat op een berg stro. Zijn haar was nog steeds een en al klitten, en amuletten en talismannen hingen om zijn nek, maar zijn wijde zwarte tabbaard was nieuw, evenals zijn laarzen en zijn cape. Het had mij maanden gekost om nieuwe kleren te krijgen en jaren voordat ik een nieuwe tabbaard had gekregen. 'Je zorgt goed voor jezelf,' zei ik.

Hij leunde achterover, zoog aan zijn *tabacca* en blies de rook in mijn richting. 'God is mild geweest.'

Ik ergerde me aan de manier waarop ik zo voor hem moest staan alsof ik een lid van zijn hofhouding was. 'Wat heb je Miranda gegeven?'

'Ah, Miranda, *mia angelica*,' zei hij glimlachend.

'Wat heb je haar gegeven?'

'Wat ik iedereen geef, Ugo.' Hij zweeg even om aan zijn *tabacca* te lurken. 'Liefde.'

'Je geeft haar niets. Ik verbied het.'

'Is dat een dreigement, Ugo?'

'Ja, dat is een dreigement.'

'Daar is het helaas te laat voor.'

'Het is nooit te laat,' zei ik. Ik hoorde een geluid en draaide me om. De staljongens stonden achter me, met getrokken messen.

'Ja, hoor, Ugo,' zei Vittore. Zijn stem was veranderd. Hij sprong op en trok zijn dolk. 'Het is veel te laat.'

De jongens keken elkaar aan, onzeker over wat ze moesten doen. 'Hij is de voorproever,' zei een van hen stompzinnig.

Ik gaf ineens een harde schreeuw en gelukkig riep iemand op het binnenplein iets terug. Toen de jongens zich omdraaiden, sloeg ik ze tegen de grond, rende de stal uit en stopte pas weer toen ik in mijn kamer was. Met een bonkend hart ging ik bij het raam zitten. Voortaan moest ik echt voorzichtiger zijn; de volgende keer zou ik weleens minder geluk kunnen hebben.

Het regende zeven dagen en zeven nachten. Wolken bedekten de hemel totdat de dag even donker was als de nacht. Een deken van mos klom omhoog langs de paleismuren en een fijne grijze nevel schoof door de galerijen. In de eetzaal, de keuken en mijn kamer stonden plassen water. Veel mensen kregen koorts. Cecchi bleef in bed, Bernardo liep de hele dag te niezen, en Federico had akelige aanvallen waarbij hij veel slijm ophoestte. Ik vatte ook kou en kon er niet van afkomen. Alleen Vittore werd niet ziek. Hij had nog minder dan een maand om zijn belofte aan Federico in te lossen, maar hij leek zich er niet druk over te maken. Elke nacht bad ik dat het hem niet zou lukken en dat Federico hem uit het dal zou verdrijven of van de berg af gooien.

Miranda at weinig en staarde uren naar de regen. Ze was niet langer in jongens geïnteresseerd en kamde haar haren niet meer. Soms, als ik niet met mijn kruiden experimenteerde – ik nam elke dag kleine doses arsenicum en herfsttijloos – probeerde ik haar, als ze wegging, stiekem achterna te gaan om te zien wat ze uitspookte, maar ze wist me altijd te ontglippen, en dan werd mijn hoofd zo zwaar dat ik moest gaan liggen. Ik vroeg Bernardo of de sterren haar soms beïnvloedden.

'Wanneer is ze geboren?'

'Drie dagen na Sacramentsdag.' Dat herinnerde ik me omdat Elisabetta toen wilde rozen had geplukt om naar de processie te gooien, maar terwijl ze de bloemblaadjes wegwierp, waren ze in haar haren gewaaid en had ze er zo mooi uitgezien dat ik haar had gesmeekt ze daar te laten zitten.

Bernardo bromde. 'Kreeft. Zulk gedrag kun je dan verwachten. Ze zal waarschijnlijk minstens zeventig jaar leven. Maar misschien ook niet.'

Piero zei dat de kans groot was dat haar maandstonden er iets mee te maken hadden en dat hij over drie dagen, als de maan vol zou zijn, meer zou weten. Hij zei dat hij haar met alle plezier een aderlating wilde geven.

'Ik sterf nog liever dan dat ik me door die viespeuk laat aanraken!' schreeuwde Miranda.

'Hij heeft je gered toen je van de kou op sterven lag.'

Alles wat ik zei, maakte haar boos, zelfs de kleinste dingetjes. Toen ik opmerkte dat ik haar met Tommaso had zien praten, riep ze: 'U bespioneert me!' Haar stem stierf weg en ze wendde haar ogen af van het raam. Beneden in de tuin stond Vittore met de oude wasvrouw te praten.

'Het heeft iets met Vittore te maken, hè?' zei ik.

'Nee.'

'Wel waar!'

'Nee!' schreeuwde ze. 'Nee! NEE! NEE! NEE!'

Precies op dat moment keek Vittore omhoog en glimlachte naar me.

De avond waarop het weer volle maan was, glipte ik van tafel weg terwijl Septivus uit Dantes *Vagevuur* zat voor te lezen, en ging naar de stal. De staljongens zaten nog in de bediendenzaal te eten. Achter in de stal, waar Vittore een ruimte voor zichzelf had ingericht, klom ik boven op een hoge stapel hooi tot vlak onder het dak en wachtte. Amuletten en talismannen hingen overal en die vreemde geur die me de vorige keer zo slaperig had gemaakt, hing er ook weer.

Ik moet in slaap zijn gevallen, want ik werd wakker van gedempte stemmen. Het was donker op het zwakke licht van een kaars na. Verschillende mensen zaten met hun rug naar mij toe op het hooi en namen een slok uit een kom die ze aan elkaar doorgaven. Vittore zat tegenover hen en aaide iets wat op zijn schoot lag. Hij sprak ertegen met een zachte stem en aaide de rug zoals je een poesje zou aanhalen. Toen hield hij het omhoog zodat iedereen het kon zien. Het was geen poesje, het was een pad! Hij was dus echt een *incantatore*. Een heks! En dit was een heksensabbat. Ik wilde het onmiddellijk aan Federico gaan vertellen, maar ik bleef zitten omdat ik nog nooit een heksensabbat had gezien.

Een voor een bogen de mannen en vrouwen zich naar voren en likten de pad. Ik heb best dingen gedaan waarop God me zal beoordelen, zoals een schaap naaien, maar ik heb nog nooit van mijn leven een pad gelikt. Even later stond een man op en begon heen en weer te springen alsof de duivel zijn ziel was binnengedrongen. Het was Tommaso! Die idioot! Daarna stonden de anderen ook op, wankelend als pasgeboren kalfjes. Ze probeerden te lopen, maar de ruimte was zo klein dat ze tegen elkaar opbotsten. Er was een vrouw die alsmaar rondjes draaide, totdat ze viel, haar ogen wijd open en haar mond in een verwrongen glimlach. Een andere man tilde zijn handen boven zijn hoofd en schreeuwde het uit. Vittore drukte zijn hand met zo'n kracht tegen de mond van de man dat deze omviel en geen woord meer kon uitbrengen. De vrouw die op de grond lag, draaide haar hoofd om en staarde me recht in de ogen. Ze hief haar arm op en wees, maar niemand merkte het op.

Ik weet niet hoelang ze zo rondstrompelden, maar op een gegeven moment siste Vittore, die zijn rug naar hen had toegekeerd en zijn armen opgeheven: 'Ik zweer Jezus Christus af!'

'Ik zweer Jezus Christus af!' herhaalden ze. Toen zei Vittore: 'De Madonna is een hoer! Christus is een leugenaar. Ik ontken het bestaan van God!'

Potta! Zelfs al had God persoonlijk nooit een woord tegen me gezegd, ik had Zijn bestaan nooit ontkend. Ik hoopte maar dat als Hij op ons neerkeek, dat Hij zou zien dat ik, hoewel ik in de stal was, hier niets mee te maken had. Vittore zei nog andere godslasterlijke dingen en elke keer herhaalden ze zijn woorden nog hartstochtelijker. Een vrouw giechelde en zong: 'De Madonna is een hoer. De Madonna is een hoer.'

Vittore riep zachtjes: '*Diana, bella Diana*. Breng uw paard.'

Was dit de Diana over wie de oude wasvrouw het had gehad? Ik vroeg me af wie ze was en hoe ze daar een paard binnen kon krijgen, omdat het er al zo vol was.

Toen vroeg Vittore hun of ze het formidabele hoofd van het paard zagen. Ze zeiden dat ze het zagen, maar hoe kon dat nou? De paarden stonden nog steeds aan de andere kant van de bergen stro en niemand was weggegaan om er een te halen. Ze waren door hem behekst!

'Gehoorzaam hem!' zei Vittore en toen draaide hij zich om. *Jesus in sancto!* Hij had geitenhoorns op zijn hoofd! Ik wilde lachen, maar toen tilde hij zijn hemd op en liet niets aan de verbeelding over. '*Sarete tutti nudi*,' zei hij en toen begonnen ze hun kleren uit te trekken! Ineens zag ik Miranda tussen de vrouwen staan! Ik schaam me om het te zeggen, maar ik kon mijn ogen niet van haar afhouden. Ze was zo jong, zo mooi. Haar borsten klein en stevig, haar buik zo plat, haar dijen fraai gevuld en haar billen rond en vol. Ik werd woedend. Toch hield ik me in en wachtte.

De oude wasvrouw, met hangtieten en dijen als boomstammen, knielde voor Vittore neer en kuste zijn *fallo*. Hij draaide zich om en bood haar zijn *culo* aan. Ze trok zijn billen uit elkaar en gaf hem de *osculum infame*, de kus der schande. Vittore draaide zich weer om en legde zijn hand tegen haar voorhoofd. Ze kreunde en viel op de grond. Ik kon mijn ogen niet geloven! Gebeurde dit hier? Hier in de stallen van hertog Federico's paleis terwijl de overige bedienden en hovelingen een paar meter verderop lagen te slapen? Maar er kwam nog meer.

Tommaso knielde voor Vittore neer, kuste ook zijn *fallo* en bewees toen eer aan Vittores *culo*. In totaal zes mensen daar deden hetzelfde en toen ze daarmee klaar waren, wierpen ze zich op elkaar en bedreven als wilde beesten de liefde. Toen was het de beurt aan Miranda, maar er was niemand anders voor haar behalve Vittore om de liefde mee te bedrijven. Hij legde zijn hand tegen de achterkant van haar hoofd. Ik had nou wel genoeg gezien en het kon me niet meer schelen of hij demonen opriep of dat hij de duivel zelf was. Terwijl ik de namen van God, Jezus Christus en de Heilige Geest schreeuwde, sprong ik van de berg hooi en rende op Vittore af met mijn dolk gericht op zijn ene goede oog. De anderen begonnen te schreeuwen toen ze me zagen, maar ik was al voorbij ze voordat ze me konden tegenhouden. Vittore spuugde en hief zijn arm op. Zijn ogen waren helemaal zwart. Hij wás de duivel! Mijn hand bleef waar hij was alsof de een of andere kracht hem tegenhield! Vittore greep mijn pols beet... maar ik stak hem! Ik stak hem in zijn borst!

We vielen op de grond. Andere mannen wierpen zich boven op mij en ik haalde met mijn dolk naar ze uit. Iemand trok aan mijn kleren, een ander beet in mijn pols. De kaars moet zijn gevallen, want ineens likten er vlammen aan het vochtige hooi en was de stal vol rook. Ik kreeg Miranda te pakken, maar ze vocht als een kerel terug, dus werd ik gedwongen om haar een lel in haar gezicht te geven en haar met haar hoofd tegen de muur te slaan. Ik gooide haar over mijn schouder. De vlammen schoten nu op naar het dak. De paarden – hinnikend, bokkend en krijsend van angst – braken los uit hun touwen. Iedereen probeerde zich langs de vlammen een weg naar buiten te vechten en de paarden te banen. Het vuur schoot door het dak, sloeg boven onze hoofden over naar de andere kant en nu waren we in de hel zelf! Een man was door een paard vertrapt en ik struikelde over hem. Miranda viel uit mijn armen. Een deel van het dak stortte in en het brandende, gloeiende hout viel op de in paniek geraakte paarden. Ik trok Miranda overeind, stak een man die in de weg liep met mijn dolk neer (ik hoopte maar dat het Vittore was), en strompelde de stal uit terwijl vuurduiveltjes aan mijn broek en aan Miranda's haren likten.

Overal klonk het gejammer en geschreeuw van mannen en vrouwen en het gehinnik van paarden. De honden jankten en blaften, de brandklokken luidden en de grote klok van de Duomo Santa Caterina voegde zijn uitzinnige klanken aan het helse kabaal toe. Bedienden stroomden het paleis uit. Ik droeg Miranda door de tuin van Emilia naar de achteringang van het palazzo en de trap op naar onze kamer. Haar blik was troebel. Ze riep Diana aan en zong liederen voor de duivel. Ik propte oude lappen in haar mond, bond haar aan het bed vast en haastte me terug naar het binnenplein waar het vuur bulderde, zijn vlammen aangewakkerd door een venijnige wind.

Cecchi trommelde de bedienden op om water op de vuurzee te gooien, maar Federico bleef ze dwingen de stal in te gaan om de paarden te redden. En op het moment dat het leek of de stal zou instorten, sloeg de bliksem in het paleis, rolde de donder en kwam de regen met bakken naar beneden. De vlammen knetterden en sisten totdat ze het ten slotte moesten afleggen tegen de regen.

Meer dan de helft van de stal was vernietigd en tien paarden waren gedood. Hun deerniswekkende geschreeuw en de geur van brandend vlees bleven nog dagenlang hangen.

Toen er vroeg in de morgen nog steeds geen schildwachten naar mijn kamer waren gekomen om mij of Miranda te arresteren, besloot ik om Federico te gaan vertellen wat ik had gezien. Hij was op zijn kamer en al wakker, en tot mijn verbazing was Vittore bij hem. Een van Vittores handen zat in het verband, maar voor het overige leek hij ongedeerd. Wat me nog meer verwarde, was dat Federico in een opperbeste stemming was.

'Hoogheid,' begon ik, 'staat u mij toe te zeggen welk een verschrikkelijke beproeving u hebt moeten doorstaan...'

'Ugo, paarden kunnen worden vervangen. Die jood Piero zal ervoor boeten. Vittore zegt dat hij heksensabbatten in de stallen hield.'

'Piero?'

'Ja, hij ligt nu op de pijnbank. Hij zal wel bekennen.' Ik wilde la-

chen; Piero die heksensabbatten hield? 'Maar ik heb goed nieuws,'
ging Federico verder. 'Vittore zei dat de vrouw naar wie ik op zoek
was, hier al die tijd al woont.'

'Hier in het paleis?' herhaalde ik. Elke nieuwe uitspraak was nog
waanzinniger dan de vorige. 'Wie dan?'

'Jouw dochter,' zei Federico met een glimlach. 'Miranda.'

Hoofdstuk 27

'Ben je niet blij?'

'Blij? Ik voel me vereerd. Ik ben een gezegend mens!' riep ik.

'Haar gordel van Venus is perfect op de hertog afgestemd,' zei Vittore grijnzend.

'Ik wil dat ze vanavond bij me aan tafel zit,' zei Federico.

'Ja, Uwe Hoogheid.'

'Zorg dat ze goed is uitgerust,' voegde Vittore eraan toe.

Ik liep terug naar mijn kamer en mijn hoofd tolde alsof ik tegelijkertijd monnikskap, wolfskers en bilzekruid had geslikt. Miranda, mijn dochter, Miranda, mijn kind, mocht bij Federico aan tafel zitten! Ik wist waarom Vittore dit had gedaan. Hij had Federico beloofd om binnen twee maanden een bruid voor hem te vinden en die twee maanden waren nu bijna om. Als het hem dus zelf niet lukte om Miranda in zijn bed te krijgen, dan kon hij haar wel aan Federico afstaan. Maar wilde Federico echt mijn dierbare Miranda als zijn geliefde hebben? Nee, vast niet. Ze is te jong, zei ik bij mezelf, maar wat maakte Federico dat uit? Ze was geen maagd meer, maar dat wist hij niet, en het zou hem ook niets kunnen schelen. Wat zou Miranda ervan vinden? Stel je voor dat ze hem teleurstelde of dat ze iets beledigends zei of op het verkeerde moment schreeuwde of lachte? De man die om mijn grap had gelachen toen we onderweg naar Milaan waren, zat nog steeds in de gevangenis. De hoer die in Federico's koets haar hoofd had gestoten, lag voor zover ik wist dood in een greppel. Een boer die tijdens het carnaval obscene verzen had gezongen, was onthoofd. En ik? Moest ik dan Federico's eten proeven terwijl mijn dochter bij hem aan tafel zat? Nee, Federico zou dat vast niet laten gebeuren.

Miranda lag zo diep te slapen dat ik, in plaats van haar wakker te maken, door het paleis begon te lopen om te luisteren naar de geruchten over toverkracht en hekserij. Twee staljongens en de oude wasvrouw waren bij de brand om het leven gekomen. Iemand anders was zo zwaar verbrand dat niemand kon zeggen of het een man of een vrouw was. Ik kwam langs de keuken, waar Tommaso brood aan het bakken was. Dus hij had het er ook levend afgebracht. Hij zag me en wilde me kennelijk iets vertellen, maar overal waren bedienden. Daarom liep hij achter me aan door de gang en fluisterde: 'Ugo, ik moet met je praten.' Ik stopte niet om te luisteren. Hij kon niets te zeggen hebben wat voor mij van belang was.

Later die dag gaf Vittore aan Federico het advies om Piero verdere martelingen te besparen.

'Dat doet hij alleen maar omdat hij niet weet hoe hij Federico's jicht of een van zijn andere kwalen moet genezen,' zei Cecchi.

Ik hoorde dat de nagels van Piero's rechterhand waren uitgetrokken terwijl zijn handen al bloedden en dat hij wauwelend als een gek voor Vittore was neergeknield, de zoom van zijn tabbaard had gekust en hem trouw gezworen.

Ik wilde Miranda voor eens en altijd overtuigen van Vittores slechtheid, maar toen ze eindelijk wakker werd, herinnerde ze zich niets! *Niente!* Ze staarde me aan, haar pupillen groot en rond alsof ze me niet kende. Ze kauwde op haar lip en klaagde over een ijzersmaak in haar mond. Ik schonk een kom vol water en waste haar gezicht.

'Wat ruik ik?' vroeg ze.

Ze was nog zo jong, zo onschuldig. 'Dat is niets. Maak je geen zorgen.'

'Wat is het?' zei ze ongeduldig en toen duwde ze mijn hand weg en liep naar het raam.

'Er is brand geweest, in de stal. Een paar paarden zijn...'

Haar lichaam verstijfde. Haar herinneringen kwamen terug. Ze keek me woedend aan. 'Vittore? Ik moet...'

'Miranda...'

Ze wilde ervandoor gaan. 'Is alles goed met hem? Ik moet hem zoeken!'

Ik volgde haar naar de deur. 'Vergeet Vittore.'

Ze draaide zich snel om. 'Is hij dood?'

Christus aan het kruis! Het leek wel of mijn vader in haar was opgestaan!

Ze vloog me aan en sloeg me met haar vuisten. 'Ik haat u!' schreeuwde ze. 'Ik haat u!'

'Vittore geeft niets om je!' riep ik.

'Leeft hij dan nog?' En terwijl ze naar mijn gezicht keek, begon ze te lachen. 'Hij leeft!'

'Hij heeft je verkocht,' zei ik terwijl ik haar armen beetpakte. Ze begreep niet wat ik bedoelde. 'Hij heeft tegen Federico gezegd dat je de perfecte vrouw voor hem bent!'

Wie begrijpt er echt wat in het hoofd van een vrouw omgaat? In *Het boek van de hoveling* van Castiglione, waaruit Septivus Federico soms voorleest, is de ideale vrouw hoffelijk, bij de tijd, tactvol, grootmoedig, deugdzaam, afkerig van geroddel, en ook mooi en getalenteerd. *Potta!* Hebben ze het daarin wel over vrouwen van vlees en bloed? Werkten die vrouwen op de velden, zoals Elisabetta tot het uur waarin Miranda werd geboren? Zagen die kerels ooit de blijdschap van een naakte vrouw die radslagen maakt, zoals van Agnese? Hadden hun vrouwen ooit Helenes moed of Miranda's kracht? Nee, die leefden in een andere wereld.

De hele middag bestudeerde Miranda in de spiegel haar haren. Die waren altijd haar grote trots geweest, maar door de brand waren de uiteinden nu pluizig en de lengtes ongelijk. Hier en daar zaten kale plekken waar een gloeiend stuk hout het had weggeschroeid. Er moest iets aan gedaan worden, maar ik was bang dat als ik ook maar iets zou zeggen, ze nog meer van streek zou raken. Uiteindelijk kon ik mijn mond niet meer houden en zei: 'Misschien kun je een pruik opzetten of een sjaal dragen zoals Bianca...'

Alsof Miranda me het stilzwijgen wilde opleggen, pakte ze een mes en begon op het haar in te hakken alsof ze door de duivel bezeten was. Ik probeerde haar tegen te houden en na een worsteling kon ik het mes uit haar hand rukken.

'Ben je gek geworden?' riep ik. 'Je moet vanavond bij Federico aan tafel zitten.'

Ze was helemaal niet van streek; integendeel, ze glimlachte naar me alsof ze een kind was en zei: 'Vraag aan Lavinia en Beatrice of ze snel hierheen willen komen.'

Dat waren haar beste vriendinnen en toen ze hoorden wat er stond te gebeuren, kwamen ze onmiddellijk mee. Ze waren met afschuw vervuld toen ze haar haar zagen. Maar Miranda reageerde daar opgewekt op en zei dat ze zelf had geprobeerd het te fatsoeneren, maar een paar foutjes had gemaakt en nu hun hulp nodig had. Ze waren maar al te blij dat ze iets konden doen en, lachend en giechelend, sneden ze het vrij kort, behalve een krul die voor haar ene oog hing. Toen maakten ze haar gezicht op en kleurden haar lippen rood. Miranda stelde hun op een geslepen manier vragen om erachter te komen of ze wisten dat ze aan de heksensabbat had meegedaan... ze wisten het niet. Beatrice leende haar een prachtige blauwe *camora* met mouwen waarin kleurige vogels waren geweven. Miranda leende van Lavinia een halsketting en toen die zo vlak boven haar decolleté hing, had ik er alles om durven verwedden dat iedere man in Italië zijn hoofd daar neer had willen vlijen.

Midden onder dit gedoe kwam Tommaso aan de deur. 'Je hebt je haar geknipt,' zei hij, niet in staat om zijn verbazing te verbergen.

Miranda draaide zich om van haar kaptafel. 'Vind je het niet leuk?'

'Nee. Ja, ik... ik moet eraan wennen,' stamelde hij. 'Neem het me niet kwalijk.'

'En mijn japon?' Ze stond op en draaide voor hem in het rond. Tommaso kreeg een rooie kop. Hij zei dat hij nog nooit zoiets moois had gezien. Maar ze was nog niet klaar. 'En mijn schoenen?' En terwijl haar vriendinnen stonden te giechelen, strekte ze haar voet naar hem uit waarbij een van haar slanke enkels zichtbaar werd. Bang dat die arme jongen zou flauwvallen, vroeg ik hem waarom hij was gekomen.

'Luigi wil weten of er misschien iets speciaals is dat Miranda vanavond zou willen eten.'

'*Mangiabianco*,' antwoordde Miranda zonder enige aarzeling.

'Daar hebben we niet genoeg tijd voor,' zei Tommaso.

'Hmm...' zei ze met gefronst voorhoofd. 'Dan... wat... kalfsvlees...' Hij knikte. 'Met zout en venkelblad?'

'Ja,' antwoordde Miranda.

'En met marjolein en peterselie en andere kruiden,' zei Lavinia lachend.

'Ja. Ja, zo,' zei Miranda in haar handen klappend van plezier.

'En opgerold en aan het spit geroosterd,' voegde Beatrice eraan toe.

Tommaso stond in het midden van de kamer naar de grond te staren. 'En als dessert?' vroeg hij.

Miranda hief haar hoofd op om indruk te maken met haar lange, blanke nek. 'Kaastaart. En prosciutto.'

'Tegelijk met de kaastaart?'

'Nee,' zei ze hooghartig. 'Vóór de kaastaart.'

Tommaso knikte weer en stond op het punt om te vertrekken toen Miranda er nog aan toevoegde: 'Met meloen.'

Tommaso bleef staan. 'Prosciutto met meloen?'

'Ja,' zei ze, 'met meloen,' alsof iedereen wist dat het zo hoorde. Toen draaide ze zich naar de spiegel om terwijl de meisjes weer in lachen uitbarstten.

Alhoewel ze op tijd klaar was voor het avondmaal, kwam Miranda net ietsje te laat zodat iedereen haar zou zien binnenkomen. Ze verontschuldigde zich bij Federico maar gaf geen uitleg, ging tegenover hem zitten en schikte de voorzijde van haar *camora* om daarmee de aandacht op haar borsten te richten zoals Bianca ook altijd had gedaan. Toen glimlachte ze naar Federico. Ik had gezien dat ze die glimlach voor de spiegel had geoefend: haar lippen ietsje geopend, haar wenkbrauwen opgetrokken, en de kuiltjes in haar wangen leken net twee zachte parels.

Federico straalde. 'Een kleine prinses.'

De maaltijd verliep verder zoals alle maaltijden. Federico werd helemaal door zijn eten in beslag genomen. Zo nu en dan wierp hij een blik op Miranda, maar zei niets. De hovelingen spraken met elkaar, maar omdat Federico niets tegen Miranda zei, deden zij dat ook niet. Ik was bang geweest dat ze voor haar beurt zou spreken, maar nu maakte ik me er bezorgd om dat ze zou gaan huilen omdat ze genegeerd werd. Hoe Miranda zich ook voelde, haar gezicht behield een kalme uitdrukking alsof ze haar hele leven al zulke diners had bijgewoond. Toen serveerde Tommaso de prosciutto met meloen.

'Een uitstekende combinatie,' zei Cecchi.

'Ja,' beaamde Federico terwijl hij zijn vingers aflikte. 'Luigi is een veel betere kok dan Cristoforo,' zei hij en toen riep hij Luigi bij zich aan tafel.

De uitdrukking op Miranda's gezicht veranderde niet. Luigi moet hebben gedacht dat er iets mis was – dat was de enige reden dat de chef-kok ooit aan tafel werd geroepen – en terwijl hij zich naar Federico haastte, zei hij: 'Uwe Doorluchtigheid, als de prosciutto met meloen u niet behaagt, kan ik zo iets anders maken. Het was niet mijn idee om die schotel te maken en ik...'

'Van wie dan, van Tommaso?'

'Nee, Hoogheid. Maar het zou niet betamelijk zijn, Uwe Illustere Doorluchtigheid, om degene te verklikken wier schoonheid niet met haar ervaring kan wedijveren...'

'Was het jouw idee?' vroeg Federico aan Miranda.

Ze boog bescheiden haar hoofd. 'Ja, Uwe Doorluchtigheid.'

'Vergeef haar haar onwetendheid,' gniffelde Luigi. 'Ik zal iets anders...'

'Je doet helemaal niets anders,' zei Federico. 'Het smaakte voortreffelijk. Maak nog meer.'

De rest van de maaltijd werd Miranda betrokken bij de gesprekken en werd over elk onderwerp haar mening gevraagd. Meestal zei ze dat ze van zulke dingen geen verstand had, maar één keer citeerde ze Dante en een andere keer Polizian. Septivus had haar goed onderwezen. Ze zei dat ze de voorkeur aan de poëzie van het volk gaf boven die van de hoven.

'Zou je zo vriendelijk willen zijn zo'n gedicht voor ons voor te dragen?' vroeg Federico.

'Als ik de hertog daarmee een genoegen kan doen.'

'Ja,' zei Federico, 'je zou me een genoegen doen.'

Voorzichtig legde Miranda haar lepel naast haar bord, sloot haar ogen en vouwde haar handen. 'Mijn lievelingsgedicht gaat als volgt.' Ze schraapte haar keel en zei:

'Hoewel de zon hoog aan de hemel brandt,
tril ik van de rillingen der liefdesband.'

Het was doodstil aan tafel. 'Is dat alles?' zei Bernardo lachend.

'Er zijn slechts weinig woorden nodig om het hart van een geliefde te winnen,' antwoordde Miranda luchtig. 'Maar dan wel de juiste.'

'Bravo!' Federico applaudisseerde en voegde er wijzend naar Septivus aan toe: 'Dat geldt voor alles wat je wilt zeggen.'

Miranda bloosde. 'Neemt u me niet kwalijk, eerwaarde hertog, als ik te veel heb gezegd over een onderwerp waar vrouwen hun oordeel niet over kunnen...'

'Nee, nee, nee,' zei Federico. 'vereer ons alsjeblieft altijd met je aanwezigheid wanneer we dineren,' en toen liet hij een harde scheet om zijn woorden kracht bij te zetten. Miranda bedankte iedereen, vooral hertog Federico, gaf Nero een klopje op zijn kop, en verliet de tafel. Ze had tijdens de hele maaltijd niet één keer een blik op Vittore geworpen.

Federico volgde haar met zijn ogen totdat ze de zaal uit was. 'Ik ben helemaal naar Milaan gereisd om een prinses te zoeken en ze was hier al die tijd.'

Naderhand kwam Miranda gehaast naar me toe en vroeg: '*Babbo*, wat zei hertog Federico?'

Ik verzekerde haar dat hij hoog van haar had opgegeven en dat ze zich uitstekend had gedragen. Ze was verrukt en kwebbelde met haar vriendinnen over wat ze had gezegd, wat er tegen haar was gezegd, wat ze bij de volgende maaltijd zou dragen, wat ze dan zou zeggen, enzovoort enzovoort. Het verslag duurde drie keer zo lang als de maaltijd zelf. Toen haar vriendinnen ten slotte waren vertrokken, zei ze: '*Babbo*, als ik een rijke vrouw aan het hof word, zal ik ervoor zorgen dat u het goed hebt.'

Ik nam haar even in mijn armen en vroeg me af wat Federico met haar van plan was. Er was op één dag zoveel gebeurd – de herinnering aan de heksensabbat en de brand was al vervaagd – dat mijn gedachten zoals bladeren in een storm alle kanten op gingen. Later die avond stond ik op het binnenplein naar de sterren te kijken toen Tommaso naast me kwam staan. We leunden over de muur en keken naar de opeengepakte huizen van Corsoli die baadden in het licht van de maan. Hij zei: 'Ik zweer je dat ik niet tegen Miranda heb gezegd dat ze naar de heksensabbat moest gaan.'

Inwendig lachte ik erom dat hij dacht dat hij in staat was om Miranda waar dan ook toe over te halen. 'Nee, je kunt Miranda niet zeggen wat ze moet doen.'

Hij knabbelde op zijn nagels. 'Waarom heb je Miranda dan aan Federico weggegeven?'

'Dat heb ik niet gedaan, dat heeft Vittore gedaan.'

'Wat ga je ertegen doen?'

'Niets. Hoezo?'

Zijn ogen werden zo rond als de maan. 'Maar Miranda en Federico, dat kan niet!'

'Waarom niet?'

'Maar ze is...' Hij deed zijn ogen dicht en greep de muur vast.

'Je mag dan misschien niet tegen haar hebben gezegd dat ze naar de heksensabbat moest gaan,' zei ik, 'maar je hebt haar ook niet tegengehouden.'

Hij liet zijn hoofd hangen. 'Zij was degene die míj heeft overgehaald om mee te gaan,' antwoordde hij.

Die nacht had ik akelige dromen. Ik weet niet of dat kwam door de snufjes arsenicum die ik had ingenomen, maar ik droomde dat heel Corsoli dreef van het bloed. Hoe vaak ik ook wakker werd, ik droomde steeds weer hetzelfde. Er stroomde overal bloed. Uit alle monden, uit alle aderen, uit de poriën in mijn huid en uit de muren van het palazzo.

'We moeten hier weg,' zei ik de volgende morgen tegen Miranda. 'Ik vind wel werk in Florence of Bologna. We zouden naar Rome kunnen gaan.'

Ze keek me aan alsof ik mijn verstand had verloren. 'Waarom, *babbo*?'

'Er gaat iets verschrikkelijks gebeuren. Ik voel het.'

'*Babbo*, je hebt weer akelig gedroomd.'

'Ja, maar ik droomde het 's morgens, wanneer de waarheid duidelijker spreekt omdat hij verder weg van het lichaam is.'

'Dan moet je maar bidden dat je geen akelige dromen meer krijgt, *babbo*.'

'Nee, we moeten weg.'

'Maar hoe kan dat nou?' riep ze. 'Hertog Federico heeft de kleermaker opdracht gegeven om een paar nieuwe japonnen voor me te maken.' Ze stond op en danste door de kamer. 'Ik word een prinses!'

'Je doet dit om Vittore jaloers te maken.'

'Vittore?' antwoordde ze. 'Wie is dat, Vittore?'

Vanaf dat moment at Miranda elke avond aan Federico's tafel. Op de derde dag duwde Federico Nero van zijn stoel zodat Miranda naast hem kon zitten. Weldra imiteerde ze vogels en andere dieren, zelfs sommige hovelingen. Binnen een week was ze het middelpunt van de diners en ik kon mijn geluk niet op. Maar toch was ik er niet op voorbereid toen een bediende op mijn deur klopte terwijl Miranda naar haar lessen was, en zei: 'Federico is onderweg naar u toe.'

Ik had geen tijd om te vragen waarom. Als een idioot trok ik de zware kist naar mijn tafel en veegde er met één grote zwaai van mijn arm alle drankjes, kruiden, vergiften, tegengiften, al mijn experimenten en al mijn geschriften in. Ik had net wat wierook met kruiden aangestoken en de kussens op het bed opgestapeld toen Federico binnenkwam.

Ik boog. 'Ik voel mij zeer vereerd, Hoogheid.'

Federico kuchte en zwaaide met zijn hoed de pluimpjes rook weg. Ik doofde de wierook en zette een raam open. Hij ging op de kist zitten. In mijn haast had ik die niet goed dichtgedaan en een deel van mijn schrijfsels stak er nog uit.

'Waar houdt Miranda van?' vroeg Federico. 'Vittore zei dat jij dat wel wist.'

Ik had kunnen weten dat die klootzak hier achter zat. 'Ze houdt van zingen en op haar lier spelen.'

'Dat weet ik.'

'Toen ze jonger was, stond ze vaak bij het raam te zingen wanneer de zon onderging.'

'En verder?'

Ik kon niets bedenken omdat ik heel bang was dat hij mijn schrijfsels uit de kist zou zien steken. Ik zei dat ze vroeger op de boerderij tegen de dieren sprak alsof het haar vriendinnen waren, en dat ze graag op mijn rug paardje reed.

'Ik wil niet weten wat ze leuk vond toen ze drie was! Ik wil weten waar ze nu van houdt! Van wat voor juwelen? Van wat voor parfums? Van wat voor stijl japonnen?'

'Ze houdt van de meeste juwelen en parfums.'

'Ze houdt niet van rozenwater.'

'Behalve van rozenwater,' beaamde ik.

Hij zei: 'Jij gaat al je hele leven met haar om en ik nog maar een paar dagen, toch ken ik haar al beter dan jij.'

Hij stond op, snoof, zette zijn hoed op en vertrok. Ik opende mijn kist en redde van mijn experimenten wat er nog te redden viel, maar ik was niet in staat om er verder aan te werken. Er was iets wat Federico had gezegd dat me dwarszat. Hoe kon hij Miranda beter kennen dan ik? Dat was onmogelijk. Ik kende Miranda's stemmingen. Ik wist dat ze door de kamer danste als ze blij was. Dat ze zong om haar eenzaamheid te verdrijven. Dat ze op haar onderlip beet als ze van streek was. Was er dan nog meer dat ik zou moeten weten? Welke vader wist meer van zijn dochter dan ik? Wist Cecchi meer van Giulia? Wist Federico meer van zijn zoons? Miranda zou elk parfum heerlijk vinden, omdat ze er nog nooit een had gehad. Ze had nooit juwelen gehad en haar japonnen waren altijd afdankertjes geweest. Ze zou tevreden zijn met alles wat Federico haar zou geven.

De volgende dag gaf Federico een gouden armband en een pauwenveer aan Miranda. De dag daarna een beeld en een tiara. De dag daarna een met diamanten bezette handspiegel. Tegen het einde van de week waren we zo met geschenken overladen dat er in onze kamer geen plek meer was om te slapen. Federico verjoeg drie klerken uit de kamer naast de onze en gaf hem aan Miranda. Er werd een deur tussen onze kamers gemaakt. Federico zei tegen Miranda dat ze haar kamer mocht inrichten zoals ze zelf wilde. Ze wilde dat het plafond met sterren werd beschilderd, dat de vloer werd bedekt met tapijten, en ze zei tegen Grazzari dat hij op de muur tegenover haar bed een schildering van een Madonna met kind moest maken.

'Vraag haar alsjeblieft of ik iets anders mag schilderen,' klaagde Grazzari. 'Ik heb het kindeke Jezus geschilderd op de schoot van de Madonna, staand op haar knieën en liggend in haar armen. Ik heb hem met blond haar geschilderd, met zwart haar, met krullend haar en zonder haar. Ik heb hem slapend en wakker getekend, glimlachend naar de hemel, wijzend in een boek en een leeuw zegenend. Ik ben het zo zat om de Madonna met kind te schilderen. Ik wil iets anders schilderen.'

Miranda wilde per se dat er een Madonna met kind kwam en dus schilderde Grazzari dat.

Miranda stond laat op en bracht uren door met het opstellen van de nieuwe meubels. Ze veronachtzaamde haar lessen. Federico zei: 'Ze heeft geen scholing meer nodig. Ze is al slimmer dan de hele hofhouding bij elkaar.'

Ik hoopte dat hij zo over haar bleef denken, omdat, ook al hield ik meer van Miranda dan van het leven zelf, ze soms geen flauw idee had waarover ze het had en als ze van streek raakte, begon haar stem te piepen. Het kon Federico niets schelen. 'Ze heeft de hals van een zwaan,' zei hij. 'Haar haren zijn als een donkere rivier. Haar ogen glimmen als vuurvliegjes.' Hij vroeg of haar pies naar bergamot rook.

'Haar pies? Ik weet het niet.'

'Jij bent haar vader. Hoe kan het dan dat je niet weet hoe haar pies ruikt?'

En weet jij dan, wilde ik vragen, hoe de drollen van je zoon ruiken? Maar ik zei het niet. Het maakte niet uit wat ik, of wie dan ook zei. *Completamente in adorazione!* Hij aanbad haar. Hij verstopte zich achter pilaren om haar langs te zien lopen terwijl de bedienden net deden alsof hij er niet stond. Hij gaf, om haar een genoegen te doen, zijn barbiers de opdracht zijn piekerige haren in verschillende modellen te kammen. Piero maakte zoetgeurende vloeistoffen voor zijn huid en twee kleermakers werkten dag en nacht om nieuwe tabbaards, strakke broeken en hoeden voor hem te naaien.

'Federico is verliefd,' werd er in het hele paleis gegiecheld. Hoe hevig verliefd, zag ik toen Miranda vertelde over de serenades die ze de geiten vroeger bracht. Federico bracht net een lepel vol fijngesneden, gezouten tong bereid met specerijen en azijn naar zijn mond, toen Miranda zijn arm tegenhield en begon te zingen.

Ohi me! dacht ik, ze houdt Federico van zijn eten af! Maar Federico zei niets. Hij zat daar maar, de lepel centimeters van zijn gapende grot vandaan, terwijl Miranda drie coupletten van haar liedje zong. En pas toen ze klaar was, liet ze zijn arm weer los.

'Prachtig,' zei Federico, terwijl hij in zijn handen klapte.

'Ze heeft een stem,' zei Septivus nadenkend, 'die niet zozeer als van een vogel is, maar als van een engel.'

'Ja, en niet zomaar een engel,' viel Bernardo hem bij, 'maar een engel die dicht bij God staat.'

'Alle engelen staan toch dicht bij God,' zei Vittore. 'Daarom zijn het engelen.' Hij had een elegant groenfluwelen jasje met bijpassende broek aan, hoewel zijn haren nog steeds in de war zaten en zijn borst nog vol amuletten en talismannen hing.

'Zo is het, Vittore,' zei Federico. 'Ze ís een engel.'

Een week lang at Federico elke dag een soep van kruidnagelen, laurier, selderie en artisjok, gevolgd door een gelaagde pastei met ham en fijngehakte lamsniertjes gedrenkt in wijn. Er zat ook nog iets anders in.

'Plakjes geitenballen,' zei Tommaso terwijl we op het binnenplein naar de ondergaande zon stonden te kijken. 'Bestrooid met zout, kaneel en peper.'

Dat was het enige dat hij kon zeggen, omdat Federico precies op dat moment op ons afstormde, wijzend naar de strook licht die de bergtoppen in vuur en vlam zette en riep: 'Zien jullie die zon?!' Hij haalde diep adem en bralde:

> *'Mijn hart is als de zon*
> *Want als jij verlaat de hal*
> *Wordt het donker overal*
> *En... en...'*

We wachtten. Hij haalde diep adem, sloot zijn ogen. Tommaso stond naast mij en Federico stond schuin voor ons. Tommaso bracht zijn hand naar zijn dolk.

'Mijn hart is als de zon,' zei Federico weer.

De dolk was half uit de schede getrokken.

'Want als jij verlaat de hal...'

Ik legde mijn hand op Tommaso's arm om hem te beletten de dolk nog verder uit de schede te trekken.

'Een sonnet,' bulderde Federico. 'Ik wil een sonnet schrijven.' Hij draaide zich ineens om.

Mijn hand was weer op zijn plaats en Tommaso's dolk ook. 'Ik denk dat het een prachtige uiting van liefde zal worden, Uwe Doorluchtigheid.'

'Ik ook. Ik moet Septivus opzoeken.' En toen haastte hij zich weer weg.

Tommaso's gezicht was wit van woede. 'Ik had hem wel...' begon hij.

Ik wees met een schuin hoofd naar de drie schildwachten die bij de ingang van het paleis stonden. 'We zouden allebei zijn gedood en ik heb er absoluut geen trek in om door jouw stommiteiten het loodje te leggen!'

'En ik heb er absoluut geen trek in, en ik zal ook zorgen dat het niet gebeurt, dat Miranda door jouw egoïsme het loodje legt!' schreeuwde hij. En voor het eerst geloofde ik hem.

Later die avond ging ik bij Septivus langs. Hij zat bij kaarslicht te werken, zijn haren wanordelijk, terwijl hij dezelfde regels telkens weer mompelend herhaalde:

> *Mijn hart is als de zon*
> *Want als jij verlaat de hal*
> *Wordt het donker overal...*

Septivus had niet meer geslapen sinds Federico verliefd was geworden. Niemand trouwens. De liefde had Federico zo erg veranderd dat zelfs degenen die hem goed kenden, niet wisten wat ze van hem konden verwachten. Hij trok aan Cecchi's baard en stak de draak met Piero's gegiechel. Hij geloofde niet meer dat de wereld de vorm van een driehoek had, hij dacht nu dat die de vorm van een hart had. Hij verbaasde ons door te zeggen: 'Ongetwijfeld is het zoals Cicero zegt: "Er is niets wat niet kan worden bereikt met een beetje vriendelijkheid. Of mag ik zeggen, met liefde?"'

We juichten en applaudisseerden. Federico citeerde Cicero! Hij had Miranda niet verkracht en drong zichzelf ook anderszins niet aan haar op. Hij wilde dat zij ook van hem ging houden. De liefde was in hem opgebloeid, en hoewel de muren van woede en wreedheid niet bepaald ineenstortten wanneer zijn macht in het geding was, verscheen er toch hier en daar een gaatje in. Alsof ze dit wist, deed Miranda haar best om die nog groter te maken. 'Ik wil naar Venetië, op een kameel rijden en de Heilige Vader ontmoeten,' verkondigde ze tijdens een spelletje triktrak.

Er verschenen rimpels van verrukking om Federico's ogen waardoor deze verdwenen tussen de vetplooien in zijn gezicht. 'Ik zal je volgend jaar meenemen naar Venetië en ik zal een kameel voor je kopen.'

'En de paus?' vroeg Miranda. Ze pakte verschillende stenen van Federico van het triktrakbord en klapte in haar handen van plezier.

'De paus niet,' antwoordde Federico.

'Waarom niet?' zei Miranda op dwingende toon.

'Omdat ik het zeg!' snauwde Federico. Miranda bleef doorspelen alsof ze hem niet had gehoord. Toen keek ze op en zei onschuldig glimlachend: 'De Federico over wie ik heb horen vertellen, nam als kind net zo vaak het woord "paus" in zijn mond als hij nu op venkelzaadjes knabbelt. Hé, kijk nou,' zei ze terwijl ze een steen op het bord verplaatste. 'Ik win. Alweer. Kunnen we nou naar Rome of niet?'

Federico staarde haar aan. Ik zag dat hij wilde glimlachen, maar zijn woede belette hem dat. 'We zien wel,' zei hij kortaf.

Hij was dol op elk woord uit Miranda's mond, maar ontdekte er soms betekenissen in die ze er helemaal niet in had willen leggen. Toen ze terloops opmerkte dat de andere meisjes de spot met haar hadden gedreven toen ze nog maar pas in het paleis woonde, gaf Federico bevel ze te halen – sommige waren nu getrouwd en hadden kinderen – en dreigde hun tongen af te hakken als ze ooit nog een keer iets lelijks over Miranda zouden zeggen.

Ik smeekte haar voorzichtig te zijn. Federico had ooit juwelen aan een hoer gegeven, alleen maar om haar er de volgende dag van te kunnen beschuldigen dat ze die gestolen had. 'Vergelijkt u mij met een hoer?'

'Natuurlijk niet. Ik smeek je alleen voorzichtig te zijn.'

Ze rolde met haar ogen. 'U maakt zich te veel zorgen.'

Omdat Federico op mijn dochter verliefd was, waren er een heleboel vrouwen die mij wilden versieren. *Potta!* Het was al een hele tijd geleden dat ik met een vrouw naar bed was geweest, maar door het beeld van Helene voor ogen te houden, was ik in staat om de verleiding te weerstaan.

Op een avond zag ik Federico en Vittore onder een boom in Emilia's tuin staan. Terwijl ik toekeek, hief Vittore zijn armen op naar de maan en sprak een gebed uit dat Federico hem nazei. Toen tilde Vittore het deksel op van een kommetje dat hij bij zich had, en Federico, die eerst om zich heen keek om er zeker van te zijn dat niemand het zag, doopte toen zijn hand erin, haalde er een of ander papje uit en smeerde dat op zijn ballen. Ik haastte me naar de keukenmeid en vertelde haar wat ik had gezien.

'Wat eet Federico de laatste tijd?' vroeg ze.

Ik vertelde haar over de soep met kruidnagelen, de pastei met ham en de plakjes van geitenballen.'

'Afrodisiaca,' zei ze giechelend.

Maar die zouden weleens niet kunnen werken, dacht ik bij mezelf. Nu wist ik waarom Federico niet geprobeerd had Miranda te verkrachten of zichzelf aan haar op te dringen. Hij kon hem niet omhoogkrijgen. Ik hoopte maar dat dat geen negatieve invloed zou hebben op zijn liefde voor haar of zijn goede humeur.

Er bleven nog genoeg redenen over om bang voor Federico te zijn. Bij het ontbijt merkte Miranda op dat rozen haar lievelingsbloemen waren. Federico beval twintig bedienden om alle rozen in het dal te plukken en ze bij het diner aan Miranda aan te bieden. 'Ik wil haar verrassen.'

Maar de rozen stonden niet meer in bloei. Razend beval Federico de bedienden in het gevang te gooien en de oudste van hen op de pijnbank te leggen.

'Vraag Federico of hij ze vrij wil laten,' zei ik tegen Miranda. 'Het is niet hun schuld.'

Miranda weigerde. 'Dat kan ik niet. Hij doet het voor mij, om te laten zien hoeveel hij van me houdt.'

'Je zult vijanden maken.'

'Ik?' Ze pakte de handspiegel en borstelde haar haren. 'Maar ik heb niets gedaan.'

'Je bent vergeten waar je vandaan komt.'

'Waarom zou ik me dat willen herinneren?' zei ze lachend.

'Zo heb ik je niet opgevoed.'

'O, nee?' Ze hield de spiegel omhoog zodat ik er mijn gezicht naast dat van haar in kon zien. 'Denkt u dat u zoveel van mij verschilt? Alles wat ik ben, heb ik van u geleerd. Voor het eerst van mijn leven geeft iemand me alles wat ik wil en u bent jaloers.'

'Ik probeer je te beschermen.'

'Tegen wie?'

'Tegen jezelf,' antwoordde ik.

Ze legde de spiegel neer. 'Ik geloof dat u niet wilt zeggen wie u werkelijk bedoelt.'

Ik greep haar bij de schouders vast. Ze keek naar mijn handen alsof ze het niet waard waren om haar aan te raken. Ik gaf haar een klap en ze viel op de grond met haar hand tegen haar wang. Terwijl ik haar overeind hielp, smeekte ik haar om vergiffenis. Ze stond langzaam op, haar ogen ijskoud, haar wang rood van mijn hand.

'Als u dat ooit nog een keer doet, zeg ik het tegen Federico.'

Ik liep weg en trok de deur tussen onze kamers achter me dicht.

Elke dag veranderde de wereld een beetje. Miranda bracht haar tijd door met alles wat haar tot een prinses zou maken, Federico bracht zijn tijd door met achter Miranda aan lopen en liet het bestieren van het palazzo aan Vittore over. Vittore zag toe op de naleving van de wolcontracten. Hij verbood Bernardo om nog langer astrologische interpretaties te geven en dwong Piero om hem te laten zien hoe hij zijn drankjes maakte. Hij maakte ruzie met Cecchi en Septivus mocht Federico niet langer voorlezen. Schildwachten begeleidden hem overal waar hij ging. Eerst twee, toen vier.

Niet lang daarna hoorde ik geschuifel voor de deur van mijn kamer. Toen ik die opende, kwamen Cecchi en Septivus snel binnen. 'Kaarsen zijn moeilijk te krijgen,' zei Cecchi en toen doofde hij de mijne. We stonden in het donker en de maan wierp een schaduw over onze gezichten. Cecchi schraapte zijn keel, zoals hij altijd deed voordat hij iets belangrijks ging zeggen. 'We maken ons zorgen om het lot van Corsoli. We hebben het gevoel dat, omdat hertog Federico zo volledig in beslag wordt genomen, hij niet luistert naar de beste adviezen.'

'Naar wiens adviezen luistert hij dan?'

'Naar die van Vittore.' Cecchi trok aan zijn baard.

'Vittore heeft met verschillende soldaten aangepapt,' zei Septivus. Met andere woorden, hij werd te goed beschermd om hem makkelijk te kunnen vermoorden.

'Waarom vertellen jullie me dit?'

'Jij hebt de hertog naar wens gediend,' zei Cecchi behoedzaam. 'Hij gaat met je dochter trouwen. Jij staat dicht bij hem. Misschien kun jij een manier bedenken om Corsoli te redden.'

Een vleermuis vloog door het raam naar binnen en door de kamer, terwijl zijn vleugels verwoed klapperden. 'Een voorteken!' zei Septivus.

Maar wat voor soort voorteken, vroeg ik me af toen de vleermuis weer naar buiten vloog. 'Als ik iets doe om Corsoli te helpen...'

'Zullen we voor altijd bij je in het krijt staan,' antwoordde Cecchi. We pakten elkaar bij de armen vast.

Nadat ze waren vertrokken, ging ik bij het raam zitten. Het regende niet zoals nu, en de sterren hingen zo laag dat ik ze kon aanraken. De heuvels die oprezen aan de donkere, fluwelen hemel, zagen er meer als een schilderij van de natuur uit dan als de natuur zelf. Ja, niets was meer echt. Er was net iets gebeurd dat ik nauwelijks kon bevatten. Ik, Ugo DiFonte, voorproever van hertog Federico Basillione DiVincelli, werd als een hoveling behandeld.

Hoofdstuk 28

Ik had altijd geprobeerd levens te redden, of het nou dat van Miranda was, of dat van mezelf, of van Federico. Nu was me gevraagd om een moordenaar te worden. Ook al had ik geprobeerd om Vittore in de stal te vermoorden, het van a tot z uitdenken van een plan om hem te doden bracht me in verwarring. Ik vroeg me af of God toekeek. Ik merkte dat ik vaak een blik over mijn schouder wierp en glimlachte om geen andere reden dan dat ik bang was dat mijn gezicht mijn gedachten zou verraden. Toen herinnerde ik me weer dat Vittore Toro had vermoord, mijn beste vriend, dat hij Miranda bijna had verkracht en nog veel meer, en dat maakte een... woede...

Ik kan niet schrijven als ik bilzekruidsap heb gedronken. Mijn ogen werken niet goed meer, dingen worden groter en dan weer kleiner, en niets is wat het lijkt te zijn. Mijn hoofd doet zeer. Ik zal later verder gaan.

Abt Tottorini zei vaak dat God alles ziet, maar als dat zo is, waarom heeft Hij dan toegestaan dat Vittore Hem vervloekte en heeft Hij geen wraak genomen? Wacht Hij ergens op, en zo ja, waarop dan? Hij, God, kan op elk moment wraak nemen. Maar als het is zoals ik denk, dat God níet alles ziet, dan is het ongetwijfeld de plicht van degenen die wel zien, om in Zijn naam de wapens op te nemen. Als Vittore de duivel was, zoals hij zelf zei, dan was ik een soldaat van Christus. Bovendien wist ik dat als Vittore van plan was mij te vermoorden, dat hij zich er niets van zou aantrekken of God hem wel of niet zag! Het kon Vittore niet schelen of God wel of niet bestond. Dus telkens wanneer de scepter der twijfel boven mij hing, liet ik mijn gedachten gaan over de eerzaamheid van mijn taak en was vol trots dat God mij had uitgekozen die te volbrengen, en ik zwoer dat ik mijn poging niet zou laten varen tenzij ik bij de uitvoering daarvan zou sterven.

We waren het er dus over eens, vanwege de schildwachten die Vittore had, dat het onmogelijk was om hem vanuit een hinderlaag aan te vallen, en hem vergiftigen zou even moeilijk zijn. Dus lette ik op, wachtte ik af en stelde vragen aan de bedienden, van wie sommige zo gek op hem waren dat ze me veel meer vertelden dan ik ooit had willen horen. *Jesus in sancto!* Wat een stomme wijven waren het toch! Maar via hen ontdekte ik wel dat Vittore nooit iemand in zijn kamer toeliet en dat hij, als hij wegging, niet alleen altijd de deur op slot deed, maar er ook een schildwacht voor zette totdat hij terugkeerde. Dat zou hij alleen maar doen als hij iets te verbergen had en ik was vastbesloten om met mijn eigen ogen te zien wat dat was.

Ik durfde zijn schildwacht niet om te kopen omdat zo'n kerel het geld zou kunnen aannemen en het daarna toch aan Vittore vertellen, dus twee weken lang smeedde ik plannen, en aan het einde daarvan was ik niet dichter bij een plan dan ik aan het begin was geweest. Ik was de wanhoop nabij toen God de Almachtige mijn missie zegende door me de oplossing aan te reiken. Dat ging zo:

Federico kon niet schijten en Piero, die weer voor hem zorgde, liet, om Federico's ingewanden te laten ontspannen, een extra bord fruit aanrukken waaroverheen verschillende citroenen waren uitgeknepen. Het werkte zo goed dat Federico nauwelijks tijd had om zijn bed uit te komen voordat hij als een paard moest kakken. Toen ik dat hoorde, vroeg ik aan Cecchi of hij wilde zorgen voor een sleutel die op Vittores kamer paste, en zodra hij me die had gegeven, droeg ik Luigi op om aan Vittores schildwachten hetzelfde ontbijt te geven als Piero aan Federico had gegeven. Ze aten het gulzig op en het enige dat ik hoefde te doen, was wachten. Het duurde een paar dagen, maar toen de schildwacht voor de deur van Vittores kamer wegliep om zijn behoefte te doen, glipte ik de kamer binnen.

Potta! Moge ik nooit meer zo'n kamer als die van mijn broer hoeven zien. Het rook daar alsof er een zwerm vleermuizen het loodje had gelegd. Maar het was niet alleen de stank. Vittore moest alle straten van Corsoli, Venetië en Rome hebben afgeschuimd en alle afgedankte spullen die op zijn pad kwamen hebben verzameld. De vloer stond en lag vol met gehavende kisten, smerige strozakken, vazen met barsten, kapotte manden en gekliefde helmen met opgedroogd weefsel van hersenen er nog aan vastgeplakt. Bebloede kleren lagen in bergen op de vloer naast versleten zadels, zwaar beschadigde stoelen en gebroken zwaarden. Waar hij dat allemaal had gevonden, was me een raadsel. En ook waarom hij het bewaard had. Misschien had hij door zijn werk als soldaat én als bandiet zijn verstand verloren.

Een grote schrijftafel bedolven onder de boeken stond aan de ene kant van de deur en drie volle kwispedoors aan de andere kant. Ik probeerde de boeken te verplaatsen, maar ze vielen bij mijn aanraking al uit elkaar. De kwispedoors waren zo vol dat de kwat over de zijkanten liep, en ik werd misselijk van de stank. Ik kroop onder de schrijftafel door, klom toen over bergen kleren en kapotte meubels heen totdat ik bij de muur aan de andere kant kwam, dicht bij het bed. Ik stond op en zette een luik open. Talloze erbarmelijke geuren vlogen naar buiten en frisse lucht stroomde naar binnen. Ik deed mijn ogen dicht en haalde even diep adem. En toen rook ik het! Een geur zo vaag dat alleen een voorproever zoals ik die zou opmerken. Ik ging mijn neus achterna tot de achterkant van het bed en daar, verborgen onder de lakens, lagen zes kleine flesjes met onder andere gember, gemalen torren, kaneel en kwik. Geen wonder dat Federico zo raar deed. Het waren afrodisiaca waar je waarschijnlijk net zomin iets aan had als ik aan mijn amuletten, maar sommige waren wel tien keer zo dodelijk.

Ik deed heel kleine hoeveelheden arsenicum in elk flesje en legde ze op één na terug waar ik ze had gevonden. Toen spurtte ik de kamer uit, waarbij stoelen en wapens en boeken op de grond vielen. De schildwacht, die inmiddels was teruggekeerd, schrok zo erg dat ik langs hem kon rennen voordat hij me kon tegenhouden. Ik vloog de trap af en riep: '*Salvate il Duca!* Red de hertog!'

Deuren gingen open alsof ik de wederkomst van Christus verkondigde. Ik bleef doorrennen en roepen: '*Salvate il Duca. Salvate il Duca!*' Ik rende over het binnenplein en luidde de stalklok. Schildwachten kwamen met getrokken zwaard te voorschijn.

'Is Federico dood?' gilden ze. Ze grepen mijn arm beet, maar ik rukte me los en rende de marmeren trap naar het paleis op, door de gangen, langs de keuken, weer een trap op en een andere af, door de tuin, en verzamelde mensen als monniken geld. En de hele tijd riep ik: 'Red de hertog! Red de hertog!'

Degenen die me achternakwamen, begonnen ook te roepen, ook al wisten ze niet waarom. Hun gezichten werden rood, het bloed kolkte in hun aderen, hun kreten weergalmden tussen de paleismuren. Ik zag Cecchi. 'Red de hertog!' schreeuwde ik. Onmiddellijk rende hij achter me aan en zweepte de andere mensen op. 'Red de hertog! Red de hertog!'

Ik werd nu gevolgd door schildwachten, wasvrouwen, klerken, lakeien, keukenhulpen en stalknechten. Meer dan vijftig stemmen en twee keer zoveel wapens. Ik leidde ze de trappen op naar Federico's privévertrekken. De schildwachten voor zijn deur trokken hun zwaarden, maar ze raakten in de war omdat we niet kwamen om de hertog aan te vallen maar om hem te redden. Ik had niet voor mijn gezondheid de hele tijd als een idioot gerend en geschreeuwd – rennen is juist níét goed voor je gezondheid – maar omdat ik bad dat Federico ons zou horen, en God verhoorde mijn gebed. Federico deed zelf de deur open.

'Red de hertog! Red de hertog!' riep ik buiten adem.

'Hoezo moet ik gered worden?' vroeg Federico. Hij had een zwaard in zijn hand en hij trok zijn nachthemd om zich heen terwijl hij zich een weg tussen de schildwachten door baande.

'U mag niet worden vergiftigd!' Ik hield het flesje omhoog. 'Door hem!' gilde ik, en ik wees naar Vittore die achter hem in de deuropening stond. Tot dat moment wist niemand waarom ik zo had geschreeuwd. Nu trokken Vittores schildwachten hun zwaarden en dolken. Vittore rende op me af maar kon niet bij me komen omdat de gang te smal was en de schildwachten in de weg stonden.

'Hij mengt arsenicum door uw afrodisiaca,' zei ik en toen zwaaide ik het flesje onder Federico's neus heen en weer. Met een ruk schoot zijn hoofd naar achteren alsof hij gebeten was.

'Iemand heeft arsenicum uit mijn apotheek gestolen!' riep Piero.

'Dood hem!' zei Cecchi.

'Verbrand hem!' riep Bernardo.

'Dit is een samenzwering!' schreeuwde Vittore. 'Ik heb helemaal geen arsenicum. Ugo is degene die vergiften op zijn kamer heeft.'

Het bloed trok uit mijn gezicht toen Federico zich snel naar mij omdraaide. 'Heb jij vergiften op je kamer?'

De tijd kroop voorbij. Er ging van alles door me heen, maar ik moest helder blijven nadenken. 'Hoogheid,' zei ik rustig, 'u bent in mijn kamer geweest. U kwam geheel onverwacht. U hebt daar gezeten, we hebben gepraat, u hebt geen vergiften gezien.'

'Hij liegt,' riep Vittore.

'Dat is een truc om uw aandacht af te leiden. Kijk eerst in zijn kamer, daarna in de mijne.' Ik hoopte dat Federico naar me wilde luisteren, want als hij eerst naar mijn kamer ging, zou hij genoeg vergiften vinden om het hele leger van Caesar om zeep te helpen!

Cecchi zei: 'Ugo heeft u trouw gediend. U kunt later nog altijd in zijn kamer kijken.'

Vittore probeerde tegen te sputteren, maar de bedienden, wier loyaliteit net zo veranderlijk was als een zomerbriesje, schreeuwden: 'Kijk in Vittores kamer!'

Federico marcheerde op naar Vittores kamer terwijl iedereen achter hem aan liep, elkaar verdringend, duwend, trekkend en schreeuwend. Vittores schildwacht verdween zodra hij Federico zag. Ik deed de deur open. Federico kroop niet onder de schrijftafel door of over de smerige kleren. Hij verschoof geen kwispedoor.

Alleen al de aanblik van de kamer was voldoende om hem razend te maken, zoals ik al verwacht had.

'Hoogheid...' begon Vittore.

Federico negeerde hem en zei tegen mij: 'Hoe wist je dit allemaal?'

'Met alle respect, Uwe Doorluchtigheid, maar sinds u Vittore als uw raadsman hebt aangesteld, hebt u soms dingen gezegd en gedaan die niet altijd in uw eigen belang waren.'

'Wat heb ik dan gedaan?' Federico's ogen werden tot spleetjes.

'U hebt vis gegeten en als men daar te veel van eet, veroorzaakt dat zwarte gal.'

'Dat is niet waar,' snauwde Vittore.

'Wis en waarachtig wel!' reageerde Piero.

Cecchi deed ook nog een duit in het zakje en zei: 'U hebt een man die geen ervaring met financiën heeft, toegestaan zich in te laten met de wolhandel. We hebben geld verloren.'

'Dat is niet waar!' schreeuwde Vittore.

'Bij de mensen van Corsoli was u lange tijd geliefd vanwege uw wijsheid, uw rechtvaardigheid en uw goedheid, Hoogheid...' zei ik.

'Is dat soms ook niet waar?' zei Federico terwijl hij zich tot Vittore wendde.

'... maar we kennen u nauwelijks meer terug,' ging ik verder.

'*La cospirazione*,' snauwde Vittore.

Federico gaf hem zo'n harde klap met het gevest van zijn zwaard dat Vittore op de grond viel. 'Gooi hem in het gevang.'

Terwijl ik keek hoe de soldaten Vittore wegvoerden, verbaasde ik me erover hoe makkelijk het was gegaan. Alsof het niets was, ging Vittore de gevangenis in en hij zou waarschijnlijk ter dood worden gebracht. Ik had niet in het minst medelijden met hem. Dat hij mijn broer was, maakte voor mij geen verschil. Misschien was ik als moordenaar wel beter dan als voorproever.

Piero gaf Federico een aderlating, onderzocht zijn speeksel en zijn stront, en zei dat, omdat wij ervoor hadden gezorgd dat het vergiftigen was opgehouden, hij dacht dat Federico nog minstens tot in de volgende eeuw zou leven. Federico duwde hem opzij en rolde zijn bed uit.

'Ik gooi Vittore in de kokende olie,' zei hij terwijl hij zijn broek aantrok. 'Daarna leg ik hem op de pijnbank.' Terwijl hij zijn hemd stond aan te trekken, zei hij: 'Ik zal hem zijn eigen vergif te eten geven en zijn hart uit zijn lijf snijden.' Tegen de tijd dat hij zijn schoenen aanhad, wilde hij eerst Vittores hart uit zijn lijf snijden, hem dan vergif toedienen en hem daarna pas op de pijnbank leggen. Ik wierp een blik op de anderen en wist wat ze dachten: dit is weer de oude Federico. Langzaam verscheen er een grijns op zijn gezicht. 'Hoorden jullie dat?' vroeg hij.

Het enige dat ik hoorde was de leeuw die brulde.

Federico glimlachte. 'We zullen op mijn bruiloft een *caccia* houden. En dan gooien we Vittore voor de leeuw.'

We staarden Federico aan. 'Uw bruiloft?' zei Cecchi trekkend aan zijn baard.

'Ja, mijn bruiloft,' antwoordde Federico alsof hij zojuist had besloten om op jacht te gaan. 'Ik ga met Miranda trouwen.'

Met Miranda trouwen!

'Dat is een briljant idee!' riepen de anderen in de kamer. 'Een besluit ingegeven door God! Dan zullen er jongetjes worden geboren. Ze zal een waardige gezellin voor u zijn.' Het regende complimenten.

'En jij, Ugo?' vroeg Federico. 'Wat zeg jij ervan?'

'Ik ben sprakeloos, Uwe Doorluchtigheid. U bewijst mij te veel eer. Hoe kan ik dat ooit goedmaken?'

'Jouw dienstbaarheid aan mij is genoeg.'

'Maar ik zal mijn eigen dochter toch niet hoeven dienen?'

'Waarom niet?'

'En als ik dat nou eens weiger?' flapte ik er zomaar uit.

'Weiger?' Verrijzend als Neptunus uit de zee schoot hij plotseling naar de haard en trok de pook uit het vuur. Hij was volstrekt vergeten dat ik net zijn leven had gered! Schildwachten grepen me bij mijn armen beet en draaiden me om zodat ik met mijn *culo* naar Federico stond.

'Hoogheid,' riep Cecchi, 'als u Ugo vermoordt, zal zelfs de reden waarom u hem juist als voorproever wilt houden, niet meer opgaan. Geef Ugo zijn eigen voorproever, en dan blijft hij toch uw eten proeven. Dat is toch wel voldoende, nietwaar, Ugo?'

Ik voelde de hitte van de pook, rook dat mijn broek verbrandde. Mijn hol spande zich zo erg dat ik drie dagen lang mijn gevoeg niet kon doen. 'Ja,' zei ik naar adem snakkend.

'Laat hem los,' beval Federico.

Ik viel totaal kapot op de grond.

Federico schopte me met zijn voet. 'Zijn eigen voorproever,' lachte hij en terwijl hij zich tot de anderen in de kamer richtte, zei hij: 'Hij heeft de moed van een leeuw.'

Als God zelf mij had geprezen, had ik niet blijer kunnen zijn. Federico had eindelijk mijn verdienste erkend. Ik kuste de zoom van zijn tabbaard en mompelde: '*Mille grazie, mille grazie.*'

'Je wilde zeker dood,' zei Cecchi hoofdschuddend toen we buiten op de gang voor Federico's privévertrekken stonden.

'Nee, ik wil leven! Vittore zit gevangen, mijn dochter gaat met de hertog trouwen, en nu, na bijna vijf jaar, zal ik weer van eten kunnen genieten.'

Hoe zou hij nou kunnen begrijpen hoe ik me voelde? Hoe zou wie dan ook het kunnen begrijpen? Ik zou nu eindelijk weer in staat zijn om normaal te eten. Nee, niet alleen maar eten, maar kauwen, schransen en zuigen zonder angst om vergiftigd te worden! Ik kon even snel knabbelen als een konijn of even langzaam als een schildpad. Ik kon zo stilletjes als een hazelmuis knagen of even luidruchtig smakken als een zwijn. O, wat een genot! Wat een vreugde! Ik danste door het paleis ook al kon iedereen mijn *culo* zien, maar het kon me niks schelen! O, kon mijn vader dit maar zien. Ik kon niet wachten om het aan Vittore te vertellen.

Dat was op de avond waarop ik dit manuscript begon te schrijven. God had mijn gebeden verhoord en het leek alsof alle ellende eindelijk voorbij was. Ik zal nu opschrijven wat er is gebeurd vanaf

die dag drie maanden geleden waarop het huwelijk werd aangekondigd, want net zoals zware regens de loop van een rivier kunnen veranderen, zo achtte God het in Zijn wijsheid gepast om de
loop van mijn leven weer eens te veranderen.

Ik wilde het zelf aan Miranda vertellen. Haar droom om prinses
te worden zou uitkomen en ze zou alles krijgen wat haar hartje be-
geerde. Maar het nieuws van de bruiloft had zich zo snel verspreid
dat, terwijl ik nog terug naar onze kamer liep, hovelingen en was-
vrouwen en staljongens me al tegemoet renden om me te feliciteren. Iedereen was blij behalve Tommaso.
'Dit is wat je altijd hebt gewild,' zei hij beschuldigend tegen me.
'Je hebt je kans gehad.'
'Ik zal een nieuwe krijgen.'
Ik wilde weten wat hij bedoelde, maar eerst moest ik Miranda
vertellen welk geluk haar te wachten stond. Maar ze wist het al.
Haar vriendinnen borstelden haar haren, kusten haar wangen en
voorspelden haar de toekomst: 'Federico zal heel Italië op de bruiloft uitnodigen. Hij zal je meenemen naar Venetië. Hij zal een
nieuw paleis voor je laten bouwen.' Ze beweerden dat de bruiloft
de daaropvolgende maand plaats zou vinden, en toen dat het tijdens het midzomerfeest zou zijn. Eerst zouden er tweehonderd gasten komen, toen driehonderd, toen zeshonderd.
Die avond ging Bernardo te rade bij zijn kaarten en hij zei dat
de beste dag voor de bruiloft de dag was waarop Jupiter en Venus
op één lijn met de zon stonden en dat zou in de laatste week van
juni zijn, over vier maanden. Federico besloot dat de bruiloft acht
dagen zou duren en dat er vier banketten zouden worden gegeven,
een spektakelstuk zou worden opgevoerd en een steekspel en een
caccia zouden worden gehouden. Het zou de duurste en grootste
bruiloft worden die Corsoli ooit had meegemaakt.

Wat een macht kunnen woorden toch hebben! Ik had hun effect
op het paleis gezien toen Federico had gezegd: 'Ik ga naar Milaan
om een vrouw te zoeken.' Maar toen hij zei: 'Ik zal Miranda tot

mijn vrouw maken,' *ohi me*, toen onderging het hele dal een complete gedaanteverwisseling! Elk huis werd schoongemaakt, geverfd en met banieren versierd. Vier huwelijksbogen geflankeerd door beelden van de Harmonie, de Liefde, de Schoonheid en de Vruchtbaarheid werden in de stad opgericht op de weg van de Hoofdpoort naar het Palazzo Fizzi. Al het gebarsten marmer in het paleis werd vervangen, Emilia's bloementuin met wortel en al uitgerukt, en de heuvel achter het paleis herschapen in de hangende tuinen van Corsoli!

'Ik wil een fresco van Miranda tegenover het mijne,' zei Federico tegen Grazzari. En Grazzari moest ook de decors voor het spektakelstuk ontwerpen.

Ik kan niet onder woorden brengen hoe belangrijk ik me voelde terwijl ik samen met hertog Federico, Septivus, Cecchi en Grazzari aan één tafel zat om plannen voor Miranda's bruiloft te maken. Op de eerste bijeenkomst ontstond er ruzie tussen Bernardo en Septivus. Bernardo vond dat Federico in het spektakelstuk als rechter moest worden geportretteerd omdat hij eind september was geboren, maar Septivus zei: 'Een wijs man is heer en meester over de sterren,' en dat Hercules beter zou zijn vanwege Federico's kracht. 'We zouden Hercules en de twaalf werken kunnen laten zien.'

'Terwijl hij de stal reinigt?' zei Bernardo, terwijl hij spottend lachte.

'Hercules heeft ook een hert gevangen,' reageerde Septivus vinnig. 'En hij heeft een leeuw gedood, en een monster en een stier en een zwijn gevangen. Het tiende werk was het vangen van vier wilde paarden, en het elfde...'

'*Basta!*' zei Federico. 'Het is een bruiloft, geen dierentuin.'

'En ook geen jachtpartij!' voegde Bernardo eraan toe.

'Maar zo zou je het wel kunnen noemen,' zei Grazzari nadenkend. 'Miranda is toch nog maagd, nietwaar?'

'Natuurlijk,' antwoordde ik.

Grazzari leunde achterover, streek zijn baard glad en staarde naar het plafond. 'Aangezien een eenhoorn maagdelijkheid symboliseert, zouden we een dans tussen de bomen kunnen laten opvoeren waarin Hercules de eenhoorn vangt.'

'Hercules vangt de eenhoorn,' zei Federico bedachtzaam.

'Ik vind het niet zo gepast,' zei Bernardo.

'Ik wel,' zei Federico. 'Dit is een huwelijk tussen kracht en schoonheid. We kunnen hetzelfde plein voor de *caccia* gebruiken.'

'Dat is een uitstekend voorstel,' zei Cecchi met een glimlach.

'En dan verandert ze in Venus,' zei Septivus.

'Venus?' Federico draaide zich naar Septivus om.

'Wier enige taak het bedrijven van de liefde was,' legde Septivus uit.

'Perfect,' zei Federico. 'Hercules jaagt op de eenhoorn, hij vangt haar, ze verandert in Venus en ze bedrijven de liefde.'

'Maar Venus verschijnt naakt in een sint-jakobsschelp aan de kust,' zei Grazzari. Weer wendde Federico zich tot Septivus.

'Welnu,' zei Septivus terwijl hij zijn gele tandjes op elkaar klemde, 'Hercules overrompelt een leeuw die op het punt staat een eenhoorn aan te vallen. Terwijl Hercules de leeuw doodt, vlucht de eenhoorn de zee in. We denken een moment dat ze is verdronken, maar dan duikt ze naakt in een schelp op en brengt hij haar in zijn armen aan land.'

Federico vond het prachtig, ook al betekende dat dat er een grot gebouwd moest worden waar de eenhoorn in Venus kon veranderen en er een bergstroom moest worden afgedamd om een kleine zee te creëren.

Zodra de plannen waren bekendgemaakt, kwamen boeren uit het hele dal in groten getale naar de stad. Grazzari en Cecchi zetten hen aan het werk om te bouwen, te schilderen, te graven, te planten, te naaien en te poetsen. Er werden toneelspelers uit Padua ingehuurd en zangers uit Napels. Elk moment van de dag stond in het teken van de bruiloft, en iedereen, of het nu hovelingen of boeren waren, spande zich in om Federico's droom te realiseren en om Gubbio, Parma, Arezzo, Perugia en elke andere stad in heel Italië jaloers op Corsoli te maken.

Ook Miranda werd niet van de voorbereidingen uitgesloten. Fe-

derico vroeg haar mening over alles. Eerst vond ze het verrukkelijk om voorstellen te doen en ze was verbijsterd dat haar woorden
leidden tot kleurrijke kostuums of banieren of japonnen. Maar op
een ochtend kwam ze naar mijn kamer, stampte met haar voeten
en vervloekte Septivus. 'Hij behandelt me nog steeds alsof ik een
van zijn leerlingen ben! Hij glimlacht als ik iets zeg en gisteren gaf
hij me een aai over mijn bol! Als hij dat nog één keer doet, zeg ik
het tegen Federico.' Daarna stortte ze zich met nog meer ijver op
de plannen.

Ik besprak met Luigi het menu, want omdat ik mijn eigen voorproever zou krijgen, wilde ik alle schotels hebben waarnaar ik ooit
had verlangd: kwartel, worsten, kalfsvlees in knoflooksaus, en een
dessert in de vorm van het Palazzo Fizzi gemaakt van marsepein,
suiker en heel veel soorten fruit.

Tijdens de maaltijden gaf Federico Septivus opdracht om hardop passages uit het boek voor te lezen dat hij van Verana uit Florence had gekregen, om ons goede manieren bij te brengen. Septivus las een passage voor waarin beweerd werd dat het laten van
een wind dan wel onbeschaafd was, maar dat hem inhouden kwalijke gevolgen voor de buik kon hebben.

'Maar wat moeten we dan doen?' zei Federico terwijl hij Septivus' volgende zin met een scheet overstemde.

'Camoufleer hem met een kuch,' las Septivus voor.

Hoe dichter de bruiloft naderde, des te vroeger stond Federico op
om de vordering van het fresco of de arbeiders die het marmer
vervingen in de gaten te houden. Hij inspecteerde de kostuums
voor het spektakelstuk en wilde weten welke desserts Tommaso
van plan was voor de banketten te maken.

Ik hoopte dat Tommaso zich bij het huwelijk neer zou leggen,
maar in zijn ogen verscheen een gekwelde blik en hij begon weer
op zijn nagels te bijten. Toen ik met hem probeerde te praten, keerde hij zijn rug naar me toe. Hij haatte me net zo erg als hij Federico haatte. Ik vond het best, zolang hij maar bij Miranda uit de
buurt bleef.

Terwijl de voorbereidingen in volle gang waren, hoorde ik dat mijn vader op sterven lag. Hertog Federico gaf me toestemming om bij hem op bezoek te gaan, wat ik op een ochtend na het ontbijt deed. Het was een hele opluchting om de stad uit te zijn, ver weg van al die bedrijvigheid, rijdend door het hoge gras terwijl ik de bloemen, de bomen en de frisheid van de lente rook.

Toen ik nog een kind was, had het huis van mijn vader er zo hoog en fier als een toren bij gestaan, maar elke keer wanneer ik er terugkeerde, leek het kleiner geworden. Nu was het niet meer dan een knobbelige oneffenheid in het landschap die weldra weer tot stof zou vergaan. Mijn vader, die ooit net zo fier in de wereld had gestaan, lag nu op een bed van smerig stro, blind, nauwelijks in staat om te bewegen, barstend van de pijn en onder de zweren. Een verschrikkelijke hoest rukte zich los uit zijn ribbenkast en de geur van de Dood hing overal.

Al mijn woede verdween. Ik knielde naast zijn bed neer en nam zijn handen in de mijne. 'Papa,' fluisterde ik, in de hoop dat ik, ook al was het maar even, iets kon doen om zijn pijn te verlichten. Zijn mond trilde. Ik boog me naar hem voorover en zijn walgelijk stinkende adem blies in mijn gezicht.

'Vittore?' fluisterde hij.

Vittore! Christus! Dacht hij dan nooit aan iemand anders? Maar had hij dat ooit gedaan? Toen de kudde doodging omdat Vittore er niet voor gezorgd had, gaf mijn vader een buurman de schuld. Toen Vittore van verkrachting werd beschuldigd, zei mijn vader dat het meisje loog omdat hij niet met haar wilde trouwen. Toen Vittore een bandiet werd en de wegen onveilig maakte, beweerde mijn vader dat hij koerier was. Toen hij naar Spanje vluchtte, zei mijn vader dat hij een generaal in het leger was. Mijn vader werkte, als hij gezond was én als hij ziek was, in de stromende regen, in de brandende hitte, in zwermen muggen. Hij werd door zijn buren beroofd en bedrogen door degenen die hij diende. Vittore deed zo weinig mogelijk werk, pleegde bedrog, roofde en verkrachtte, en daarom was mijn vader dol op hem. Wat moest ik tegen hem zeggen?

'Het gaat hem voor de wind,' zei ik.

Mijn vader tilde zijn hoofd een stukje van het bed. Zijn dunne lippen gingen open waardoor twee zielige, zwarte stompjes tegen de bleekroze binnenkant van zijn mond zichtbaar werden en hij zei schor: 'Ik wist het wel, ik wist het wel.' Toen zonk hij achterover en verviel weer in stilzwijgen.

'Hij vraagt elke dag naar Vittore,' vertelden de dorpelingen me toen ze me een kom minestra en wat brood kwamen brengen. Ze staarden naar me terwijl ik at, voelden aan mijn kleren, vooral aan mijn nieuwe baret met veer. Ze wilden weten hoe mijn leven in het paleis was. 'Zijn de vrouwen inderdaad zo mooi als wordt gezegd?' vroegen de mannen. 'Heb je een eigen bed? Hoeveel mensen slapen er in een kamer?'

'Laat jullie niet van de wijs brengen door mijn kleren. Ik ben niet beter af dan jullie.'

Een man zei hard tegen een andere man: 'Hij heeft niet alleen een beter leven, hij liegt er ook nog over.'

Dus toen kregen ze wat ze wilden en vertelde ik ze dat de bedden in de zomer koel waren en in de winter warm. 'We kunnen niet alleen net zoveel eten als we willen, maar bij elke maaltijd drinken we ook wijn,' zei ik, de grote meneer uithangend.

'Zie je wel!' zei de man.

Ik zei dat Federico met Pasen aan zijn favoriete bedienden juwelen gaf en dat ik net genoeg werkte om mijn bloed in beweging te houden. Ik zat op te scheppen dat Federico vaak over verschillende kwesties mijn mening vroeg. Ik verzon verhalen over prinsen uit India en vreemde dieren uit Afrika. 'We hebben een eenhoorn die zowel een mannetje als een vrouwtje is.'

Toen ze me de minestra hadden gegeven, waren de spieren in mijn nek gespannen geraakt en zat mijn keel dichtgeknepen zoals altijd als ik ging eten. Maar ik werd zo meegesleept door mijn eigen leugens dat ik pas zuchtte van tevredenheid toen ik de helft van de soep van graan, broccoli, venkelblad en basilicum op had; dezelfde soep die mijn moeder me altijd had gegeven toen ik jong was, dezelfde soep die me later altijd een knagend gevoel in mijn maag had bezorgd. Toen het tot me doordrong dat die zucht over mijn eigen lippen kwam, barstte ik in tranen uit. De dorpelingen keken me verbijsterd aan en de vrouw die de soep had gemaakt, protesteerde en zei dat ze hem met liefde had klaargemaakt; dat ik moest huilen, was niet haar schuld.

Mijn vader hoestte en ik draaide me naar hem om, mijn wangen nat van herinneringen, mijn hart overlopend van vergevingsgezindheid. 'Babbo,' zei ik huilend en met de gedachte dat we zelfs nu misschien nog vrienden zouden kunnen worden en aardig tegen elkaar konden doen zoals het in alle gezinnen zou moeten zijn... maar hij zag me niet. Hij staarde langs de lege nesten die tussen de plafondbalken zaten, langs de kieren in het dak, naar een paradijs in de hemel.

Sinds het huwelijk was aangekondigd, had ik mijn vader zo graag mee willen nemen naar het paleis, zodat hij zou kunnen zien dat Vittore zijn dood afwachtte terwijl ik mijn dochter ten huwelijk gaf. Maar God vergunde me het niet die wens te vervullen. Mijn vader wilde me niet aankijken, en deze keer bleven zijn ogen voor altijd gesloten.

Ik snikte toen ik zijn graf groef. Het was een warme dag maar mijn lichaam was ijskoud, alsof mijn ziel zich al in dat ijs bevond dat bestemd is voor verraders. Mijn vader was dood en ik had over Vittore getriomfeerd, maar mijn triomfen waren klein, en ik zelfs nog kleiner omdat ik dacht dat het triomfen waren. Hoeveel uren, weken, maanden, jaren had ik niet in haat verspild?

Nadat ik het laatste restje aarde over mijn vaders lichaam had geschept, reed ik terug en huilde totdat ik geen tranen meer overhad. Pas toen zag ik hoe groot Gods onbegrensde genade was. Eindelijk begreep ik waarom Hij me Helene had gegeven maar haar ook weer van me had afgepakt. Als ik Helene nooit had ontmoet, dan zouden mijn moeders woorden – zij die wrok koesteren, zullen eronder bedolven worden – werkelijkheid zijn geworden. Maar nu hing er geen molensteen meer om mijn nek. En omdat mijn woede op mijn vader en mijn broer verdwenen was, voelde ik me gelouterd. Ik zou niet langer worden gedreven door haat, maar door liefde, mijn liefde voor Helene. Zoals Dante door Beatrice werd geïnspireerd, zou Helene mijn inspiratiebron zijn. Ik zou mijn leven op zo'n manier leiden dat ik haar waard zou zijn. Tranen van vreugde kwamen in de plaats van mijn verdriet en ik steeg af en knielde in het zoetgeurende gras, prees God dat Hij me de weg had gewezen.

Zodra ik terug was, ging ik naar Miranda's kamer met de bedoeling haar over mijn vaders dood te vertellen en over het wonder dat me was overkomen. Haar vriendinnen waren bij haar en zaten opgewonden te praten. Een van de meisjes vertelde me buiten adem dat de toneelspelers uit Padua die middag waren aangekomen en dat Federico tegen de leider had gezegd dat Miranda samen met hen zou zingen.

De leider had gelachen en gezegd: 'De bruid? Dat is nog nooit voorgekomen. De mensen zullen gaan kletsen.'

'Dat is precies de reden waarom ik het wil!' had Federico gezegd terwijl hij met zijn dikke vinger in 's mans borst porde.

Miranda zat op haar bed temidden van al haar trouwspulletjes, glimlachend en lachend met de anderen, maar aan de manier waarop ze op haar lip beet, kon ik zien dat iets haar bang had gemaakt. Tot dat moment had ze gedacht, betoverd door alle geschenken en aandacht, dat het allemaal maar een spelletje was waar ze zelf een einde aan kon maken wanneer ze dat wilde. Na de huwelijksaankondiging had ze zich nog steeds gevleid gevoeld dat ze een prinses zou worden, en was Federico zo aardig tegen haar geweest dat ze er geen moment aan had gedacht dat het heel wat meer dan een spelletje was. Maar ik vermoedde nu dat ze niet meer zo zeker van haar zaakjes was.

Ineens herinnerde ik me dingen over haar die ik aan Federico wilde vertellen. Ze was zonder moeder opgegroeid. Hoewel ze goedlachs was, was ze vaak bang. Toegegeven, ze was heel wijs voor haar leeftijd, maar toch was ze nog maar een meisje. Ik wilde een eind maken aan dat domme gegiechel om haar heen. Ik wilde tijd hebben om terug naar het verleden te gaan. Naar toen ze voor het eerst bloedde. Naar toen haar handen net zo mollig als haar wangen waren. Naar toen ik haar verhalen over haar moeder vertelde. Naar toen ze voor de zon zong en met de geiten speelde. Naar toen ik haar op mijn schouders droeg en de slaap uit haar ogen wreef. Naar toen ze niet groter was dan een brood en in mijn beide handen paste. Ik wilde door de kamer naar haar bed lopen en haar in mijn armen nemen en haar vertellen dat ik altijd voor haar zou zorgen, maar tussen haar en mij hing nu zoveel eerzucht dat ik er niet doorheen kon komen.

Die nacht droomde ik dat Miranda en ik en Helene in Arraggio woonden; het regende en de schapen graasden op de helling van de heuvel. Toen ik 's morgens wakker werd, zag ik dat ik gewoon in Corsoli was en mijn kussen doorweekt was van tranen. Ik stond op, kleedde me aan en klopte op de deur van Miranda's kamer. De deur was zoals altijd open en wie zat daar op het bed? Tommaso! Hij stond niet eens op toen ik binnenkwam. 'Wat doe jij hier?' vroeg ik.

Miranda sprong uit bed en duwde Tommaso de deur uit.

'Wil je soms dat we allemaal vermoord worden?' siste ik.

Ze zei: 'Hoe hebt u mij met Tommaso kunnen verloven zonder dat tegen mij te zeggen?'

'Miranda, dat was vier jaar geleden. We waren hier net. Ik probeerde je te beschermen. Ik...'

'Wat hebt u nog meer voor me verzwegen?'

'Niets.'

'U hebt Federico verteld dat ik nog maagd was.'

'Ja, natuurlijk.'

'En wanneer was u van plan me te vertellen dat Federico syfilis heeft?'

'Wie heeft je dat verteld? Die idioot van een Tommaso?'

'Vittore heeft het hem verteld.'

'En jij gelooft Vittore?'

'Tommaso is bereid om voor mij zijn leven te geven!'

Alsof ik daartoe nooit bereid was geweest! 'Miranda, je hebt Federico aangemoedigd...'

'U had me tegen moeten houden. U had het voor me op moeten nemen.'

Ohi me! Nu had ik het gedaan! Een bons op de deur onderbrak ons.

De hele dag weergalmde het in Corsoli van de geluiden die de handwerkslieden maakten waarmee de huwelijksovereenkomst werd bezegeld. Ze legden de laatste hand aan de bogen bij de Hoofdpoort, op het Piazza del Vedura, bij het Palazzo Ascati en de laatste voor de ingang van het Palazzo Fizzi. Ze versierden beelden van Diana met olijftakken en duiven. Elk gebouw, hoe klein ook, was schoongemaakt en met banieren versierd. De fonteinen werden met wijn gevuld.

En toen, zoals een soldaat uitgeput ineenzakt zodra de veldslag voorbij is, viel Miranda in mijn armen en zei huilend: 'Ik kan niet met hertog Federico trouwen, *babbo*. Ik kan het niet. Ik hou van Tommaso. Ik heb altijd van hem gehouden. Ik zal altijd van hem blijven houden.'

Mijn hart werd verscheurd, elke ademhaling brandde als vuur in mijn lichaam. Het moment waarvoor ik al zo lang doodsbang was geweest, was gekomen en toch was ik er net zomin op voorbereid als toen Federico me voor de eerste keer had gevraagd: 'Wat vind jij ervan, Ugo?'

Ik bette Miranda's gezicht met een vochtige lap, drukte een volgezogen spons met in wijn gekookte alruinwortel en geplet maanzaad tegen haar neus en hield haar in mijn armen.

'Wat moet ik doen?' vroeg ze jammerend. 'Wat zal er van me worden?'

Ze snikte totdat ze in slaap viel. Wat moest ik doen? Hoe kon ik het Federico vertellen, vijf dagen voor de bruiloft, terwijl er al honderden dieren waren geslacht, muziek was gecomponeerd, toneelspelers hadden gerepeteerd, gedichten waren geschreven en fresco's gemaakt? Terwijl er duizenden meters stof waren omgetoverd in gewaden en jasjes, lange broeken, hoeden en japonnen? Terwijl er al dagenlang landsheren met hun volgelingen en bedienden, ruiters en lakeien onderweg waren? Terwijl er een afgezant van de paus werd verwacht, en de leeuw was uitgehongerd om hem nog wreder te maken? En Federico iedere duit had uitgegeven zodat de rest van Italië, al was het maar voor een week, versteld zou staan en alle aandacht op hem zou zijn gevestigd? Als ik Federico nu zou vertellen dat Miranda niet met hem wilde trouwen, zou hij haar onthoofden, haar lichaam verbranden, haar in stukken hakken en daarmee door de stad paraderen. Ik herinnerde me het nieuwe gedicht dat Septivus van Federico af had moeten maken:

Je stem zo zacht, zo vol van pijn
Je blik die mijn ogen doen vluchten
Je hart dat slaakt wel duizend zuchten
Je ziel...

Hij weet het, hij weet het! hoorde ik in mijn hoofd schreeuwen, hij weet het van Miranda en Tommaso!

'Je moet echt voorzichtig zijn,' smeekte ik Miranda.

Maar de volgende dag trof ik Tommaso weer in Miranda's kamer aan. Ik was zo verbolgen over zijn brutaliteit dat ik mijn dolk trok, maar Miranda zei: 'Federico heeft hem bevolen om hier te zijn.'

'Echt waar,' zei Tommaso met een glimlach. 'Hij verdenkt Miranda ervan een geheime minnaar te hebben, en daarom moet ik haar bewaken.'

'Stommelingen! Dat is een list.'

'Ik zal tegen hem zeggen dat we verliefd zijn op elkaar,' zei Tommaso stoutmoedig.

'Jij zegt helemaal niks!' zei ik, terwijl ik hem de kamer uit duwde.

Ik ben nu weer helemaal bij met mijn verhaal, want dit is allemaal vanavond gebeurd. Vanaf dat moment zit ik in mijn kamer. Nu schiet er een ster langs het hemelruim. Dat is een gunstig voorteken. Maar voor wie? Voor Federico? Voor Miranda? Voor Tommaso? Voor mij? Helaas, hij flitste zo snel langs dat ik niet kon zien welke naam eraan verbonden was. Ik zal wat alruinsap drinken. Dat helpt me om te slapen, en ik moet slapen omdat ik, als ik wakker word, helder moet kunnen nadenken over wat me te doen staat. En niet alleen daarom, maar ook omdat de eerste gasten twee dagen geleden zijn gearriveerd en het morgen de eerste dag van de bruiloft is.

Hoofdstuk 29

De eerste dag.

De eerste dag is voorbij, maar er volgen er nog zeven! God zij dank dat ik bilzekruid heb, hoewel het rare dingen met me doet en laten we dus maar hopen dat wat ik me herinner ook echt is gebeurd en niet is wat ik wilde dat er gebeurde; want als dat inderdaad zo is, weet ik niet wat er is gebeurd en dan zal mijn leven, dat al zo verwarrend is, nog verwarrender worden.

Ook al waren mijn ogen moe nadat ik gisteravond met schrijven was gestopt, ze weigerden dicht te gaan en daarom heb ik door het donkere paleis gedwaald. De hele dag hadden handarbeiders en bedienden de laatste hand aan alles gelegd, maar het was nu doodstil, op het gesnurk en geruft na van diezelfde vermoeide handarbeiders en bedienden die nu in het donker lagen te slapen.

De keuken was leeg, de fornuizen gloeiden zwakjes. Potten en ketels stonden keurig als de helmen van soldaten naast elkaar. Groenten lagen her en der opeengestapeld, en wachtten samen met de bergen kaas, vaten melk, olie uit Lucca, wijn uit Orvieto, Siena en Florence, net zoals verder alles en iedereen in het paleis – nee, sterker nog, in heel Corsoli – tot de bruiloft zou beginnen. Via de keuken kwam ik op het binnenplein. Aan drie zijden glansden de marmeren, witte zuilen in het maanlicht en recht tegenover me lag de heuvel die veranderd was in de hangende tuinen. O, gezegende heiligen, zolang de mens kan praten, zal hij het daarover hebben. Twee maanden lang ontdeden vijftig man de heuvel van onkruid en andere zieltogende gewassen, zaaiden ze bloemen en plantten struiken, vertrouwend op God dat Hij hun plannen gunstig gezind was. In Zijn oneindige genade verhoorde Hij hun gebeden en nu is de heuvel een bloementapijt in blauw, geel, wit en rood: een schilderij dat tot leven is gekomen. 'We hebben de natuur zelf overtroffen,' zei Grazzari.

O, Helene, kon je dit maar zien. Ik vroeg hertog Federico of hij de aartsbisschop van Nîmes wilde uitnodigen, maar dat weigerde hij, omdat hij, zo zei hij, Fransen niet kon uitstaan. Waar ben je, Helene? Gaat je bloed sneller stromen wanneer je aan me denkt, zoals het mijne als ik aan jou denk? Steek je 's nachts je hand uit in de hoop dat ik misschien naast je lig?

Ik liep door het paleis naar het Piazza Fizzi en de laatste van de vier huwelijksbogen. Wonderbaarlijk! Dat ding is drie keer zo hoog als een man en aan beide zijden staan beelden die slingers van bloemen dragen. De beelden van de Deugd en het Geluk zien er zo echt uit dat ze plotseling tot leven zouden kunnen komen.

Vandaar was het maar een korte wandeling over de Trap der Tranen naar Corsoli. Net zoals in het paleis was het, op het traag klapperen na van de rode en witte banieren aan de daken, stil in de stad. Zelfs het bouwvalligste huis was schoongemaakt en gerepareerd en het Piazza San Giulio was zo veranderd met bomen en struiken en bloemen dat het moeilijk was voor te stellen dat je daar tijdens de pest de grond niet kon zien vanwege de vele lijken die er lagen. Op die plek zullen we kijken naar het spektakelstuk en de *caccia*.

Echt waar, de liefde, Federico's liefde voor Miranda, heeft hem veranderd. Op onze terugreis uit Milaan wilde hij standbeelden van zichzelf laten maken. Nu ziet hij de schoonheid van zonsondergangen, worstelt hij met poëzie en waardeert hij Tommaso's kookkunsten. De gedachte aan Tommaso schokte me alsof een pijl me doorboorde en terwijl ik even daarvoor op elke deur had willen bonzen en door elk raam had willen schreeuwen: 'Dit is allemaal voor mijn dochter Miranda!' haastte ik me nu terug naar het paleis om me ervan te overtuigen dat Tommaso in zijn eigen bed sliep en Miranda in dat van haar.

Tommaso lag op zijn zij, zijn mond open, zijn voorhoofd licht gefronst. Hij mompelde iets en strekte zijn nek alsof hij iemand probeerde te bereiken die naast hem lag. Ik liep snel naar Miranda's kamer. Zij sliep ook, liggend op haar zij, haar gezicht witjes afstekend tegen haar zwarte haren, haar mond iets geopend en haar hand tegen haar borst gedrukt alsof ze daar de hand van iemand anders vasthield. Woede steeg in me op vanwege de domheid waarmee ze zich in hun liefde door niets lieten afschrikken. O, wat had ik graag die zondigende handen willen afhakken, maar wat zou ik ermee opschieten? Hun hartstocht spot met alle hindernissen tussen hen beiden. Ik keerde terug naar mijn kamer en uitgeput door mijn loodzware gemoed viel ik in een rusteloze slaap.

Vanmorgen zat hertog Federico op de rand van zijn bed – zijn voeten in een kom azijn, zijn jicht was onverwacht teruggekeerd – en schreeuwde tegen Bernardo: 'Maar wat betekent dat?'

Bernardo keek me doordringend aan, alsof hij van mijn binnenkomst was geschrokken, hoewel we allebei wisten dat hij me er ook dankbaar voor was. 'Miranda loopt weg,' zei Bernardo langzaam, 'en ze wil dat u haar achternakomt zoals de jager achter het wild aan gaat.'

Federico had waarschijnlijk weer gedroomd. 'Maar telkens wanneer ik haar te pakken had,' zei Federico, 'ontglipte ze me weer.'

'Als ik u even mag onderbreken, Uwe Doorluchtigheid, betekent het volgens mij dat haar geest nooit gevangen kan worden. Iedereen weet dat dromen niet waar zijn en dat de mensen daarin slechts geesten zijn.' Omdat ik geen flauw idee had van wat ik zei, voegde ik er snel aan toe: 'Ik heb als ontbijt appels en vijgen met honing voor u, Hoogheid.'

'Haar geest kan niet gevangen worden,' herhaalde Federico nadenkend.

Bernardo haastte zich nu weg, opgelucht dat hij uit de problemen was geholpen. Ik schikte de kussens achter Federico. Hij leunde weer achterover en vroeg: 'Hoe is het vanmorgen met Miranda?'

'Ze rust uit,' zei ik en toen tilde ik voorzichtig zijn jichtige voet op het bed. Ik pakte de kom met vijgen en de honing. Federico's hoofd lag van mij afgewend. Hij keek naar de hangende tuinen. Zijn ogen schoten ineens naar mij en toen draaide hij zijn hoofd weer om. Ik dacht dat hij misschien liever alleen wilde zijn, maar hij zwaaide met zijn knuist en zei: '*Reste!*'

Hij keek nog een keer naar de hangende tuinen en toen weer naar mij. Zijn mond ging open, woorden vormden zich, maar hij zei niets. Zijn blik zag er gekweld uit, niet vanwege de heftige pijn door zijn jicht, maar vanwege een dieper, intenser lijden.

Ik had Federico nog nooit zien huilen; sterker nog, tot dan toe geloofde ik dat hij er niet eens toe in staat was, maar ik zweer dat ik tranen in zijn ogen zag. En toen, alsof ik de geheime ark des verbonds zelf had bespied, viel er een waas voor zijn ogen en ging hij rechtop zitten, doopte een vijg in de honing en at hem op. 'In de nacht voor een veldslag,' zei hij en hij likte zijn lippen af, 'zijn mijn zintuigen scherper dan mijn zwaard. Ik kan in het donker zien. Ik kan sprinkhanen veel verderop in het veld horen neuken. Ik kan de angst van de vijand ruiken.'

Ik wachtte omdat ik ervan overtuigd was dat hij iets over Miranda zou vragen, maar dat deed hij niet. In plaats daarvan vroeg hij: 'Is prinses Marguerite van Rimini al gearriveerd?'

'Ze wordt vanmorgen verwacht.'

Hij knikte. Tandenknarsend gooide hij de dekens van het bed, zwaaide zijn benen op de grond en liet zijn volle gewicht op mijn schouder en op zijn goede been rusten. Op zijn voorhoofd vormde zich zweet, maar net als in Milaan, wilde hij niet toegeven dat hij pijn had. 'De hangende tuinen zijn prachtig,' bromde hij.

'Ja, Uwe Doorluchtigheid. Ze zijn schitterend.'

Hij staarde me aan. Ik knipperde niet met mijn ogen en draaide ook mijn hoofd niet af hoewel zijn adem smeriger stonk dan een poepgreppel op een warme dag. Ik hielp hem naar de stoel zodat hij kon schijten. Toen wachtte ik totdat hij klaar was en bood hem mijn arm aan zodat hij terug naar zijn bed kon. Hij ging zitten en gebaarde me weg te gaan. Ik wilde iets zeggen om hem wat op te vrolijken, maar ik was bang dat wat ik ook zou zeggen zijn wantrouwen alleen nog maar groter zou maken.

Toen ik terug in mijn kamer was, hoorde ik Miranda's kameniers giechelen terwijl ze haar hielpen om zich aan te kleden. 'Zo dik als mijn arm en twee keer zo lang,' giebelde een meisje.

Even later klopte Miranda op mijn deur. Ze droeg een lange japon van blauwe zijde en fluweel. Kostbare edelstenen waren in het ontwerp verwerkt zodat de japon en haar halssnoer van robijnen en smaragden perfect bij elkaar pasten. Ze leek magerder en bewoog langzaam alsof haar hoofd van haar nek zou kunnen vallen. Haar pupillen waren nog steeds groot van het drankje dat ik haar eerder had gegeven, en de bleekheid van haar gezicht tegen haar donkere haren benadrukte enkel maar de schoonheid van haar ogen. 'Ik heb nog meer van dat drankje nodig.' Haar stem sloeg over toen ze sprak.

'Als je niet ophoudt met op je lippen bijten, gaan ze nog bloeden.'

'Geef het me!'

'Goed, één slokje dan.'

Haar grote, donkere ogen keken me over de rand van de kom aan.

'Miranda, je moet niet luisteren naar die verhalen over Federico. Hij houdt van je, heel veel. Ik smeek het je, in je eigen belang...'

Ze goot het drankje in één teug naar binnen, veegde haar mond met haar hand af en smeet de lege kom toen tegen de muur. Ze deed alsof ze wankelde, alsof ze plotseling dronken was geworden, lachte te hard, ging terug naar haar kameniers en samen met hen liep ze door de gang weg. Ik ging haar achterna, bang dat ze door het drankje iets zou zeggen waarvan ze later spijt zou krijgen, maar op het binnenplein raakte ik haar in de kleurige chaos van koetsen en paarden van de arriverende gasten kwijt.

De vrouwen waren gekleed in reiskledij, en de mannen paradeerden als pauwen rond, zichzelf lof toezwaaiend en elkaar feliciterend met het feit dat de reis zonder gevaren was volbracht. Ze hadden allemaal een sik – dat was mode in Venetië – en droegen broeken in twee kleuren. Ze hadden spleten achter in hun jassen alsof hun kleermakers vergeten waren de naad dicht te naaien.

Hun voeten hadden nog niet de grond geraakt of hun tongen begonnen te ratelen. 'Federico heeft een fortuin gespendeerd.' 'Niet zoveel als de D'Estes in Ferrara.' 'Maar meer dan de Carpuchi's!' 'Corsoli ziet er schitterend uit!' 'De huwelijksbogen zijn bewonderenswaardig!' 'Als hij zoveel geld uitgeeft, moet hij waarlijk verliefd zijn!' 'Maar met de dochter van een voorproever?' gniffelde een landsheer uit Piacenza alsof voorproevers zes benen hadden of een *fallo* waar hun neus had moeten zitten. Ik merkte tegen deze man op dat het mijn dochter, Miranda, was die met de hertog trouwde. Hij keek me aan alsof ik een idioot was. Christus aan het kruis! Hij beledigde voorproevers en daarna geloofde hij niet eens dat ik er een was! Hoe dacht hij in godsnaam dat voorproevers eruitzagen? O, maar daar zou hij snel genoeg achter komen, daar zou ik wel voor zorgen. Inderdaad kwamen ze daar allemaal die middag achter.

We hadden ons verzameld in de ontvangsthal voor de onthulling van het fresco van Miranda. Het was tegen die tijd zo vol in het palazzo met gasten en hun bedienden dat zelfs de lucht van opwinding zinderde. Grazzari hield een speech waarin hij Federico prees omdat hij de zon was waar hij zijn kracht vandaan haalde, en Miranda de maan waaruit zijn inspiratie voortkwam. Toen trok hij het gordijn opzij. Ik had Miranda diverse keren zien poseren en elke keer was ik verbaasd geweest over hoe Grazzari haar schoonheid op de muur overbracht. Maar nu het fresco klaar was, kon ik mijn ogen niet geloven. Het fresco is net zo hoog als ik lang ben en twee keer zo breed. Miranda vliegt daarop van links naar rechts door de lucht terwijl haar zwarte haren achter haar aan wapperen. Ze is als een engel gekleed en zonnestralen vormen een halo om haar hoofd. Haar gezicht, dat naar ons toe is gekeerd, straalt, en haar mondhoeken krullen omhoog alsof ze in zich het geheim tot geluk draagt. Grazzari had het fresco pas die middag voltooid – de verf was nog niet droog – en het zag er zo levendig uit dat ik zeker wist dat als ik mijn hoofd tegen de muur had gedrukt, ik het kloppen van haar hart zou hebben gehoord. Ik had altijd geweten dat ze mooi was, maar om elk moedervlekje, elk ooghaartje, elk kuiltje meer dan levensgroot te zien, was als het aanschouwen van het diepste wezen van de schoonheid zelve.

Ik dacht dat iedereen zou gaan juichen, maar niemand zei een woord. 'Zijn jullie soms allemaal blind?' wilde ik schreeuwen. 'Dit is het beste schilderij dat ik ooit heb gezien! Beter zelfs dan de Maria Magdalena in Milaan!' Toen zag ik dat ze misschien wel wilden spreken, maar dat ze het niet konden. Het schilderij was zo wondermooi dat het hun de adem had benomen.

'*Magnifico!*' zei iemand uiteindelijk met een zucht, en toen, alsof een dam doorbrak, stroomden de loftuitingen uit alle monden. '*Stupendo! Meraviglioso!*' Telkens weer, alsof alleen een hele berg woorden uitdrukking aan hun bewondering kon geven. Ze kwamen om Miranda heen staan en overlaadden haar met lof.

'Maar Grazzari is degene die u moet loven,' zei Miranda. 'Hij heeft voor de tweede keer de natuur overtroffen.'

'Nee,' antwoordde Grazzari. 'Toen God zag hoe slecht ik was voorbereid om deze taak te volbrengen, heeft Hij mij zelve de hand gereikt.'

Hij legde uit dat de duiven die naast Miranda vlogen de vrede symboliseerden, wat ook te zien was aan de leeuw en het lam die samen op de grasrijke voorgrond lagen. 'Het halssnoer om Miranda's nek is identiek aan de ketting die Aphrodite aan Harmonia op haar bruiloft gaf. Het schenkt de draagster onweerstaanbare schoonheid.'

'Misschien heeft ze dat op het schilderij nodig,' zei Federico, 'maar in het echte leven niet.'

De gasten waren dat roerend met hem eens. Miranda bloosde. Ik hoorde niet wat ze zei omdat ik precies op dat moment Tommaso in de deuropening zag staan.

'Ik kwam het fresco bekijken,' zei hij. Zijn ogen waren rood van het huilen, en zijn gezicht zag er afgetrokken uit door gebrek aan slaap.

'Als je ook maar één stommiteit begaat,' fluisterde ik, 'ga je eraan.'

'Ik heb niets meer om voor te leven!' riep hij en toen stormde hij weg.

Ik kon hem niet achternagaan omdat Federico op dat moment de gasten naar de Grote Hal leidde waar een kleine maaltijd zou worden geserveerd. Omdat de meeste gasten moe van hun reis waren, zochten ze snel daarna hun bed op en keerde ik terug naar de ontvangsthal om nog een keer naar het prachtige droombeeld van Miranda te kijken.

Ik herinnerde me dat Grazzari was begonnen met het schilderen van Miranda's gezicht op de dag nadat het huwelijk was afgekondigd, toen het allemaal nog een spel voor haar was, waardoor haar gezicht er nu ook zo speels uitzag. Terwijl ik er weer naar keek, begreep ik waarom Tommaso's passie voor Miranda zo onstuimig was. Voelde ik niet hetzelfde voor Helene? Deed mijn hart niet zeer als ik dacht dat ik haar misschien nooit meer zou zien?

Achter me fluisterde iemand: 'Wie is dat?'

Ik draaide me om. Miranda wees naar het fresco. 'Waarom glimlacht ze terwijl haar hart wordt verscheurd?'

Ik stak mijn hand uit om haar te troosten, maar ze sloeg hem weg. Wat kon ik zeggen? Het staat vast dat ze met Federico trouwt. Het huwelijk gaat alleen niet door als hem iets overkomt. Maar dat zal niet gebeuren. Tommaso kan het niet tegenhouden. Wat zou hij kunnen doen? Federico neersteken? Hij zou nooit voorbij zijn schildwachten komen. Hem vergiftigen? Niet zolang ik Federico's voorproever ben. Hij heeft zijn kans gehad. En Miranda de hare. De tijd loopt vooruit, niet achteruit. Gedane zaken nemen geen keer. Federico zal met Miranda trouwen en ik zal geen voorproever meer zijn. Zo is het en zo zal het gaan, en als Tommaso het ook maar in zijn hoofd haalt om dwars te gaan liggen, dan zweer ik bij de baard van Christus dat ik zijn ballen eraf hak!

De tweede dag.

Ik weet niet of het komt door de middeltjes die ik slik, of door mijn woede op Tommaso, of door de opwinding vanwege het huwelijk, maar ik werd vanmorgen vermoeider wakker dan toen ik gisteravond mijn ogen sloot. Ik ging naar de keuken omdat ik met Tommaso wilde praten. Het was er al stampvol met bedienden die hakten en mengden en kookten en bakten, allemaal opgezweept om het beter dan een ander te doen. Luigi vertrouwde me toe dat er de komende week tweehonderd schapen, vijftig stuks rundvee en vijftig herten zouden worden gegeten, evenals tweeduizend duiven, kapoenen en houtsnippen. Geen wonder dat drommen boeren hierheen waren gekomen om te werken: ergens anders in het dal was niets meer te eten te krijgen.

Tommaso voegde kaneel, sap van onrijp fruit en gember toe aan een schaal met bessen. De bessen herinnerden me aan die pummel van een Uienkop en ik werd woedend dat bessen, die ooit mijn leven hadden gered, me nu de dood in zouden kunnen jagen. 'Een perfecte plek,' zei ik terwijl Tommaso het mengsel in een deegkorst stortte.

Hij schrok op. 'Wat heb je hier te zoeken?' schreeuwde hij. Ik wilde rustig met hem praten, maar hij schreeuwde weer: 'Wat heb je hier te zoeken?' alsof ik een boer was die zo van het platteland was binnen komen wandelen. Ik pakte een zware soeplepel en zou hem een knal voor zijn kop hebben verkocht als Luigi me niet de keuken uit had geduwd en had getierd: 'Wat bezielt jou? Hier moet verdorie gewerkt worden!'

Op het binnenplein ontstaken bedienden vuren onder vaten en ketels. De geur van geroosterd vlees hing overal. Giechelende meisjes liepen snel langs met bloemenslingers. Ik had blij moeten zijn, maar ik was zenuwachtig en door het gebrul van de leeuw raakte ik alleen maar nog geïrriteerder. De leeuw had meer dan een week niets te eten gehad om hem voor te bereiden op de *caccia*, en de geur van vers vlees had hem opgewonden. Ik werd ineens herinnerd aan Vittore, want door alle reuring was ik vergeten dat die klootzak ook nog bestond.

Toen hij voetstappen, de mijne, hoorde die de trap af naar zijn cel kwamen, stond hij net zo gretig op als een kind dat een traktatie verwacht. Toen hij zag dat ik het was, ging hij weer met zijn rug tegen de muur zitten alsof hij zich nergens druk om hoefde te maken. Zijn nagels waren gegroeid en ontzettend smerig, zijn kleren waren zwart van het vuil en zijn haar zat nog erger in de klit dan vroeger.

'Ben je nog steeds niet bereid om een stokje te steken voor Federico's plan om mij op het piazza bij de leeuw te zetten?' zei hij terwijl hij in zijn syfilisoog wreef.

'Ik kan hem niet tegenhouden.'

'Zeg dan tegen hem dat ik je broer ben.'

'Maar jij wilde toch niet dat ik het hem vertelde? Weet je nog wel?'

Hij sprong op en greep de tralies zo stevig vast dat het leek alsof hij ze zo uit elkaar kon trekken. 'Je bent pas tevreden als papa en ik dood zijn, hè?'

'Papa is al dood,' zei ik.

Hij staarde me aan. 'Je liegt.'

'Een week geleden hoorde ik dat hij ziek was en toen ben ik hem gaan opzoeken. Hij stierf in mijn bijzijn.'

'Waarom heb je me dat niet verteld?'

Waarom had ik het hem niet verteld? 'Sorry, ik was het vergeten. Ik...'

'Je was het helemaal niet vergeten!' schreeuwde hij. 'Je bent jaloers. Je bent altijd jaloers geweest.' Hij spuwde die laatste woorden eruit alsof die me pijn zouden kunnen doen.

'Als je echt van hem had gehouden, zou je bij hem op bezoek zijn gegaan of hem hier naar het paleis hebben gebracht,' antwoordde ik.

'Jij... teringklootzak!' Hij luisterde niet meer. 'TERINGKLOOTZAK!' Hij bonkte met zijn voorhoofd tegen de tralies.

'Hij heeft naar je gevraagd,' zei ik. Hij hield op met bonken. 'Ik heb hem verteld dat het je voor de wind ging.'

'Ik moet je nou zeker bedanken?'

'Nee hoor, dat hoeft niet.'

Zijn arrogante houding leek ineens zijn lichaam te verlaten. Hij was altijd langer dan ik geweest, maar nu hij midden in zijn cel stond, rukkend aan zijn haren en mompelend in zichzelf, deed hij me denken aan die magere, uitgeputte boer die onderweg naar Milaan op Federico's koets was afgestormd. Vittore legde zijn hoofd weer tegen de tralies. 'Grazie,' fluisterde hij. 'Grazie.'

Een klein bolletje licht gloeide tussen ons op. Het was gevuld met gedachten aan hoe het had kunnen zijn: twee jongens die samen spelen, twee jongemannen, hun armen om elkaar heen in vriendschap, twee broers, kameraden voor het leven. Toen was het weer weg en voelde ik een grote leegte in me. 'Ik moet nu gaan. Kardinaal Sevinelli komt zo uit Rome aan.'

Toen ik boven aan de trap stond, hoorde ik een schreeuw alsof een ziel werd verscheurd. Ik hurkte neer waardoor ik nog net in Vittores cel kon kijken. Hij lag op de grond, met zijn gezicht in de viezigheid terwijl zijn handen het smerige stro vastgrepen. En snikkend riep hij: 'Babbo! Babbo!'

Ik nam achter Federico en Miranda en naast de gasten uit Perugia en Spoleto mijn plaats op het bordes in. Beneden ons zong en danste het volk rondom de huwelijksboog. Trompetten klonken in de verte en een gefluister verspreidde zich door de menigte: 'Daar komt hij! Daar komt hij!' en toen reden twaalf ridders gekleed in glinsterende wapenrusting en met groene en witte sjerpen het piazza op. Ze hadden allemaal een olijftak in hun rechterhand en zaten rechtop in het zadel alsof hun hoofden door touwtjes met de hemel waren verbonden. Achter hen kwamen twintig schitterende witte paarden zonder berijders, allemaal uitgerust met gouden hoofdstellen en zadels. Daarna kwamen drie edelmannen met ieder een banier. Op een daarvan stond een kruisteken, op de volgende de sleutels van de Kerk en op de derde de vijf maansikkels: de rijksvlag van de Heilige Kerk van Rome. Daarna kwamen ridders die pauselijke gewaden droegen en tussen hen in livreibedienden die een verblindend gouden baldakijn droegen.

De stoet hield halt voor het bordes en van onder het baldakijn kwam een gedaante te voorschijn. Lieve hemel! Ik kon mijn ogen

niet geloven. Het was niet kardinaal Sevinelli, maar die godverge-
ten, gebochelde Giovanni! Ik herkende die oren van een kilome-
ter afstand! Mijn maag kwam omhoog en ik ging bijna over mijn
nek. Ik keek nog een keer, om er zeker van te zijn dat ik me niet
had vergist. Maar nee, het was echt Giovanni! Hij droeg een ge-
waad waarin bladgoud was verwerkt en die verdomde rode kardi-
naalshoed stond boven op zijn kop! Het piazza viel stil! Iedereen
keek naar Federico. Ik verwachtte dat hij zich van het bordes zou
stortten en Giovanni aanvallen, maar in plaats daarvan stond hij
op en zei met een harde, duidelijke stem: 'Wij verwelkomen kardinaal Giovanni in Corsoli en hopen dat zijn verblijf ons allen Gods
genade zal brengen.' De menigte juichte; de stoet zette zich in beweging naar het paleis.

De gasten haastten zich weg en het gonsde alsof er duizend bij-
en rondvlogen. Ik kon me niet bewegen, mijn *culo* zat vastgeplakt
aan mijn stoel, mijn benen waren zo massief als stenen beelden.
Misschien droom ik wel, zei ik tegen mezelf. Ik vroeg Cecchi of hij
had geweten dat Giovanni kwam, maar hij schudde zijn hoofd.
Septivus zwoer dat hij hem niet had geschreven om hem uit te no-
digen. Wie had dat dan wel gedaan?

De gasten kletsten de hele middag over niets anders. 'Natuurlijk
zou Giovanni niet zijn gekomen als hij niet was uitgenodigd!' zeiden ze. 'Niettemin kun je niet ontkennen dat hij een kerel met klo-
ten als van een reus is!' 'En met een lul als een paard, heb ik gehoord,' grapte iemand. Het ene praatje volgde op het andere, totdat
het zo'n hoge berg was geworden dat de zon werd verduisterd.

Die avond kwamen we bijeen op het binnenplein voor de eerste voorstelling van de toneelspelers uit Padua. De geur van rozen
hing zwaar in de lucht. Vuurvliegjes schoten heen en weer, gretig
om hun rol in de festiviteiten te spelen. De stoelen waren in rijen
opgesteld zodat ze tegenover de twee hoge decors stonden waarop
wolken en vogels en bloemen waren afgebeeld die een harmonieus geheel vormden met de hangende tuinen daarachter. Miranda
was helemaal in het wit gekleed behalve een halssnoer van schitterende smaragden en een bevallig gouden kroontje. Wat haar ge-

voel ook was – of misschien zelfs wel juist daarom – ze had er in elk geval nog nooit zo lieftallig uitgezien. Toen ze haar plaats naast Federico innam, werden de blakers ontstoken en zagen we het sprankelendste dat we ooit hadden gezien. Er waren zoveel prachtige vrouwen, zoveel glinsterende juwelen, zoveel knappe mannen, en dat werd allemaal nog eens extra versterkt door de grootsheid en pracht van de natuur, waardoor we niet de zwakke imitators van de hemel waren, maar zelfs zijn inspiratiebron! Iedereen zuchtte, vereerd om deel te mogen uitmaken van zo'n wonderbaarlijk schouwspel.

Ik leunde achterover in mijn stoel, dronken van de wijn der voortreffelijkheid, en zag Tommaso's gezicht vanuit een van de paleisramen naar beneden staren. Ik schrok zo dat ik bijna mijn evenwicht verloor. Precies op dat moment begonnen de fluiten en trommels te spelen en ik rukte mijn ogen van hem los om naar het toneel te kijken. Eerst daalde er een enorme wolk, die tussen de twee decors had gehangen, langzaam neer tot op de grond. Toen deze uiteindelijk tot stilstand was gekomen, stapten er toneelspelers gekleed als goden uit en riepen de Natuur op om haar genoegens te laten zien. Daarop renden nog meer spelers, verkleed als leeuwen, lammetjes, katten en honden, het toneel op en dansten samen. Ze zongen liefdesliederen voor Federico en Miranda en smeekten de goden om een vruchtbare verbintenis.

Daarna verlieten ze het podium en werden de decors gedraaid waardoor een rij schilderingen te voorschijn kwam die gedurende de avond stuk voor stuk zouden worden geopenbaard. Op de eerste was een kloostercel te zien voor een opvoering van een verhaal van Boccaccio over een non die haar zwingel of zoiets kwijt was, ik herinner het me niet precies meer. Ik kon mijn hoofd er niet bij houden. Ik bleef me maar afvragen waarom Giovanni was gekomen en of Tommaso van plan was stomme streken uit te halen. Er volgde nog meer gedans en nog een blijspel, en ten slotte trokken twee enorme griffioenen een gouden triomfwagen het toneel op waarin Miranda zat. Het was allemaal zo goed georganiseerd dat ik niet eens had gemerkt dat ze haar stoel had verlaten. Ze zat voor een schildering van een heuvel vol bomen dat zo'n harmonieus geheel met de hangende tuinen daarachter vormde dat het niet perfecter had kunnen zijn.

Ik keek of Tommaso nog steeds uit het raam keek. Dat was niet zo en ik vervloekte hem omdat hij mijn plezier vergalde. Goeie god in de hemel! Zoiets prachtigs als dit maak je maar één keer in je leven mee en ik wilde me ieder detail kunnen herinneren. Ik wilde dat mijn vader en mijn lieve moeder dit hadden kunnen zien! *Potta!* IK WILDE DAT DE HELE WERELD HET HAD KUNNEN ZIEN! Ik zou Vittore zelfs hebben vrijgelaten, alleen maar om hem te laten zien hoe zijn giftige woorden in goud waren omgezet.

Miranda tokkelde op haar lier waarbij de noten als een zacht stroompje voortkabbelden. Ze deed haar ogen dicht en zong over een liefde zo verheven dat het menselijk hart die niet kon bevatten, en die zo intens was dat niet alleen de dichter erdoor werd verteerd, maar ook haar *amoroso*, en alleen in de dood, niet belemmerd door het vlees, konden de geliefden één worden. Terwijl de laatste noten in de avondlucht opstegen, opende ze haar ogen en tilde haar hoofd een stukje op, alsof ze hun zielen in de met sterren bezaaide duisternis boven ons kon zien. Toen liet ze haar hoofd zakken en trokken de griffioenen de triomfwagen weer van het toneel. Het laatste dat we van Miranda zagen, was het spookachtige wit van haar nek. Ik keek omhoog naar het raam. Tommaso zat te huilen.

De gasten juichten en schreeuwden terwijl Federico van zijn troon opstond en zich naar ons omdraaide. 'Ze is beter dan alle toneelspelers uit Padua samen!' zei hij stralend. Iedereen juichte weer. Federico schreeuwde: '*Mangiamo!*' en met Miranda aan zijn zijde ging hij ons toen voor naar de eetzaal. Niemand sprak over het lied.

Als ik die zaal de afgelopen vijf jaar niet elke dag had gezien, zou ik hem nooit hebben herkend. Kroonluchters met honderden kaarsen hingen aan het plafond. Lakens van fijn linnen lagen op de tafels en bij elke zitplaats stond een gouden bord in plaats van een houten. Grazzari had alles ontworpen en had er zelfs persoonlijk op toegezien dat de servetten als delicate bloemen waren gevouwen. De gasten zaten nog niet of de trompetten kondigden het opdienen van het eten aan. Ik heb het al over de eerste gang gehad. De tweede gang bestond uit gebakken kalfszwezerik, lever met auberginesaus opgediend met plakken prosciutto en meloen, evenals andere warme spijzen uit de keuken. Omdat het vroeg in de zomer is, was het vlees mals, vooral de konijnen die speciaal voor deze gelegenheid waren gefokt en met pijnboompitten werden opgediend. De plakken aan het spit geroosterd kalfsvlees dreven in een saus gemaakt van hun eigen sappen. Uiteraard moest Septivus een speech houden.

'Hou het kort,' zei Federico.

Septivus zei dat Corsoli zich niet kon beroemen op de pracht en praal van Rome of de glorie van Venetië, maar dat de drie steden in wezen zusters waren. Elk had zijn eigen verdiensten en daar Corsoli halverwege Rome en Venetië lag, plukte het de vruchten van allebei. Zo Corsoli's reputatie op het gebied van de kunst of de handel tekort mocht schieten, dan was dat slechts toe te schrijven aan zijn geografische ligging waarvoor alleen God terechtgewezen kon worden, en wie zou God willen terechtwijzen dat Hij Corsoli daar gesitueerd had waar het lag? Ik vond dit eigenlijk nergens op slaan, en anderen ook niet, en misschien Septivus zelf evenmin, omdat hij stotterend zei dat Corsoli zijn geografische ligging weer goedmaakte door de eerste stad in Romagna te zijn waar ze een vork gebruikten! *Ohi me!* Je zou haast denken dat het goudklompjes waren! Luigi ging op een tafel staan om voor een demonstratie de aandacht van de gasten te krijgen.

'Pak de vork zo vast,' zei hij terwijl hij de vork in zijn linkerhand hield. 'Steek hem nu in het vlees op de schaal en breng het geheel naar uw bord.'

Iedereen prikte onmiddellijk zijn vork in de schalen met vlees. 'Wees vastberaden,' hoorde ik Giovanni zeggen.

'Houd nu,' ging Luigi verder, 'het vlees stevig met de vork op uw bord vast, pak uw mes in de rechterhand en snijd een stuk af.'

Hij sneed een stukje kalfsvlees af om het te demonstreren, prikte het aan een vork en bood het mij aan alsof ik een hond was! Ik proefde het, verkondigde dat het geen vergif bevatte, en gaf het bord aan Federico door. Federico stootte zijn vork onmiddellijk in het vlees alsof er nog leven in zat en sneed het in drie stukken. 'Niks aan,' pochte hij.

Iedereen deed wat hun was verteld. De vrouwen giechelden en gaven gilletjes: 'Heilige Moeder! Zo'n vork is een geschenk uit de hemel. O, hoe hebben we ooit zonder kunnen leven.'

Septivus, die zoals gewoonlijk zat te praten terwijl hij at, stak zichzelf twee keer in zijn mond. Die steken herinnerden me aan Tommaso en ik vroeg me af of hij met de bessentaart had geknoeid. Overal om me heen zaten de gasten te lachen en grappen te maken. Zelfs Miranda! Waar lachte ze om? Tenzij het was omdat ze wíst dat de bessen vergiftigd waren en het haar niets meer kon schelen.

'Mijn chef-kok banket,' zei Federico toen Tommaso binnenkwam met op een gouden bord een stuk taart voor Federico. Federico schepte wat taart op een lepel, maar in plaats van het aan mij te geven, gaf hij het aan Miranda! Waarom deed hij dat? Wist hij dat er iets mis mee was? Moest ik een harde schreeuw geven? Mezelf op haar werpen? Het eten uit haar mond rukken? Ik keek naar Tommaso. Zijn gezicht was zo uitdrukkingsloos als een stenen muur.

'Uwe Doorluchtigheid,' zei ik, 'zou ik niet eerst de bessentaart moeten proeven?'

'Dat is toch niet nodig?' vroeg Federico terwijl hij de lepel omhooghield.

'Nee, maar omdat ik binnenkort niet meer uw voorproever ben...'

Miranda nam rustig de lepel van Federico over, en voordat ik iets kon doen, slikte ze het stuk taart door en zuchtte van genot. Tommaso liep de zaal uit terwijl hij met zo'n walging naar me keek dat ik van woede begon te trillen. Toneelspelers zongen, clowns jongleerden, muzikanten speelden. Mijn hemd was kletsnat van het zweet, mijn knieën knikten. Niets smaakte me meer. Ik wilde dood.

Ik ben net weer terug op mijn kamer. De eerste stralen van het ochtendgloren glijden boven de bergen uit. Sommige gasten zijn de tuin in gelopen om naar de zonsopgang te kijken, maar ik ben nog vermoeider dan Job en heb slaap nodig. Toen ik het binnenplein overstak, passeerde kardinaal Giovanni me met vier van zijn schildwachten. Ik boog en zei: 'Buona notte, cardinale Giovanni.'

Giovanni kwam voor me staan, versperde me de weg. 'Ugo Di-Fonte, de voorproever van hertog Federico.' Hij bekeek me van top tot teen alsof ik een stuk vlees was dat hij misschien wilde kopen. 'Vertel eens, Ugo, blijf je hertog Federico's voorproever nog als je dochter zijn vrouw is geworden?'

'Nee, ik krijg mijn eigen voorproever.'

'Je eigen voorproever?' Die kleine kloothommel wendde zich tot zijn schildwachten. 'Horen jullie dat? Ugo krijgt zijn eigen voorproever.' De schildwachten grijnslachten en Giovanni wendde zich weer tot mij. 'En wanneer mag dat dan wel gebeuren?'

'Bij het laatste banket.'

'Over vijf dagen?' Zijn ogen puilden uit achter de glazen van zijn brilletje.

'Ja.' Ik kon het zelf nauwelijks geloven.

'Nou, ik ben benieuwd,' zei hij grijnzend en toen liep hij zonder een blik achterom te werpen met grote passen weg.

Wat bedoelde hij daarmee? Ach, wat kan het mij schelen wat hij bedoelt. Hij mag van mij denken wat hij wil. Hij kan mij geen kwaad doen. Niet hier in Corsoli. Dit is het hof van Federico en Federico trouwt met mijn dochter en ook al is Giovanni een gezant van de paus en Jezus Christus erbij, hier kan hij me niets doen.

De derde dag.

Ohi me! Sono fottuto! Het is gedaan met mijn leven! De afgrond van de hel gaapt onder mij en duivels graaien naar mijn hielen. Hoe heeft dit kunnen gebeuren? Ik zat in mijn kamer... nee, nee. Ik moet bij het begin beginnen. Vanmorgen hield kardinaal Giovanni in de Duomo Santa Caterina een preek waarin hij sprak over de keizer geven wat hem toekomt en God wat God toekomt. Ik wist zeker dat Giovanni het tegen mij had vanwege het gesprekje dat we vanochtend in alle vroegte hadden, en vanmiddag wist ik dat ik gelijk had! Zodra de mis voorbij was, ging ik hierheen om te schrijven, en toen werd er op de deur geklopt.

'*Un momento!*' riep ik, omdat ik dit manuscript wilde verbergen. Een stem zei dat als ik de deur niet snel open zou doen, ze hem zouden intrappen. Ik was woedend dat iemand me op die manier behandelde. Mij! Een hoveling! De vader van de bruid! Terwijl de bruiloft in volle gang was! 'Wie mij stoort, kan een stevige oplawaai krijgen,' schreeuwde ik terwijl ik de deur opende. En daar stonden toen dezelfde vier schildwachten die ik samen met kardinaal Giovanni had gezien. Hun commandant zei dat kardinaal Giovanni me wilde spreken. Ik antwoordde dat kardinaal Giovanni zeker vergeten was dat mijn dochter op het punt stond te trouwen en dat ik een heleboel te doen had en dat als kardinaal Giovanni me wilde spreken, of hij dan maar zo vriendelijk wilde zijn om naar mijn kamer te komen. De commandant waarschuwde me dat als ik niet onmiddellijk meekwam, ik in het gevang zou worden gegooid. *Potta!* Dan moest ik maar meegaan, nietwaar?

Giovanni zat, toen ik binnenkwam, gebogen over zijn tafel te schrijven. Zijn haar was kortgeknipt en zonder zijn hoed zag zijn hoofd er als een grote kookpot uit, en zijn oren als handgrepen. Ik wachtte even en zei toen: 'Kardinaal Giovanni, vergeeft u mij dat ik u stoor...'

'Nee!' snauwde hij, en toen schreef hij rustig door.

Die idioot gedroeg zich alsof hij de paus zelf was! Na enige ogenblikken legde hij zijn ganzenveer neer, leunde achterover in zijn stoel en zei: 'Weet je waarom ik hier ben?'

Hij probeerde kennelijk een spelletje met me te spelen, maar omdat ik de regels niet kende, antwoordde ik geheel onschuldig: 'Ongetwijfeld om de zegen van de paus aan de gewijde band des huwelijks te geven.'

Hij zei: 'Ik ben hier in opdracht van paus Clement om iedereen aan een onderzoek te onderwerpen die tegen de Kerk heeft gezondigd.'

'Wat heeft dat met mij te maken?' zei ik schouderophalend.

Hij gaf geen antwoord maar bleef me strak aankijken.

Ik zei: 'Kardinaal Giovanni, ik zweer bij de Heilige Maagd Maria dat ik nooit iets ten nadele van Jezus Christus, God, de Kerk of een heilige heb gezegd. Zelfs niet ten nadele van de paus!'

Giovanni pakte een stuk papier van zijn schrijftafel, zette zijn brilletje goed op zijn neus en las: 'De keizerlijke Kerk van Rome beschuldigt bij dezen Ugo DiFonte uit Corsoli van het bedrijven van hekserij.'

'Ik?' zei ik lachend. 'Een heks?'

'Dit is een ernstige aanklacht. De straf die daarop staat is de dood.'

'Kardinaal Giovanni, u moet de verkeerde DiFonte voor u hebben! Mijn broer Vittore hield heksensabbatten in de stallen. Hij vervloekte Christus. Hij dwong zijn volgelingen om zijn *culo* te kussen...'

'Je kunt maar beter bekennen.'

'Maar wat dan in 's hemelsnaam?' antwoordde ik vinnig.

Iemand gaf me een klap tegen mijn achterhoofd en ik viel op de grond. Ik werd tegen mijn ribben getrapt, toen opgetild en weer voor Giovanni neergezet alsof ik niet meer dan een pop was. Mijn oren tuitten en het bloed stroomde uit mijn mond omdat er een tand was losgeraakt.

'Je zou je woede wat meer in toom moeten houden. We hebben een getuige.'

'Dan zou ik weleens willen zien wie dat is,' schreeuwde ik.

Kardinaal Giovanni knikte naar een schildwacht die een zijdeur opende en toen – *Jesus in sancto!* O, lieve hemel! – stapte die Fat uit Milaan binnen!

'Misschien herinner je je Battista Girolamo nog,' ging Giovanni verder. 'Hij was de voorproever van de hertog van Savoye. Hij zegt dat hij je hekserij zag bedrijven tijdens een banket dat vorig jaar door Francesco Sforza werd gegeven.'

'Hij behekste een kom bessen waardoor Antonio DeGenoa stierf,' zei de Fat geniepig.

'Ik heb hem niet gedood...'

'Hou je mond! Jij hebt dat zien gebeuren, Battista?'

'Ja, kardinaal Giovanni.'

'Had je Ugo DiFonte daarvoor ooit ontmoet?'

'Ja, Uwe Excellentie, kardinaal Giovanni. Op de avond dat hij arriveerde, zaten we met een groep voorproevers te drinken en te praten over amuletten.'

'Wat zei hij?'

'Hij zei dat hij geen enkele amulet gebruikte.'

'Wat gebruikte hij dan wel?'

'Hij zei dat hij gebruik maakte van zwarte magie.'

'Zwarte magie?!'

'Ja, kardinaal Giovanni, zwarte magie!'

Potta! Ze hadden zelfs beter gerepeteerd dan de toneelspelers uit Padua!

'Je kunt weer gaan,' zei Giovanni met een glimlach. De schildwacht opende de zijdeur. De Fat liep weg, maar bleef even in de deuropening staan, draaide zich naar me om en maakte met zijn hand het gebaar alsof hij mij de keel wilde afsnijden.

'Wat heb je daarop te zeggen?' vroeg Giovanni die zijn brilletje nogmaals goed op zijn neus zette.

Wat kon ik zeggen? Als ik hem vertelde dat er niemand verbaasder was geweest dan ik toen Uienkop doodging, zou hij me niet geloven. Als ik hem vertelde dat ik niks met zwarte magie kon doen ook al zou mijn leven ervan afhangen, zou hij me niet geloven. Het maakte niet uit wat ik zei. Hij wilde wraak voor de moord op zijn zus en zijn moeder.

'Kardinaal Giovanni, als ik echt verstand van zwarte magie had, waarom zou ik dan hier in Corsoli voorproever zijn gebleven en twee keer per dag mijn leven op het spel hebben gezet, elke dag van de week, al die jaren? Ik had dan toch beter naar Rome of Milaan of Venetië kunnen gaan om een fortuin te vergaren? Sterker nog, als ik kon toveren waarom zou ik dan nu hier voor u staan?'

Giovanni's gezicht werd zo rood als een biet. 'Hoe durf je de spot met deze rechtbank te drijven,' schreeuwde hij. 'Ik kan je laten onthoofden voor je onbeschaamdheid. Zo, dat is het. Totdat ik je weer bij me roep.'

De schildwachten leidden me weer terug naar mijn kamer en zeiden dat ik blij mocht zijn dat ik nog in leven was, omdat Giovanni hun eerder opdracht had gegeven om andere mannen in het gevang te gooien en dat hij sommige met veel minder bewijs ter dood had laten brengen. En nu zit ik hier, trillend. Waarom veroordeelde Giovanni me niet ter dood? Of tenminste tot gevangenisstraf? Waarom treitert hij me zo? Is hij bang voor Federico? Misschien wacht hij tot na de bruiloft. O, genadige God, wat moet ik doen? Waar kan ik heen? Voorlopig moet ik kalm blijven. Vóór alles moet ik Giovanni niet laten merken dat ik bang ben. O, waarom moest je nu komen, ondergeschoven klootzak, gebochelde sodemieter van een dwerg! Ugo, rustig nu! Houd moed! Je bedenkt wel iets.

Telkens wanneer ik in de bijbel iets tegenkwam dat ik niet begreep, zoals waarom God toestond dat heiligen vermoord werden en zondaren in leven mochten blijven, had abt Tottonini gezegd dat Gods wegen ondoorgrondelijk waren en niet in twijfel mochten worden getrokken. Hoe langer ik daarover nadacht, des te meer scheen het me toe dat wat mensen dachten dat ondoorgrondelijke wegen van God waren, in feite fouten van Hem waren. Toen ik dit tegen de abt zei, antwoordde hij boos: 'God maakt geen fouten!'

'Als het geen fouten zijn, dan moet het Hem dus allemaal geen moer uitmaken,' antwoordde ik.

Dit maakte de abt nog bozer. Hij zei dat God Zijn enige zoon had opgeofferd voor de zonden der mensheid, wat aantoonde hoeveel het Hem uitmaakte. En omdat wij Zijn kinderen zijn, waakt Hij over ons allemaal.

'Dan zijn Zijn ogen niet al te best,' antwoordde ik. Hoe kan Hij over mij waken en ook over alle andere mensen in Corsoli? En ook over iedereen in Venetië en Rome en Milaan en Frankrijk, en dat allemaal tegelijkertijd? We bidden en smeken Hem om ons gunstig gezind te zijn, prijzen Hem als Hij dat doet en nemen het onszelf kwalijk als Hij dat niet doet. De waarheid is dat ik niet geloof dat Hij ons ziet. En als dat wel zo is, geloof ik niet dat het Hem wat uitmaakt hoe het ons vergaat. Ik herinner me de eerste keer dat ik over de paleismuren naar beneden keek en de mensen in de stad naar de markt zag gaan. Ze leken niet groter dan mieren en ik kon de een niet van de ander onderscheiden. Zo zien we er voor God vast ook uit. Als duizenden en duizenden mieren, allemaal ons uiterste best doend om de beproevingen die op ons pad komen te doorstaan. Maar waarom? Als er een reden is waarom ik al die beproevingen moet doorstaan, waarom geeft God me dan geen aanwijzingen hoe ik dat moet doen? Denkt Hij dat ik te stom ben om het te begrijpen? Ik, die tegen Uienkop en mijn vader en Vittore heb opgebokst en heb gewonnen? Denkt Hij soms dat ik niet meer hersens dan een mier heb? Waarom zou hij me dan eigenlijk hersens hebben gegeven? Ik zou nog liever een mier zijn en niet nadenken. Dan zou ik rust hebben.

Echt waar, de wereld is krankzinnig geworden. Gasten staan onder mijn raam naar de regen te kijken terwijl ik vlak boven hen in de hel brand. Ik moet Federico spreken. Ik heb hem uitstekend gediend. Ik heb zijn leven gered. Hij trouwt met mijn dochter. Hij zal me tegen Giovanni beschermen. Hij moet me beschermen. Het zou er niet best uitzien als de vader van de bruid op Federico's bruiloft wegens hekserij werd opgepakt.

Ik kom net terug van Federico's privévertrekken. De schildwacht zei dat Federico uitrustte en niet gestoord wenste te worden. Ik zweer je dat als Giovanni me in dezelfde cel opsluit als Vittore, ik krankzinnig word! Ik moet me nu op het steekspel voorbereiden.

Ik ben teruggekeerd van het steekspel. Miranda juichte en lachte alsof ze geen zorgen kende. Ik wilde haar vragen waarom, maar ik voelde me niet goed. De muren van mijn kamer deinen op en neer als een boot op zee. Mijn papier weigert nog steeds rustig op de schrijftafel te blijven liggen, ook al dreigde ik het in stukken te scheuren. Ugo. Ugo. Ugo. U U U U. De ganzenveer heeft scherpe klauwen. Giovanni heeft klauwen. Iedereen heeft klauwen. Zelfs ik. Ik kan mijn gezicht niet openkrabben tenzij ik heel voorzichtig ben en mijn gezicht het niet ziet. Er staat iemand voor de deur. Ze roepen me. Ze hebben de bek van een rat. Ik zal ze negeren omdat ik niet samen met een rat gezien mag worden. Ik kan niet samen met een rat naar het banket. Het kan me niet schelen hoe vaak hij me roept. Ik ga niet. Ik ga niet...

De vierde dag. Halverwege de middag.

Mijn zintuigen hebben me in de steek gelaten! Ik ben nu echt gek! Het is de middag van de vierde dag en ik ben een boogpees die strakker dan strak gespannen staat. Federico is niet op jacht gegaan – welk paard zou hem ook hebben kunnen dragen? – en Giovanni ook niet. Toen de rest zich voorbereidde om te vertrekken, zag ik ze met elkaar praten. Waar hadden ze het over? Ik vroeg het aan Cecchi, maar hij wist het niet. De jacht werd vanwege de regen afgelast. Ik ga weer bij Federico langs.

Begin van de avond.

Federico lag weer te rusten. Waarom? Eerder deed hij dat nooit. Misschien wil hij me niet zien. Maar hoe kan hij nou weten waarom ik bij hem langskom? Ik dwaalde door het paleis en hoorde gasten roddelen: waarom trouwde Federico in godsnaam met een boerenmeisje terwijl hij haar toch gewoon had kunnen pakken zoals hij met zoveel vrouwen had gedaan? 'Ik zou zelfmoord plegen,' zei een vrouw. Een man vroeg zich af hoe ik Miranda had kunnen toestaan om met de hertog te trouwen, omdat hij nooit van zijn leven met zo'n huwelijkskandidaat zou hebben ingestemd. Ze zijn allemaal jaloers. Meer niet. Ik zie het aan hun gezichten. Ik hoor het in hun stemmen.

Er klonk net een donderklap, de bliksem had de lucht doorkliefd en de regen komt nu met bakken naar beneden. Een paar minuten geleden zijn de toneelspelers van het Piazza San Giulio teruggekeerd. De toneelspeelster die de eenhoorn speelde, zei dat als het nog modderiger werd, Hercules geen jacht meer op een eenhoorn zou maken maar op een olifant.

Nadat Federico weer had geweigerd me te ontvangen, ging ik naar de keuken om me ervan te verzekeren dat Luigi mijn lievelingsbroodjes met tam wild aan het maken was zoals hij had beloofd. Het wild wordt fijngesneden, gemengd met vet van kalfsvlees en met specerijen, in bladerdeeg gewikkeld en gebakken. Daarna worden twee eierdooiers geklopt met een beetje sap van onrijpe vruchten en dat wordt dan voorzichtig over vier broodjes gedruppeld. Het was maar goed dat ik ging, want toen ik in de keuken kwam, was Luigi niet bezig om de broodjes te maken, maar mengde hij fijngemalen kippenborst met fijngemalen amandelen om op gewoon zacht brood te leggen.

'We eten *mangiabianco*,' zei hij terwijl hij me aankeek alsof ik net de beerput had schoongemaakt. Christus aan het kruis! Drie jaar geleden kon hij varkensvlees nog niet van kip onderscheiden en nu denkt hij dat hij de kookkunst heeft uitgevonden! 'Ik heb het veranderd omdat de maag na zoveel banketten oververzadigd is van al dat eten en het nodig is die een beetje te plagen.'

'Maar zoveel hebben we niet gegeten.'

'Wat hebben we eergisteravond dan gedaan?' vroeg hij verontwaardigd.

Ik keek naar Tommaso maar hij deed alsof hij me niet zag.

'Als voorproever ben je niet op de hoogte van de vele verschillende soorten eetlust,' zei Luigi.

Ik, Ugo, de voorproever, niet op de hoogte van verschillende soorten eetlust?

'De eetlust van een lege maag is niet dezelfde als die van een maag die een zware maaltijd heeft genoten.' Hij nam nog een handje gember en suiker en roerde dat door de kip met amandelen. 'Wanneer de eetlust eenmaal is opgewekt, is deze niet zo nauwgezet. Ze zegt in feite: "Verras me".'

Ik zal jou eens verrassen, dacht ik terwijl ik mijn dolk pakte. 'Wiens idee was dit?'

'Van Tommaso.'

Dus daarom negeerde hij me.

'Ik kan nu niet met je praten,' schreeuwde hij zwaaiend met zijn armen. Hij was bezig een triomfwagen met paarden van suiker en marsepein te maken. Ik had zin om die stuk te smijten. Dat moet hij hebben gevoeld omdat hij ervóór ging staan. 'Wat mot je nou?' brulde hij.

Iedereen in de keuken staarde me aan. Luigi zei: 'Je kunt hier niet maar aldoor in- en uitlopen als we aan het werk zijn!'

'Ik kom wanneer ik wil!' schreeuwde ik.

Ik zocht Miranda op, maar zij wilde ook niet naar me luisteren. Mijn hoofd doet nu pijn en mijn huid prikt. Ik heb zo hard gekrabd dat het begon te bloeden, maar nu wil het niet meer ophouden. Waarom houdt het niet op? Ik moet me aankleden voor het banket.

Dageraad.

Ik leef nog maar net. Er bestaat voor mij geen reden om naar de hel af te reizen want ik ben er al. O, God in de hemelen, waarop bent U me aan het voorbereiden?

Na het banket, dat ik me niet meer kan herinneren omdat ik sindsdien duizend jaar ouder ben geworden, viel ik in een diepe slaap. Ik weet niet hoelang ik al had geslapen, maar ineens droomde ik over Federico. Hij liep door een gang, zijn wandelstok in zijn ene hand, zijn zwaard in de andere. Eerst liep hij langzaam, maar toen sneller, door een gang en toen door de volgende. Ik wist dat hij op weg was naar mijn kamer. Ik wist dat ik iets moest verstoppen, maar ik wist niet wat. Ik rende door de kamer, zocht onder het bed, achter de stoelen, en was me er de hele tijd van bewust dat Federico steeds dichterbij kwam. Ik trok de gordijnen voor het raam weg, tranen stroomden over mijn gezicht, en ik schreeuwde om mijn moeder dat ze me moest helpen, en toen wist ik ineens waar ik naar zocht. Ik schoot wakker uit mijn droom, nam een sprong naar de deur tussen de kamers van Miranda en mij en bonkte erop.

'Wie is daar?' reageerde ze.

'Je vader!' siste ik. Ik hoorde het schuifelen van voeten. 'Doe open die deur! In 's hemelsnaam, doe die deur open!' De deur ging open en daar stonden Miranda en Tommaso, met lakens om zich heen geslagen om hun naaktheid te bedekken. 'Zijn jullie gek geworden? Federico komt eraan!'

Miranda zei: 'Ik krijg een kind van Tommaso.'

'Ik zal tegen hem zeggen dat we verloofd zijn,' zei Tommaso. Daar stonden ze nou, als zandkorreltjes voor een aanstormende vloed.

'Hij zal jullie allebei vermoorden!'

'Dan zullen we samen in de hemel zijn,' antwoordde Tommaso.

Ohi me! Ik kon Federico's driepotige loopje al op de gang horen! Tommaso rende naar de deur alsof hij zelf Federico de waarheid onder zijn neus wilde wrijven. Met een schreeuw smeet ik Miranda terug in haar bed, en met een kracht waarvan ik niet wist dat ik die bezat, trok ik Tommaso aan de haren op zijn achterhoofd mijn kamer in, deed de deur dicht en ging ertegenaan staan. Hij probeerde me weg te trekken. Ik legde mijn hand over zijn mond en al vechtend kreeg ik hem tegen de grond. We hoorden Miranda gillen, het harnasgerammel van Federico's schildwacht en toen Federico's krassende stem die dwingend vroeg: 'Waar is hij?'

Pas toen werd Tommaso wakker uit zijn droomwereldje. Ik liet hem los, wees naar het raam en wierp mezelf tegen de deur van Miranda's kamer toen deze werd geopend. Ik werd door de schildwacht op de grond geduwd terwijl hij langs me liep, en toen stond daar Federico in de deuropening zoals ik hem in mijn droom voor me had gezien. 'Wie ben jij?' brulde hij, zijn gezicht verwrongen van woede, zijn zwaard tegen mijn hals.

'Ugo DiFonte, Uwe Doorluchtigheid. Uw voorproever. Uw trouwe dienaar. Ik hoorde Miranda schreeuwen...'

Achter me haalde de schildwacht mijn kamer overhoop, zocht tussen het beddengoed en gooide mijn schrijftafel om.

'Ik ruik het gewoon!' siste Federico. 'Ik ruik het gewoon.' Hij zwaaide woest met zijn zwaard en stootte de punt toen snel een paar keer achter elkaar in mijn beddengoed.

Ik wilde zeggen: 'Uwe Doorluchtigheid, het is niet de schuld van Miranda, maar van die klootzak, Tommaso. Vermoord hem en uw zorgen zullen voorbij zijn!' Maar terwijl ik mijn hoofd optilde, zag ik Miranda's smekende, doodsbange ogen, dus zei ik niets. Bovendien kon ik niets zeggen zonder haar erin te betrekken.

Federico strompelde de gang op waarbij zijn voetstappen weergalmden op de stenen vloer. Toen ik die niet meer kon horen, ging ik naar Miranda's kamer. Ze zat rechtop, trillend en bevend. Ze strekte haar armen naar me uit. '*Babbo*,' zei ze huilend, '*babbo*.'

Ik zei tegen haar dat God voor ieder van ons een plan heeft en dat we op Hem moeten vertrouwen. Ook al is de hele wereld tegen ons, of vallen de duisternis en het kwaad ons plotseling ten deel, we moeten op Hem blijven vertrouwen. Want de donkerste wolken worden mettertijd verjaagd en dan gaat de zon weer schijnen. Zo werkt dat met God. Want voor degenen die in Hem geloven is Hij de zon, en net als de zon zal Hij ons genezen als de wolken der wanhoop zijn verdwenen.

Miranda zei niets; dat hoefde ook niet, want ze wist dat ik niet haar maar mezelf probeerde te overtuigen.

De vijfde dag.

Lieve God, waarom luistert U niet naar me? Ik heb om Uw raad gebeden maar U GEEFT ME DIE HELEMAAL NIET! Mijn wereld is ingestort. Giovanni's schildwachten kwamen me weer halen. Deze keer stormden ze alsof het de gewoonste zaak van de wereld was mijn kamer binnen en sleepten me naar Giovanni toe. Zodra ik voor hem stond, vroeg hij: 'Ugo DiFonte, geloof je in God?'

'Natuurlijk,' zei ik terwijl ik een kruisteken sloeg. 'God de Vader, de Zoon, de Heilige Geest. Onze schepper. Onze Vader.'

'Onze Vader?'

'Ja. Onze Vader, dat wil zeggen, we zijn naar Zijn evenbeeld gemaakt.'

Giovanni kauwde op het uiteinde van zijn ganzenveer. 'Als wij naar Zijn evenbeeld zijn gemaakt, *ipso facto*, dan moet Hij een af-spiegeling van ons zijn, *n'est-ce pas?*'

'Het spijt me, kardinaal Giovanni, maar ik begrijp niet wat u bedoelt.'

'Als we naar Zijn evenbeeld zijn gemaakt, dan moet Hij op ons lijken,' antwoordde hij. 'Onze sterke punten zijn Zijn sterke punten en onze zwakke punten zijn Zijn zwakke punten.'

'Kardinaal Giovanni, uw woorden zijn snediger dan uw zwaard. Ik ben maar een doodgewone boer...'

'Als je een boer was, zou je die kleren niet dragen en morgenavond niet met je eigen voorproever aan tafel bij hertog Federico zitten,' snauwde hij. 'Dus,' ging hij verder, 'volgens jou kan God zorgzaam zijn maar ook onverschillig. Genadig maar ook wreed...'

'Kardinaal Giovanni...'

'Egoïstisch, arrogant, een dief, een moordenaar...'

'We zijn naar Gods evenbeeld gemaakt, maar we hebben onze zwakheden omdat we van Zijn leer afdwalen.'

'Wat is de grootste zwakheid?'

Ik was bang om antwoord te geven, want ik wist dat wat ik ook zou zeggen fout zou zijn.

'Trots, Ugo.'

'Als u het zegt, dan is dat zo.'

'Ben je niet trots op je dochter?'

'Is dat dan een zonde?'

Hij negeerde me. 'Je bent trots op je dochter. Je bent trots dat je je hebt opgewerkt van voorproever tot hoveling. Je bent trots dat je de dood te slim af bent geweest. Je trots hangt als een vieze stank om je heen. Je wandelt rond in je extravagante zijden kleren, maar je bent en blijft een boer. En een heks. Dat was het.'

Hij maakte een gebaar met zijn hand en toen werd ik de kamer uit gegooid. Maar hij heeft me nog steeds niet gearresteerd. Waarom niet? Op de terugweg zag ik Miranda en Tommaso in Emilia's tuin met elkaar praten.

'Dit is waanzin,' zei ik tegen ze. 'Jullie zijn vannacht bijna vermoord en nu...'

'We bespreken welk dessert er bij het banket moet komen,' zei Miranda kil en toen liep ze weg.

Tommaso volgde haar met zijn ogen en ik ging voor hem staan zodat niemand dat zou kunnen zien. 'Overal lopen gasten rond! Ik kan gewoon niet geloven dat je haar leven op zo'n manier wilt opofferen.'

'Ik?' riep hij. 'Jij hebt haar al opgeofferd,' en toen liep hij ook weg.

Ze liegen. Ze zijn iets van plan. Daarom hielden ze op met praten toen ze me zagen. Ze zijn van plan Federico te vergiftigen, en mij ook. Ik weet het zeker. Ik weet het zeker. Ik, die Tommaso heeft overgehaald om kok te worden, zal door hem worden vergiftigd. En mijn dochter gaat hem daarbij helpen. Dat is een satire waar zelfs Boccaccio jaloers op zou zijn.

Ik wilde hertog Federico zo graag over kardinaal Giovanni en Tommaso inlichten, maar ik weet niet of hij na afgelopen nacht nog naar me wil luisteren. Bovendien is hij altijd als hij eet, of waar hij ook heen gaat, omringd door gasten. Zelfs wanneer ik 's morgens zijn ontbijt proef, zijn er mensen bij hem. Toen ik weer bij hem langsging om te praten, zat hij met de hertog van Perugia en Marguerite van Rimini kaart te spelen. Ik wachtte tot het spelletje uit was, maar hij ging onmiddellijk met het volgende door. Ik wist dat hij me zag, maar hij negeerde me. Had dat met kardinaal Giovanni te maken? Het kan me niks meer schelen. Hij zal er tijdens het banket niet meer onderuit komen om met me te praten, ook al moet ik schreeuwen.

De toneelspelers zullen vanavond nog meer stukken opvoeren omdat het spektakelstuk vanwege de regen niet doorgaat. Wat jammer! Ik keek ernaar uit om Hercules te zien die achter de eenhoorn aan jaagt en de eenhoorn die in Venus verandert. Nu zal het Piazza San Giulio alleen voor de *caccia* worden gebruikt. Ik hoop maar dat dat niet wordt afgelast. Ik moet me nu gaan omkleden. Ik heb geprobeerd om met Miranda te praten, maar ze was omringd door gasten en vriendinnen. Vanavond is er geen banket. Na alles wat we gisteravond hebben gegeten, zou het een wonder zijn als hier mensen waren die ooit nog wat wilden eten.

De vijfde avond.

Tommaso! Die stomme, opvliegende, achterlijke idioot! Als hij zelfmoord wil plegen, dan mag hij van mij, maar hij zal Miranda ook de dood injagen. Ik wist dat ze iets van plan waren. Miranda glimlachte en zat met de gasten te praten terwijl ze Federico's hand stevig vasthield, maar ik geloofde geen moment dat ze het meende. Toen moest ik, terwijl de toneelspelers het stuk over de non weer opvoerden, plotseling aan Vittore denken. Misschien schoot hij me te binnen door de cel van de non, ik weet niet wat het was, maar ik glipte de zaal uit en ging op zoek naar Tommaso. Hij was niet in de keuken en ook niet op zijn kamer. Als een waanzinnige rende ik door het hele paleis. Toen wist ik het ineens. Ik holde naar de kerker. De gevangenbewaarder stond niet boven aan de trap, en alsof het zo moest zijn, zag ik toen ik beneden kwam, dat er iemand aan het slot van Vittores cel stond te morrelen. Ik riep: 'In naam van hertog Federico, stop daarmee!'

Tommaso draaide zich om. Hij trilde en hijgde, zijn mond open, zijn haren in de war.

'Maak open!' riep Vittore dwingend. Tommaso morrelde weer aan de sleutel.

Ik trok mijn dolk. 'Breng me er niet toe je te vermoorden, Tommaso.'

'Hij heeft het lef niet eens,' siste Vittore.

'Hij zal Miranda pakken en jou vermoorden. Denk maar aan wat er na de heksensabbatten is gebeurd,' zei ik.

'Ik kan niet zonder haar leven,' riep Tommaso.

Hij draaide de sleutel om. Ik rende op hem af en die klootzak van een Vittore duwde de celdeur met zoveel kracht open dat Tommaso achterover op mijn dolk viel. Hij schreeuwde terwijl het lemmet in zijn dij wegzonk. Ik wankelde naar achteren. 'Ugo!' riep hij.

Ik bezweek onder Tommaso's gewicht terwijl hij boven op me viel. Zijn geschreeuw had de schildwachten gealarmeerd die nu naar beneden kwamen. Ik duwde Tommaso van me af en terwijl hij wegrolde, stroomde het bloed uit de wond. Zijn hand greep mijn hemd beet.

'Waarom heb je toch niet naar me geluisterd?' vroeg ik hem smekend.

'Ik zal proberen...' Zijn ogen draaiden weg en toen ging hij van zijn stokje.

'Ugo heeft hem vermoord!' schreeuwde Vittore. Hij was weer terug in zijn cel geglipt en hield de deur dicht. De schildwachten probeerden me te arresteren, maar ik vocht terug en brulde dat Vittore hem gestoken had.

'Maar hij zit opgesloten in zijn cel,' zei de schildwacht. 'En dit is toch jouw dolk?'

'Stop hem hier in de cel,' schreeuwde Vittore.

Ik probeerde duidelijk te maken wat ik had gezien, maar in mijn woede en wanhoop maakte ik er een potje van.

'Waar is de sleutel van de cel?' vroeg de schildwacht woedend.

'Vittore moet hem hebben.'

'Maar hij zit in zijn cel,' zei die stomme schildwacht nog een keer en hij begon me de trap op te slepen.

'Hij zal ontvluchten!' schreeuwde ik.

Gelukkig was Cecchi ongerust geworden omdat ik uit de Grote Hal was verdwenen, was gaan zoeken en trof ons op dat moment daar aan. Hij gaf de schildwachten bevel om de cel te doorzoeken en ze vonden de sleutel verstopt onder het stro. Tommaso werd weggedragen en Piero zorgde verder voor hem. Heftig trillend ging ik naar mijn kamer en wachtte op Miranda.

Ze kwam, bleek en bevend, met Cecchi aan haar zijde. 'Wat is er gebeurd? Wat is er gebeurd?' bleef ze maar zeggen.

Cecchi zei: 'Tommaso is neergestoken terwijl hij Vittore probeerde te bevrijden.'

Miranda zou op de grond zijn gevallen als Cecchi haar niet had opgevangen. Daarna gaf hij haar een klap in het gezicht. Hij zei dat als Federico zou ontdekken dat zij betrokken was geweest bij de poging om Vittore te bevrijden, hij haar eigenhandig zou vermoorden. Hij zei dat ze niet alleen zichzelf in gevaar had gebracht, maar ook mij en anderen in het paleis. Hij zei tegen haar dat ze alle herinneringen aan Tommaso moest wegstoppen en nooit meer aan hem mocht denken. Toen pakte hij haar hand en leidde haar weg.

Ik denk dat ze nu, eindelijk, heeft begrepen dat er geen uitweg voor haar is. Ik hoop dat de wond in Tommaso's dij hem daar ook aan blijft herinneren.

De zesde dag. Namiddag.

Ik heb niet geslapen. Ik kijk naar mijn handen en herken ze niet meer. Hoewel ik tegen mezelf blijf zeggen dat Vittore degene is geweest die Tommaso tegen me aan heeft geduwd, weet ik dat ik hem een seconde later zelf zou hebben doodgestoken. Hoewel de wond diep is, gaat Tommaso niet dood. Hij staat nu zelfs alweer het gebak voor het laatste banket te maken. Ik herinner me ooit gehoord te hebben dat iemand die bruine ogen heeft slim en verstandig is, maar Tommaso heeft bruine ogen en is oerdom. Dapper maar oerdom. Is hij soms dapper omdát hij dom is? Hoe heeft hij ooit kunnen geloven dat Vittore hem zou helpen?

Miranda trok een japon aan waarin haar borsten tot aan haar tepels te zien waren. Ze smeerde zoveel rouge op haar gezicht dat als er daar een vlieg was geland, hij zijn sporen zou hebben achtergelaten.

'Waarom doe je dat?'

'Omdat ik een hoer ben, kleed ik me ook zo.'

'Miranda, luister naar me!'

'Want anders? Anders vermoordt u mij?'

Ik liep naar haar toe, maar ze greep een mes en schreeuwde zo hard: 'Schildwacht! Schildwacht!' dat ik vertrok.

Het is verbazingwekkend hoe dit drama zich ongemerkt ontvouwt temidden van alle festiviteiten. Op dit moment springen de klokken van de Santa Caterina zelfs zowat de sacristie uit, en buitelen de klanken vrolijk over elkaar heen. Het gouden madonnabeeld glinstert in het zonlicht. Banieren hangen uit elk raam en van elke loggia. Mensen zingen en dansen. Ze weten hier niets van. En ook al zouden ze het wel weten, dan nog zou het geen einde aan hun feestvreugde maken. Niets kan het feest van vandaag in de weg staan. De bruiloft zal en moet doorgaan. Ik wilde dat mijn moeder erbij kon zijn. Mijn vader ook. Maar ze zijn allebei dood. Binnenkort zal mijn broer Vittore zich bij hen voegen. Hij verdient het meer dan wie ook om te sterven, maar vanmiddag kreeg ik wroeging. Ik wilde aan Federico vragen of de *caccia*, omdat het niet meer regent en de dood het huwelijk niet gunstig zal beïnvloeden, misschien tot na de bruiloft kon worden uitgesteld. Maar Federico zal niet naar me luisteren.

Nacht.

Het is jammer dat het spektakelstuk gisteren moest worden afgelast, omdat het Piazza San Giulio er bij het licht van de blakers mooier uitzag dan iemand zich ooit had kunnen voorstellen. Toen Miranda daar vanavond arriveerde, sloot de menigte haar in de armen, riep dat ze een engel en de koningin van Corsoli was. Ze prezen Federico dat hij haar had uitgekozen en wensten hun vele kinderen toe. Het was zo'n spontane uiting van liefde dat zelfs Miranda verrast en ontroerd was. Een man schreeuwde dat je in de sterren onze patroonheilige, Santa Caterina, naar ons kon zien glimlachen. De bisschop bad dat we het altijd waard mochten zijn om in Gods hand te rusten. Toen werden er katten en honden op het plein gegooid en onmiddellijk werd er geblaft en gemauwd terwijl ze elkaar beten en krabden tot de dood erop volgde.

De menigte schreeuwde en gilde om het volgende onderdeel. Na luid trompetgeschal werd een kar met daarop een kooi het plein op gereden. Er zaten drie mannen in: de eerste een dief die bladgoud van het madonnabeeld aan de Duomo Santa Caterina had gekrabd; de tweede de gevangenbewaarder die zich door Tommaso had laten omkopen toen hij Vittore geprobeerd had uit zijn cel te bevrijden; en de derde was Vittore. Nog meer trompetgetetter kondigde de volgende kooi aan waarin de leeuw zat. De oppassers openden de kooi en klommen toen snel op een tribune. De dief probeerde achter hen aan te klimmen, maar de menigte duwde hem terug de modder in. De gevangenbewaarder viel op zijn knieën en bad. Vittore ging naast een boom staan, zijn jasje en broek net zo gescheurd en smerig als de dag waarop hij was gekomen.

De leeuw liep langzaam de kooi uit waarbij hij zijn staart met kwast heen en weer zwaaide. Het beest had een grote kop en enorme manen, maar hij was zó mager dat je zijn ribben kon tellen. 'Dat is er echt eentje uit Corsoli,' schreeuwde een vrouw tot grote hilariteit. Ik vroeg me af of de leeuw dacht dat hij weer thuis in Afrika was. Wist hij dat al die bomen en struiken speciaal voor hem waren aangevoerd? De menigte joelde en floot. Een ster schoot langs de hemel.

Ineens schreeuwde Vittore: '*Io sono vittima di una cospirazione! Cospirazione! Cospirazione!*' Hij riep het telkens weer terwijl hij om en om draaide en met zijn lange magere armen op zijn borst sloeg.

De menigte aapte hem na, iedereen sloeg op zijn borst en blèrde: '*Cospirazione! Cospirazione!*'

De leeuw stond doodstil, alsof hij op een seintje wachtte om te mogen beginnen.

'Ja, ik heb Federico gif toegediend,' schreeuwde Vittore, 'maar geen arsenicum.'

'Niemand is in jouw leugens geïnteresseerd,' riep ik.

De leeuw trippelde naar een struik en verdween erachter. Vittore wees naar me en zei: 'Hij wil niet dat jullie de waarheid te weten komen.'

'Je zou het niet eens weten als je de waarheid sprak,' schreeuwde ik en de menigte lachte.

'Ik heb Federico kwik gegeven,' schreeuwde Vittore. 'Weten jullie waarom?'

Cristo in croce! Waarom deed die leeuw er zo lang over?

Terwijl Vittore zijn haren voor zijn gezicht weghaalde, rende hij naar het bordes waarop Federico en Miranda zaten. 'Dit zal uw lot zijn...'

Op hetzelfde moment dat het tot me doordrong dat Vittore hoogstwaarschijnlijk de waarheid over Federico vertelde, sprong de leeuw over de struik, greep met zijn bek Vittores achterste been en trok hem naar het nog drassiger gedeelte van het plein. Vittore schreeuwde. De leeuw sloeg een paar keer met zijn klauw tegen Vittores hoofd. Vittores benen schokten heftig en zijn geschreeuw hield op.

Miranda zakte in elkaar en Federico tilde haar in zijn armen op en droeg haar weg terwijl haar dienstmaagden achter hem aan renden. De menigte zag het niet omdat ze helemaal opgingen in het kijken naar de leeuw. Deze scheurde Vittores linkerschouder van zijn lichaam en beet in zijn borst. Bloed spoot de lucht in. Vittores botten knakten als takjes en bij elke beet knakte er iets in mezelf totdat ik me afvroeg of ik niet ook doodging.

'Zeg tegen alle heksen dat ze naar Corsoli moeten komen,' schreeuwde iemand. 'We hebben een hongerige leeuw.'

De menigte juichte. Ik was stil. Uitgeput. Ik ging gebukt onder het bloed dat aan mijn handen kleefde.

Zodra de *caccia* voorbij was, ging ik naar Federico's privévertrekken en zei tegen de schildwachten dat Federico me bij zich had laten roepen om hem te vertellen hoe het met Miranda ging. Eindelijk was Federico een keer alleen en hij zat op de pot te kakken. Ik wachtte niet op toestemming om te mogen spreken, maar zei: 'Uwe Doorluchtigheid, kardinaal Giovanni heeft me twee keer beschuldigd van hekserij in Milaan.'

Federico's gezicht was rood, maar of dat kwam omdat hij boos op me was of omdat hij zich inspande om zich van een drol te bevrijden, kon ik niet zeggen. Het maakte me ook niet uit. 'Hij bedoelt die keer toen ik de polpetta moest eten. Maar ik heb geen zwarte magie bedreven. Zoals u weet, was het alleen de gratie van God die ervoor heeft gezorgd dat Uienkop stierf.'

Federico veegde zijn billen af, stond op, trok zijn broek omhoog en waste zijn handen. Na een tijdje draaide hij zich naar me om en zei met een glimlach als van een vader of moeder die een bang kind geruststelt: 'Ugo, hoelang ben je nu al mijn voorproever?'

'Vijf jaar, Hoogheid.'

'En je hebt me al die tijd trouw gediend.'

'Het was mij een eer, Uwe Doorluchtigheid.'

'En nu geef je je dochter aan mij ten huwelijk.' Hij legde een hand op mijn schouder die zwaar op me drukte en keek me strak aan. 'Denk je nou echt dat ik zou toestaan dat jou ook maar iets zou overkomen?'

'Maar...'

'Maak je er toch niet zo druk om.'

'Maar, Hoogheid...'

'Ik wil er geen woord meer over horen.'

Toen wist ik, zo zeker als mijn naam Ugo DiFonte is, dat hij me belazerde. Maar ik had hem niet vijf jaar gediend zonder iets te leren, dus slaakte ik zogenaamd een zucht van verlichting en zei: 'Uwe Doorluchtigheid, u hebt me een nieuw leven gegeven en ik zal u eeuwig dankbaar zijn.' Ik kuste zijn hand. Toen haastte ik me de kamer uit voordat ik moest overgeven.

Die smerige syfilislijder laat me als een baksteen vallen! Mij! Ik! Ik die hem trouw dien. Ik die zijn eten eet en hem bescherm tegen vergiften! Die voorzichtig zijn jichtige, smerig stinkende been optil! Die zijn kussen opschud. Die bij zijn stoel sta als hij zit te schijten! Het moet iets met Giovanni te maken hebben. Maar wat?

Avond.

Ik heb ontdekt waarom Federico me belazert! Bij het banket zat ik net zo dicht bij hem als mijn ganzenveer zich nu bij dit vel papier bevindt en toch weigerde hij me aan te kijken. Miranda weigerde dat ook, maar ik neem het haar niet kwalijk. Ik wilde haar nog om vergiffenis vragen, want ik heb haar een verschrikkelijk onrecht aangedaan, maar daar had ik geen tijd meer voor.

Halverwege het banket, terwijl gouden schotels hoog opgetast met hennenkammen en geroosterde duif werden opgediend, hield kardinaal Giovanni een speech.

'Liefde is de kiem van het leven,' zei hij. 'Er is liefde voor je familie, liefde voor de mensheid, en liefde voor God. Wanneer de ene liefde de andere stimuleert, kent het geluk dat iemand ten deel valt geen grenzen. Vanwege zijn grote liefde voor Miranda heeft hertog Federico ermee ingestemd om zijn nieuwe bruid mee te nemen op een bedevaart naar Rome om de zegen van de paus te ontvangen!'

Iedereen juichte Federico toe die straalde van trots! Ik keek naar Miranda die net zo verbijsterd was als ik. Maar nu begreep ik eindelijk waarom Federico niet met me had willen praten! Hij had verraad tegenover mij gepleegd! Verraad tegenover mij gepleegd om aan een gril van Miranda te voldoen die ze zich niet eens meer kon herinneren! Federico denkt dat als hij haar mee naar Rome neemt, zoals ze maanden geleden had gevraagd, ze van hem zal gaan houden. En in ruil voor een veilige doortocht heeft Federico aan Giovanni toestemming gegeven om mij te arresteren. En ik dacht nog wel dat Federico me zou beschermen! Hoe kon ik zo stom zijn! Federico zal me niet beschermen! Waarom zou hij ook? Hij heeft me niet meer nodig. Straks is hij met Miranda getrouwd en die is bij iedereen geliefd. De boeren houden van hem. De gasten prijzen hem!

Giovanni ging zitten en iedereen feliciteerde hem omdat hij vrede met Federico had gesloten. En op dat moment verloor ik de controle over al mijn zintuigen. Wat voor nut hadden ze nog voor me? Stemmen galmden binnen in mijn hoofd als het geschreeuw van reuzen. Ik kreeg een waas voor mijn ogen en ik kon niets meer zien. Mijn reukvermogen, dat ik net zo perfect beheerste als Grazzari zijn schilderskwast, gehoorzaamde me niet meer. Ineens rook ik niet alleen knoflook, citroen, gerookte kazen en venkelblad, maar ook de parfums van grijze amber, muskus en rozemarijn. Ik snoof de luchtjes op die het fluweel in de tabbaards van de gasten verspreidde, hun wollen hemden, het bladgoud waarmee japonnen waren versierd. Terwijl iedereen om me heen het over Miranda had die een ontmoeting met de paus zou hebben, werd ik overweldigd door de stank van hun ongewassen haren, het klamme zweet onder hun armen, de smerigheid tussen hun tenen, de stront in hun *culo*. Mijn ogen begonnen te tranen bij het verpletterende aroma van Federico's wellust. Ik kokhalsde van Giovanni's verstikkende zelfvoldaanheid. Ik werd overweldigd door de stank van Miranda's wanhoop. Heilige Moeder van God! Wat heb ik mijn dochter aangedaan? Ik heb haar opgeofferd zodat ik weer kon eten!

En toen steeg er nog één andere onwelriekende geur op. Een geur die door de andere verdrongen was maar nu omhoogkroop vanuit de gal in mijn maag naar mijn keel. Het was mijn angst. Het verraad dat ík had gepleegd. Mijn lafheid.

Ik zat daar te stikken terwijl overal om me heen de gasten feestvierden. Ik bad tot God en Hij sprak tot me en zei: 'Helpe u zelve, zo zal Ik u helpen.' Ik had die woorden nog niet gehoord of ik wist wat me te doen stond. Ik draaide me naar Miranda om, maar ze zat niet aan tafel.

'Ze heeft de zaal verlaten,' zei hertog Orsino.

Miranda stond op het binnenplein op de richel waar lichamen van de berg af worden gegooid. In het maanlicht leek ze zoveel op mijn moeder dat ik eerst dacht dat het mijn moeders geest was. 'Miranda!' riep ik.

Ze reageerde niet.

'Miranda, het is nog niet te laat.'

Ze keek langs de berg naar beneden. 'Nog niet. Maar binnenkort wel.'

'Waar leven is, is hoop.'

Ze draaide zich naar me om. 'Iedereen die achter me stond, is verslagen.'

'Ik sta nog steeds achter je.'

'U?' zei ze snerend.

'We hebben eerder moeilijke tijden doorstaan. Miranda, ik heb je moeder beloofd dat ik altijd voor je zou zorgen.'

'Alstublieft zeg...'

'Ik heb een plan. Zodra je met Federico bent getrouwd, moet je klagen over pijn in je buik.' Ik kwam dichter bij haar staan terwijl ik praatte. 'Je moet tegen Federico zeggen dat ik daar een drankje voor heb.' Ik ging nog dichter bij haar staan. 'Dan kom je naar mijn kamer en drinkt een drankje dat ik heb bereid.'

'En wat dan?'

'Je weet dat ik met vergiften heb geëxperimenteerd...'

'En wat dan?' herhaalde ze boos.

'Het zal net lijken alsof je dood bent.' Ik had zo'n drankje niet, maar dat kon ik haar niet vertellen.

'Wat heb ik daaraan?'

'Dit,' zei ik en toen pakte ik haar hand beet en trok haar van de richel af.

'U hebt me erin geluisd,' siste ze. Ze spuugde in mijn gezicht en probeerde me te krabben. 'O, waarom laat u mij toch niet sterven!' jammerde ze.

'Omdat ik je vader ben en jij zult doen wat ik zeg!' Ik leidde haar terug naar de Grote Hal. Dat moest ik wel doen. Ik moest beletten dat ze zelfmoord pleegde. Ik had Elisabetta beloofd dat ik voor haar zou zorgen.

Straks moet ik Federico's ontbijt proeven en me aankleden voor de mis. Vandaag is het de dag waarop Miranda zal trouwen en ik weer van eten zal kunnen genieten. Ik moet dat minstens één keer doen, anders is alles voor niets geweest.

De laatste dag. Ochtend.

Tommaso lag vast te slapen dus zette ik mijn mes tegen zijn *fallo* en legde mijn hand over zijn mond, en toen hij wakker werd, fluisterde ik: 'Blijf doodstil liggen, anders zul je bij God hier en nu sterven!' Toen zei ik: 'Hou je nog steeds van Miranda?'

Zijn ogen schoten heen en weer alsof hij hoopte een van de andere jongens wakker te maken die in dezelfde kamer lagen te slapen.

'Wil je met haar trouwen en de rest van je leven voor haar zorgen? Geef antwoord!'

Een van de jongens tilde zijn hoofd op, gromde en sliep verder.

'Geef antwoord!' Tommaso knikte. 'Sta dan op. We hebben nog maar weinig tijd.'

Buiten de kamer zei ik: 'Je moet drie figuurtjes van koek maken. Een van Miranda, een van de hertog en een van mij. Ze moeten goed lijken maar niet perfect zijn, want we doen net alsof ik ze heb gemaakt. In dat van Miranda zal naast deeg alleen maar marsepein en suiker zitten, maar de inhoud van dit zakje moet door dat van de hertog worden gemengd.' Ik hield het zakje omhoog. 'Zet die koekjes op de toren van de taart. Dat is de enige manier waardoor Miranda en jij jullie vrijheid kunnen terugkrijgen.'

Hij fronste boos zijn voorhoofd. 'Maar dan zullen ze weten dat ik...'

'Daarom moeten ze er klungelig uitzien. Dan zal iedereen me geloven als ik zeg dat ík ze heb gemaakt.'

Vragen stoven naar de voorkant van zijn mond, maar werden ingehaald door nog dringender vragen.

'Tommaso, ik heb jou en Miranda vreselijk veel onrecht aangedaan. Geef me de kans dat te herstellen. Ik heb maar een paar uur.'

Hij was zo in de war dat het geen probleem was om hem mee naar de keuken te nemen. Daar haalde ik hem over om drie bolletjes deeg te maken en ze met suiker en marsepein op smaak te brengen. Ik goot de inhoud van mijn zakje in twee van de bolletjes. 'Maak ze zo dat die ene op Federico lijkt en die andere op mij.'

Tommaso's hoofd schoot omhoog. 'Maar...'

'Giovanni zal me toch vermoorden voor wat er met zijn zuster en zijn moeder is gebeurd. Daarom is hij hier.'

Hij keek me vol ongeloof aan. 'Weet Miranda dat?'

'Natuurlijk,' loog ik. Hij was opgehouden met kneden en ik moest zijn arm aanstoten. 'Schiet op!'

'Ik zal minder in die van jou stoppen.'

'Nee, Tommaso. Je stopt méér in die van mij.'

Hij hield weer op.

'Doe wat ik je zeg! Ik heb er mijn redenen voor.'

Hij kneedde het vergif door het deeg en begon de figuurtjes te maken. Binnen de kortste keren namen ze de vormen van Federico, Miranda en mijzelf aan. 'Maak ze niet perfect,' waarschuwde ik hem.

Hij legde ze op het vuur. Er klonken stemmen op de gang. 'Ga,' zei hij. 'Ik maak ze wel af.'

'Zorg je goed voor Miranda?'

'Of mijn leven ervan afhangt. Op mijn erewoord.' We grepen elkaars armen vast en kusten elkaar op de wang.

Ik bad de hele dag, hoewel ik me nu realiseer dat mijn gebeden weinig hebben geholpen bij wat er daarna gebeurde. Dat wil niet zeggen dat ik twijfel aan het bestaan van God. Als ik uit mijn raam kijk en het dal in de lente zie, als ik Miranda's gezicht zie wanneer ze slaapt, als ik mijn ogen dichtdoe en me Helene voor de geest haal, weet ik dat God bestaat. Ik geloof dat Hij over me waakt. Ik bedoel, Hij beschermt me niet, maar Hij kijkt toe. Hij laat voortekenen voor me achter. Ik dacht bijvoorbeeld dat ik bijna alle struikelblokken voor Miranda's geluk uit de weg had geruimd terwijl ikzelf het grootste struikelblok was. Ik ben Hem dankbaar dat Hij me de kans heeft gegeven dat in te zien.

Nu ga ik naar het bruiloftsmaal. Ik draag een witzijden hemd, een wambuis van blauw fluweel versierd met goudbrokaat en poffend bij de polsen, en mijn fluwelen baret met voorop in het midden een broche met edelstenen. Een medaillon van zuiver goud, een geschenk van Cecchi aan mij, hangt om mijn nek. Ik heb zilveren ringen aan drie van mijn vingers. Als ik in de spiegel kijk, zie ik een hoveling die zich onmiddellijk thuis zou voelen in de palazzo's van Florence of Venetië. Ik zie een man die ooit bang was voor de Dood, maar dat nu niet meer is, want in het aangezicht van de Dood heeft hij zin aan zijn leven gegeven.

Nacht.

Ik wil proberen dit af te maken in de tijd die mij nog rest in het leven. Vanavond zat ik aan tafel tussen Miranda en prinses Marguerite van Rimini. Ik lachte en maakte grappen met iedereen, en at zelfs met een zilveren vork. Septivus had het gedicht van Federico niet af kunnen maken, dus had ik hem het gedicht aangeboden dat ik voor Helene had geschreven. Ik ben blij dat ik kan zeggen dat iedereen het mooi vond.

De trompetten klonken... ik ben die dingen zo zat, ze klinken zo schel en hard en ik ben blij dat ik ze nooit meer hoef te horen. De bedienden stapten binnen met schalen eten. Lieve hemel! Was het echt al vijf jaar geleden dat ik daar voor het eerst in die rij mee-liep? Op iedere schaal lag een zwaan met een gouden kroontje op zijn kop, de ogen helder glanzend, de vleugels uitgespreid alsof ze vlogen, en uit de snavels spoten hete vonken. Luigi zette de groot-ste schaal voor me neer! Voor mij! Ugo de voorproever! Hij tilde de lange vork op.

'Waar is je voorproever?' vroeg Federico aan mij.

Ik zei tegen hem dat ik er geen wilde.

'Heb je geen voorproever?' Hij richtte zich tot de gasten. 'Ik heb tegen hem gezegd dat hij zijn eigen voorproever kon krijgen. Waar-om wil je die niet?'

Ik stond op. Septivus had een speech gehouden, evenals Gio-vanni, de bisschop en edelen uit Urbino en Spoleto, waarom ik dan niet? Het geroezemoes verstomde. Ik schraapte mijn keel. 'Verhe-ven hertog,' begon ik. 'Op deze dag hebben Christus in Zijn glo-rie, de Heilige Moeder en God zelve allemaal Corsoli en allen die binnen haar poorten verblijven hun zegen geven. In zo'n gewijd huis zullen de geesten niemand toestaan om gedachten te koeste-ren of daden te plegen ten nadele van jou, Miranda, of van wie dan ook.' Toen ging ik weer zitten.

'Amen,' zei de bisschop en iedereen zei hem dat na.

Federico had zich over Miranda gebogen (hij hield haar hand vast alsof ze zou kunnen ontsnappen), en fluisterde tegen mij: 'Je zult mijn eten toch moeten voorproeven.'

'Uwe Doorluchtigheid,' zei ik terwijl ik hem in de ogen keek, 'ik ben nog altijd uw voorproever.'

Luigi stak de vork in de zwaan, tilde hem tot borsthoogte op, sneed zes plakken van de borst en schonk er wat van de sappen overheen. Ik spietste een stuk aan mijn vork en bracht het naar mijn mond. Van de geur werd ik duizelig. Luigi had precies de juis-te hoeveelheid venkelblad gebruikt. Ik opende mijn mond en leg-de het stuk op mijn tong. Het was warm, vet en zacht.

'Ugo huilt,' schreeuwde Federico en in de zaal schuddebuikte men van het lachen.

'Dat zijn tranen van vreugde,' zei Cecchi.

Ik verklaarde: 'Er zit niet alleen geen enkel vergift in, het is ook heerlijk!'

'Nu moet jij ook maar eens goed eten!' zei Federico.

Eindelijk was de langverwachte avond aangebroken. Ik begon met de aan het spit geroosterde kwartels. Ze waren goddelijk. De veldleeuweriken en fazanten waren zelfs nog lekkerder. Het jonge geitje klaargemaakt in knoflooksaus, voortreffelijk. Ik kwam al voordat de eerste gang voorbij was woorden te kort om het eten te prijzen. Er waren ook aubergines, kapoenen in citroensaus, schalen pasta en perfect bruin gebakken worsten. Het gezouten varkensvlees was sappig, zij het ietsje te zout, maar de gebakken veldbonen waren zo knapperig als voorjaarsvorst. Ik at een heel bord vol kalfshersenen leeg en nam niet één maar twee porties Turkse rijst met amandelen.

Ik kauwde lang op elke hap en genoot er met smaak van ter compensatie van alle maaltijden die ik had moeten missen.

'Hij eet alsof het zijn galgenmaal is,' bromde Bernardo. Cecchi keek naar me en hief zijn glas ter ere van mij. Ik dronk vele bekers wijn, glimlachte naar kardinaal Giovanni en maakte zelfs verschillende opmerkingen tegen hem. Miranda knipperde met haar ogen en trok aan haar japon zodat er meer van haar borsten was te zien.

Ik legde even beslag op haar toen Federico niet naar haar keek, kneep in haar arm en fluisterde zachtjes dat ik, ook al haatte ze me, meer van haar hield dan van het leven zelf. 'Als ik voor jou in de plaats duizend doden kon sterven, zou ik dat doen. Ik smeek je, schort je oordeel over mij nog even op. Het is nog niet te laat.' Ze rukte zich los toen nog meer trompetgeschal de bruidstaart aankondigde: Tommaso's spectaculaire kunststuk van suiker en marsepein.

De taart was zo groot dat twee bedienden hem op een plateau moesten dragen. Ze hielden hem omhoog en liepen door de zaal terwijl iedereen zijn bewondering uitte over hoe briljant Tommaso het palazzo had nagemaakt. Toen zetten ze de taart voor Federico op tafel. Ik hoopte dat Tommaso gedaan had wat ik hem had gevraagd en ik werd niet teleurgesteld. Op het torentje stonden de drie figuren, van Miranda, van hertog Federico en van mijzelf.

'Het is beter dan alles wat Bramante ooit heeft gebouwd,' zei Federico. De ramen en zuilen waren gemaakt van verschillende soorten kaas, snoepjes en noten, het marmeren binnenplein van plakjes geglazuurde sinaasappel en citroen.

'Maar wat zijn dat voor figuurtjes?' vroeg Marguerite van Rimini.

'Uwe Doorluchtigheid.' Ik stond nogmaals op. Iedereen hield weer zijn mond om naar mij te luisteren. 'Ik heb deze drie figuurtjes zelf gemaakt. Het zijn Uwe Hoogheid, Miranda en ikzelf.'

'Ben je nu ook al kok geworden?' zei Federico en toen begon iedereen te lachen.

'Waarom niet? Wie weet er meer van voedsel af dan ik?'

Ik zag dat Miranda naar me keek terwijl ze de uitwerking van de wijn van zich af probeerde te schudden.

'Waarom heb je die gemaakt?' vroeg Federico terwijl hij zijn ogen tot spleetjes kneep.

Ik was zo lang bezig geweest met het voorbereiden van mijn plannen dat ik er niet aan had gedacht dat Federico er weleens vragen over kon stellen. Maar nogmaals legde God me de woorden in de mond.

'Hoogheid, u hebt alles wat een hertog zich maar kan wensen. Het dal van Corsoli staat bekend om zijn schoonheid. Uw stad is welvarend en rijk. Uw reputatie als onverschrokken *condottiere* is algemeen bekend. Als hertog wordt u bewonderd en gevreesd, en u bent geliefd. U hebt voorname vrienden en loyale burgers. De muren van uw paleis zijn verfraaid met volmaakte kunstwerken, uw stallen gezegend met de prachtigste paarden. Nu hebt u de liefde van mijn dochter, de mooiste vrouw van Corsoli, gewonnen. U bewijst mij de allergrootste eer van mijn leven door mijn familie met die van u te verenigen. Daar ik u niets kan geven dat de vergelijking kan doorstaan met alles wat ik zojuist heb opgenoemd, zijn deze koekjes eenvoudige blijken van de gastvrijheid en de eeuwige innige vriendschap die er nu tussen beide families zullen bestaan.'

'Die man had redenaar moeten worden,' verkondigde Septivus luid. De gasten klapten hard. Federico zei niets. Hij dacht, dat wist ik, aan de geraamtekoekjes op de Dag der Doden.

'Laten wij daarom,' ging ik verder, 'dit symbool nu samen verorberen en op die manier voor altijd verenigd zijn.'

De gasten klapten weer hard. Ik stak mijn hand uit naar de drie figuurtjes en gaf Miranda dat van haar, Federico het zijne en ik nam het mijne. Het was stil in de zaal, iedereen wilde zien wat Federico zou doen.

Hij zei: 'Zou het, aangezien ik de verantwoordelijkheid voor de bescherming van Miranda van je overneem, niet juist zijn als ik jouw koekje opat en jij het mijne?'

Ik deed alsof ik verbaasd was, maar ik antwoordde opgewekt: 'Indien de hertog dat wenst, kan hij zijn koekje ruilen met het mijne of dat van Miranda.'

Federico keek naar Miranda en toen naar het koekje in haar hand. Ik hoopte dat ik het bij het rechte eind had gehad: dat hij echt heel veel van haar hield.

Federico gaf haar een zacht klopje op haar hand, wendde zich tot mij en zei: 'Nee, ik wil mijn koekje met jou ruilen.'

'Laten we dat dan doen,' zei ik. Ik gaf hem mijn koekje en pakte het zijne aan. 'Laten we het nu opeten.' Ik zette mijn tanden stevig in mijn koekje om aan iedereen te laten zien dat ik ervan genoot. Miranda, die misschien dacht dat ik het hare had vergiftigd, at het gretig op. Federico deed hetzelfde.

O, nu gaat het echt branden. Ik had niet gedacht dat het vergif zo snel zou werken. Ik moet me haasten.

Nadat de koekjes en de taart waren opgegeten, leidde de bisschop Federico en Miranda door het palazzo naar Federico's slaapkamer. De gasten liepen achter hen aan en zongen verschillende lofzangen. Mannen zuchtten en vrouwen huilden. Bij Federico's slaapkamer zei de bisschop een gebed. Ik kuste Miranda en legde haar hand in die van Federico. Ze liepen naar binnen en trokken de deur achter zich dicht.

O, wat doet dat zeer! Ik ben blind geweest, maar nu wordt de sluier opgelicht, de mist verdwijnt. Septivus, je had gelijk. Eten en de geest kunnen in combinatie een honger teweegbrengen die alleen God kan stillen.

O, *potta!* Dat gaat snel! Tering! Au, mijn maag! Klauwen van vuur. De griffioenenbek verscheurt mijn lichaam. Het verspreidt zich door mijn ingewanden als een vlammend zwaard.

Kardinaal Giovanni, jij denkt dat ik een lafaard ben omdat ik mijn eigen leven neem, maar mijn moeder was geen lafaard.

O, god! Daar komt het weer. O.... o, *potta!* Ik heb in mijn broek gescheten! O, Helene. Mijn lieveling, Helene, liefde van mijn leven. We zullen elkaar niet op deze wereld ontmoeten, maar ik zal op je wachten.

Mijn deur staat open. Ik wou dat ik kon horen dat Federico het loodje legt! DE DOOD MAG MIJ NIET ALS EERSTE KOMEN HALEN.

Mijn handen jeuken. Mijn gezicht bloedt.

O, vuur! Verdomme! Helene, vergeef me.

O, mijn God,

Louter

Uw dienaar.

Ik ben niet doodgegaan. Cecchi noemde me ooit '*Il miracolo vivente*', en nu verdien ik die naam. Het is echt een mirakel dat ik nog leef. Het was niet mijn bedoeling, maar God heeft me in Zijn wijsheid gespaard.

Ik hoorde pas later wat er precies in de kamer van de hertog was gebeurd, omdat ik, nadat hij de deur achter hen had dichtgedaan, meteen naar mijn kamer was gegaan. Cecchi vertelde me dat niet lang nadat de deur was dichtgegaan, de gasten, die buiten stonden te wachten op een formele verklaring van Federico dat hij Miranda had ontmaagd, vreemde geluiden hoorden. Eerst dachten ze dat het de hertog was die de liefde bedreef, maar Miranda kwam naar buiten gerend en riep dat de hertog overgaf en klaagde over een brandend gevoel in zijn keel en dat hij ernstige hartkloppingen had.

De hovelingen, kardinaal Giovanni en de bisschop gingen onmiddellijk naar binnen. Federico huilde, schreeuwde en wrong zich in bochten door de hele kamer heen, botste tegen de muren en de meubels op alsof hij door duizend demonen was bezeten. Bloed en braaksel liepen uit zijn mond. Hij poepte bloed en stront. Hij probeerde zichzelf dood te steken, maar de dolk gleed voortdurend uit zijn handen. Tanden en kiezen vielen uit zijn mond. Krijsend als een waanzinnige rolde hij over zijn bed en probeerde zichzelf te wurgen. De hovelingen wierpen zich boven op hem en na een langdurige worsteling zeeg hij ineen op de vloer terwijl hij Miranda vastgreep. Ze schreeuwde, maar hij liet haar niet los. Hij probeerde haar te bijten, maar kreeg zijn kaken niet op elkaar. Kardinaal Giovanni was bang dat hij haar dood zou drukken en kon het niet aanzien dat de hertog zulke ondraaglijke pijnen moest verduren en stootte, om een einde aan zijn lijden te maken, zijn zwaard door diens hart. Federico sidderde, hijgend als een reusachtige, stervende walvis, en bleef toen roerloos liggen. Nero ging naast hem liggen en likte zijn gezicht. Ze moesten Federico's vingers afhakken om Miranda te kunnen bevrijden.

Daarna kwamen ze naar mijn kamer gerend. Tegen die tijd lag ik ook te schreeuwen, kwam er bloed uit mijn mond en liep de stront uit mijn achterste. Ik zag alleen schimmen, maar ik herinner me dat kardinaal Giovanni met zijn bebloede zwaard zwaaide en dat Miranda naast me neerknielde en mijn hoofd in haar handen nam. In haar ogen waren ontsteltenis en angst te zien. Ze herinnerde zich ook de koekjes op de Dag der Doden, het ontbijt op *carnevale*, en de verhalen die ik haar over Uienkop had verteld. Ze wilde me in haar armen vasthouden, maar dat kon ik haar niet toestaan, want Giovanni stond klaar om me te vermoorden en niemand mocht op de gedachte komen dat zij hier op wat voor manier dan ook bij betrokken was, dus spuugde ik haar in het gezicht.

Ze deinsde achteruit en liet mijn hoofd op de grond vallen. Terwijl ze zich naar Giovanni omdraaide, zei ze: 'Nee, kardinaal Giovanni. Vermoord hem niet. Laat hem lijden! Laat hem duizend doden lijden voor de misdaden die hij vandaag heeft begaan!'

O, gezegend is ze. Gezegend is ze! Alle toneelspelers in Padua zouden les van haar moeten krijgen! Kardinaal Giovanni aarzelde, maar het was overduidelijk dat ik vergiftigd was en vreselijke pijn had. Hij borg zijn zwaard op en beaamde dat ik een uiterst langzame dood verdiende. Ook de hovelingen waren het daarmee eens. Tegen die tijd besefte ik niet meer wat er gebeurde. Het enige dat ik weet, is dat ze de kamer verlieten en dat iemand mijn hoofd optilde (later is me verteld dat Piero dat deed) en olijfolie in mijn keel goot. Ik gaf over, kotste alles eruit dat ik ooit had gegeten, maar het baatte niet. Het vergif zat in me. Ik voelde me hondsberoerd en iedereen verwachtte dat ik dood zou gaan.

Alle gasten, inclusief Giovanni, verlieten het palazzo zodra het licht was geworden. Federico werd de volgende dag begraven. Slechts een paar hovelingen waren bij zijn begrafenis aanwezig. De burgers van de stad namen een dag vrijaf. Ik was te ziek om me hier ook maar enigszins van bewust te zijn en lag voor lijk op mijn bed. Soms sliep ik en soms was ik wakker. Het maakte geen verschil. Hoewel ik mensen kon horen praten, kon ik zelf niets zeggen, of enig deel van mijn lichaam bewegen, noch kon ik ze zien. Ik wist zeker dat ik in het vagevuur was en dat God nog niet had besloten of ik naar de hemel of de hel zou gaan.

Tommaso was de vriendelijkheid zelve, want elke dag bracht hij me verse koeken voor het geval ik wakker mocht worden. Daartegenover stond dat Bernardo zei dat mijn ziekte een slecht voorteken was en dat ik onmiddellijk moest worden begraven, ook al was ik nog niet dood! Gelukkig overtuigde Cecchi hem ervan dat het beter was om nog even te wachten.

Miranda bracht urenlang biddend en zingend aan mijn bed door. Ze deed haar imitaties van vogels en andere dieren, legde haar armen om me heen en zei zachtjes dat ze van me hield. Het liefste wilde ik het uitschreeuwen, maar ik kon het niet. Ik probeerde mijn vingers niet meer dan een vliegenvleugelslag te bewegen. Ik kon het niet en huilde van uitputting. Gelukkig zag Miranda mijn tranen en vertelde het aan andere mensen.

Enige weken later werd ik op een ochtend wakker met meer honger dan ik ooit van mijn leven had gehad. Piero zei dat ik het had overleefd vanwege alle vergiften die ik had ingenomen. Tussen alle feestvreugde door zei Cecchi dat Miranda, Tommaso en ik, zodra ik sterk genoeg was, beter konden vertrekken voordat Giovanni door kreeg dat ik was hersteld. Ze hadden Bernardo de stad uit zien rijden en het was zo goed als zeker dat hij van plan was het hem te vertellen.

De week daarop zei iedereen ons vaarwel. Ik omarmde Cecchi, Piero en Septivus: de trouwste vrienden die ik ooit heb gehad. We bestegen onze paarden en terwijl de klok van de Duomo vrolijk luidde en de tranen ons in de ogen stonden, reden we over het binnenplein, de Trap der Tranen en het Piazza Vedura, en verlieten toen Corsoli voorgoed via de Westpoort.

Miranda is nu een echte vrouw; mooi, moedig en wijzer dan menig volwassene. Ik ben apetrots op haar. Met mijn zegen zijn zij en Tommaso doorgereden naar Venetië, waar Tommaso werk als kok hoopt te vinden. Voordat ze vertrok, kuste ik telkens en telkens weer haar appelwangetjes en omhelsde haar innig. Hoewel mijn hart brak toen ik haar zag vertrekken, troost het me dat ik zeker weet dat de liefde tussen haar en Tommaso sterker dan ooit is.

Ik heb hier in Arraggio een klein stukje land kunnen kopen. De grond is vruchtbaar en perfect om te begrazen. Ik ben nog steeds erg mager omdat ik last heb van maagkrampen en zonder enige reden overgeef. Ik ben wat tanden en kiezen kwijtgeraakt en andere zitten los. Ik ben niet meer zo sterk als vroeger. Misschien zal ik dat ook nooit meer worden, ik weet het niet. Maar ik weet wel dat ik van God nog een kans heb gekregen om mijn leven een andere wending te geven.

Mijn kleren liggen in een bundeltje naast me. Mijn paard staat voor de deur te wachten. Zodra de zon opkomt, zal ik naar Frankrijk afreizen. Naar Nîmes. Naar Helene. Hoe lang het ook mag duren, waar ze ook is, ik zal haar vinden. En dan neem ik haar mee terug, hierheen, naar Arraggio, om voor altijd mijn allerliefste te zijn.